L'ÉDUCATION D'ALPHONSE

DU MÊME AUTEUR

L'ARGOT SANS PEINE OU LA MÉTHODE À MIMILE (en collaboration avec Luc Étienne), la Jeune Parque; le Livre de Poche.
LE BANQUET DES LÉOPARDS, la Table Ronde; Folio.
BLEUBITE, la Table Ronde; Folio.
LE CAFÉ DU PAUVRE, la Table Ronde; le Livre de Poche.
LA CERISE (Prix Sainte-Beuve 1963), la Table Ronde; Folio.
CINOCHE, la Table Ronde.
LES COMBATTANTS DU PETIT BONHEUR (Prix Renaudot 1977), la Table Ronde; Folio.
LE CORBILLARD DE JULES, la Table Ronde; Folio.
LES ENFANTS DE CHŒUR, Flammarion.
LA FERMETURE, Robert Laffont.
L'HÔPITAL, la Table Ronde; le Livre de Poche.
LA MÉTAMORPHOSE DES CLOPORTES, la Table Ronde; le Livre de Poche.
LES SALES MÔMES (théâtre), la Table Ronde.

ALPHONSE BOUDARD

L'ÉDUCATION D'ALPHONSE

roman

BERNARD GRASSET
PARIS

1

Le Professeur

Le Professeur est mort. J'ai reçu le faire-part l'an dernier alors que je traînais mes lattes et mon stylo à Capri pour le repérage d'un naveton télévisé. Trop tard pour aller aux obsèques. Ça m'en file un coup tout de même. Dans sa soixante-douzième année, muni des sacrements de l'Église. C'est écrit bordé de noir... toutes lettres. Ça... je me demande bien? Fallait qu'il ait plus conscience de qui ni qu'est-ce pour se laisser engoupillonner. Sûrement Bertille, la malheureuse, qui a appelé un curé. De nos jours, on les voit plus si souvent, ceux-là, avec les saintes huiles circuler de par les rues pour aller assister les agonisants.

À bien réfléchir, l'essentiel de mon éducation vient de lui... du Professeur. Je lui dois bien ce livre en reconnaissance... gratitude éternelle, comme il est dit sur les tombes.

Je l'avais perdu de vue depuis quinze, vingt ans. Je le fuyais plutôt, j'avoue. Voilà, il avait joué son rôle de pédagogue dans ma petite comédie... un acte ou deux... quelques séquences et puis clic boc! s'était éloigné... clic boc! la rue là-bas... la brume... le réverbère... clic boc! Il avait donc disparu bien avant ce faire-part... clic boc! Je vous explique clic boc! Sa claudication... son reste de la guerre d'Espagne... les Brigades internationales... clic boc! Une bastos franquiste dans le talon... l'astragale touché, il me semble, comme la môme Sarrazin. Bref, une blessure mal soignée, mal rafistolée... clic boc! dans un hôpital de campagne... en Catalogne, je ne sais au juste! Tout avait tourné couille et brioche à cette époque pour la cause républicaine et pour le Professeur par la même mauvaise occase. Un salmigondis affreux... qu'on l'accusait en plus de je ne sais trop quoi au Parti... de dévier clic boc!... de ne plus penser droit dans la ligne du Komintern... Marty, le mutin de la mer Noire, qui veille au grain... à l'orthodoxie inextricable du mouvement révolutionnaire. Avec le Professeur, ça ne pouvait pas se terminer autrement son épopée espingouine. Dans un sens, heureux que... clic boc!... il se soit fait escagasser la guibolle... l'hosto de campagne... l'évacuation vers la France. Resté à Albacete, il y coupait pas de ses douze balles... peut-être même une seule aurait suffi. En pleine nuque pour menées anarcho-trotskistes!

Parfois la vie vous joue des tours, on se fait clicboquer la patte et ça vous sauve du pire. Il pensait sans doute, le Professeur, qu'il valait mieux boquillonner que s'abréger l'existence à la fleur. Beau touiller du noir à la terrasse des bistrots... blablater à l'infini sur le dérisoire, l'inutilité de ceci, cela, Malraux, les choses, les chemins qui ne mènent nulle part... rien que les soucoupes qui s'empilaient sur le guéridon, c'était toujours ça derrière le col! Hop! cul plus ou moins sec et le clic boc!... un peu hésitant, vacillant pour rebarrer dans les nuits cotonneuses, pluvieuses, venteuses de la ville. La ville capitale, il disait. Il répétait à loisir une fois bien humecté. Il savourait ses formules et il voulait qu'on se les partage. Rien d'ailleurs de très original... Ville capitale... ça venait à l'esprit et ça traînait dans tous les poèmes des Aragon, Éluard... à la répétition, en italique ou en caractères gras! Ça faisait la gloire et puis la rime et le certificat de patriotisme par-dessus le marché.

Donc le Professeur bien et bel canné à présent... je vous le ressuscite là... clic boc! je vous l'installe... il est brun... de cheveux, de poil, de peau... des yeux noirs enfoncés, brillants, perçants, interrogatifs... inquiétants d'une certaine façon... fixes parfois... la lueur de mépris, de condescendance, on ne sait? Eux qui ressortent toujours de sa tronche, de ma mémoire... leur vivacité. Beurré pas beurré, il tient le cap des châsses. Il chavire clic boc!... sur ses cannes désaccordées, mais question de l'œil, il regarde droit... dur charbon ardent... pas vitreux le moins. Il frime le vis-à-vis ami ennemi... il lui vrille ses quinquets dans l'âme... jusqu'au tréfonds... qu'il s'imagine pas s'échapper, le pleutre... le minus.

Le reste, bien sûr, autour des yeux... la tronche fonctionnait en rapport... la lippe amère, un brin sceptique. Vous restituer son marmonnement... sorte de bouillie de mots en période de gamberge intensive, me paraît tâche difficile... nul mot m'arrive et toute une page vous assommerait. L'âge d'un tel être... toujours délicat à jauger. Enfin, il dépassait un peu la trentaine à l'époque où je vous le dégotte. Hors les arsouillades, il se faisait comprendre de tous... amis, élèves, femme et enfants. Et puis l'âge venant, ses pinteries, glouglouteries se multipliant, se chevauchant... c'était meuh... beuh... des éclairs parfois... des formules... des citations... mais dans l'ensemble devenant inaudibles. Ce qui m'a déterminé d'ailleurs à espacer nos rencontres puis à ne plus le voir du tout... Meuh... beuh... la lippe... l'œil certes toujours brillant, luisant, poseur d'on ne sait quelle bombe de l'esprit... mais alors le dialogue... meuh... meuh... beuh! J'ai dû, mort dans l'âme, me trisser... m'esbigner lousdoc... le fuir! Il lui arrivait encore des tas et des mille aventures, des choses inimaginables... il se véhiculait dans toutes les tragédies de la planète... les drames nègres... Congo-Kinshasa... les massacres vietnamiens... des soirées chez Bao Dai! Il débarquait un beau matin du bout du monde... et il attaquait le sujet au vif. Il reprenait le fil d'une conversation interrompue seize mois plus tôt. Coton alors pour le suivre... les méandres clic boc!... meuh... fallait une constance, patience, longueur de temps. Il a fini par me lasser... signe sans doute de vieillissement.

Je poursuis ma fiche signalétique. Taille moyenne...

au-dessous peut-être d'un mètre soixante comme Napoléon, mais basta! Le teint bien mat, je viens de vous dire, mais j'omets les petites cavités sur sa tronche, comme vérolée, trouée boutonneuse. La barbe qui se pointait dès le milieu de l'après-midi. Il lui eût fallu, pour être présentable le soir, se raser avant le dîner comme les PDG, les vedettes, les séducteurs patentés. Le Professeur, s'il s'en battait les testicules! Déjà bel qu'il s'écorche un peu la gueule le matin, qu'il se massacre au rasoir à main.

... les estafilades, à se demander s'il ne s'était pas fait taillader la tronche par quelque vilain... un malfaisant comme il en croisait tout de même, après... clic boc!... l'aboutissement de tout son périple lichetronneur dans un bouge... un bistrot arabe.

Vous situer, dater les débuts de ma bluette, il y a quelques lustres... ces lendemains qui ne chantaient pas de la guerre 39-45. On attendait des jours meilleurs... la rebectance gogo... les vacances... le remboursement des loisirs. Ça traînait de la savate tout ça. Les philosophes se torturaient entre eux de salades, de conflits inextricables... s'envoyaient par ouvrages, articles, des arguments imputrescibles. Ça prévoyait dans l'utopie... toujours ce fameux monde meilleur... meilleur des mondes... et ça tournait, virait vite eau de boudin... purin... eaux mêlées de vantardises, d'ambitions secrètes, rancœurs, etc. ... massacres imprévisibles... trahison des clercs et des autres. Tout ça, le Professeur était sur la brèche... dans les poches de son veston fatiguées d'enfourner les revues, les in-12, in-folio traduits de l'anglais, l'allemand, traduits de rien. Des ouvrages écornés, annotés, graillonneux... vinasseux, n'est-ce pas... dans toutes ses pérégrinations clic boc... de rade en café, en bouge, en bar, en troquet... les comptoirs plus ou moins imprégnés eux aussi de nectars divers... rouges ou blancs ou anisés... les fameuses couvertures de la NRF métamorphosées en sortes de cartes géographiques, sans respect aucun pour le liséré rouge... le nom de l'auteur... barbouillé... jusqu'à l'illisible. Des fois, il le laissait carrément sur un zinc... l'auteur et son ouvrage... dernier sujet de réflexion, indignation ou autre. Advienne ce qu'il pourra... le limonadier risquait pas de se le coltiner sous sa lampe à chiures de mouches. A moins... seul un miracle... qu'un véritable amateur de Merleau-Ponty passe par là... sinon, il se retrouvait plutôt aux gogues le traité *Structure du comportement*. Je vous signale qu'à cette triste époque le papier hygiénique dans les établissements de boissons, c'était du *France-Soir*, *Parisien libéré* découpé soigneux par la patronne en petits carrés, fixé à un clou au-dessus des chiottes à la turque.

Tout ça, va-t-on m'objecter, ne nous éclaire pas lerchaille sur votre histoire. Ça commence où et c'est pourquoi... ces galipettes de texte? Votre Professeur arrive là, clic boc!... marmonne... grince... vrille de l'œil en l'âme du vis-à-vis sans raison bien apparente. Rien n'urge, je vais vous éclaircir... fur et mesure... ou alors vous laisser parfois dans les bruines. Si vous expliquez tout consciencieux, tout propre, on vous tient pour fifre, pet de garenne. Pas de mystère ni boule de loto... vous êtes condamné des élites intelligentsieuses. Elles ne pardonnent jamais le clair et net et sans bavures. Rien traviole, nulle obscurité trouduculière sous-jacente. Savoir au juste qui est qui... Père, fils ou pédéraste... les rapports œdipiens entre les lignes, les mots, les lettres. Ne vous avisez pas de donner l'embryon d'une réponse...

C'était l'époque du Carillon des Siècles, rue de Seine, en Germanopratie. Las de tribuler... représentant avec des vins, des enseignes lumineuses, j'aboutis, m'amarre à ce Carillon... au-dessus de la porte, au-dessus du papier à lettres, des enveloppes! Je gardais la boutique, une librairie... sa poussière, ses volumes in-quarto... les reliures XVIIIe... les *Dames galantes*... Voltaire... marquis de Tilly... les Érasme, Montaigne... des rayons entiers à entretenir... épousseter... ranger dans l'ordre... Corneille... Paul-Louis Courier... Dante... alphabétique... et puis les fiches. La taulière, Mme d'Engremère, faisait des apparitions. Ombrelle... voilette... les rides sous la capeline à paillettes... se pointait n'importe... le moment voulu par elle, sa fantaisie. Hasard... elle me parvenait clair-obscur... la voici donc... Née de Brémicourt sous déjà le Second Empire! Le parcours épuisant des ans! Elle tenait encore, se retenait... point ne vacille mais tout juste! Fort heureux, elle avait sa canne à pommeau d'argent... elle s'y appuyait l'air de rien... hautaine toutefois! J'étais dans le fin fond, dans mes paperasses... le fameux carillon, celui de la porte, me l'annonçait. Fallait que je l'accueille, que je lui referme vite la lourde derrière... les courants d'air pouvaient l'achever... que je l'accompagne à son fauteuil. Plus le souvenir, genre Louis XV... Elle ne se déplaçait plus que rare... comptés... les pas... Elle regardait les rayonnages... les reliures de siècles passés. Depuis que j'étais à son service, n'est-ce pas, je combattais les araignées... leurs toiles tissées sans respect de Ronsard... les *Sonnets pour Hélène*... Racine à Port-Royal des Champs... Sainte-Beuve et ses premiers *Lundis*!

Mme d'Engremère pouvait poser son sec derrière, ses os presque à nu sur un siège décent, dépoussiéré... remis à neuf par mes soins. N'en avait pour ainsi dire cure... se posait royal... soulevait ses voiles, ses deuils multiples... elle grinçait... sa carcasse... ça me fait l'effet dans la souvenance. Bon. Elle restait sans rien me dire... rangs de jais autour du cou... les rides infinies! Prendre une contenance... j'allais fourniquer dans la salamandre... attiser... remplir cette gloutonne à la gueule. Anthracite... ce qui était, on peut dire, rarissime en cette période post-guerrière.

Son fils aîné Arnaud qui nous combinait au marché noir l'anthracite. Jamais eu le plaisir de bien le connaître, ce hobereau lascar-là! Je savais juste que c'était l'anthracite et, pardon du peu, anglais. L'élite, le gratin charbonnier. De nos jours, on ne sait plus, on ne se rend plus compte de tout le bonheur de l'anthracite anglais! Comment il nous réchauffait couilles et miches et pognes pendant ces hivers terribles. Aujourd'hui, rares ceux qui se souviennent... quelques édentés crachoteux en leur grabat. Grâce soit donc rendue à Arnaud... l'anthracite nous parvenait par cent, deux cents kilos qu'on descendait à la cave, le bougnat et moi, comme des voleurs... catimini... aux aurores, à la nuit tombante. Ma corvée ensuite, le remonter par seaux dans la boutique chaque jour. Bougie... humidité... les gaspards qui vous passent furtifs entre les guibolles... Des mastocs rongeurs hideux. Je faisais le plus de bruit pour qu'ils se taillent... badadam! avec ma pelle contre le seau... Badadam! Vous dites, certains intellos, savantissimes, que tous les animaux se valent... j'ai lu ça, entendu aux radios périphériques... qu'il n'en est pas de beaux ni de méchants... qu'entre la bergeronnette et le rat d'égout, c'est du kif. Vous y voir dans l'anthracite de Mme d'Engremère... eussiez, je suppose, préféré les oiseaux aux noirs rongeurs. Enfin, je lui remontais son carbi, je l'allumais dès mon matin... mon arrivée après le métro... les fringues pluvieuses, l'odeur clébardine... panardesque, un mélange! Les stations, l'entassement des travailleurs... vailleuses... tous... coinçarès... paluches baladeuses... perlouses sournoises... haleines déjà à la vinasse.

J'entrais par l'arrière... la loge à Mme Théo, la concepige. Elle me borgnottait, le mot exact, derrière son rideau douteux. Elle savait mes heures, la salope, pouvait cafter à tout le monde, à la d'Engremère qui s'en battait sans doute les rides, la décrépitude... à aussi Hector, son petit-fils, aux flics en cas de crime, assassinat... viol d'une épicière! Tout est bon pour ceux qui savent observer les drames de la vie. La mère Théo à l'idéologie sécuritaire, rien ne lui échappait... des aurores au cœur de la nuit. Sa bouille, à elle, je me remémore vague... en tout cas gravosse malgré le manque de pain, de beurre, de barbaque... mamelue, ventripotente, moustachue, il me semble... l'œil batracien... Et son cador... boudin à pattes... l'immonde enfoiré roquet... lui, d'un modèle assez courant chez certaines dabuches. Le peu que j'ai passé le pif dans la loge pour je ne sais quoi, quelle commission... l'attaque aux naseaux... alors! Clebs et pipi et soupe aigre! Refermez la lourde en vitesse, vous iriez croire, minettes lectrices, un demi-siècle presque plus tard, que je me complais dans les odeurs nauséabondes! Gourance! je chronique... l'œil, l'oreille, la pogne... tous les sens... ne puis vous omettre certains détails sous peine de pusillanimité... manque de courage à affronter encore ce qui fut. Toutefois, je passais vite avec mon seau d'anthracite. L'hiver 46-47, ça caillait... gel et neige... verglas... brouillasse et crevasses aux pognes. Le matin, au Carillon des Siècles, fallait faire fissa... remonter le rideau de fer, le charbon... allumer la salamandre... que ça ronfle! Les fringues mouillées étalées... mon vieux lardeuss... mes pompes parfois! J'avais des charentaises en réserve dans un tiroir du bureau. Gaffe cependant qu'Hector ne me parvienne, il détestait, n'est-ce pas, le laisser-aller. Antinomie des charentaises et de ces ouvrages reliés pleine peau... papelard Japon... dorure sur tranche... les précieuses choses de l'esprit.

J'étais bien décidé pourtant à me cramponner chez les honnêtes, à cesser mes douteuses fréquentations. Hector, je lui devais ce bon port, cette attache... mes yaourts du midi... la chaleur de sa salamandre... et, par la suite, tout va se nouer, s'emmancher... le Professeur, ses livres écornés, ses relations surprenantes, amis bizarroïdes. La vie ainsi faite... d'une rencontre qui vous amène d'aiguille en fil, de trou en truc, et pas à pas à l'imprévu... des aventures que votre petite tête inculte n'eût pas osé imaginer. Le Professeur, était-ce fatal qu'il radine là, clic clic! clic boc! tirant sa guibolle blessée, clic boc! sa lippe... son œil vrille? Plus de chance tout de même que si j'avais obtenu le même pareil emploi dans une quincaillerie... un chenil pour peigner les toutous... une maison de couture... où le directeur artistique eût voulu m'encaldosser. Au Carillon, le Professeur, ça lui parvenait au pif des odeurs qu'il affectionnait... A la vitrine, il s'alléchait déjà l'esprit... Platon... son *Banquet*! Un exemplaire de Plutarque... édition XIXe... je vous cite en vrac... de mémoire. Il s'engouffrait là, clic boc!... on pouvait plus le démurger... il glissait entre les pages son œil inquiétant.

Avec cette comtesse d'Engremère, née de Brémicourt, je vous tire un peu vers le cœur du siècle passé. Sa jeunesse, ses premiers émois sous presque Napoléon III. En tout cas, si loin dans le temps, l'Histoire, que tout le monde s'en tamponnait le fion! Elle a fini par se cloquer sur son fauteuil. Ne sais ce qu'elle me dit... c'est des hoquets, des fins fonds de gorge, des restes de quand elle se faisait calcer par feu le comte... je suppose. Le comte était dans un caveau depuis peut-être 1910... 12! Il avait servi sous, il me semble, Mac-Mahon... Chanzy... à Reichshoffen... les cuirassiers! Denfert-Rochereau... changement direction porte d'Orléans.

Adélaïde... son prénom? Oui... ça doit être Adélaïde, n'en parlait plus lerche de son défunt époux. Par bribes... déjà, elle l'avait un peu rejoint... m'apparaissait cette vieille chose tel un fantôme dans ses fanfreluches... guipures, ses voiles... fringues d'outre-tombe! Jamais elle se souvenait de mon blase... Anatole, Adolf, Abélard, Anselme... elle savait juste que c'était par un A que ça commençait... Albert... Aristide! Je rectifiais plus... je m'en battais la bite en froc! Elle gloussait, la conne, elle tournait la tronche comme un automate en deux trois fois pour parvenir du regard jusqu'aux rayons, aux reliures... toujours avec son face-à-main. Elle restait là... ne savait pas au juste pourquoi. Son petit commerce, lui aussi, à bout d'on ne sait quelle course. Ça n'arrivait pas en masse les chalands... la bousculade sur les œuvres complètes... choisies... les éditions grand papier! Pas de quoi s'offrir le fameux anthracite avec les bénefs. Mes yaourts tout juste... ma galtouse à peine! A se demander ce qu'on foutait là... une vie en suspens... des choses qui flottent... qui vont bientôt s'éparpiller.

Hector, je l'avais connu au feu de la guerre... lieutenant arrivé des Afriques... le poitrail déjà couvert de décorations! A l'assaut! Un sabre encore dans la prunelle! Chargez, bande de misérables! Mais le temps du sabre n'est plus... hussards... dragons... spahis... les destriers au rancart, à la boucherie exclusivement chevaline! Hector se contentait d'autos blindées, de mitraillettes, Colt 45... Sten... grenades à manche... faire avec... les temps ne sont plus ce qu'ils étaient. L'assaut, tout de même, « Bande de misérables! » des îles d'Elbe... côtes tropéziennes! L'odeur indicible de la poudre... le sang versé pour la gloire. Médaille militaire décernée par Tassigny. Hector s'en revint de guerre s'incliner devant sa grande daronne, digne de ses aïeux. La Comtesse, sans vouloir médire excessif, elle et les siens, les restes semi-vivants, ça avait plutôt milité, blablaté, pavoisé jusqu'à presque juin 44 dans les maréchaleries, la restauration de la France quasi royale! Francisque... et toutes les étoiles au firmament de Vichy-État. L'autre, l'Hector, le petit-fils lieutenant revenu des troupes libératrices avec l'usurpateur de Londres, ça les dédouanait en quelque sorte.

Je vous abrège le plus... des pages ça ferait... des inutiles... tout le monde maintenant s'en ferait des papillotes. Sans Hector et ses médailles, la Comtesse, on eût pu, dans ces jours de liesse 44... la tondre comme une pute... la fourrer au trou humide. Nul égard à son grand âge... les FTP de l'Institut dentaire se trituraient pas la conscience pour si peu... dentier... face-à-pogne... la moumoute, je vous avais omis... les mitaines et la voilette... emballarès... enchristée avec les manants, les vrais délateurs, les pompeuses de verges teutonnes... les faux et vrais auxiliaires de la Carlingue, les idéalistes en gourance. Je fus témoin, sans y comprendre alors grand-chose, des scalpages publics de collaboratrices horizontales... de flingages aussi au clair de lune! La bacchanale... les rigolades, ébullitions de ces temps troubles.

Nous en sortîmes... les uns les autres... les juifs de retour, les rescapés des fours d'Eichmann... les déportés du travail, du hasard... les victimes, et les bourreaux parfois travestis en victimes! La société se remettait sur pattes vaille que pousse. Dans les décombres, ruines et mistouilles! Je me ballottais, je cherchais ma gaufre... je reniflais un peu les derrières, voir où placer mon membre au plein de sa virilité primesautière. Me stridait la tronche... la réflexion... en contemplant Mme d'Engremère et la Théo dans sa canfouine, mamelles en floc floc sur le bide... que passé les barcarolles d'amour... démentes étreintes, xétéra... on se demande un peu, les uns, les unes, ce qu'on fout encore sur le pavé, l'asphalte... la terre meuble? L'âme, certes... l'esprit, vous me rétorquez, je vous sens venir... les œuvres complètes in-quarto le long des murs... les conférences et les débats... et les ouvrages de la pensée. Fantasmagories... et, sûr, l'estomac qui vous reste plus ou moins dans les talons... la mangeaille... l'obsession des repas à se repaître! La Comtesse, c'était l'essentiel, ce qui lui restait... la gourmandise! Elle se gavait je ne sais de quoi... mais ça rebarrait par l'arrière en pétarades... des louferies, n'est-ce pas, comme sa voix... flûtées... des bruits étranges d'un autre monde que les caserneuses pétomanies dont je sortais à peine... les murmures intimes de la soldatesque! Frutt... j'ai du mal à vous transcrire, transmettre exact... le bruit spécial... pour les générations futures. A la longue, j'ai remarqué que cette salope loufait ainsi... sans retenue, ni gêne, uniquement en ma présence... frutt! Je ne méritais pas davantage d'égards, ménagements... j'étais quelque peu serf... moins précieux il va sans dire qu'un cheval pur sang! Ça dégageait des effluves pas ordinaires... déjà du macchabe... des perlouses de cadavre pas exquis du tout... glouglous de corps en putréfaction. Dans la pénombre, ça, parmi les œuvres... les choses de l'âme... Sénèque... Corneille, Vigny... Lamartine sur son lac. N'a cure, la vioque salingue... elle dégage... se soulage... s'assoit ensuite et relève sa voilette pour m'envisager, m'appréhender. Ce que j'ai fourgué, elle me demande en ses mots châtiés... si les amateurs ont amené quelques piécettes en notre escarcelle... si je tiens bien à jour les comptes? Elle s'en tape à mon avis, de ce que je lui réponds... tout juste, elle frime mon cahier de loin... mes ventes de la veille... de ses besicles... elle hoche, approuve... son dentier esquisse un rictus... un sourire peut-être? Incapable de vous affirmer! Enfin mon examen de passage. La recette de la semaine écoulée, je vous ai prévenus, on risque pas de se gaver de caviar, langoustes... tout juste un peu de pois cassés! Enfin j'ai mon job... je gagne, je ne sais plus, deux-trois mille balles... mes yaourts, ma ration de pain jaune.

L'havre où j'officie... tapissé... ras le plafond... toutes les sortes d'ouvrages possibles. Hector, pour pas se gourer, il met les auteurs de gauche, les progressistes, les socio-anars à gauche de la porte... Rousseau, d'Alembert, Bakounine, Karl Marx et les petits derniers, Malraux... Éluard... Sartre... Merleau... Camus... tutti Vercors. A droite... Maurras et le Maréchal-nous-voilà... ses messages... la Révolution nationale... Brasillach, Abel Bonnard, Alphonse de Chateaubriant... *Monsieur des Lourdines! Les Soirées de Saint-Pétersbourg* de Joseph de Maistre, Rivarol, Nietzsche, Descartes... que les amateurs sachent où ils se trouvent. Grosso, bien sûr, modo. Certains, on savait pas trop, on les remisait au fond, derrière la salamandre... des poètes indéfinissables... Gustave Toudouze... Alphonse Labite... Moréas et les symbolistes... et puis tous les surréalistes, les dadas... des plaquettes illustrées à des prix exorbitants.

Juste appris depuis octobre les rudiments... à peu près à les classifier... de quoi s'y perdre... surtout ignare comme je fus jusqu'à un âge plus qu'adulte. Rebuté, j'avoue, à ces chefs-d'œuvre... m'attardant sur le secondaire... l'anecdotique au lieu d'aller au fin fond des choses.

Ce que d'ailleurs va repérer le Professeur... son premier coup d'œil vrille... que je suis pas le zèbre à le contester... qu'il peut faire de moi, je ne sais, une sorte de disciple. Surtout ne pas laisser les autres maboules m'investir... me guider vers on ne sait quoi on ne sait où. Pour vous éclaircir ma rencontre... le pourquoi qu'est-ce avec cézig clic boc... ça rallégeait les frapadingues dans la canfouine. Le Carillon des Siècles, ça les attirait tel pot de miel ouvert les mouches... toutes espèces... des apparents, certes, qu'on visionnait dès le ding-dong, les clochettes de la lourde. Tout de suite repérés par les frusques, leur brusquerie, les uniformes, les couleurs arborées, badas... guenilles... foulard à lys... capes... bottines... monocle! Là, vous êtes en gaffe, en quart, vous vous attendez aux strophes, aux catastrophes, aux apostrophes les plus inédites, sottes et grenues. Ça ne défilait pas, heureux, du matin au crépuscule. Certains promettaient d'allure et se comportaient que dalle. Je ne vais pas vous en inventer uniquement pour vous faire rire. S'ils passent, je vais vous narrer... sinon, rien. Aussi, malgré les apparences, les ceux sans signe, sapés, coiffés normaux... normes de cette époque, bien entendu... parmi eux, j'avais des surprises, des pédérastes et des aigris, des forcenés qu'on aurait crus M. Untel, Mme Dupont. Les véritables ordinaires se fourvoyaient rare au Carillon. Une ambiance, un parfum, un éclairage... quelque chose d'indéfinissable les écartait. A peine ding ding dong!... ils faisaient deux pas... le regard gauche droite... ils voulaient plus rien ou des choses tellement banales qu'ici on ne les possédait pas. « Je vous en prie... merci, madame... » Elle se trissait, la chalande, la dame qui recherchait un petit cadeau pour son égoïneur chéri... *Toi et Moi* ou *les Jalna!* Ça nous nuisait, certes, ce que je me calculais, qu'on aurait nous aussi fourgué *Ambre,* tous les romans roses anglais acidulés... nous nous fussions mieux régalés... dans mes yaourts j'aurais mis un peu de confiture de fraises, abricots... je me serais goinfré de la marmelade. Nib avec nos louftingues obsédés, angoissés... les ricaneurs, ergoteurs, on chiait pas gras... des crottes menues comme les rats qui, eux, montaient, s'enhardissaient jusqu'au milieu de l'après-midi. Les ouvrages, lc plus ras du sol, ils se les dégustaient... rongeaient hardi, les dégueulasses! La mère Théo me prêtait un piège. On leur préparait des ratatouilles de poison... c'était pas prévu, ça, dans mon contrat avec Hector... des choses dont je me serais passé.

Vrai dire, je me serais passé de tout... du Carillon... du siècle passé de la Comtesse... d'Hector! Je n'avais ni âme, ni feu... juste mes mandibules. Là ou ailleurs... une épicerie, un atelier, un entrepôt de gramophones, qu'importe! Mes ambitions n'allaient nulle part... flottaient au gré. L'aveu qui me coûte aujourd'hui qu'on me télévise, m'interviouve... mais c'est ce qui fut, et ne fut plus tout à fait lorsque le Professeur radocha clic boc! dans le magasin. L'hasard avec ou sans nécessité, heureux ou pas, Dieu et le Diable peut-être le savent. Bof! Bref, il me tomba un soir dc basse température dans ma solitude. Le carillon et puis clic boc!... l'entrée quasi catimini de cézig. Son pardessus à martingale... Froc peut-être tirebouchonnant sur ses pompes sans doute éculées. Le poil calamistré... noir corbeau... raie sur le côté... plaqué mode 35 ou 6... je vous le retrace, au cas où vous l'auriez oublié, frivoles lectrices en jean. Un geste de la main pour me saluer... saluer ce qu'il devine de ma personne dans l'ombre... mon recoin auprès du feu. Clic boc!... il zyeute nos rayonnages... la droite rapidos puis la gauche. Là, il s'attarde, il feuillette... il consulte les matières... les tables. Il a sorti un calepin, un bout de crayon, il note... Un pas, deux... tire sur sa guibolle. Il disparaît de mon champ visuel et, là, il faut que je redouble d'attention... on chourave... disparaissent de temps à autre de gentils volumes... glissés lousdoc en poche, sous le manteau... hop! Ma mission... consigne absolue d'Hector, que je me décanille de mon siège... que l'air de rien, ne pas y tâter... je me mette en gaffe. Si possible que je converse avec le monsieur, la dame, le jeune homme... m'enquérir de ses désirs.

– Nous avons ici notre rayon de poésie... Depuis le Moyen Age jusqu'aux poètes de la Résistance.

Le Professeur connaît la maison... n'est pas venu depuis il ne sait au juste... deux ans peut-être, du temps de M. d'Engremère, le fils de la vioque, le papa d'Hector. Je lui apprends qu'il est décédé... emporté, rien de temps, par un cancer de la prostate. Une chose bien pénible.

– Mes condoléances!

Ce qu'il m'afflige d'une voix sourde, un peu rauque. Il me prend pour le fils... Je manque de toc pour le repartir... que je ne suis qu'un pauvre employé... modeste tout à fait, nourri de yaourts... préparateur de mort-aux-rats. Il a une voix ensorcelante, ce Professeur, même ses pires ennemis en convenaient. Condoléances... ça faisait écho, ça venait de loin, ça vous enveloppait quelque sorte. Là, faut dire, il n'avait pas bu, sinon la belle voix... meuh... beuh... s'enfonçait dans un marécage. Cependant, je prends mon courage... bafouille, explique... je ne suis rien rapport aux d'Engremère, ni duc, ni comte... un simple manant... valetaille au service d'iceux.

– Je me disais aussi!...

Il me scrute, l'œil narquois. Me faudra le pratiquer un peu et encore plus pour départager ses sous-entendus... s'ils sont bons, mauvais, ironiques ou élogieux. Plus tard, je vais savoir que mes nobles boss... la vioque et son petit-fils Hector et aussi la mémoire du dab, il les tient... meuh... pour des tarés, des avariés... imbéciles irrémédiables... cadavres flottant au fil des eaux putrides. Je l'intéresse et je m'en rends pas tout à fait compte sur l'instant. Je vois pas pourquoi. Juste, je remarque sa marrance intérieure... sa lueur narquoise au fond des châsses. Il délaisse le livre qu'il avait ouvert. Il vient s'installer sans me demander la permission dans le fauteuil, celui d'Adélaïde, de la douairière. Il a gardé en main le bouquin. N'empêche, il se place la pogne droite sur le front. Une attitude qu'il affectionne... la gamberge... genre Rodin... qu'il se retient le citron... que ça sorte pas si vite les pensées, toutes ses réflexions enfouies. Dans sa barbe, enfin sa lippe, il mâchonne avant de s'exprimer, poser des questions, puis répondre avant qu'on ait pu.

– Au fond... meuh... il vous faut gagner votre vie.

Il a l'air, n'est-ce pas... sa lueur... de se foutre de ma gueule! Savoir? C'est un client à cet instant et je me dois d'acquiescer. Il a raison... oui... oui... gagner ma vie! Ça le laisse dubitatif, ma vie! Il a le chic pour vous cloquer un mot, comme ça, l'air de rien, en sorte d'italique. Ça me reste un peu *ma vie* sur l'estomac... des fois, ça pourrait me basculer vers les réflexions. C'est ce qu'il cherche... il me reprend au vif... au foie... me cueille.

– Et Dieu? Vous vous en foutez, vous aussi, de Dieu?

Quasi affirmatif. Il répond presque à ma place. Là, faut que je me la donne. Hector m'a bien mis en garde, ne jamais polémiquer avec les amateurs... leur avis... oui oui... toujours. J'ai déjà eu M. Walt Blumel plusieurs fois, il est venu me raconter, celui-là... Dreyfus... Alfred! Les iniquités qui furent, qui ne sont pas si loin... même pas un demi-siècle. Si vives, les impressions de M. Walt Blumel! Toujours plein de véhémence, de fougue. Il en voulait à Barrès, à je ne sais plus qui au juste... Maurras sans doute... et aussi Léon Daudet. Oui, oui... si je partageais ses avis, opinions, révoltes... m'en battais la glotte intérieur cependant. Comme M. Blumel nous raflait, à prix d'or, tout ce qui se rapportait à son Alfred... tous les fascicules... les ouvrages annotés... les ultimes parutions. Il venait m'en lire des pans entiers! Ça restait *l'Affaire*! « Qui n'a pas connu *l'Affaire* ne sait rien! »

Je vous détaillerai si ça me remonte, si ça se replace, si ça me paraît instructif! Je n'oublie jamais ma double mission d'écrivain... divertir en instruisant. Enfin, Walt Blumel, je me le revois bien... ventru, chauve, le col cassé et ses lorgnons... costardé genre 1910... leggins et la canne et son bada bord roulé... sa rosette d'Honneur à la boutonnière. Par la suite, en sanatorium, je ferais connaissance, un hasard, avec son fils militant, lui, de Papa Staline. Tout ceci, lectrices charmantes, vous vous en battez les cils... je me doute, hélas! Aimeriez davantage les histoires malgré tout d'amour... avec du sexe glissé lousdoc... vaseliné... enrubanné de mille vocables adéquats. On y viendra... chaque zob en son temps! Aujourd'hui, nous nous pressons trop du derrière et de la bébête... Ces choses finissent par perdre, alors, un certain charme.

Au Carillon des Siècles, j'appris donc à boucler ma gueule, m'abstenir d'idées personnelles. Se succédaient, vous allez lire, voir... toutes sortes d'idéalistes opposés... rouges, noirs, blancs, bleus... parfois excités, ivres morts de leurs convictions. A quoi bon les dissuader, contester, leur mettre le nez dans le caca des contradictions! Oui... oui... toujours, mais comment donc, monsieur, madame, mademoiselle. Pas plus d'opinion à avoir qu'en fourguant des peaux de lapin, des berlingots, des bretelles! Où allons-nous! Quel gouvernement! Quelle époque, je ne vous le fais pas dire! La décadence, mon cher, nous guette!

Le Professeur, c'était plus duraille de s'esquiver, s'évaporer entre ses phrases. Dieu, merde? Y pensais-je? Des plus rarement, je le confesse. Il m'a percé au vif, le gugusse avec sa paluche sur le front, sa lippe, son œil-vrille... son boquillonnage. J'ai l'heur de narguer les croyances... de passer outre Dieu... de reluquer surtout les fesses qui défilent rue de Seine... les guibolles des nanas... leur silhouette... me rêvasser en tringleries. Je vais pas lui avouer à ce type... il me faut, prudence élémentaire, biaiser. Oui, Dieu... Ah, Dieu de merde! Quel métier je fais là, quelle malchance! Pour mes yaourts, mon pain jaune, mes transports tout ce qu'il y a de communs... fringues teintes de l'armée US. Il me faut en sus répondre de Dieu. Mais enfin il se marre, mon client nouvel, il lippe. Il meumeute... se gausse de mon embarras.

– ... Je vois ça... Je ne vais pas... meuh...

Il se donne des pauses, respirations, avec ses meuh... sa lippe... le temps de balancer la vive réplique, l'aphorisme... la citation... Malraux, Platon... comme dit Hegel! S'il est éclectique! Bien difficile de le cibler comme Walt Blumel. N'a pas qu'Alfred dans sa musette culturelle!

– ... meuh... Dieu... ouais... meuh... Au fond, il se suffit à lui-même, Dieu.

Il est plutôt content de ce qu'il vient de me proférer... que Dieu se suffit à lui-même. Il va me le redire temps à autre par la suite lorsque nous serons liés... Copains, difficile de vous dire, commc cochons avec le Professeur, ça serait un peu profanatoire... sacrilège! Il restait, reste, restera dans ma mémoire une sorte de Maître... l'Homme de mon éveil aux choses de l'esprit.

Toutefois, pour l'instant que je vous rapporte, il est là... pogne au front... son œil soudain plein de ruse. Ne sais quelle contenance prendre avec ce genre de lascar... une espèce jamais rencontrée jusqu'alors? Il me débagoule, partant de Dieu, je ne sais plus quoi... ma souvenance est en défaut, il m'en dira tant par la suite – qu'on veuille bien m'excuser un peu.

Dans les cas tels... je m'espérais toujours l'intrusion d'un troisième larron... un autre clille... une femme, un homme... un trouble dialogue. Cependant, ça ne m'arrivait pas lerche, je remarquais... ils venaient, ces olibrius, les uns après les autres. Certains à l'aube... d'autres à la nuit... les pires à l'heure de la graine... mon yaourt, ma galtouse réchauffée par mame Théo. Qu'il me fallait tout de même, à cette vieille ravelure, lui faire des giries, des politesses à son clébard, l'ignoble roquet... l'hargneux boudin, l'œil glauque... tout ça, dans le passé, ça me revient comme un sale renvoi de poiscaille avarié.

S'il me parvenait, l'importun, le visiteur des rayonnages, vite fait je planquais ma gaufre... aluminium... une carrée de l'armée 40... de ma récupération, mes voleries multiples, chapardages qui ne m'avaient jamais posé de problèmes moraux. Sous le burlingue, hop! mes zharicots fumeux... et l'autre qui venait me raconter les malheurs d'Alfred. Vous me direz Dreyfus... n'empêche, je bectais froid après... j'osais plus me pointer chez l'affreuse, encore affronter son chien-chien... encore lui tenir je ne sais quelle jactance... la pluie, le mauvais temps... les élections... ce gouvernement qui ferait mieux de lutter contre le marché noir que nous promettre le saint-frusquin à la saint-glinglin!

Vrai dire, moi, je les enviais les trafiquants du marché noir, les marles qui se gavaient, se pavanaient du bide... leurs pompes étalées triple semelle. J'étais dans les velléités, je rêvassais à des liasses de biffetons, des piécettes en or. Ça me paraît, dans la souvenance, m'introspectant près d'un demi-siècle après, on peut m'excuser, flou, approximatif. Ma résolution prise croix de fer, croix de bois... de plus m'enfourner dans les combines... de fuir mes amis malfaisants... mon stoïcisme, là, aux yaourts... discours de divers jobastres, fumeux coucous... les dames amies aussi de la Comtesse... de ces perruches, ces aigrettes... glapissantes... précieuses, ô combien, ridicules et vioques en sus... s'esbaudissant au bord du sépulcre... veuves toutes de généraux, ambassadeurs du Saint-Siège... écrivains aux oubliettes depuis déjà un bail... quelques lustres... six-sept au moins!

Passons... nous n'en finirions plus. Le Professeur, lui, c'était pas l'heure de la graille, sa visite, y venait pas postillonner dans mes féculents réchauffés chez Mme Théo. Ne sais si c'est le début ou la fin de l'après-midi qu'il est là sur le fauteuil et qu'il m'asticote de la non-existence de Dieu en mon âme? Enfin, il a perçu de son regard brûlant que je m'occupais ni de Jésus-Christ, Vishnou... Jéhovah, Bouddha... ni même Belzébuth et son frère Satan! Il repère, jauge rapidos que je flotte... ne suis rien, sans presque de passé... même pas le nom de mon père... un errant sans conviction. Je me rends pas compte, moi, de son côté conquérant des êtres. Sans but bien précis d'ailleurs que d'avoir un auditoire, des sortes de disciples... admirateurs de sa jactance, ses paraphrases... propositions inattendues, sophismes, bien sûr les plus hardis... toutes les ruses pédagogiques qu'il avait emmagasinées pendant ses études. Il va m'en jeter dans les trous de nez, la pleine tête, mais pas immédiat, pas sur le coup. Premier abord, je le trouve étrange... mais l'étrange, au Carillon des Siècles, ça finit paradoxal par être monnaie tout à fait galopante. Tous ces chmabes qui me visitent, me déclarent des choses et des choses, me saoulent de leurs lubies. Je vous donnerai un échantillonnage, que vous n'ayez pas l'impression d'avoir dépensé le prix de cet ouvrage pour vous clopinetter l'esprit.

En tout cas... dès cette première incursion, il m'intrigue tout de même, cézig, avec ses manières conquérant des esprits. Je l'ai vu sortir de son bénouse... sa poche arrière, un petit flask... la forme plate que je retapisse... comme les GI's naguère. Cognac à la régalade! Le Professeur s'en ingurgite une petite goulée... Slif! comme ça... lousdoc, tandis que je touille dans ma salamandre, que j'active mon anthracite britannique spécial. Dès cet instant, je devrais être hérissé de méfiance... ne plus du tout écouter sa dégoise... le laisser pisser ses phrases sur la toile cirée! Tout alors devient suspect s'il biberonne, cet intellectuel... lichaille matin au soir... n'est-ce pas... éprouver ce flask... ce besoin impérieux... Yop! une lampée! c'est qu'il est, comme disent nos psys, aliéné... qu'il n'arrive plus à se passer de jinjin, ne serait-ce qu'une courte demi-heure. A moins qu'il cherche à me surprendre... en dehors de Dieu, n'est-ce pas, l'alcool? Je me pose pas encore ces questions. Il a rebouché, revissé son flacon, rengainé dans son arrière-froc... son futal bien fatigué, je remarque... poches aux genoux, tirebouchonnant sur les grolles... le pardingue aussi en pleine lassitude d'avoir traîné sous les averses... dans les tavernes, aux portemanteaux à s'entasser avec d'autres hardes. Mais très bientôt, il va arborer une canadienne genre militaire, col en peau de quoi... lapin? toutou? Je ne vous dirais... il va revenir, soyez sans crainte. Il va même m'entraîner sur ses parcours, ses méandres... vagabondages dans les ruelles... la passerelle des Arts... les ornières de la ville. Le don qu'il a de vous embarquer en bringuebales, glandouilles, rade en rade... les zigzags dans Paris-sous-brume. D'un lampadaire l'autre. Toujours... meuh!... et il a des réserves de relations... des artistes à retrouver, reprendre avec eux une controverse, un débat, dialogue qui n'attend plus une minute, on ne sait pourquoi... à la façon, je vous risque l'image, d'un pipi urgent... à se la sortir n'importe où devant les passantes... se soulager. Lui, c'est la même chose pour l'esprit... il a soudain le besoin pressant...

Il fonce... clic boc!... subito... il lui faut voir Wols le peintre... il a trouvé la solution d'un problème... clic boc!... clic boc! Il est où ce Wols?... à la Rhumerie... aux Magots?... simplement dans un petit bougnat? S'il biberonne lui aussi? Rien de l'écrire... une éponge... s'installe, aspire, floup! le rhum surtout. Il rétorque rien au Professeur... un vague murmure... qu'il s'en glande... il cherche à allumer une pipe d'écume sous sa moustache rousse... n'y parvient... crache par terre! L'Aveyronnais derrière son zinc se risque pas à le tancer, virer comme un vinasseux malpropre. Il envoie sévère la soudure, Wols... les biffetons froissés, il les pose un rien dédaigneux sur le comptoir. Il me fait penser à une méduse... je compare... énorme, une masse. Ça m'époustoufle, moi, plouque des rues de la Pointe-d'Ivry... Malmaison... Butte-aux-Cailles! Le Professeur m'intercale parmi les esprits... les rois de la barbouille, les hirsutes existentiels! On les cite dans les gazettes... ils seront plus tard au Petit Larousse... Je me laisse prendre au prestige... candidat admiratif.

Ce qu'il avait à débattre, le Professeur, avec Wols... jamais j'ai pu élucider... toujours est-il que je parviens dans son sillage, un soir, dans la piaule de ce peintre au-dessus de l'institut Duncan.

Ceux qui vivaient en ces parages ont tous connu le frère d'Isadora la danseuse, morte étranglée par son écharpe dans sa décapotable, son Amilcar sport des années folles... Raymond qui se promenait en toge blanche... pieds nus dans des sandalettes toutes saisons. Il délirait, lui, dans l'hellénisme, la sagesse antique... sa chaudière chauffée aux Grecs. De la chambre de Wols, la fenêtre ouverte, par la verrière on les voyait... toute l'Akademia... les Duncans, Duncanes... tous en saris, robes de lin blanc... des dabuches pas première fraîcheur... ils évoluaient, dansaient au son de la harpe. On n'entendait rien, rapport aux vitres... mais on devinait... taga ding!... vloup! suivait lento lento la musique... les gestes des bras... taga ding! Aux antipodes, vous vous doutez, des rockers d'aujourd'hui... féroces à crête rouge, verte... vociférants... hallucinés! Duncan, il maintenait ses disciples, disciplettes... mollo... piano... tagada ding! à la harpe! Une ambiance fantomatique... un autre monde... celui-là encore plus lointain que les généraux Second Empire de la Comtesse! Alors, tout simple pour les réveiller un peu, les remettre à l'heure... Wols et le Professeur, ça leur prenait, ils pissaient sur la verrière... sur la harpiste... les danseurs... les tisseuses, fileuses à leur rouet. Ça restait inoffensif... juste sur la vitre, l'urine joyeuse... symbolique! N'en avaient cure, les autres louftingues... tagada ding!... ils poursuivaient leurs danses rythmiques... l'ampleur des mouvements. Duncan lui-même couronné de lauriers sur la tronche... au milieu des matrones péplum... plum... plum! Tous extasiés... nos pissats... que foutre! Je m'y étais mis aussi. Je me sentais devenir artiste...

– Dommage qu'on ne puisse pas déféquer... meuh... ça serait tout de même plus évident.

La conclusion du Professeur... son style! Il n'aurait pas dit, comme toute mignonne d'à présent, chier... il n'aimait pas tant les gros mots. C'eût été duraille, compliqué en diable, de cacater depuis la fenêtre de la piaule de Wols. On risquait de glisser, se retrouver cul enfienté parmi les duncans... les débris de verre... causer alors le vrai scandalc. Juste la lissebrocade suffisante... qu'ils sachent au moins ce qu'on pensait d'eux.

Wols approuvait-il les paroles du Professeur? On ne savait. Il bougonnait dans sa moustache... se reboutonnait la braguette, se revautrait sur le divan... lichetronnait. Autour, sur les murs, y avait ses esquisses... ses recherches... des moisissures, on aurait dit... des volutes... fissures... cloques... des longs fils qui évoquaient des formes étranges... sa production artistique... dessins, gravures, trois-quatre toiles. Ça me surprenait... n'osais rien dire, interroger. Il s'en moquait, Wols, de mon opinion. Il vivait, ça semblait, dans un globe, un cocon... juste, il sortait un peu pour son rhum. Ce qui me séduisait, c'était surtout d'aller pisser sur l'Akademia, les médèmes en péplum.

Jeunesse folle, on passe à côté du sublime... on ne voit de De Gaulle que son bide... son grand tarin, ses immenses esgourdes. Toujours moi... mon penchant futile... mon manque de sérieux... même aux pires moments, aux articles de la mort. Un reste de quoi au juste? Gaieté... quelque chose d'inné du fond de la carcasse... qu'il vaut mieux rire avant de pleurer... pour ne pas pleurer surtout. Pisser allegretto sur les péplums... toutes les soutanes... blanches, rouges, noires... mon impuissance à prendre le monde au sérieux.

Professeur... bien joli... mais de quoi, professeur? Ce qu'il enseignait où et comment? Eh bien, mes bonnes amies, mes attentives... je vais vous en boucher la chatte... de grec, il était agrégé... et aussi de latin. A l'occase, il pouvait donner aussi des cours de langue française, d'histoire littéraire! Il se déplaçait, glissait, manœuvrait entre les matières, les cours, les spécialités culturelles, sans aucune gêne. Il embrayait quart de tour dans le vif d'une étude sur Jean-Jacques... son influence sur les romantiques! Les sujets les plus abrupts, il savait vous les propulser dans la tronche. On ne pigeait pas toujours... surtout votre serviteur plumitif, mais une sorte de charme opérait. S'il était quasi à jeun, les jeunes esprits lui filaient sitôt le train de sa jactance. Nulle mouche volait dans ses classes, ses cours... elles n'osaient pas prendre leur élan, venir lui offenser sa causerie. La voix d'or, l'œil toujours en éveil... les potaches... même clic boc!... ils se gaussaient plus... les plus obtus bovins, enfants d'épicemards enrichis pendant l'Occupe, eux-mêmes se laissaient envelopparès. Le sens des formules, il avait... Bing! dans le mille!... d'entrée! Plus souvent, il posait ses questions... n'attendait pas la réponse, bien entendu... c'était un truc, une feinte! La question revenait de temps en temps, au fur et à mesure qu'il avançait... qu'il développait ses arguments.

– Et le reste n'a aucune espèce d'importance!

Ce genre de conclusion qu'il accompagnait de sa lippe... meuh! Il se fendait intérieur la pêche, d'autant plus qu'il avait émis des thèses tout à fait effarantes... spéculé aux limites du vraisemblable.

Pourquoi, merde! m'étais-je embringué avec cézig? Ça participe du mystère... un peu comme l'amour... tout à fait inexplicable! L'impression peut-être qu'il allait m'ouvrir les portes de l'esprit... que tous ces livres, ces rangées d'auteurs en œuvres plus ou moins complètes dans la boutique allaient me devenir accessibles. Ma mémoire est en souffrance au sujet de notre première sortie hors du Carillon... comment on en est venus à se retrouver devant un verre?

Je me méfiais aussi des tantes, pédales sournoises toujours plus ou moins en chasse. Sur ce chapitre, Hector m'avait affranchi... « Méfiez-vous surtout du général Troubnikof!... A moins que... » Hi! Hi hi!... il se fendait à l'idée que... ou queue... (l'orthographe au choix!). C'était un habitué, le général Troubnikof... un rescapé du naufrage tsariste... l'épopée de l'amiral Koltchak en Sibérie... de justesse évité la fusillade après la chute d'Irkoutsk. Si je me le resitue, ce Ruskof... un moustachu de démonstration... sa trogne à blinis, caviar noir arrosé de vodka... qu'il se torchait pas à l'eau de source, évident! Seulement, lui, il vacillait pas... il tenait la barre, la rampe. Secco, solennel... belle prestance. On ne discernait aucune différence matin ou soir. Dès le deux-troisième jour de mon embauche, il m'avait gaffé en passant, en s'arrêtant devant la vitrine. Fleur de l'âge pour ce sabreur. Tous les sous-lieutenants de sa brigade, paraît-il, il se les était enfouignedarès! Pendant que Lénine, Trotski progressaient... lui, ce débauché, ne pensait qu'aux jeunes officiers, aspirants... fesses fraîches moulues... les dépouiller de leur pantalon... dolman... après moult libations... les conduire... « Mais que faites-vous, mon général!... vous êtes fou! »... à ses fins libidineuses. En gros, ce que m'avait raconté Hector en gloussant. S'il s'en régalait, cézig, des évocations scabreuses... que c'en était ambigu! Le général Troubnikof qui parvenait toujours à calcer les ordonnances... les petits cosaques... ce dégueulasse! En France depuis plus de vingt-cinq ans, il avait vieilli, certes... perdu son prestige... sa fortune... devenu chauve avec juste trois poils au milieu du crâne. Plus d'uniforme, les fringues encore un peu colorées tout de même... le gilet brodé... les guêtres beiges... la canne...

– Général Troubnikof!

Il s'était lui-même annoncé à la lourde... le grand sourire... claquement de talons! Sans même être averti par Hector... quelques minutes... je me serais mis en quart, miches serrées. On ne passe pas! comme à Verdun. Nos bouquins en français n'intéressaient pas cette baderne... un autre âge, n'est-ce pas? Il appartenait, lui aussi, à un passé qui ne pouvait me servir à rien.

– Perrrmettez...

Oui, oui... il se pose dans le fauteuil de la dabuche. Il se frotte les pognes... beau m'activer, livres, fiches, rangement... il ne me quitte pas de son regard qui se fait un rien langoureux, féminin sous ses gros sourcils. Un sourire... dès que je lève les yeux. Ce qu'il me raconte?... Comment me souvenir! Les années passent... reconstituer son monologue? Néanmoins, très vite, il me semble, il largue les banalités... pluie et brouillard et les temps modernes si décevants. Il m'interroge, s'inquiète de ma petite personne... si je fais des études... de la culture physique... le pourquoi je suis là parmi les chefs-d'œuvre de la littérature? Me faut bien répondre... être affable. Il est bon client, le général. Hector lui recherche des livres rares, des ouvrages en cyrillique. Fourgonnant ma salamandre, je sens qu'il m'observe les arrières... qu'il me baisse le pantalon, imaginatif... clac! me calce... enfin se pointe et que je suis bien forcé de me défendre. Des tracas de jeunesse. A présent, je pourrais bien touiller toutes les salamandres, les généraux russes ou les autres, mon cul ça leur ferait pas sortir le pif de leur lecture.

On en reparlera peut-être de ce général blanc des

armées du tsar... je vous le citais simple pour dire que j'étais sur mes garde-miches perpétuelles rapport aux pédocs... tous les obsédés du fouigne qui pouvaient se ramener. Dans les beaux-arts, les œuvres de l'âme, s'ils prolifèrent! se reproduisent, multiplient... le prosélytisme en enfilade!

J'aurais pu donc, sur mon élan, me défier aussi du Professeur... qu'il ouvrait moins son jeu d'entrée que le Troubnikof... qu'il attendait que je soye ourdé pour tentativer de la braguette. Ça s'est vu, se voit chaque jour... des pédagogues, et pas des moindres, qui profitent de leur savoir, leur prestige universitaire, pour égoïner des jeunes gens. La presse n'en fait même plus trois lignes en sixième page, tant c'est devenu piécette courante.

Le mien n'en croquait... était sur ce plan tout à fait strict... ça le répugnait, les enculades, toutes les variations sodomites, les mignardises des amitiés particulières. En ces temps obscurantistes, on parlait de mœurs contre nature... cette époque d'encore les curés en soutane, les frangines en cornette, xétéra... et la valse, le tango cinq à sept dans les thés dansants.

Je ne puis être formel, mais il me semble que j'ai dû le rencontrer hors de la boutique, fortuitement, le Professeur Carvaillez... je vous ai pas, mille excuses encore, dit son blase... Richard, son prénom, et nul ne songeait à l'appeler Riri ou Chachard! Son allure, sa tronche, rien ne s'y prête... d'où le Professeur tout court, tout net. Entre connaissances, amis, on se demandait... « As-tu vu le Professeur? Où est le Professeur? Que fait le Professeur? »... ainsi de suite. Richard Carvaillez, c'était pour son état civil... pour quelques anciens du Parti, le camarade Carvaillez... tous renégats, virés... épurés... démissionnaires comme lui au moment du Pacte. Je rappelle à ceux qui ne savent pas, qui ne sont pas curieux... le germano-soviétique d'août 39 qui permit pour ainsi dire à M'sieur Hitler de se lancer dans les plaines polonaises... de nous déclencher une guerre pas spécial joyeuse. Le Professeur déjà avait eu ses démêlés aux Brigades d'Espagne... sa patte à traîner clic boc!... les désaccords avec le Mutin de la mer Noire! Malgré sa blessure héroïque, on l'avait foutu je ne sais où, sur la touche, rétrogradé dans ses fonctions aux Éditions du Peuple où il sévissait avant de s'engager en 37... réduit simple militant... fermer sa gueule! Outre ses problèmes avec Marty à Albacete, je subodorais tout de même que point n'était-ce de la nougatine, tartelette, gâteau aux fraises, les rapports des camarades, des apparatchiks patentés avec un tel personnage... né sceptique... critique acerbe... et déjà, sans doute, porté sur la dive... les flacons quarante, quarante-cinq degrés! Il eût fallu qu'il soit plus haut dans l'Enseignement, les Beaux-Arts, la Littérature, pour que les permanents le supportent, acceptent ses lubies, saouleries... ses propos sous-entendus... l'air d'y croire et de ne pas croire. Au moment de l'Espagne et du Pacte, il ne leur apportait rien question prestige! Indiscipliné chronique, catalogué... jeté hors... ténèbres extérieures... taxé d'hitlérotrotskisme. J'avais entendu la romance chez les Fabien au front de Lorraine. Traîtres... alliés objectifs des valets du fascisme international!

Ça lui reste, au Professeur, comme à tous... sa seule nostalgie, à vrai dire... ce passage dans le parti des travailleurs. Peut-être partant de là que tout a déraillé, qu'il était devenu tel qu'il m'apparut fin 46 au Carillon des Siècles... boquillonnant, tortueux de la tronche... l'œil scalpel... ses rigolades peu ordinaires.

Maintenant, ce qui me remonte à l'esprit... oui, tout à fait... je lui ai raconté... ai dû... mon engagement FTP... ma campagne de Metz... Montmédy... ce que vous pouvez lire dans *le Corbillard de Jules*. Ça me revient net... après la rencontre dans un café place de la Sorbonne... une terrasse vitrée, je l'avais aperçu. Voulu, sans doute, passer lousdoc mais il m'avait intercepté. Un grand geste de la paluche... inévitable! Il n'était pas seul à son guéridon... une gonzesse à clope, une fatiguée... une désespérée germanopratine lui tenait compagnie. L'invitation à m'en jeter un. Il me trouvait, sans me le dire, sympathique et puis cette nana, cette tristounette aux yeux bovins, ça me rassurait... qu'il en voulait pas à mon prose, qu'il fonctionnait, lui, avec les dames. Pas les prix de Diane sans doute! l'essentiel, qu'il encaldosse pas les jeunots... les petits garçons comme Montherlant. La tristounette, elle disait trois fois rien, elle sirotait un grog... les tifs dans les yeux, sur les joues... écoutait vaguement. L'impression que si je la retrouvais seule, je pourrais, sans trop me mettre en frais de jactance, de représentation galante, lui en glisser moi aussi une petite paire... qu'elle marchait en ce domaine à la va-je-te-baise et que ça ne lui procurait que des émotions médiocres... juste quelques secousses sans conséquence. Bonne copine, elle se laissait tringler. Le Professeur, plutôt il était discret question sexe... il s'affichait pas, se confiait nul. Dans son regard, certes, on pouvait lire, deviner que cette Minouchette, il venait de la coïter vite fait en gondole-hôtel meublé... le lit qui grince... le bidet à l'abri d'un paravent à fleurs fanées... petit tableau de genre. Traînait en ces temps, dans les quartiers intellectuels, une engeance de ce style... filles déclassées... en rupture de loge de maman concierge... atelier... paumées, à la dérive! Elles filaient le train de quelques ratés, artistes sans toile... plumitifs sans inspiration. Suçaillaient droite à gauche les membres plus ou moins virils des uns des autres... vouées à l'alcool... à suivre au final les enterrements des faux génies... des suicidés néantistes. Où sont-elles au jour que j'écris? Que sont-elles devenues, les malheureuses? Au mieux, rangées avec Mimile, retraité RATP... au pire, à la scaille carrément... sur les grilles des stations de métro... aux prostitutions maghrébines... à l'abattage au fond des squatts. Pourquoi je me souviens de Minouchette?... ça m'est revenu, son sobriquet somme toute mignon. Par la suite, je l'ai redressée quelquefois, toujours à la traîne d'un penseur, d'un zèbre pelliculeux de l'alpague... barbiflard, chevelu... véhément... toujours à peu près attifée d'une robe à fleurs mauves sur fond beige... les tatanes en lassitude de tant de bornes sur l'asphalte... socquettes, il me semble, et puis un pébroque... peut-être une ombrelle, choisissez! Déjà plus d'âge et cependant jeunette, sortie de l'enfance avec les cloches libératrices de Paris! Je m'égare, manie détestable pour un historien. Si vous suivez Napoléon, n'allez pas trop caracoler derrière son mameluk, vous perdre dans les oasis à l'écart des pyramides... quarante siècles, alors, ne vous contemplent plus!

Je perchais encore dans le 13ᵉ... à l'ombre de Panhard-Levassor, l'usine tentaculaire, remplacée aujourd'hui par des buildings pleins de Chinetoques. L'imprévisible évolution... qu'on la croyait faite pour durer deux-trois siècles, la forteresse Panhard.... sa sirène à l'appel des esclaves modernes à musette dès le point du jour! Elle a disparu le temps de le dire et toute sa population avec... tous mes copains, mes clébards, troquets, concepiges à ragots... j'ai du mal aujourd'hui dans le Chinatown à retrouver quiconque... quelques ombres... viocards à gapette parmi les Asiates grouillants, les restaurants viet. Tout est mangue, à présent, litchis... Hong Kong-sur-Seine.

Au petit jour, je décanillais... pas excessif de toilette vu l'eau froide que j'allais chercher dans la cour avec un broc. Je longeais le haut mur de l'usine, pas plus jouissif que celui de Fresnes... presque aussi haut... m'engouffrais dans la bouche du métro... les marches... porte de Choisy. On s'ensardinait humide, les yeux encore gonflés de sommeil... partait vers quelques pitances, les uns, les unes... maigres salsifis, topinambours qui ont le goût, il est vrai, de cœur d'artichaut... n'empêche!

Ma cambuse au fond d'une cour, sans fenêtre, juste une porte vitrée... le vasistas pour m'aérer... l'humidité suintante là-dedans... une petite cuisinière à charbon. Je vais pas vous misérabiliser ma bluette, soyez sans crainte. Je dis juste ça en passant, je brosse hop! deux coups, le décor.

Toutefois, cette vie quasi loquedue... à la galtouse... ça vous pousse pas aux tracasseries métaphysiques... angoisses culturelles. J'avais du mal à participer. Je parcourais des yeux les rayonnages... les blases en or au dos des reliures. Pour trucider le temps sans rien, sans chnoques, Troubnikof, Walt Blumel et les autres... je m'obligeais, dans un volume, la lecture un peu au hasard... roman, essai... poésie. La plupart, je battais des paupières... avec la salamandre en route, ça me somniférait. La conclusion que j'étais inapte à ces beautés... capable peut-être d'un tas de choses, vilenies et foire d'empoigne, mais question d'entraver les chefs-d'œuvre, balpeau Phonphonse! Le pire encore, c'était les surréalistes... ils étaient pas si nombreux... trente ou quarante bouquins... Breton, Éluard... Artaud... peut-être Crevel? Ça se suivait pas... s'entrechoquait... je respirais un peu qu'ils en voulaient à Dieu et à l'Académie française... qu'ils allumaient des mèches sous quelques institutions vermoulues... des gens, des emplumés dont je n'avais qu'une vague idée. Je me régalais encore de Bibi Fricotin, de fernandèleries au Septième Art... pétomaneries diverses!

La seule solution, pour donner le change... snobiner... faire semblant... bien écouter droite à gauche... ce que disent les gens qui... les bien informés. *Ce qu'il faut savoir!* C'est en toutes lettres, toute naïveté, dans les rubriques surtout de journaux féminins. On en parle... tort ou travers... on fait des bulles... un mot, on tranche. Très vite, ça s'apprend comme le baisemain, les us mondains... chère amie... ah! quelle force! Quelle profondeur! Jactez par sous-entendus... mine ceci... bouche en cul de poule... le vocable *in*. Juste celui en vogue... l'époque, ça disait excellent... sensas... à présent : génial! Vous pouvez ainsi vous promener... aller aux premières, aux vernissages, coquetèles des Lettres! L'affaire de quelques semaines, pour peu que vous ayez exact le style... pas trop si possible la tronche Ribourdoir... œufs-fromage... les oreilles d'un poids moyen encaisseur... la mine trop marquée des commissariats de police.

Mon tort, et je crois encore à l'heure actuelle, de ne pas simagrer... prendre la tournure adéquate... me renfrogner dans mes dégoûts, mes vieilleries... conneries aussi sans doute. « N'avouez jamais! » a dit un louchébem assassin, à la fin du siècle dernier, avant de se faire couper la tronche. Avinain, il me semble qu'il se nommait ce sanguinaire, j'ai la mémoire de ces choses-là. Ça reste vrai, son adage, et pas seulement dans l'assassinat, les pirateries, la délinquance... partout, toujours, *n'avouez rien.*

Revenons à mon éducateur... que je vous l'oublie pas en quelque arrière-salle de bistrot, attablé devant les soucoupes empilées. Comme dans les dessins, caricatures d'une autre époque déjà. On retrouve ça dans Cami, les blagues 1910. A présent, ça n'amuse plus les boit-sans-soif, becs salés... les tututeurs... lichetronnailleux. Dans les journaux humoristiques, pendant quelques décennies, ils ont fait la joie des lecteurs. Chaque verre, une soucoupe de plus. Sans doute les caisses enregistreuses nous ont-elles privés de ce spectacle... l'étalage du vice, l'aveu des pastagas, vermouths... Dubon... Dubonnet!

Quand il vous filait rencart, le Professeur, jamais il était en retard... une heure, parfois deux à l'avance, au fin fond du troquet à faire monter les soucoupes, s'arsouiller sérieux la glotte. Ça lui valait, ce genre de mauvaise habitude... de s'être fait bordurer des institutions publiques... révoqué depuis déjà... sous Philippe Ier le Maréchal. Viré par Abel Bonnard, ministre de l'Éducation à Vichy-État. Le Professeur l'accusait d'être de la jaquette, cet Abel... de traîner les tasses... *gestapette,* ainsi surnommé rapport à ses opinions pro-chleues... son goût des balèses Aryens aux yeux d'azur. N'empêche que c'était pas pour des questions idéologiques que le Professeur s'était fait jeter de l'Université... que l'abus de boissons alcoolisées y était pour l'essentiel. Les cours magistraux saoul, ourdé à mort... Maréchal, Abel ou la République Quatrième, le résultat kif... direction la lourde!

Je fais donc, moi, sa connaissance après sa révocation... qu'il était devenu volant... de cours en cours... écoles privées, laïques ou confessionnelles. N'avait cure... en dèche, il se pointait n'importe à quel portillon... se présentait au directeur avec ses parchemins en fouille. On manquait sans doute de personnel enseignant, on le prenait jusqu'à ce que... ça durait selon... variable! Certains établissements le conservaient en fermant longtemps les yeux sur ce qu'ils nommaient, l'euphémisme, son petit travers, son péché mignon. Il faut bien, tout de même, que l'honnête homme se désaltère... s'enivre peut-être temps à autre. Noé ne fit-il pas de même... après lui le Déluge! Invariable cependant, ça finissait scandaleux, qu'il se pointait clic boc! titubant, roulait sous son siège magistral, s'étalait parmi les potaches, potachesses... gerbait facile sur les curieux, les petits, les petites qui ne s'écartaient pas assez vite. Difficile d'éviter les récriminations, protestations véhémentes des familles... le professeur de latin-grec, ivre mort la plupart des cours. Certes, on reconnaissait en haut lieu qu'il lui en fallait pour qu'il s'affale dans les travées... il tenait la boutanche et même déjà ourdé roide, il déclinait jamais de traviole... le respect dû aux conjugaisons latines. Selon où il avait passé sa nuit, il leur débarquait aux élèves en des tenues plus souvent fripées, maculées, haillonneuses, le col de la chemise arraché après une bagarre... une rixe dans un rade pourri... l'œil au beurre... des traces sanglantes sur le costard... dégueulis!

L'inconvénient de cézig, à le suivre, le fréquenter, l'écouter assidu... bonnir ses salades cultivores... se régaler de ses sentences, aphorismes... trouvailles inouïes de fin fond de tronche... que ça finissait parfois en castagnes diverses avec divers antagonistes... d'hargneux pas d'accord, adversaires selon la nuit, le petit jour... de gauche ou d'extrême cela. Il suffisait qu'ils ramènent, pavoisent ceci... le Professeur, ça le démangeait de leur rétorquer, attaquer sec... contrer pour le simple plaisir avec des arguments incisifs... au point d'en arriver aux poings... verres pleine gueule, s'insulter... se mettre les têtes au carré ne sachant au juste pourquoi. Ça se terminait aux pansements, arnica... sparadrap... mercurochrome.

Je fus ainsi propulsé dans des corridas absurdes, conflits qui me concernaient nib! A propos de quoi?... l'URSS sans doute... le droit des peuples... vieilleries politicailleuses, des injures à se traiter de pédés... de gonzesses... des mots... maltapropos... regards qui déplaisent. Tout ça méli-mélo... ne puis vous reclassifier... chronologiquer exact... d'autant qu'en sus je dois vous policer mes phrases, chercher les substantifs... l'image mouche... spirituelle autant que plume se peut!

C'était plus tard... peut-être après le Carillon où je ne

fus au turf, en réalité, que deux-trois saisons. L'avenir opaque dans ce secteur. Hector qui se retournait de plus en plus les fouilles pour mes mensualités. Ceci sans vif intérêt pour le lecteur, mais pour moi essentiel... mes yaourts, me ressemeler les grolles, payer mon gourbi, ma piaule sans fenêtre et ma fée électricité.

Cependant, comptèrent dans ma vie, mon éducation de l'intellect, ces dix-douze mois dans les rayonnages, les éruditions in-quarto... mon éveil culturel dont profitent à présent moult lecteurs... lectrices moins nombreuses, certes, mais d'autant plus précieuses. Ça vaut que je m'y arrête... dans nos existences, parfois de courtes périodes ont une importance décuplée... ça se concentre... tout se noue, dénoue, se décide à jamais. Ensuite, vous vous trimbalez des lustres sans plus à vous foutre sous la denture que des fragments, des restes de presse, faits à peine divers... des concepigeries fades!

Que je m'efforce de bien vous dégager les choses, l'essentiel à départager des broutilles. Au Carillon, ma découverte un peu lurelure, mais toutefois capitale de la littérature... un monde que j'ignorais jusqu'alors. Magma cependant... mélangé avec les loufs... mes soucis constants sexe et croûte. Bon. Là-dessus ou là-dedans, le Professeur... son arrivée clic boc!... dans mon trou... les ouvertures qu'il va m'offrir vers les mille choses de l'esprit. Sans que ce soit concerté, prévu. Plutôt par désœuvrement, envie de glandouiller, je vais lui filer le train. Ça deviendra une habitude... deux-trois jours, il disparaît puis... clic boc! il rallège... le carillon du Carillon! Il se marre en entrant s'il me voit aux prises avec un client qui me râpe menu les burnes... un convaincu... un jérémiadeur... les pires, ceux qui vous entreprennent avec leurs malheurs... les veufs, les cocus, les fistuleux... ceux qui vous égrènent leurs hémorroïdes... que vraiment on ne trouve pas les mots pour les assister dans leur détresse. Le Professeur me délivre, se mêle, intervient brusque, casse la cabane de l'olibrius, du raseur sans savon à barbe. Je ne les ai pas encore tous vus, tous répertoriés... Hector se fait mystérieux.

– Vous allez voir... le Commandant... il doit passer... il téléphone au Portugal, alors n'est-ce pas, il faut bien noter le temps de ses communications... au tarif de l'unité, nous ne pouvons pas nous permettre de faire de pareils cadeaux.

Et il est venu, ce Commandant... il a pas tellement d'atouts dans son jeu pour séduire, hommes, femmes ou enfants. Secco, roide, hautain... le nez bec d'aigle... ses lunettes verre fumé... sa canne... la minceur de ses lèvres... un léger tic de la bouche, une petite grimace de la commissure droite, bien sûr... sans doute à force de donner des ordres! Me toise... je suis donc le nouvel employé d'Hector. Il voudrait bien, je suis certain, que je me mette au garde-à-vous, il se ferait un peu moins aride pour me dire « Repos! ». Oui, je suis au courant, il peut appeler Lisbonne... il est quatre heures et c'est les mardis qu'il a une conversation téléphonique avec son fils. Retire son galure, ses gants... je lui laisse ma place et je m'éloigne... discrétion oblige... le minimum. Seulement, il glapit dans le bigo... en deux minutes, je suis au parfum... que si son rejeton est à Lisbonne, c'est qu'en France, s'il y était resté, il serait à la galtouse derrière les barreaux de Fresnes. Même pas des lentilles, pois cassés... je peux témoigner, j'y fus un an plus tard quelque chose près... le menu ne s'était pas tant amélioré... choux-raves, navets dans l'eau carrément de vaisselle... tous les dimanches, un bout de chtir baptisé viande.

Hector m'expliquera qu'il était officier à la LVF, le fils de ce Commandant... la Légion des volontaires contre le bolchevisme... qu'il s'y était conduit en héros au point de mériter la Croix de fer. Seulement, le hic! le bolchevisme l'avait mis dans le dos du joyeux Adolf Hitler... et c'était depuis l'hallali au cul des rescapés LVF! Peu nombreux certes, mais sitôt passé la frontière, emballarès pour la cabane!... la cour de justice! Avec le temps, ça se tassait, si on ne les flinguait plus, les combattants du front de l'Est, on les emplacardait tout de même pour de longues peines. Le fils donc... je ne sais, Armand, Louis, Edmond!... avait réussi à atteindre la frontière espagnole avec une fausse barbe, des faux fafs, des complicités multiples et il était à présent chez Salazar. Pas tant dans une situasse coquette... ce que je comprenais sans vouloir entendre... des questions de gros sous... que le dab crachait au bassinet et que ça lui améliorait pas son tic de la bouche.

– La vie augmente sans arrêt. Et c'est pas Léon Blum qui va nous arranger les choses.

Il venait de former un ministère, M. Blum. La France devenait un dépotoir! Il donnait dans le sarcastique, le Commandant... qu'il fallait bien engraisser les juifs, les francs-maçons revenus dans les fourgons d'Eisenhower.

– Certes pas en première ligne.

... le ricanement qui suit. Je surveille quand même la tocante... cinq minutes déjà qu'il déconne... ça va lui coûter cher de déblatérer sur Blum, Maurice Schumann... De Gaulle général de brigade à titre provisoire!

Je feins de m'occuper d'un rayonnage, je passe un chiffon sur les œuvres complètes de Racine... édition in-8° 1829 reliée veau glacé vert olive... une pièce assez rare... assez coûteuse... j'astique le dos à quatre nerfs. Il bave toujours, papa, sur le régime parlementaire, les mœurs dissolues de la jeunesse... vraiment il ne sait plus où on va... ne va pas?

C'est à ce moment que... ding! ding! clic boc!... se pointe mon Professeur... souriant, presque hilare que c'est pas dans ses habitudes, n'est-ce pas... j'en déduis rapide qu'il s'est arrêté le long de sa route en quelques débits de boissons. Vient me serrer la louche... cordial en diable, et il coulisse son regard perçant vers le bureau, le téléphone. Je ne sais s'il connaît le Commandant mais, comme ça, une intuition, je redoute la cagade! Je suis en quart... s'il entrave le quoi du qu'est-ce, officiel il va l'agresser! Ça ne loupe... il s'avance, le gaffe... échange de zyeutages dépourvus d'aménité. Le Commandant vient juste de finir son dialogue téléphonique... sept minutes exactement... raccroche. Je calcule, lui annonce la somme qu'il nous doit.

– Dites à M. Hector que je le réglerai lundi...

Je note... vais pour ce faire jusqu'au bureau prendre le cahier et je m'aperçois que le Professeur s'est mis en position comme s'il tenait un fusil et visait le Commandant. *« Feuer ! »* Il mime... se marre! Le Commandant, il en revient pas... il s'étrangle... l'indignation...

– Qui vous permet?

– On peut bien rire, cher ami!

– Mais, monsieur, je ne vous connais pas... je trouve votre attitude déplacée... comment dire, inqualifiable!

Le Professeur, ça l'émeut pas l'indignation du Commandant. Aussi sec, il le remet en joue... *« Feuer ! »*... et il ajoute : « A votre santé! » en extirpant de sa poche arrière son flacon de cognac!

Pas à même d'arbitrer l'amorce du conflit... ne sais que dire. Tout de même, je tente la bonne humeur... je vais les présenter... « Le professeur Carvaillez... le commandant Pontard du cadre de réserve. »

Le Professeur lui tend la main... le Commandant ne la saisit... se drape... rajuste son galure et sort sans plus rien ajouter. Tout de suite, je me gamberge qu'il va grossir l'incident auprès de la vioque... auprès d'Hector... ça va encore me compliquer la tâche. Déjà, on me vole... et le demeuré, Placide, l'édenté qui vient faire nos vitres... sa braguette toujours ouverte... les clientes, ça les outre! N'en a cure, ce con! il rit de tous ses chicots. C'est d'ailleurs tout à fait symbolique, cette braguette ouverte ne laisse entrevoir qu'un calbard douteux, même pas quelques poils. Ces dames feraient mieux de se détourner... contempler Corneille ou Marivaux dorés sur tranche. Elles sont ainsi faites que, sans les émoustiller vraiment, ça leur dérange je ne sais quoi dans la libido, cet escogriffe derrière la vitrine sur son échelle double... sa chevelure hirsute! L'œil vide... il frotte, s'arrête... ricane... se farfouille les trous de nez, l'intérieur du froc... glaviote sur son chiffon.

– Le personnel n'est plus ce qu'il était.

Ce que dit la Comtesse... surtout que Placide, on le paye en piécettes, main à la main... il se contente de pas lerche, le pauvre. Les soirs, il mendigote au Flore... se glisse entre les tables, tend sa casquette aux penseurs, penseuses jusqu'à ce que Boubal le patron envoie ses garçons le pousser vers la lourde.

Afin de résoudre les problèmes posés par cette braguette béante, j'ai acheté un lot d'épingles à nourrice... « Ferme ta boutique, Placide... » Il m'obéit, hilare, il se pique les couilles. Moi, il m'aime bien... il doit sentir moins de différence intellectuelle entre nous qu'avec les autres... nos clients érudits, officiers de réserve, bibliophiles dreyfusards, philologues... nos beaux esprits, nos vieilles bas-bleus. Notre conversation... succincte... il doit avoir l'âge mental de huit-neuf ans. A éviter qu'il se laisse choir dans mon fauteuil ou dans celui de la daronne... la manière dont il se farfouille dans le bénard laisse supposer, sans être spécial malveillant, un grouillement de morbacs sous-jacent.

Il était là le jour de l'altercation du Professeur avec le Commandant. Il s'activait outre-vitre. Ça me fait ma scène... mes deux lascars dans le clair-obscur du Carillon... la lumière tamisée sur les chefs-d'œuvre et puis cézig qui nous observait de son œil bovin. Qu'est-ce qu'il a pris au Professeur de le fusiller lui aussi... le geste. En joue... *« Feuer! »* et patatras!... de surprise, il s'est étalé... chuté de son échelle. Précipitation pour le relever... le soutenir... le Professeur le requinquer avec son flask. Les flubes qu'il se soit cassé un fémur, l'omoplate... le radius ou le cubitus. Le miracle... il est comme désarticulé, Placide, il se redresse par morceaux... Gloup! il a liquidé le flacon de cognac.

– Tu t'es pas fait mal?

Il se fend la terrine de son rire idiot. Non! Non! Il se fait jamais de mal, il ne se plaint pas... mais ici, n'est-ce pas, il fait plus chaud que dehors, il ne se presse pour retourner sur son échelle, finir d'astiquer la vitrine. D'ailleurs, c'est l'heure presque de fermer... tirer le rideau avec la perche, éteindre les loubardes... regagner mon métro.

– Allons boire un verre!

... l'invitation du Professeur... ça s'adresse aussi à Placide. Le Professeur n'a aucun préjugé quant à ses fréquentations, il tutute avec n'importe qui... le dernier venu... celui qui s'arrête... ami ou ennemi, il régale... clic boc! Ainsi nous nous sommes retrouvés avec Placide à la

Rhumerie martiniquaise... c'était les heures à peu près de Wols et de quelques autres... l'ex-ambassadeur auprès du Saint-Siège... M. Pélasson... Mythomane intégral celui-là, le Professeur m'a affranchi. La première fois il vous bluffe, le prétendu ambassadeur... tranche sur tous ceux qui se glandent dans le secteur... col cassé, Légion d'honneur... le costard foncé bonne coupe et les pompes vernies. Il s'installe à notre table, salue rapidos le Professeur et il attaque d'autor... revient de Rome où il a eu un entretien avec Pacelli... Eugenio... c'est ainsi qu'il parle familièrement du pape Pie XII. La situation de l'Église est délicate actuellement... il faut tout de même qu'elle préserve ses droits, ses intérêts, ses représentants dans l'hémisphère du cher Petit Père Staline. Pacelli ne lui a pas caché son angoisse... xétéra! Il jacte si bien, pondéré, subjonctif... l'imparfait quand il le faut... ses longues mains aux ongles bien nets... on se laisse envelopper! Comment s'imaginer qu'il vit dans le mensonge cet être?... que de tout ce qu'il dit il n'y a rien, mais absolument rien de vrai. Il a même, dit-on, entubé avec son blabla Simone de Beauvoir, la dame de Sartre. Toute une soirée, elle a pris des notes pour écrire un article dans je ne sais quelle revue. Tout maboule qu'il est, cet ambassadeur bidon, il cible bien son auditoire... lui dit les mots qui vont dans son bon sens... ce qu'il attend, l'eau des meilleurs arguments pour faire tourner son moulin. Une fois au courant, il s'agit alors de jouer le jeu sans piper... faire semblant... abonder dans sa direction, lui poser les questions propres à alimenter ses élucubrations.

– D'ailleurs, dit le Professeur, il ne déconne pas plus qu'un véritable diplomate. Il dit des choses plus pertinentes que Saint-John Perse!

Mon ignorance alors de ce saint... un homme du Quai d'Orsay, poète à ses heures... qui deviendra prix Nobel. Je n'osais même pas poser de questions... crainte de passer pour ce que j'étais, un ignare. Ce faux ambassadeur, à bien réfléchir, avait quelque chose d'assez fascinant comme tous les grands mythomanes. S'inventer une vie lorsque la vôtre est insipide, peut-être est-ce une forme de sagesse. Tout est théâtre, cinoche au bout du compte! Le vrai du faux, qu'en reste-t-il? A l'addition des ans tout s'efface.

M. Pélasson trimbalait une serviette en cuir avec ses initiales. Personne ne pouvait dire de quoi il vivait. Seulement, pendant l'Occupe il avait si bien raconté ses histoires de Vatican, de rencontres avec Mussolini, de tractations secrètes à Lisbonne avec les envoyés de Churchill au moment de la chute du fascisme en juillet 43... ses conciliabules vichyssois avec Pierre Laval... qu'à la Libé, les vengeurs de quartier, une tierce de farouches FFI, avaient failli lui coller douze balles dans la paillasse sans autre forme de procédure.

– Il a pris les choses avec beaucoup de dignité...

Ce que me racontait le Professeur. La mythomanie poussée à l'extrême... se faire flinguer pour des mensonges... le comble! Je ne sais qui au juste l'avait sauvé extremis... révélé aux patriotes hâtifs de la détente que ce traître était un imposteur de la traîtrise. Et il n'avait pas obtenu gain de cause sans mal, ce sauveteur miraculeux. M. Pélasson ne l'avait pas tellement aidé. On l'avait expédié à Drancy... quelques mois à Fresnes afin d'enquêter, de s'apercevoir qu'il était tout à fait innocent... que jamais il n'avait rencontré ni le maréchal Goering, ni le comte Ciano.

Imperturbable, il était sorti de la ratière pour retourner avec son col, sa serviette en cuir... aux Deux Magots, chez Lipp... à la Rhumerie où le Professeur l'accueillait avec le respect dû à son rang, ses fonctions prétendues.

Wols était là, ce soir où nous remorquions Placide... je me souviens net... une étrange tablée. On se tapait des grogs rapport à ce temps brouillasseux. A deux mètres, on n'y voyait plus dès six, sept heures du soir... une brume à donner des idées aux émules de Jack l'Éventreur dans les rues avoisinantes... l'Échaudé... l'Abbaye... l'aimable place Fürstenberg!

A la terrasse vitrée de la Rhumerie, on était, nous, dans une sorte d'aquarium... au chaud... on écoutait n'importe quoi... n'importe qui! Le plus curieux, ces gens les plus divers, les plus éloignés les uns des autres, restaient là sans que ça leur paraisse anormal. Mon clochard laveur de carreaux, sa bouche dépavée, sa braguette entrouverte, l'Ambassadeur l'interpellait : « La politique étrangère française, cher monsieur, est insensée! » Il acquiesçait vaguement, Placide... reniflait, se brûlait les lèvres en voulant trop vite siffler son grog. Wols, un peu effondré dans un fauteuil de jardin en osier... les yeux mi-clos, était ailleurs... dans son monde aux frontières de l'abstraction. Le Professeur, interne, je le sentais jubilant. Il branchait l'Ambassadeur sur les petits secrets de Pie XII avec la sœur Pasqualina sa surveillante... une virago religieuse qui s'occupait de tout... que pas un pet ne s'échappait de la soutane du Saint-Père sans qu'elle soit là avec un tube, une éprouvette pour en recueillir le parfum... le métamorphoser en relique. Là, le vrai se mélangeait au faux, cette frangine existait réellement et jouait presque le rôle que lui prêtait M. Pélasson.

On restait là... quoi?... une heure ou deux. Le problème, ensuite, c'était la croque... trouver une table, un sandwich. Je rabâche, mais il faut se souvenir de l'époque... encore ces fameux tickets alimentaires, beurre, pain, fromage... sans doute aussi les pommes de terre. Le Professeur, heureux, il avait toujours non pas des combines, ce n'était pas son genre... mais des solutions... il m'entraînait et d'autres avec... ce soir, Placide, notre idiot de village... chez quelqu'un, quelqu'une de sa connaissance. Au débotté, on se pointait parfois dans le secteur, d'autres fois à l'autre bout de Paris. On surgissait dans une bouffetance... des amis à lui attablés autour d'une marmite fumante. En général, il était reçu plutôt jovial... des anciens de ceci... exclus du communisme... professeurs eux-mêmes d'autres matières... écrivassiers, peintres, saxophonistes! On arrivait avec des kilbus cependant, notre participation aux agapes. En route, on avait embarqué Minouchette dans la galère. Elle traînait boulevard Saint-Michel d'une telle façon qu'on aurait pu croire qu'elle faisait le turf... cherchait la fortune de son pot.

– Allez, viens avec nous.

Pas emballée, la Minouchette, à cette invite du Professeur. Elle lui rappelait leur dernière sortie... qu'il s'était battu avec un grand nègre à la Rose Rouge, rue de la Harpe. Un pugilat à propos de quoi?... il avait, bien sûr, oublié. Mais ça s'était fini au quart... chez les flics. Au matin, elle était venue le récupérer.

– Si ça continue, ça finira mal... la prochaine fois, il te l'a dit le commissaire, il t'enverra à la Santé.

Pas ça qui pouvait impressionner notre héros. En Espagne, il avait goûté de la cabane autrement sérieuse que la Santé. Là-dessus, Placide, il nous bafouillait qu'à la Santé, il y avait été plusieurs fois... pour vagabondage, ivresse sur la voie publique et qu'il n'en était pas mort. Ça rassurait nul Minouchette... elle l'avait jamais encore vu celui-là! D'où le Professeur le sortait-il? Tout simple, c'était un de mes amis. Pas question de protester, s'expliquer davantage... on était déjà dans un escalier rue Monsieur-le-Prince... le Professeur nous précédait, nous indiquait le chemin dans l'ombre. Il brûlait des allumettes pour qu'on y voie clair. Sa relation... forcé, elle perchait en haut, au sixième sous les toits.

Là... mes souvenirs bafouillent... deviennent tout à fait confus. Si c'était bien ce soir-là avec le Professeur, Minouchette et le laveur de carreaux à la braguette toujours ouverte, que nous débarquâmes chez Van je ne sais plus... un nom hollandais, mettons Hapeldorf... enfin, un artiste! Pas au premier abord, certes... il se fringuait pas, celui-là, velours côtelé, chemise à carreaux. On l'aurait pris plutôt pour un bureaucrate lorsqu'on le rencontrait dans la rue... costard croisé, cravetouse, etc. Il nous a reçus en gilet... babouches... s'est excusé de sa mise négligée, mais nous ne l'avions pas prévenu de notre visite! Ses œuvres, alors... la vive surprise! Rien que des radiateurs... une hallucination de radiateurs de chauffage central. Sur chaque toile... plus ou moins grands, larges, jaunes, beiges, ocre ou blancs... partout que des radiateurs sans presque aucune fioriture... juste les tuyaux... le bouton noir pour régler le chaud et le froid. Je ne sais qui, malotru... béotien, s'était permis un jour de lui suggérer d'ajouter de temps en temps un objet sur certains radiateurs... un livre, une culotte de femme à sécher! Van Hapeldorf alors outré... offensé, l'avait viré sec... ouvert la lourde toute grande... « Ne remettez plus jamais les pieds ici! » Et c'était pourtant pas son style, la colère... la stridence des cris. Il était d'un naturel doux... fluet, moustaches fines... visage bien lisse. N'était une gonzesse allongée sur son divan dépliant ce soir-là, on aurait pu le cataloguer pédé chochotte... croquant de la brioche infernale. Tout du moins votre serviteur plumitif peu habitué aux us et coutumes et costumes de ces gens-là.

Visible, on le dérangeait, l'artiste, il se préparait à consommer cette fille déjà prête... dépoitraillée... ses bas sur le dossier d'une chaise... Elle détonnait d'avec Van Hapeldorf... une gravosse plutôt le genre fille héritière... Beurre Œufs Fromage! Et précisément elle débarquait de je ne sais quelle province avec des victuailles étalées sur la table... une odeur délicieuse de lard fumé, pâté de foie... calendos à point... une énorme miche de pain. On débarquait au bon du moment. Pour nous toujours... on allait l'aider, ce barbouilleur... on débouchait déjà les flacons. La gravosse, je sentais qu'elle nous respirait tous plutôt au caca fumant. On lui retardait pour le moins son coup de bite artistique... en sus, n'est-ce pas, cette équipe de morfalous qui venait pirater ses provises! Placide retirait une paire de godasses chaplinesque... se grattouillait encore, farfouillait dans les profondeurs de sa braguette. Je n'osais trop... moi... je restais près de la lourde et le Professeur déjà s'éclusait un coup de rouquin... attaquait l'artiste au vif... son œuvre... ce qu'il recherchait, il le lui explicitait.

– A travers le banal des objets... sous-jacent, le côté équivoque de l'existence...

Van Hapeldorf, lui, ça le dérangeait pas excessif qu'on lui ait coupé sa bandaison. Du moment qu'on parlait de sa création... théorie de l'art, il trouvait ça prioritaire. Ses radiateurs, il rétorquait qu'il ne les trouvait nullement banals. De l'un à l'autre... malgré les apparences, se glissaient des détails signifiants.

Minouchette, l'instinct féminin, s'était assise sur le divan, faire amie-amie avec la fiancée du peintre, la consoler... qu'elle prenne son mâle en patience. Au fond, cette partie de jambes en l'air n'en serait que meilleure après notre départ. Je la borgnottais en chanfrein, en lousdoc, cette plantureuse... malgré tout, je me la serais bien égoïnée. Son artiste, il me paraissait si frêle, si transparent, qu'il devait pas, je me supposais, lui donner des secousses sismiques. Je m'aiguisais le chibre imaginatif... comment, que je lui aurais bourré, moi, son gros cul... en levrette... mon gourdin d'élite en batterie!

Je manquais encore de connaissances question nanas, cœur féminin... me les figurais toutes modèle forcené du coït. Celle-là, dont le nom, le visage se sont perdus dans le brouillard du temps... était de l'espèce maternelle. Ce qui la faisait goder à mort... la fragilité de son barbouilleur... qu'elle voulait le protéger, le bercer... lui léchouiller gentiment les parties génitales... lui sécher autant les larmes que le sperme.

Elle s'était levée... enfilé un peignoir, une robe de chambre rouge en pilou. Contre mauvaise fortune, elle nous acceptait, on allait faire la dînette... se tartiner son beurre... gober ses anchois. Sans attendre personne, Placide, il y allait déjà... il se découpait un bout de sifflard... il en pétait à l'avance de contentement... il se fendait. La maîtresse de la mansarde, elle appréciait pas ce genre d'incongruité et puis elle s'interrogeait, je sentais, ce qu'il foutait là celui-là, ce clodo? Ça lui paraissait pas un être digne de fréquenter son artiste, son Van Hapeldorf. Moi, je lui posais moins de problèmes... je devais être un quelconque grattouilleur de papier ou de guitare... mais Placide, elle le contournait, gaffait en lousdoc... rien ne pouvait le sauver... crasseux, abruti... l'odeur qui émanait de sa personne humaine... l'arôme des asiles de nuit... *Mie de pain* de chez loquedu!

Je vous ai donc dressé les décors, les acteurs sont disposés. Une fois sur le terrain, le Professeur s'incrustait... décarrait rare avant le chant du coq... plus précisément, en ville, le passage des bennes à ordures. Souvent il filait tout droit (enfin clic boc! et en zigzag) à son cours... l'institution où il enseignait présentement.

Il allait prendre un train, s'il sévissait en Seine-et-Marne... dans une banlieue éloignée. Pendant le trajet il ronflait sur sa banquette... il se rechargeait les accus.

Pourquoi je restais là, à l'écouter, à biberonner moi aussi? Était-ce raisonnable... savoir? Le lendemain, au Carillon, je m'endormais sur mes livres... j'avais la bouche pâteuse... yeux trou de bite... tout ça était absurde. Hormis si l'on considère qu'à présent je peux témoigner, vous chroniquer ces choses... ces silhouettes... les bribes... propos qui volaient, s'entrecroisaient, se mélimélotaient. Ce peintre des radiateurs, Van Hapeldorf, sans moi, on n'en saurait plus rien... ses chefs-d'œuvre, quoi qu'en pensât sa gravosse protectrice, n'ont pas fini à la cimaise des galeries huppées. Ce qu'ils sont devenus? Quelque autre barbouilleur a dû les recouvrir. Toutefois, il s'y était écorché vif, l'Hollandais! brûlé la jeunesse... sa recherche du profond derrière les tuyaux de chauffage central! Un message... le Professeur lui offrait un tas d'arguments en vrac, des théories, justifications auxquelles il n'aurait pas pensé lui-même. Je me creuse toujours à propos de ces créateurs qui se martyrisent l'existence à la recherche de quoi au juste? L'Absolu? La Pureté, disent-ils. Le train du succès passe, ils le méprisent, le ratent, se tordent les panards sur le marchepied du wagon! Les malins sont déjà loin... qui fourguent souvent la même salade, les mêmes bluffs, le même vide.

Ces réflexions me viennent aujourd'hui... Sur le moment... dans la mansarde, je me tartinais du pâté de lapin... et je regardais la scène un peu extérieur, comme au théâtre... j'écoutais le Professeur qui disait :

– La révolte est dans l'ordre des choses.

Je voyais pas bien le rapport de ces toiles-radiateurs avec la révolte... le dérangement du monde. Il maniait le paradoxe avec un tel vocabulaire que je ne cherchais déjà plus à comprendre.

Où étions-nous au petit matin après cette soirée chez le barbouilleur hollandais? Celle-là ou une autre, n'importe... Il en fut de plus marquantes, houleuses... des discussions qui s'orageaient! A propos d'idées en délire. Il rencontrait des os parfois, le professeur Carvaillez... des récalcitrants à ses boniments envoûteurs. Le picton aidant, ça s'envenimait... montait aux insultes. « Fasciste! au fond, tu n'es qu'un fasciste... un renégat... un aigri! »

Des claques dans la gueule... marrons divers... fringues arrachées. Il admettait pas, le Professeur, qu'on le traite de fasciste parce qu'il avait quitté le Parti juste au moment où Papa Staline s'était allié aux nazis. Jamais je n'ai su à ce sujet l'exacte vérité... s'il s'était taillé du PC ou s'il avait été expulsé à la suite d'un vote, bien sûr, à l'unanimité de tous ses camarades de cellule.

Ce problème-là n'en était qu'un parmi tant d'autres. Depuis sa rupture avec les camarades, il avait eu le temps de naviguer pas mal... de corps et d'esprit... sur toutes sortes de fleuves aux eaux plus ou moins tourmentées, boueuses ou claires pourquoi pas! Pas fini d'en rencontrer de ses amis ou adversaires... d'assister à de multiples débats. Je n'en étais, ce soir-là, avec le clodo et Minouchette chez Van Hapeldorf, qu'aux prémisses... sorte de prologue. Dosait-il mon initiation? Peut-être pas d'une façon concertée, mûrie. Beau avoir étudié entre autres la psychologie, il fonctionnait comme la plupart à l'aveuglette, au pifomètre. Chez les intellos, l'instinct certes est atrophié par les spéculations de l'esprit. Ils savent tout et ne comprennent rien. D'expériences nombreuses je m'appuie... en fond de cul-de-basse-fosse, j'ai côtoyé des zèbres parfaitement primitifs... des Arabes débarqués de leur dromadaire, propulsés de leur douar sur le paveton de Barbès... illettrés, il va sans dire... cloqués au trou pour une rixe au rasoir, l'arrachage d'un sac à main... ils savaient pourtant l'essentiel, respiraient d'un seul coup leurs ennemis potentiels... leurs victimes probables... leurs alliés de passage.

De toute façon, le Professeur, de par sa vie chaotique... ses errances nocturnes biberonneuses... ses manières toujours inattendues, échappait à toutes les règles... sinon, c'est simple, vu ce qu'il avait dans la tronche... sa jactance infernale... toutes ses connaissances... son érudition sans fin... il serait devenu un vrai maître à penser de la jeunesse... un gourou des éditions Gallimard. Ils étaient nombreux à l'époque... ça se bousculait au portillon. Lui, s'il s'en était donné la peine... clic boc!... il les aurait tous écartés... pour rejoindre le peloton de tête avec les Sartre, les Ponty plus ou moins Merleau.

Mais voici venir Yoyo... elle me revient au cœur... débarque subit au Carillon. Elle a ses jupes larges, ses yeux myosotis... les taches de rousseur autour du nez... toute sa blondeur. Beau être en novembre-décembre, elle entre, virevolte, vous amène une odeur de fleur, de printemps. Elle est Yolande à l'état civil... Yoyo, avouez que c'est plus gentil... que ça lui va mieux... en tout cas mon orgueilleux avis! Elle s'amène au bon instant... tout devenait clic boc, glauque... quelque peu désespéré dans mon récit... je me rends compte... le risque que mes lecteurs les plus fanas, les plus fidèles, commencent à me trouver aussi sinistre que Robbe-mes-burnes... objectal... néo-romancier. Et Yoyo arrive... en avance de quatre mois au moins... elle est en fleur, elle sourit de toutes ses quenottes.

– J'ai fini par te retrouver...

Elle n'attend pas que je lui réponde, demande par quel miracle elle aboutit parmi mes livres, mes reliures pleine peau... papier Lafuma... hop! un saut, elle est déjà sur mes genoux... elle me glisse sa langue tiède entre mes lèvres presque glacées vu le temps qu'il fait. Je devrais être au comble du bonheur... ma vie si grisaille depuis quelques mois... je m'inquiète, connard, de voir arriver une cliente ou même ma comtesse fantôme... la Miss Havisham de ma bouquinerie.

– Calme-toi, Yoyo!... Reste tranquille! Attends... je travaille ici, tu comprends...

Si elle comprend... savoir? En tout cas, elle se lève, tourne sur elle-même. Elle doit avoir un manteau vu le temps qu'il fait... je ne le revois plus, ce manteau, dans les vapes de ma souvenance. Elle est, sûr, en corolle, Yoyo... Déjà, j'en suis au porte-jarretelles... son soutien-nibards! Elle considère vite fait les lieux, elle a déjà son idée... que je suis sur la voie de garage... la réserve à diligences... que je dois y périr de tristesse, bonjour!... devenir ectoplasme... tout à fait à la ramasse! Elle a sa petite moue dépréciative, la salope!

– Mais qu'est-ce que tu peux faire dans cet endroit?

Ça la surprend la vente des chefs-d'œuvre. Pas son genre, elle feuillette un peu les journaux de mode... elle lit parfois un petit roman de gare, une bluette de cœur qui tombe sous sa jolie paluche. Elle s'en fout d'ailleurs... elle l'oublie sitôt la dernière page... la dernière phrase... « S'aimèrent longtemps et firent d'autres bipèdes. »

Duraille de lui expliquer... ces éditions originales... les amateurs riches éclairés... les chnoques collectionneurs de reliures romantiques... etc. Je voudrais bien savoir qui a pu la rencarder sur le Carillon. Elle oppose un chut! du doigt sur ses lèvres, elle précède les questions brûlantes.

Après tout... une chance qu'elle rallège, elle vient me revigorer le braquemart. Ici, vous vous êtes aperçus... avec tous ces maniaques, ces vioques amies de la Comtesse, c'est à se désespérer le chibre. Même avec le Professeur, nos sorties... je croise peut-être de fines et élégantes créatures au Méphisto, à la Rhumerie... la Pergola, elles sont escortées de gaillards musclés, bouclés, argentés à pleines fouilles! Les Minouchettes, les gravosses, ça serait le pis-aller, j'y ai pensé, mais rien jusqu'ici ne se concrétise.

Il me faut une fois de plus rappeler que nous sommes en 46-47... que les demoiselles, pas qu'elles soient plus vertueuses qu'aujourd'hui, que non, elles ont des fantasmes à faire rougir une patronne de bordel... mais elles n'ont que des méthodes contraceptives douteuses... aléatoires... les approximations du Dr Ogino. Les vrais gentlemen pratiquent, certes, l'*interruptus coïtus*... le tout est de savoir qui est gentleman? Rien ne s'affiche dans ce domaine au trombinoscope et à la vêture.

Yoyo, je ne sais comment elle fait, ce qu'elle pratique? Sur ce chapitre, elle ne s'appesantit. Elle ne s'appesantit d'ailleurs sur rien... elle frôle... elle passe... elle se marre délicat! Se moque-t-elle? On ne se rend pas lerche compte. Tout ça est si gai, si plaisant... je veux dire, ses mines, moues... rires, qu'on ne peut jamais lui en vouloir.

On ne peut pas dire exact qu'on avait rompu... ça s'était fait sans qu'on le veuille... les choses étaient devenues trop compliquées entre nous avec sa frangine... mal embringuées dès le départ. Marguerite, je l'avais amorcée sur les Boulevards dans une de ces boîtes à musique où on allait entendre des disques avec des écouteurs... bien avant les microsillons. Pour une piécette, un petit 78 tours. La bonne occase, on offrait à la mignonne qui furetait par là de prendre un écouteur, de partager avec vous la romance de Tino... André Claveau... voire pour les vrais amateurs de jazz... Alix Combelle et son ensemble, Noël Chiboust, le roi Django avec ses *Nuages*... Rythmes futurs! Tout ce qui se jouait, se susurrait, sifflotait en ce temps-là. On s'imposait aussi parfois au culot, on y allait, prenait un écouteur des mains de la donzelle. « Vous permettez? » Si elle ne se crispait pas, ne vous rembarrait pas si sec, on amorçait ainsi un flirt, une amourette... la tringlerie hypothétique! Jusqu'à des mariages commencèrent de la sorte chez Chanteclair sur le Boul' Mich'... aux Gobelins... avenue d'Orléans... Ces sortes d'établissements... un peu partout dans Paris... subsistèrent à peu près jusqu'à la venue du microsillon.

Marguerite, ce qui attirait l'amateur... tout d'abord son cul! Le point central... mis à part son âme, diront quelques prêtres, mais n'importe... la clef de voûte de cette gonzesse... son prosinard. On en sifflait admiratif dès qu'aperçu dans le champ visuel. Elle ensorcelait de dos! Le reste, je vais pas vous le dégrainer... pas mon genre. Elle m'a donné du plaisir, Marguerite, ça se respecte infiniment, c'est plus positif que les phrases, les idées!... D'ailleurs, elle était régulière de traits, l'œil bleu elle aussi... sa poitrine pas très en harmonie avec le pétard... plus petit gabarit, et c'était grand dommage pour les exercices palpeurs. Elle n'avait qu'un défaut, en somme... d'avoir une sœur qui, elle, n'avait pas de défaut. Une frangine feu de Dieu... du diable et son train!... Une sœur un peu plus jeune qu'elle et dont elle avait été en quelque sorte l'ébauche. La nature avait gommé chez Yoyo le trop gros du fessier... désépaissi un rien les chevilles, les molletogomes, affiné le cou... arrondi la poitrine... la grâce! pffuit!... le tour était joué!

La complication imprévue, cette jolie frangine. Avec Marguerite, j'avais mené mes entreprises biroute battante... propos badins... espiègleries... marivaudage autour de la menthe à l'eau dans une brasserie! « T'as de beaux yeux, tu sais! » Ça ne coûte rien, ça fait plaisir. Rendez-vous pour la gambille... Mimi Pinson, je ne sais plus exact où... danser un peu, le swing ou la valse. Avancer les choses au slow... faire sentir toute la fermeté de vos sentiments à la future plus belle conquête de l'homme.

Je vous la fais succincte... trêve de folâtrerie verbeuse. Vous avez lu cent fois ce genre de narration, charmante certes, mais fastidieuse à force. Et il semble qu'à présent les lectrices préfèrent les récits carrément hard... bite au cul sans explique ni vaseline! « Tourne-toi, salope, que je t'emmanche! »... Plus question des *yeux si profonds qu'en s'y penchant pour boire*...

Elle m'avait bien parlé de sa sœur... qu'elle logeait avec elle, partageait une chambrette dans le 10ᵉ, rue de la Grange-aux-Belles... nom évocateur de septièmes cieux affriolants. Elles débarquaient de leur province toutes les deux... de Caen où elles avaient vécu depuis près de trois ans dans les ruines... les caves... ces baraquements provisoires qui devenaient définitifs comme toujours dans notre douce France.

Paris, n'est-ce pas, le mirage!... surtout pour les personnes du joli sexe... pléthore de boutiques à frusques, à parfums, toutes ces inutilités qui rendent la vie supportable... Même en cet après-guerre qui n'en finissait pas lui aussi avec ses tickets d'alimentation... ses damnés succès de succédanés... c'était tout de même plus folichonneux que Brest dont il ne reste rien... que Lorient... Dunkerque... Rouen... et que Caen, il va sans dire. Marguerite tapait à la machine... son métier... dans une compagnie d'assurances... et tant que j'y suis, je vous préviens que sa sœurette, la gentille Yolande, était dans la chaussure. Vendeuse au Louvre, un grand magasin aujourd'hui disparu dans les décombres de la concurrence.

Au départ, elle gênait plutôt nos plans, cette mignonne, avant que je ne l'aie aperçue. Je préméditais ma sabrerie! D'abord raccompagner Marguerite au pied de son immeuble... les bagatelles de la porte... pour peu qu'on ne soye pas trop maladroit, trop hâtif clébard en chaleur, on finit par grimper au sixième étage. On promet même d'être raisonnable, de se la coincer soigneux en fond de froc. Et puis... les choses étant ce caleçon... (veuillez, mesdames, m'excuser... là, vraiment, je ne peux pas m'abstenir de cette innocente plaisanterie). Ça finit dans les étreintes... soupirs en cascade... le lit métallique qui grince dans ces chambres meublées par de sordides propriétaires.

Bien bel mon programme échafaudé. Elle tortillait adéquat, Marguerite... je lui amusais allegro les zones érogènes, elle s'en révulsait les châsses... son derrière se trémoussait comme il convient en pareille occurrence. Vous dire mon état, ses dimensions, sa fermeté me paraît superflu... le hic... la frangine, cette Yolande encore inconnue, qui sans doute là-haut ronflait déjà.

– Nous partageons le lit...

La tristesse qui m'envahissait... me voyant déjà courir au dernier métro... faire vinaigre pour ne pas louper ma correspondance. A ce moment-là, je n'avais pas encore cette piaule dans le fond de la cour sans fenêtre. J'étais retourné provisoire chez ma grand-mère. Je pieutais sur un étroit divan dans ce qui nous servait de salon-cuisine-salle à manger...

Me suis retrouvé tout de même là-haut... le désir nous

pousse plus fort que tout à ces âges-là! Qu'avait-elle à boire, à m'offrir?... du cidre doux... un petit calva envoyé par sa famille? Enfin j'y fus et l'heureuse surprise... que Yolande n'était pas rentrée... l'aubaine à profiter immédiat... pousser la grosse sur le pageot... se glisser dans ses draps bite en flèche.

– Où est-elle passée?

Elle s'inquiétait de sa jeune sœur tout en me prenant le chibre pleine menotte... constater que la bébête se tenait gaillarde en batterie. Sans cependant en oublier pour autant Yolande. « Mais où peut-elle être, cette garce? » Après tout, elle était vis-à-vis de son papa responsable de sa cadette... que si elle la ramenait à Caen en cloque, ça provoquerait un sacré drame dans une famille respectable... une histoire à la Pagnol dans les ruines normandes.

– Fais attention... promets-moi!...

Ça lui faisait aussi penser à elle... que j'aille pas m'oublier dans le réceptacle. Je jurais les grands dieux, tous les saints, les saintes, et je dois reconnaître que je tenais, me retenais. Ça me venait peut-être que je suis le résultat d'un coup sans férir... un hasard malencontreux, sans aucune nécessité autre qu'une bouffée de plaisir de mon géniteur.

Elle fut à moi, je vais pas dire enfin puisque je ne la connaissais que depuis une huitaine, ce qui pour l'époque était tout de même dans les délais les plus courts... le minimum bitable. D'ailleurs, une façon de dire... on ne sait au juste qui est à qui. La femme décide... l'homme fait ce qu'il peut. Je passe les détails... les mignardises de la pastiquette! Marguerite n'était pas, dans les disciplines licencieuses, une débutante. Probable qu'à Caen, parmi les décombres, tous les gravats de la ville, elle s'était fait initier par quelques coquins Vikings... peut-être même des soldats libérateurs... Canadiens à longue queue... Anglais roides comme stick. Bref ce ne le fut pas. On s'est fait prolonger le plaisir... les han! han! soupirs pour un pont... tout le catalogue des poésies.

Je réfléchis, là aujourd'hui, devant mon papier quadrillé... s'il n'y avait eu l'intrusion de l'autre, la Yoyo frangine... je me serais accommodé de Marguerite quelques mois. Tout se serait déroulé serein... dans le velours. Le hic! ce bruit de clef dans la serrure alors qu'on reprenait notre souffle entre deux étreintes quasi folles.

– Ma sœur!

Elle a pas dit... Ciel!... je peux pas vous dire ça... vous mentir pour faire plus drôle! Mais la voici... voilà Yolande, la chère Yoyo qui s'irruptionne. Pleine lumière, elle avait tourné innocemment le commutateur. Ça manquait d'éclairage intime leur piaule. Juste au plafond la lampe de quarante watts, l'abat-jour en porcelaine blanche. L'ensemble en harmonie, si l'on peut dire! Un mince tapis râpé aux couleurs incertaines, une armoire à glace, quelques rayonnages et l'étroit lavabo derrière le paravent à fleurs mauves près de la fenêtre. Vous vous en moquez éperdu de ce décor... comme je vous comprends, lecteurs et lectrices... suffit de vous dire qu'il était à peu près kif de celui de centaines de milliers de gens au milieu du siècle. Vous pouvez le voir dans les films de Carné-Prévert... l'école réaliste... vous faire une idée, si vous en éprouvez le besoin.

– Éteins, je t'en prie, éteins!...

Pas eu le loisir de me détailler, savourer cette apparition. Elle a obéi sur-le-champ... murmuré quelque chose du genre... « Mais alors où je vais me coucher, moi? » Le bon sens... le lit n'étant qu'à deux places... fallait donc que je décarre... rengaine mon outil d'amour... renfile mon froc teint en bleu de l'armée américaine... me repompe fissa... toutes mes cliques et repartir dans la nuit. Le métro, à cette heure, point n'y fallait songer, et de la rue de la Grange-aux-Belles à la porte de Choisy, ça faisait une sacrée distance à couvrir pédibus. Des taxis, il n'y en avait guère... des taxis, y en avait pas, pour autant que je me souvienne! Tout ça pourquoi? une simple partie de reversi... un coït de plus au milieu de cette nuit parisienne qui en compte combien? Un chiffre tout de même faramineux... de quoi, disait Napoléon, réparer les pertes humaines de la bataille d'Austerlitz ou Friedland!

Dès qu'on s'élève, qu'on se voit tel... fourmi dans la fourmilière, microbe dans le crachat, on n'est que dalle, faut bien convenir. Pourtant on insiste, on pavoise, on croit que... mais je m'éloigne, Yolande avait éteint, elle était dans l'ombre, bras ballants... je lui prenais sa place. Homme presque du monde, je me devais de sortir de ce page moelleux.

– Mademoiselle... excusez-moi...

Déjà, je passais, hop! au-delà de Marguerite et c'est là que le drame ou le vaudeville, au choix, s'est noué. Elle m'a retenu, elle a eu pitié.

– Reste... on va se serrer... tu ne peux pas partir comme ça.

Connaissant par la suite Yoyo, je peux vous dire qu'elle n'a pas trouvé a priori la solution si choquante. Avant tout bonne fille, avec juste ce qu'il faut de perversité pour relever la sauce, la situation l'amusait. Seulement, elle a rallumé... voir un peu la gueule du type, se rendre compte avec qui elle allait partager en bonne sœur son plumard. Moi aussi, en un sens, ça m'intéressait... qu'au moins on se présente. Enchanté... je le fus sur le vif! L'échange de regards. On se marrait, on se marre de tout et de rien en ces années de verdeur sexuelle.

– Ça peut aller...

Son opinion... j'ai dû répondre dans le même style mais, for intérieur, elle m'en a jeté cette môme. Nous étions à ce moment-là en mai-juin... elle était sapée aérienne... fringues d'inconséquence... une robe si légère qu'au moindre mec, plof! elle glisse, s'envole. Pour se déloquer, entrer dans le pieu, elle a remis le noir... recoupé les quarante watts... mais la surprise... qu'elle s'est cloquée à ma droite... un saut de gazelle!... hop là! Elle aurait bien pu se mettre de l'autre côté, près de sa frangine, que je sois contre le mur. Là, entre les deux, mesurait-elle le danger? Elle m'a rien avoué par la suite... elle riait quand je lui posais la question. Que Marguerite non plus n'ait pas compris le délicat de la situasse ne laissait pas de me surprendre. Comme ça, à loilpuche entre les deux sœurs, j'avais d'avance les plus larges circonstances atténuantes en cas... je veux pas dire de malheur... mais enfin de comportement plus ou moins bestial, instinctif... primate de ma part.

Ce qui fut... Marguerite nous avait pourtant ordonné de dormir... le lendemain, elles allaient au boulot et moi... ne sais au juste... à la recherche d'un emploi problématique. De nature, elle pionçait facile, Marguerite, s'endormait quasi à volonté. Elle s'est retournée... voilà... dodo, ronflette sans remords. Je suis plutôt insomniaque, moi, depuis mon enfance. Ce qui m'a conduit à écrire, au départ, juste pour combler les heures où le sommeil m'abandonne.

Couché sur le dos, les yeux grands ouverts... peu à peu, je distinguais les choses, les formes... je ne sais quelle lumière nous venait par la fenêtre. La lune serait plus poétique pour mon récit, mais je crois que ça venait de la rue... tout simple, tout prosaïque... d'un bec de gaz. Je sentais que l'autre non plus elle arrivait pas à se mettre au diapason de sa sœur dans la ronflette. Première phase... elle me tournait le dos... elle avait enfilé vite fait une mince chemise de nuit. Le moindre mouvement, sa croupe me frôlait... Plus de sûreté, je laissais mes pognes sur le drap... je me retenais sévère, mais le gourdin me prenait. Vous n'y pouvez rien... beau se promettre ceci cela, cette nouvelle femelle contre moi... j'avais du mal à maîtriser mon zob. Combien de temps nous fûmes comme ça tous les deux en attente... en impatience... à se ronger... bien difficile de mesurer! Je me suis rapproché lento de son valseur... comme par un hasard du sommeil que je mimais. Elle aussi, elle faisait de petits bruits avec son nez, sa bouche pour me faire croire que... Hypocrite, je me suis tourné contre elle... contre sa croupe enfin! Elle aurait pu faire un mouvement de repli, je me serais alors peut-être tenu à carreau... mais rien... pas un centimètre de recroqueville. Enhardi... je me suis rapproché... à ma place, mis à part les zhomos militants exclusifs, vous eussiez poursuivi votre offensive. Et tant pis pour Marguerite qui en écrasait réel! Glissé ma pogne... la gauche, comme si c'était fortuit... posé sur sa hanche. Toujours rien... juste un mouvement incitatif. L'affaire était bien engagée. Je réfléchissais plus tellement. La seule question d'y aller piano... de mesurer mes gestes pour ne pas réveiller la grosse. Yoyo se révélait coopérative, la salope princière! D'elle-même, elle se soulevait légèrement pour que je puisse relever sa chemise... atteindre l'endroit prometteur de toutes les délices. Voilà... j'y suis... je travaille en souplesse de la paluche... je pianote... Chopin de la chagatte. Je trouve la touffe, les recoins... l'humidité. Je vais mourir, nom de Dieu! C'est du plaisir qu'au Paradis on ne pourra jamais atteindre rien qu'avec l'âme. Le Paradis sans sexe, est-ce bien raisonnable à imaginer! Tant pis si cet ouvrage n'a pas l'imprimatur, je vous livre mes pensées les plus distinguées et mes hommages les moins respectueux aux lectrices encore en état de les recevoir.

Ce que je fis? Tout ce qu'il est possible de faire en silence et dans l'ombre complice... doucement, doucement... le limage lento... ne rien brusquer... que les ressorts du lit, les vaches, ne nous trahissent pas. L'amour à la paresseuse, ça s'appelait dans les boxons et les anciens traités d'amour d'avant Freud et ses disciples. Je prenais des temps de respiration... de caresses... de bises lousdoc enivrantes! A comparer avec son aînée, tout était en la faveur de Yoyo... les proportions, l'épiderme, l'odeur! Je me la respirais par le cou, les cheveux... me saoulais. Elle a tourné un peu la tête pour qu'on se roule un aimable patin. Par là que, normalement, nous eussions dû commencer. Je l'ai sentie aller au fade en serrant les dents, en se crispant terrible pour ne pas, suprême délicatesse de sa part, troubler le sommeil de notre chère Marguerite.

Et puis voilà... on a fini, nous aussi, par nous endormir après l'amour. J'avais pas prévu qu'aux aurores la gravosse allait venir à la relance! J'ai senti une pogne baladeuse frôler mon service trois pièces... dans le demi-sommeil. Je me rendais plus compte... aux anges, sans doute, je souriais! Seulement mon ange de gauche, avant d'aller retrouver sa machine à écrire au bureau des assurances, elle voulait s'offrir un café du pauvre, si possible corsé. Peu à peu, j'ai retrouvé mes esprits... la situation glandilleuse où je me trouvais. Entre deux gonzesses, après tout, ça n'a rien d'exceptionnel... un jeunot membré adéquat, ne rebutant pas à la besogne, peut faire face, faire fesse... sauter de l'une à l'autre... le méli-mélo des guibolles... sabrer l'une, léchouiller l'autre. Rien à apprendre à quiconque en ces temps de cinoche hard... sex-shop... manuel du parfait tringleur d'infanterie. Tout est dit... vu... expérimenté jusque dans les écoles chrétiennes... programmé pour le baccalauréat.

Dans le cas de figure que vous présente ce récit tout de même historique... d'une part, nous étions encore au plein de l'obscurantisme question volupté, technique des orgasmes... et ensuite Marguerite et Yolande étaient frangines, nées d'un même lit, ce qui excluait paradoxalement qu'elles puissent s'y régaler d'un même mec. Aujourd'hui encore, les préjugés dans ce domaine sont toujours vivaces... le tabou n'est pas renversé.

Le déroulement de l'affaire qui fut bien tel que je vous le bonnis... prouve ma bonne foi... presque ma candeur naïve! En tout cas mérite l'indulgence du lecteur le plus à cheval sur les principes, la morale pseudo-chrétienne. Victime en quelque sorte de circonstances imprévues. Yolande à ma droite... son odeur enivrante... ses miches, ses seins... sa taille fine... merde! toute sa fraîcheur! Sa façon quasi ingénue de se faire tringler... et, là, n'est-ce pas, sa forte frangine qui se glisse sous les draps et qui me turlute, qui me gâte d'une bouche experte.

Elle, elle fait pas dans la dentelle, la discrétion... Yolande, du coup, se réveille... se redresse sur le coude... entrave la coupure. Elle me regarde et elle a un sourire coquin... me tend, comme ça, tout gentil ses lèvres... ça va de soi! Allez lui refuser le patin, bande de pudibonds... censeurs bégueules! En l'occurrence, mesdames, ne suis-je pas devenu exact un homme-objet? Je me laisse prendre... le minimum, je pelote Yoyo... caresse ses divins roberts.

Mais que se passe-t-il?... Le rêve se déchire! Brusque, Marguerite vient d'entraver... lâche son ouvrage... surgit des draps... la tête tout ébouriffée.

– Qu'est-ce que vous faites tous les deux?... Vous avez un sacré culot!

L'indignation paroxystique... bondissante, fumante, écumante... nous gifle!... Chacun a droit à sa mandale!

– Espèce de salope! Petite putain! Vicieuse!

Marguerite insultait sa cadette et dans le même wagon-restaurant, j'en prenais aussi pour ma frime. Maquereau!... satyre!... odieux cochon! Pire dégueulasse! Tout avait été jusqu'alors tellement soyeux, doux... paradisiaque! Certes, c'était trop beau... le virage brutal... tournait vinaigre le nectar! Elle y allait maintenant à coups de poing... attrapait la petite, la fragile, à pleine tignasse. Je me devais, tout de même, d'intervenir... pour le moins les séparer.

– Calme-toi... ce n'est rien! Juste pour s'amuser! Une blague!...

Qu'est-ce que j'avais dit... blague?... Juste une blague?... Mais alors, l'amour, pour un affreux comme moi, ce n'était que ça... des cochonneries à répétition!

Quand le pugilat s'installe, s'instaure... tout l'alimente... les meilleurs arguments se retournent comme crêpe. Je ne vis plus qu'une solution, aussi étrange que ça puisse paraître, revenir à la case départ. Ça m'a traversé la cervelle... ébloui subito! L'instinct viceloque!... J'ai plongé... ça valait la peine... risquer alors le tout pour le tout.

– Marguerite, tais-toi... ferme ta gueule, merde!

Argougnée au corps... les deux roberts malaxés... roulé sur elle... « Laisse-moi! Laisse-moi! C'est fini, tu entends!... fini entre nous! » Tout ça m'excitait à mort en définitive... me remettait la sève au zob. Elle se débattait mais je la sentais tout de même faiblir... s'agissait pas que je fasse la moindre gaffe... le moindre geste maladroit... lui glisser à présent mes hommages roides et affectueux sans lanterner au portillon. Tilt! Nous y sommes... à moi de la conduire à l'extase, ne pas éternuer trop vite. Et que je ne vous oublie pas Yolande dans tout ça. Je dois sabrer tout en sachant raison garder... observer. Elle saigne, la pauvre, de la lèvre... un marron de son aimable sœur! N'empêche, elle est restée dans le lit... elle nous regarde, n'en perd pas une, visuel s'entend. Elle me fait perdre quoi? Le nord... toute retenue... ne résiste pas à tendre ma pogne... palper le nibard qui se présente. Marguerite n'en casse plus une... d'une certaine façon, je l'ai calmée, elle a les yeux voilés par la chevelure. Elle y va de la tronche droite-gauche, elle monte au créneau de la reluisance. Je peux tout me permettre maintenant, je me rends compte. Des aventures, des situations qui ne se présentent plus quarante piges plus tard. Ah, j'ai bien fait d'en profiter! Lorsque arrive le temps où l'on regarde plus souvent le bout de ses godasses que l'extrémité de sa cravate, on se fait des raisons moralisatrices... on est oublieux de nature.

Bref, je vous laisse vagabonder imaginatif pour la suite. De l'une à l'autre... une de ces parties de crougnougnousse infernale. A présent, elles ne se disputent plus que pour leur tour d'égoïnage. « Laisse-le se reposer, Yolande... sois gentille! » Etc.

Toutes deux furent invisibles à leur boulot ce matin-là. Dans les fameuses causes d'absentéisme au travail, on ne prend pas assez en compte ce genre de motif. Au bout du parcours, j'étais dans le plumard... elles me servaient le petit déjeuner... des tartines de miel pour que je reprenne des forces... elles avaient même du Nescafé, vu l'époque une gourmandise rare.

Me traversaient alors l'esprit, je ne vous le cache pas... quelques douces perspectives d'avenir à la caille! Entre ces deux sœurs... les parties royales de jambes en l'air... le café au lait au lit... les petits plats mitonnés... le pli de mon froc... limaces blanchies chaque jour... et les dimanches, n'est-ce pas, je me serais promené à Belleville une à chaque bras. La bigamie... rien à foutre!... tout est permis à ceux qui s'aiment.

Somptueux projet de maquereautage paisible... la réalité vous acoquine des démentis. L'équilibre quéquette-sentiments avec deux nanas... deux sœurs... vue de l'esprit! L'une est plus belle, plus affolante, plus délicate. Beau se maquiller d'hypocrisie, on se dévoile un jour d'un geste... un regard... une bandaison plus spontanée. L'autre, si elle est en quart, la vache! Elle gaffe tout, comprend tout... le moindre battement de cils... rien ne lui échappe. Nous sommes... bien reconnaître... lourdingues, la gent masculine. On entrave avec ce qu'on croit être notre intelligence... on calcule, déduit, et lorsqu'on est à pied d'œuvre, la femme vous attend depuis lurette.

N'a pas duré une semaine notre ménage triangulaire. Tout de suite, Marguerite s'est reprise... a eu je ne sais quels remords... que ça se faisait pas de partager un fiancé avec sa sœur... la honte, elle avait! Une seule fois, elle s'était laissé prendre, un coup de folie, mais plus question de remettre le couvert! Elle découvrait, en outre, que j'avais une bien drôle de mentalité de proxénète, de crouillat, de roi nègre... racisme mis à part.

Il aurait pas fallu la lâcher d'une bite ou alors la faire surveiller constamment comme les houris au harem.

Elle m'a posé l'ultimatum dès notre suivante rencontre. Tout net, que je revoie plus Yolande, qui n'était au fond qu'une sale petite putain, disait-elle, sinon c'était la rupture. Pour ce qui était de me la refarcir, Marguerite, elle était pas contre... mais alors plus dans leur chambre avec le risque de l'autre fine fleur de fesse qui se ramène, chatte enfarinée, et que je recommence mes libidineuses prouesses!

Le drame, c'est qu'à présent la jolie Yolande, je l'avais dans la tête ou dans la peau, au choix. Je vous l'ai détaillée... décrite menu... ses yeux... ses appas... le galbe de ses guibolles... sveltesse princesse-bergère! L'idée de me partager avec Marguerite... pas l'impression que ça la troublait lerche, je vous ai dit, elle se tracassait pas du midi à quatorze heures.

Pour la retrouver, lui parler hors de la présence de sa frangine, je me suis pointé rayon chaussures au grand magasin du Louvre. Ça ne durait pas ses petits boulots, déjà elle n'y était plus. Virée sec!... on la trouvait peu assidue à la tâche... papillonnante, dissipée. Elle m'a expliqué par la suite qu'elle ne voulait pas non plus se faire son chef vendeur... un type trop vioque, trop vilain... avec des grands poils qui lui sortaient du nez et des oreilles.

Le hic, c'est que je dépendais de Marguerite pour la revoir. Je ne me mourais pas d'amour, certes, ou alors ça serait une clause de style. Bien d'autres, et pas des écrivains moindres, ne se gênent pas pour y aller du trémolo, de tirader sur l'écorchement de leur cœur à propos de la moindre péronnelle qui traverse leur vie laborieuse, obséquieuse, pour parvenir. N'empêche, ils vous tartinent sur l'enfance qui ne veut pas les quitter... leur âme lacérée, écartelée! Je devrais suivre un brin leur exemple au lieu d'avoir toujours l'air de m'en battre la gaule, de ricaner dans mes gencives.

Il me faut maintenant resserrer un peu... qu'on retrouve le Professeur puisque mon sujet, cet itinéraire, est celui de ma découverte de la culture... des grandes lectures... des débats de l'esprit. Mes histoires de feu au cul, bien obligé de vous les noter toutefois. Elles furent, elles eurent sans doute leur importance.

De toute façon, me taper la grosse pour retrouver Yoyo, c'était pas si toc comme perspective. J'ai connu tâche plus rebutante que d'aller gratifier son copieux derrière de copieuses foutreries. Obligé de me réfugier à l'hôtel puisqu'elle ne me voulait plus rue de la Grange-aux-Belles. Pas dans les quatre étoiles, vu l'état lamentable de mes finances. Ça tombait mal... l'époque où je voulais plus renouer avec les voyous de Montmartre... Tonio et ses pairs, la belle Cricri sur son bitume. Je cherchais n'importe quel boulot. J'avais bossé sur un chantier de démolition une quinzaine à Aubervilliers... une parenthèse peu exaltante, avec des brutes à vinasse, des exploités congénitaux. Retrouvé sur le sable au bout de cette courte expérience, sur les rotules, avec un très maigre pactole pour respirer quelques jours. Tant qu'à faire, je gagnais moins au Carillon parmi mes fantômes, mes louftingues, seulement je me fatiguais pas excessif... j'avais pas les pognes à feu et à sang. Pas forcé non plus de tututer de grandes rasades de vinasse à même le kilbus afin de passer pour un homme.

La pente est facile vers le maquereautage pour peu qu'on sache se servir convenable de son chibre. S'ils n'usaient pas, la plupart, de brutalités, de coercitions diverses à l'égard de leurs ponettes, je ne vois pas en quoi cette spécialité serait plus blâmable que la politique professionnelle, le clergé, le mariage mondain... Le drame vient des harengs eux-mêmes, leur vanité imbécile, leur goût de s'entre-tuer... ceci est d'une autre histoire... un autre débat qu'on n'entreprendra pas, hélas, dans nos télévises.

Au finish, j'ai dû planquer comme un flic, un Borniche d'avant sa reconversion littéraire, près de l'entrée de l'immeuble rue de la Grange-aux-Belles... agrafé Yolande au vol, un soir, sur le pas de la porte. Mon orgueil dût-il en souffrir, elle n'a pas marqué, la ravissante, une joie excessive de me retrouver sur son parcours. Plutôt l'air de se foutre de moi... mes airs d'amoureux transi.

– Il fallait que je te revoie, Yoyo...

– Mais puisque tu as Marguerite...

Elle argumentait... ça lui paraissait suffisant que je carambole sa sœurette... ou alors elle s'amusait, badinait... me chambrait sec. Je me suis lancé dans les tirades... grands frais de jactance... que depuis cette fameuse nuit de la Grange-aux-Belles, je ne pouvais plus me passer d'elle... qu'elle habitait, hantait mes rêves.

– Si c'est pas de l'amour, je veux bien me pendre!

Elle m'a rétorqué des choses drôles et pleines de bon sens. J'étais pas d'humeur à badiner de la sorte. On avait marché un peu, atteint la rue des Écluses... Saint-Martin... on remontait vers le quai de Jemmapes. On apercevait les péniches... Peut-être aussi l'Hôtel du Nord d'Eugène Dabit. Un temps, je me souviens, tout à fait magnifique... le ciel étoilé, juste la fraîcheur du soir qu'il faut pour être vraiment bien. Elle était en jupe plissée... chevelure à la Veronica Lake. Tout en marchant, elle virevoltait, tournait devant moi... c'était la tentation en marche.

– Tu es fou! Si tu savais tout ce qu'elle m'a dit!

Marguerite lui en voulait sévère. L'insondable cœur féminin! Tout de même, elle en avait profité la salope! Ç'avait été une partie de jambes en l'air qu'on n'oublie pas... toute l'excitation, l'ardeur que l'ambiguïté de la situasse nous avait procurées. En fait, elle était surtout jalmince... ce qui se conçoit, une sœur pareille, plutôt elle avait intérêt de la planquer, ne pas la laisser voltiger sur l'itinéraire de ses soupirants.

Ça devenait pour moi ardu à résoudre. D'une certaine

façon, Yoyo me reprochait d'avoir poursuivi ma liaison avec sa frangine. Puisque j'étais si épris, si mourant d'amour pour elle, ça lui semblait curieux, excessif, par trop désinvolte, que je me partage... que j'aille à la régalade avec Marguerite.

– C'était uniquement pour te revoir.

Je mentais, bien sûr... faute de nymphe, on se tape les fermières, les gardeuses d'oies. Question de tempérament... une fille se refuse obstinément, on propose la botte à sa mère et si celle-ci vous bordure aussi, il vous reste la concierge... la femme de ménage. Ça ne participe pas d'une grande élévation de sentiment, ce genre de règle de conduite, surtout valable pour la jeunesse. Il a pourtant l'avantage d'être inoffensif, d'offrir du plaisir à toutes sortes de dames. Naturellement, il est des jeunes gens de constitution délicate qui ne peuvent se résoudre à cette sagesse élémentaire. Pas à se plaindre non plus de ceux-là... leur répugnance à ces reconversions hâtives nous a valu de bien beaux poèmes mouillés de larmes! Tellement je suis devenu vieux renard sceptique... je me demande si les sigisbées, les amoureux aux sept douleurs, sitôt écrite leur complainte en alexandrins ou vers libres, ne se consolaient pas eux aussi avec l'épicière, les fameuses miches de la boulangère chères aux amateurs d'almanach Vermot.

On était maintenant parvenus le long du quai de Jemmapes. Le clair de lune, il me semble, ou tout comme... enfin une nuit pour étreintes de plein air... chiens et chats et pourquoi pas les humains. Eux, bien sûr, sont tout empêtrés dans leurs us et lois et les interdits plus ou moins religieux... surchargés de notions multiples de péchés, de délits... de crainte du gendarme qui ensagesse les trous-du-cul.

Pour emporter, si je puis me permettre cette métaphore, le morceau... avec les gonzesses, ce qui compte, passé les jactances au loukoum, surtout l'action... les pognes, la bouche et votre instrument à consistance variable. Je préméditais ma petite offensive, mais le lieu a une importance capitale. Dans le métro, un magasin au plein jour, ça sert à rien de se mettre en frais d'érection. La campagne, certes, rien ne vaut les galipettes rurales, à part dans les champs de blé fraîchement moissonnés. J'ai dit ailleurs souventes fois tout le bien que je pensais des recoins de portes cochères. Les villes nouvelles n'en ont plus... un temps viendra où mes récits libidineux paraîtront énigmatiques... plus de fiacre, plus de cocher, partant plus de porte adéquate! On vivra dans les satellites entre Mars et Jupiter... alors, pensez, mon quai de Jemmapes... l'Hôtel du Nord, son atmosphère... pétez, culs-de-jatte!

Je me sentais un peu grand méchant loup guettant le Chaperon rouge avec cette mignonne qui se marrait, se moquait de mon travestissement de brebis.

– Viens par ici... viens...

Fine mouche, elle avait compris mes astuces... mes feintes de balayeur en casquette, comme nous disions alors.

– Qu'est-ce que tu veux au juste?

Je l'avais entraînée... déjà, elle était en place... un recoin... une lourde qui justifiait son appellation argotique... elle me défiait... son regard... son attitude... prête à me recevoir comme il fallait. Bien la peine de jaspiner... palabrer de sa sœur... de ceci cela... ses remords! Je vais lui en foutre, moi, des remords... lui en limer au cœur du sujet! Fougueux tout à coup... le patin couffin... l'attaque gaillarde hussarde! Rien ne vous arrête, on est partout... aux seins, au slip... on prend les fesses... tout en même temps, on dirait! On becte, on aspire, on palpe, on mord... Un gestuel qui s'apprend pas au cours d'éducation du Pr Mâchebroute. On improvise... on y est... Le monde est où?... Autour... il vogue... on meurt... on ressuscite lentement et on voudrait mourir encore.

Nous revoici donc quelques mois plus tard... le retour de Yoyo à l'improviste dans mon existence. Le pourquoi ça s'était rompu... toujours la frangine, la chiante Marguerite... des salades à n'en plus finir. Yoyo avait voulu s'expliquer... lui proposer un arrangement à l'amiable... la reprise du lascar sans éclats. Allez donc parler d'amiable dès qu'il s'agit, je ne sais dire, de fion ou de cœur... de sentiment... avec en plus l'orgueil, l'envie, l'amour-propre... tous les ingrédients ou presque de toutes les guerres. Mon erreur fut de vouloir les ménager chacune... consoler Marguerite d'une partie de jambes en l'air ultime..., tremper mon biscuit d'une chatte l'autre. Ça s'était terminé, Yoyo repartie à Caen et Marguerite pur et simple me lourdant, allant offrir ses fesses ailleurs.

Ça m'a fait un peu de nostalgie, des airs de regrets, du petit chagrin pour les réveils... des paluchеries dans les souvenirs. La vie vous reprend, la mangeoire... on se voudrait un peu éthéré parfois, flotter sur des eaux limpides... et puis voilà, on broute, on cague, on rampe de concert avec les cent mille cloportes alentour. On n'a même plus le temps de se rendre compte du glauque journalier... on se prend les panards dans les infamies de bistrot.

Depuis le Carillon, je m'efforçais de vivre de yaourts et d'œuvres de l'esprit. Ce qui m'entourait... je me coltinais d'ardues lectures... je notais des choses, les mots qui m'échappaient, ceux qui me troublaient ou me choquaient... les phrases aux tournures mystérieuses. J'étais dans un sens plein de bonne volonté... mais pourquoi? Bien malin celui qui aurait pu me répondre... et puis il était venu... clic boc!... le Professeur envoyé du destin... je peux pas invoquer Dieu à son propos, il était bel et net athée. Ni Dieu ni maître... un peu anar, sans toutefois suivre des préceptes, théories de Proudhon, Kropotkine ou Bakounine.

Il les contestait tous et sévère... même Schopenhauer que certains rattachaient à la mouvance. Tout ça dépassé pour cézig... sans plus d'importance que les druides, les Carolingiens, les cathares... les mormons ou les Zoulous.

– Tout est mort dans l'arène...

... voulait dire... le cirque de l'Histoire... que ça ne tenait que par des légendes, des mensonges battus en neige. Rien. Les passions trouvent toujours quelques prétextes pour s'exprimer... se guerroyer les unes les autres... se faire saigner en mille tortures. Tout ça sur l'instant, je veux dire en mes fonctions de magasinier, coursier, homme de ménage dans ma librairie... me passait royal au-dessus de l'entendement! D'instinct, probable, je m'orientais par là... sinon j'aurais dégauchi un autre Maître, autre Prof... un convaincu socialo-chrétien, marxiste, maurrassiste... me serais glissé dans les processions, les défilés, les meetings! Au début, sans doute, on y va en pleine bonne foi, on veut le bonheur pour tous... le paradis des prolos ou l'intégrité de la Patrie. L'âge venant, si on n'est pas tout à fait nature... branque à mort... obtus mol du cerveau... on reste dans la secte, le groupe, le parti, l'Église, pour s'en tirer quelques marrons plus ou moins glacés... prébendes... menus ou gros avantages. J'ai pu voir évoluer certains, ils s'enferment, se verrouillent dans ce qu'ils croient leurs convictions, alors que tout autour dément leurs croyances initiales. C'est même un attrape-mignonnes, le parti ou la chapelle... elles accourent vers le beau jacteur... le gourou... le sorcier au regard de braise... il se les attrape-nigaude au simple geste... laissez venir à moi! Bien nave celui qui se tire, se replie... s'en va croupir en solitude.

En tout cas, Yoyo de retour, c'était une sacrée respiration dans mon univers de toiles d'araignée, de rats d'égout, moisissures des pages... la salamandre à l'anthracite. Le mystère de son départ... sa salope de sœur qui avait plus ou moins cafté à son père... qu'elle menait une vie de patachon, tournait putain à l'assaut de toutes les braguettes.

– Je suis mineure, ne l'oublie pas.

Ç'aurait pu me valoir des démêlés avec la justice... que je la détournais, incitais à toutes les débauches! Elle avait obéi à son dab... retrouvé les ruines de Caen. Une ville anéantie par toutes les artilleries, les bombes incendiaires... les batailles de rues entre SS, Écossais, Canadiens... ça mettait beaucoup plus longtemps à se nettoyer, relever, reconstruire que ça n'en avait mis à se ratiboiser. Le travail là-dedans pour une jeune et fraîche jeune fille comme Yoyo, elle ne pouvait tout de même pas désamorcer les bombes à retardement, pelleter les décombres... piocher dans les gravats... exhumer les squelettes encore enfouis. Un temps, elle avait fait la serveuse dans une cantine-baraquement pour les terrassiers déblayeurs. Ça manquait pas les paluches frôleuses, baladeuses sur son valseur, on peut se douter vu ce que je vous ai dépeint plus haut concernant ses charmes... la fermeté, la rondeur de ses miches... la façon à la fois altière et radieuse de se les trimbaler dans l'existence. Délicate, elle n'aimait pas trop les caresses calleuses. A cela, on mesure les véritables problèmes sociaux... Yoyo et Marguerite ne sortaient pourtant pas d'un milieu bourgeois huppé, si je me souviens juste, leur papa était fonctionnaire... un petit gradé de la SNCF ou des PTT... puisque Marguerite m'avait dit qu'elle préparait – assez mollement, tout me le laissait supposer – un examen ou un concours pour entrer dans la même administration que son père. Yoyo, ça ne lui disait rien d'aller brouter dans les pâturages de l'État. La retraite est au bout du chemin, la garantie, n'est-ce pas, de l'emploi pendant quarante ans pourvu qu'on se maintienne dans une médiocrité besogneuse... des tas de petits avantages... la progression assez rapide dans les échelons pour une fille joli roulée, suceuse, sodomisable à l'occase pour les petits ou, pourquoi pas, les grands chefs.

Elle s'envisageait pas l'avenir aussi éloigné que la retraite, la belle Yoyo. C'était une fille gazelle, papillon... écervelée, ce qui faisait grandement partie de son magnétisme.

Donc, elle est de retour... elle a trouvé un boulot dans la fripe, les sous-vêtements féminins... une boutique dans le 16e arrondissement... ça va lui permettre d'oublier les tristesses de Caen... les prolos déblayeurs de ruines... l'ambiance calva... coup de jinjin... les grasses allusions aux plus triviales tringleries après le dernier verre éclusé.

C'était un soir, il me semble vous avoir dit, qu'elle me survient dans le décor du premier chapitre... les livres jusqu'au plafond, le fauteuil de la Comtesse... la nuit qui tombe tôt, c'est bien normal en hiver, elle se revanche du soleil d'été... vous enveloppe, envahit avec son brouillard, ses pluies fines... tout devient gris... cotonneux, frisquet à s'attraper les mille tuberculoses. Plus question d'aller s'offrir de la volupté sauvage dans les portes cochères... le vent s'y engouffre, les paquets de flotte, ça vous calme les plus vives ardeurs.

– Il fait bon ici...

... la remarque coulissante de Yoyo... l'anthracite britannique, qu'au moins il serve à quelque chose d'un peu tangible... aux heures exquises qui nous grisent! Si je suis de son avis sous-jacent! Il est bientôt l'heure de baisser le rideau... de boucler la culture jusqu'au lendemain. L'idéal, ça serait de se mignoter réciproque les organes sexuels ici même, sur le fauteuil... le bureau! C'est pas l'âme de Voltaire ou de Victor Hugo qui s'en plaindrait... le peu que je sais sur eux, ça me paraît pas des écrivains à nous reprocher qu'on fornique parmi leurs œuvres reliées pleine peau et dorées sur tranche.

Qu'un hic... la trouble-fête garantie pure vache enragée... la mère Théo dans sa loge! Elle voit, entend tout... une fois mon rideau baissé, ça va lui paraître une énigme que je ne passe pas devant son gourbi, fasse aboyer son abject cador cinq-dix minutes au plus après le tintamarre métallique du rideau qui descend. Elle chronomètre tout, l'enflure, elle va tout de suite se gourer d'une anomalie... coller son esgourde à la porte... épier dans le clair-obscur, tapie derrière ses oripeaux... ses odeurs aigres de soupe aux choux, de panards douteux... de chien-chien mouillé.

Belle illustration des choses de la vie... le méli-mélo... qu'aux moments les plus succulents... les friandises divines à se régaler... vous arrive l'ombre au tableau... l'envers merdeux de la médaille. Toujours une bignole quelconque, sycophante bénévole qui se charge de vous brouiller les brêmes... en tout cas vous compliquer le doux exercice du péché de la chair.

N'importe... j'ai tout éteint et j'ai retiré le bec-de-cane.

– Qu'est-ce que tu fais?

Yoyo se payait le luxe de jouer l'étonnement... ne lui ai

pas laissé le temps d'en dire davantage... bousculée, basculée sur le bureau... le cahier des comptes... parmi mes paperasses, qu'au moins demain il leur reste un parfum de luxure lorsque je me les coltinerai... les remettrai en bon ordre. Ça se programmait bien dans ma tronche... fur à mesure je passais à l'exécution... la descente au minou... la dégustation savoureuse. J'en étais là, la bouche pleine, si je puis dire... lorsque baoum! dans la lourde!... Merde! Quelqu'un qui frappe... insiste Baoum! Baoum! cogne et recogne! Je me retire, n'est-ce pas, ma fausse barbe rapidos... m'essuie les babouines. Yoyo s'est redressée, rajustée vite fait... son jupon... sa robe! Je m'avance, je gaffe... le quelqu'un qui fait ce raffut colle sa tronche à la vitre pour essayer de voir ce qui se passe à l'intérieur de la boutique! Si c'est un client, je vais le laisser cogner... je m'en tamponne, il va finir par se lasser! Reste que c'est peut-être Hector, surpris de trouver son magasin fermé sans que le rideau de fer soit baissé... à la merci des voleurs, pilleurs de vitrines. On ne gagne pas lerche actuellement dans ce commerce, mais le stock vaut? Je ne sais vous dire, surtout en monnaie d'après-guerre... toutefois un joli pactole... toutes ces éditions rares, reliées... originales... papier Japon, etc.

J'entrefrime une curieuse silhouette... peu à peu... un chapeau haut de forme... une tête avec des favoris genre Louis-Philippe. Une voiture qui passe m'éclaire un bref instant cet étrange personnage... vêtu d'une sorte de spencer... d'une redingote... tout à fait une tenue, cette fois, de bien avant la Comtesse. Il tape à présent avec une canne... il demande, plutôt glapit : « Y a personne? » Yoyo s'est approchée elle aussi... passe le museau derrière un rayonnage.

– Qu'est-ce que c'est que ce bonhomme-là?

Elle me chuchote... il lui flanque un peu les jetons. Il a l'air d'un revenant... une sorte de Javert tout droit sorti des *Misérables*... une espèce de spectre. Mon œil s'habitue, je le distingue... il est sapé exactement comme un poulet 1830... un mouchard, disait-on alors, un argousin! Sa cravate blanche, sorte de jabot, déborde sur le col de sa redingote à large revers. Drôle de tronche avec ses pattes de lapin, ses gros sourcils... des yeux, il me semble, en bouton de bottine. Il se goure bien, l'enfifré, qu'il y a quelqu'un dans la boutique. Il insiste d'une voix de fausset.

– Monsieur Hector? Monsieur Hector?... Êtes-vous là, monsieur Hector?

Il se fatiguera le premier, ce gugusse fantôme! Jamais encore aperçu celui-là... le comble... déguisé carrément! Jusqu'ici, ils ne se révélaient, les plus chabraques... par la parole... les propos chuchotés ou claironnés... les attitudes soudaines. Je m'étonne qu'un chaland pareil, Hector ne m'en ait jamais touché mot. Le Commandant, Troubnikof ou M. Walt Blumel, il m'avait prévenu. « Il vous racontera ceci... cela... toute l'affaire Dreyfus. Il est un peu partial, en tant que juif, mais c'est instructif. Il sait tout. Il a connu Péguy... Zola... Dreyfus lui-même à son retour de l'île du Diable. »

Celui-là... cette sorte de Pontcarral demi-solde, il aurait en bonne logique dû m'affranchir. Ce n'est pas un client impromptu... un passager, puisqu'il interpelle mon patron par son prénom. « Hector! Monsieur Hector... Répondez-moi, monsieur Hector! » Il est tenace, ce con, il va finir par ameuter les populations avoisinantes.

– C'est peut-être un figurant de cinéma...

Yoyo ne connaît pas le Carillon, ce qu'il attire comme détraqués. Un frimant, ça serait du cake, du gâteau à la crème fouettée. Je me berlure pas d'une explication aussi simplette... Yoyo, mis à part ses dons d'escaladeuse de braguettes, elle est plutôt naïve, elle ne voit ni le mal ni la folie... tous les dangers... tous les convaincus farouches qui nous cernent. Elle a envie de jouir, le reste, elle ne sait plus... elle chantonne, elle oublie même les injures de sa sœur, elle s'émerveille d'une rose, d'un petit chien, d'une belle bite!

L'autre qui revient à la charge, c'est la quintessence du chnoque. Il devrait être en traitement à Sainte-Anne. J'en ai vu de semblables lorsque je bossais rue Cabanis à ma fonderie typographique pendant l'Occupation. Ils se promenaient dans les allées par beau temps, les louftingues... on les observait de la fenêtre du troisième étage à l'atelier de gravure. En Napoléon, j'ai jamais eu l'heur d'en apercevoir. En péplum, oui, comme Duncan, en d'autres curieux accoutrements. Les infirmiers, au loin, les tenaient à l'œil. Parfois ils s'exhibaient... dégageaient prompt de leur froc tous leurs attributs virils... la bébête et les baloches... s'ils apercevaient une ouvrière avec nous. Beau être dingues, ils se trompaient pas dans ce domaine... une chevelure frisottée... un minois féminin... Hop! presto, ils s'entamaient des pognes jusqu'à ce que leurs gaffes viennent les embarquer sans ménagement... des brutaux à trogne d'alcoolique.

Je me pose la question quelquefois... d'avoir approché, comme ça, toutes sortes de timbrés, si ça ne m'a pas déterminé autant que la fréquentation des voyous à me comporter plutôt méfiant. On marche sur des œufs... des sables mouvants... des sentiers bourbeux... on peut se casser la gueule mille fois. Voyez, je digresse encore... je philosophe bistrotier. Et cependant l'autre s'est remis à taper! Il va finir par nous casser la vitrine avec sa canne.

– Vous êtes là, monsieur Hector?... Pourquoi ne m'ouvrez-vous pas?

Il ricane... sûr de lui... sarcastique.

– Ce que vous avez dit sur l'Empereur est une infamie! Vous allez m'en rendre compte!... Sortez... Ouvrez si vous n'êtes pas un lâche!

Ce qui devait arriver... Mme Théo qui rallège... qui sort du couloir... son clebs derrière elle. Je l'entends qui aboie.

– Qu'est-ce qui vous prend de crier comme ça?

S'ensuit un dialogue démentiel. Je m'efforce d'entraver. La concepige a l'air de le connaître, notre fantôme balzacien. « Espèce de maboul! » Elle le traite... l'Empereur, elle en a que foutre.

– Il est aux Invalides, votre Empereur, et qu'il y reste!

– Infâme pétasse! je vous dispense de vos réflexions!

Tout ça du plus haut comique... un sketch quasi surréaliste, vu le décor, le lascar accoutré historique et l'autre maritorne avec son boudin à pattes qui ponctue la dispute de ses aboiements ridicules. Seulement notre situasse à la jolie Yolande et votre serviteur conteur... bloqués à présent dans le Carillon!... Comment allons-nous nous sortir de là? Au finish, elle se paye l'extravagant, la gravosse, il bat en retraite. Je la gaffe, elle s'approche de la lourde. Certain qu'elle se pose des questions... Comment se fait-il que je me sois barré sans qu'elle m'ait vu, entendu pour le moins, baisser comme tous les soirs le rideau de fer? Elle essaie, elle aussi, de se rendre compte des choses à travers la vitre.

– Elle a une clef, je chuchote à ma belle...

Je viens d'y penser. Sûr qu'elle va se pointer, qu'elle va fureter partout! Un comble de paniquer, d'avoir les grelots devant cette truie, moi qui fus soldat du colonel Fabien, du général de Tassigny... blessé au feu, décoré sur le front des troupes! La dérision de tout ça! On est foudre de guerre une période et puis on retourne à la niche, la queue basse devant une cloporte de démonstration... une caricature. Mais trêve de réflexions sans issue. La solution... que Yoyo s'esbigne, je la retrouverai tout à l'heure... mettons au Royal Saint-Germain, à l'angle de la rue de Rennes où maintenant c'est un drugstore... Je préfère me dépatouiller seul avec la mère Théo. Elle rebarre, comme prévu, vers sa loge pour chercher la clef, j'en profite pour faire sortir Yoyo en lousdoc. Quelle connerie!... je rage! C'était si délectable nos voluptueux ébats... nos mignoteries... suçoteries d'amour!

Mon improvisation ne donne pas dans le génie. Dans le fauteuil, je fais semblant de ronfler. J'entends la clef dans la serrure. Mme Théo entre... elle a, je ne sais pourquoi, une lampe électrique à la main comme une voleuse. Elle balaye la pièce de son rayon lumineux. Fatal, elle tombe sur moi... elle m'éclaire en plein... je mime un réveil en sursaut.

– Que faites-vous là, monsieur Alphonse?

Elle me donne toujours du monsieur devant mon prénom... ça me donne l'illusion fugitif d'être souteneur. Avant Jules, au XIXe siècle c'était Alphonse le nom argotique du protecteur de ces dames. Je bafouille... j'étais fatigué... je me suis endormi à la douce chaleur de la salamandre.

– Vous avez pas entendu le fou?... Il a pourtant fait un de ces raffuts!

Son œil devient inquisiteur... bovin globuleux mais inquisiteur cependant. Sous les tsars, en Russie, la police payait les concierges pour dénoncer les locataires... on les appelait des *dvorniki*... très certainement les Soviets en ont hérité sans problème de conscience. La Théo était l'homologue française des *dvorniki*.

J'ai allumé la lampe sur mon bureau machinalement... le désordre qui règne, paperasses, sous-main... dossiers. Le plus grave, Yoyo a oublié sa petite culotte ornée de dentelle dans sa précipitation pour se tirer. Je repère l'objet du délit... il faut que je le cache à tout prix... pose un cahier dessus. Seulement, la vioque m'a précédé visuel. Je le planque tout de même... plof! sous mon livre de comptes cartonné. Ma gêne, mon trouble... elle a tout pigé, la fumière, ou presque... elle se met à s'agiter des châsses... droite-gauche. Sûr qu'elle se demande où peut se cacher la propriétaire de ce joli false rose bordé de dentelle. Ici, bien sûr, nulle planque ne peut contenir une jeune fille même minuscule... à moins d'une naine peut-être dans le placard à balais.

– Je vais fermer... Il est tard.

Ce que j'annonce et ça me permet d'aller l'ouvrir le placard suspect... y prendre ma perche à crochet. Voilà... tout grand, je le laisse ouvert derrière mon dos, qu'elle puisse constater que je n'ai dissimulé personne au sein même du magasin.

En définitive, je crois qu'il vaut mieux en toutes circonstances laisser aux gens, surtout aux minus, aux loquedus, des os à ronger... ne pas trop les abandonner avec des points d'interrogation, des mystères, ça vous les rend vif-hargneux... la haine prête à sortir de sa boîte à vices.

En tout cas, la mère Théo, depuis ce jour, elle va y aller des pires ragots... propos fielmerde à mon endroit. J'aurais peut-être dû laisser la culotte de Yoyo bien en évidence et balancer le vanne égrillard. M'en faire une espèce de complice... c'eût été, probable, le plus habile.

Remettre un peu d'ordre... chronologie dans mon feuilleton. Genre picaresque, ce qui ne veut pas dire qu'on puisse tout fourrer sens dessus dessous... des phrases inachevées... des intentions sous-jacentes... commencer à Aubervilliers, se retrouver à Capri sans explication. On permet ça à certains plumitifs bénis des élites... des chouchous de gazettes, de médias. Ceux-là, dès qu'ils flousent, c'est du zéphir... On se pose des questions du pourquoi du pet... ses raisons, intentions métaphysiques. Ça participe, ça, des mystères du Tout-Paris. Nul besoin de s'indigner... perte de temps... de salive... fatigue superfétatoire! On m'exige du tangible... des gros mots si possible... de l'argot de papa... des anecdotes banditives. Je n'en fais jamais assez... Encore! encore! Et que je les fasse se bidonner, pisser en slip... que je me tienne à ce rôle. Pour penser, Duras suffit... Sollers à la rigueur!

Vous supposez que ce soir-là je fis fissa pour retrouver ma ravissante, ma primevère au Royal Saint-Germain où déjà une tierce de mâles plus ou moins en rut tournait autour d'elle. J'étais pas d'humeur à les supporter, ceux-là! Prêt, poings et lattes, à me les offrir à la castagne s'ils insistaient. Bref, nous allâmes achever, avec Yoyo, nos cajoleries coquines dans un hôtel des environs... jusqu'aux aurores... l'évidence. Ça servirait à quoi de vous détailler ce que nous fîmes... les positions... les gémissements de la literie... La symphonie en bite majeure pour jambes en l'air...

Me trottait ce louftingue, l'échappé des *Misérables,* dans la tronche. D'où sortait-il encore celui-là? Hector allait sans doute m'affranchir, mais notre bignole affreuse allait lui chuchoter des choses... la culotte de Yolande sur le bureau. Elle ne pouvait pas ne pas l'avoir vue et passer ça aux profits et pertes de mémoire.

– C'était un chiffon... elle est malade, cette vieille sorcière, elle a des lubies!

Mon mensonge tout prêt. Il s'en tapait, Hector, m'affirmait-il, que je tringle celle-ci ou celle-là, mais enfin dans la boutique, à même le Carillon des Siècles, il me trouvait impertinent de venir copuler au milieu des chefs-d'œuvre de la littérature. Ce qu'il m'a fait comprendre lousdoc. Quant au dingue que j'étais censé ne pas avoir vu, il ne s'est pas trop appesanti à son sujet.

– Ça doit être encore Fèvre... le bonapartiste!

Nul autre dans le quartier, dans Paris, était ainsi harnaché... de pied en cap demi-solde de l'Empereur. Ce matin-là, Hector était pressé... un rendez-vous... il allait directos chez certains amateurs pour traiter quelques ventes. Il faisait aussi des recherches de bouquins pour quelques collectionneurs richissimes. Ça faisait l'essentiel de nos recettes. Les petits acheteurs, les passagers, il me laissait le soin de leur soutirer quelques piécettes. Je me coltinais à vélo d'aller chercher des nouveautés chez les éditeurs pour satisfaire quelques clients assidus. J'allais parfois rue Garancière, chez Plon, chercher des Mémoires de généraux, des romans de Barrès, Paul Bourget, Henry Bordeaux... Bernanos... sans me gourer le quart d'une seconde que j'aboutirais dans cette respectable maison, un jour, comme auteur à part presque entière. L'avenir, je vous ai dit, c'était pour moi à peu près le lendemain, la semaine suivante tout au plus.

Après l'incident de la culotte de Yolande sur le bureau, je me demandais un peu si l'Hector n'allait pas me bordurer de son entreprise, s'il attendait pas une occase favorable... que je fasse encore une connerie. Je mesurais pas que j'étais, somme toute, le plus économique des employés. Nib de Sécurité sociale... le flouse de la main à la main... mes yaourts, ma petite galtouse. J'étais moins payé que chez Gibert où les vendeurs ne risquaient pourtant pas des indigestions de caviar.

Le Professeur est passé... juste à midi ce jour-là, m'inviter dans un bistrot rue Jacob où on se tapait le plat unique du patron... une ragougnasse dont aujourd'hui ne voudraient pas les chiens-chiens et matous de la société de consommation. Relativité des choses, nous, nous en réjouissions nos estomacs toujours plus ou moins en manque.

Le Professeur, au point où nous étions de camaraderie, je pouvais lui narrer l'incident de la veille... ses diverses péripéties. Ça tombait à point... ce bonapartiste, il le connaissait. Original, à son propos, était un euphémisme, on pouvait le classer dans une catégorie à la limite de l'asile... quasi paranoïaque... schizophrène... monomane, je ne saurais vous le qualifier exact. Avec le Professeur, il avait eu des différends... toujours à propos de Napoléon... des insultes... des propositions, heureusement sans suite, de se retrouver sur le pré au petit jour, le choix des armes laissé à l'offensé. N'étant pas un habitué du quartier, je ne l'avais pas encore aperçu, mais il errait, hantait les trottoirs... un peu voûté... toujours avec son gibus... sa canne torsadée derrière le dos. Une silhouette qu'on n'oubliait pas.

D'après le Professeur, il fréquentait assidu les cimetières parisiens, surtout le Père-Lachaise, où il allait fleurir les tombes de maréchaux, généraux de la Grande Armée. Les gens qui l'apercevaient dans les allées, entre les croix, certains ça leur foutait la trouille verte, ils le prenaient pour un revenant... allaient se plaindre aux gardiens qui n'y pouvaient rien... il avait la loi pour lui. Rien n'interdit à quiconque d'être vêtu en redingote grise, chapeauté d'haut-de-forme, chaussé de bottes à revers et d'aller se recueillir devant les tombes.

Ce n'était qu'un aspect du personnage. On prétendait qu'on l'avait chassé de sa ville natale, Tarbes, où il aurait eu des affaires de mœurs... un scandale avec des petits garçons.

– Et jusqu'à cette époque, il était habillé d'un simple péplum comme Raymond Duncan.

L'explication... qu'il était devenu partisan de Napoléon parce que celui-ci avait fait revivre l'Antiquité romaine. D'où l'échange du péplum contre la tenue de demi-solde tout de même plus adaptée pour se farcir les intempéries parisiennes. On disait aussi qu'il traînait les tasses. Imaginez la surprise du petit pédé français moyen qui se retrouvait aux prises avec un pareil zèbre dans une pissotière. On les a toutes supprimées depuis vingt ans... encore une erreur de nos édiles... elles servaient d'abcès de fixation à l'homosexualité masculine. Depuis, toutes les folles, les emmancheurs forcenés, les amateurs de babas se sont répandus dans nos rues, sur nos boulevards. On les trouve partout, ils font un prosélytisme outrageux.

C'était tout de même exact, les mœurs de ce bonapartiste. Il est revenu quelques jours plus tard au Carillon. Finie, digérée, sa rogne contre Hector... un malentendu... des propos calomnieux que des malveillants lui avaient glissés à l'oreille.

– J'ai tiré tout ça au clair. Je vous prie de transmettre mes excuses à M. Hector.

... oui, oui, certainement, je ferais la commission. Il était debout devant moi... toute sa splendeur... on pouvait l'emmener tel tourner à Billancourt un film de Jean Delannoy! Je lui trouvais une drôle de façon de me frimer... peut-être étais-je influencé par les révélations du Professeur... qu'il en croquait pleine redingote. Nulle gourance... ce salingue morbide me faisait déjà du gringue visuel.

– Permettez...

S'asseyait, avant que je n'aie le temps d'acquiescer, dans le fauteuil de la Comtesse.

– Je vous trouve très sympathique...

Difficile de l'envoyer aux pelotes! Comme avec le général Troubnikof, bien obligé de sourire aimable. Oui... oui... je vous remercie infiniment.

– Vous avez déjà été aux Invalides, je suppose?

Avec ma classe, à l'époque du certif, je me souvenais... conduit par M. Morel, l'instituteur. Une visite organisée pour notre éducation historique.

– Et vous n'y êtes pas retourné depuis?

Je lui avoue que non... que j'ai pas eu le loisir, l'idée. Il me gronde gentiment... je devrais y aller au moins chaque année le 2 décembre... l'anniversaire du couronnement et de la bataille d'Austerlitz.

– Un dimanche, voulez-vous que nous y allions ensemble?

La proposition alors stupéfiante! Qu'il espère, ce nave frapadingue, m'entraîner dans son délire avec la secrète pensée que je vais être bon pour partager son plumard Empire, je suppose! S'il n'était là, dans le Carillon, je l'argougnerais à son jabot, par le revers de sa redingote... un coup de boule, merde! se figurer que je vais... au juste quoi? jouer le passif? l'actif? Sa voix fluette... faussette... ça me laisse plutôt supposer que c'est cézig qui mord l'oreiller.

– Le dimanche, je sors avec ma fiancée...

Ce que je lui réponds, l'échappatoire... et c'est presque vrai. On pourrait avoir le projet de se marier, Yoyo et moi. Il ricane dans ses favoris... je remarque, il évite de trop ouvrir la bouche, il ne reste plus que quelques dents sur le devant... quelques chicots. En le visionnant rapproché... en gros plan, pour ainsi dire, on peut se rendre compte qu'il ne brille pas tant... sa redingote n'est pas très fraîche... le froc un peu luisant aux genoux, ses bottes éculées, boueuses. Il a quoi? d'âge, je veux dire... assez duraille à évaluer! Plus de cent piges pour l'Histoire mais, au réel, d'après son acte de naissance, dans les environs de trente-cinq ou quarante. On a dû le mobiliser à la dernière guerre. La scène alors de son arrivée à la caserne, au centre de recrutement... la sensation... la stupeur des officiers et autres grivetons... cet étrange réserviste des guerres napoléoniennes.

Et où perche-t-il? De quoi vit-il? Il pose une série de questions. Il est plus ou moins courtier en livres... spécialiste, forcément, des ouvrages sur l'Empire... tout ce qui concerne de près ou de loin le Corse aux cheveux plats... daigne aller jusqu'au neveu... Badinguet avec sa barbiche, l'impératrice Eugénie... Sébastopol, Magenta et la fin du rêve à Sedan en 1870... au-delà, plus rien ne vaut de s'y arrêter. Il renie même l'héritier de la dynastie, le prince Jérôme Bonaparte qui l'a viré certain jour après qu'il l'eut abreuvé de lettres... messages de toutes sortes.

Néanmoins, moi, il faut bien que je me le fade. Son ricanement... sa façon de me dévisager comme si j'étais une gonzesse. Pourtant, je ne suis pas le genre équivoque... mignon qu'on peut travestir sans qu'il devienne grotesque. J'ai omis, veuillez m'excuser, de me décrire, c'est peut-être indispensable au bon fonctionnement de ce récit. A vingt ans et mèche... plutôt je suis escogriffe... maigre et sec... la pomme d'Adam proéminente. Pas si affable, m'a-t-on dit... on me reproche des manières abruptes et une façon de dire les plus belles choses en ayant l'air de me foutre du monde. Fringues, n'en parlons pas... j'use des bénards, des vestes de l'armée teints en bleu marine. N'était mon zob actif, d'une vaillance, ténacité à toute épreuve, je me vois pas tellement d'autres qualités... et le hic... n'est-ce pas, pour arriver à faire reluire les mignonnes, auparavant il faut les conduire sur la couche propice, les appâter directos en érection relève du satyrisme... des exhibitions sanctionnées par l'article 330 du Code pénal... *Toute personne qui aura commis un outrage public à la pudeur sera punie d'un emprisonnement de trois mois à deux ans...* Trop cher payé pour une joie bien furtive! De nos jours, les jeunes filles émancipées attaquent les hommes carrément à la braguette. Nous n'en étions pas là, hélas... on devait se pommader la tignasse... se velouter un peu le regard... si possible avoir des sapes... costards pas trop loquedus... cravate chatoyante... pompes en daim, si possible à semelles crêpe, comme c'était alors le dernier cri.

Ainsi affublé, aller se transpirer des tangos, rumbas, frotteuses... roucouler languide... gratter de la guitare d'amour sous le balcon de la belle avant qu'elle ne daigne vous jeter un cil, un œil, vous rendre un pétale de la rose que vous lui aviez envoyée. Tout ça prenait des jours, des semaines... en attendant, on se paluchait, à moins qu'on se fasse essorer provisoire par les dames de petite vertu que Marthe Richard, la salope, venait d'expulser de leurs boxons. Le seul avantage... littéraire... que ça vous faisait de sacrés romans, des feuilletons interminables... surtout si Dieu s'en mêlait, le péché de la chair, l'abbé confesseur... des pages et des pages avant qu'on parvienne à cette fameuse bite au cul et qu'on en finisse.

J'avais pas excessif le don, la patience. Plusieurs affaires amorcées, laissées en route, en plan. Subito, l'héroïne de mon aventure m'accablait, je la larguais sans même une dispute... le plus mince commentaire. Je me pointais plus aux rendez-vous.

Retrouvons notre bonapartiste homosexuel. Qui pouvait, à part un pervers inimaginable, se câliner, s'enfioter cézig? Ça participait d'une démarche aux limites du concevable.

– Votre fiancée pourrait venir avec nous se recueillir devant le tombeau de l'Empereur.

... l'idée tout à fait adéquate! Je voyais d'ici Yoyo avec ce fondu. Il me fallut éluder encore... biaiser courtois... inventer je ne sais quoi... ce qui m'arrivait à fleur de tronche... que ma fiancée était communiste... marxiste convaincue et que ses convictions ne l'autorisaient pas à se livrer à une mascarade.

Déçu, il ricane à nouveau. Il a retiré son tuyau de poêle... il est quasi chauve... Ses cheveux longs tombant sur le col de sa redingote pouvant laisser croire à une abondante tignasse. Ils ne représentent qu'une couronne... impériale peut-être, mais douteuse, pelliculeuse. Je lui trouve aussi comme une odeur incertaine... venant de la bouche, des harpions... de la sueur froide... pas tant le loisir d'en savoir beaucoup à ce sujet.

Ce qui va me sortir d'embarras, me détourner de cet anormal... Ding! ding! La Comtesse en personne qui s'amène.

– Bonjour, Anatole...

Je m'y suis habitué... elle ne se souvient que de la première lettre, il me semble vous avoir dit... Elle me nomme Albert, Anselme, Aloys, Aurélien, Ambroise comme Croizat, le ministre communiste du Travail, mais jamais Alphonse. Je la soupçonne, la vieille taupe, de le faire exprès pour bien marquer que je ne compte pour elle pas plus qu'une crotte de clébard.

Elle se déplace lento... menu... pas à pas... s'appuyant sur sa canne. Il ne fait pas bien clair dans le magasin, il lui faut le temps d'y acclimater sa vue basse... qu'elle distingue enfin le bonapartiste. Jamais elle n'a dû le rencontrer. Elle reste pétrifiée devant lui qui s'est levé pour la saluer.

– Mes hommages, madame...

Elle vacille... elle a un geste de sa paluche décharnée comme pour l'écarter, chasser cette vision. Oh!... elle a un petit cri genre oiseau et elle s'effondre. On se précipite, le bonapartiste et moi... la soutenir... Pas le temps, hélas, de la rattraper, elle est tombée de toute sa hauteur... les yeux révulsés... elle a des soubresauts, des hoquets... perd son dentier... son galurin... sa moumoute!

– Madame la Comtesse! Madame la Comtesse!

Je fais signe à l'autre dingue de m'aider, de lâcher sa canne... qu'on la transporte sur le fauteuil... lui tapote les joues... rajuster tout de même sa perruque rouquinasse.

– Madame la Comtesse... Allons! Ce n'est rien.

Que dire? Que faire? De l'eau... l'asperger... la dégrafer... son manteau! Elle bloblote des lèvres. Elle murmure quelque chose... un nom... Edgar, il me semble.

– Faut appeler un médecin!... Vite, allez donc chercher un médecin!

Il me zyeute, le bonapartiste... ahuri... impuissant.

– Mais où voulez-vous que je trouve un médecin?

Je me doute, ce maboule, s'il demande un toubib au milieu de la rue, on va croire que c'est pour lui... on va l'emmener à Ville-Évrard, rue Cabanis à Sainte-Anne, lui passer la camisole.

– Gardez-la... J'y vais...

... foncer chez la cloporte, la mère Théo qui est dans l'escalier, bien ma veine, avec un seau d'eau, une serpillière... obligée de s'essuyer les pognes.

– Un docteur?... Y en a un dans l'immeuble à côté, le Dr Gontier.

Va pour le Dr Gontier... je m'y précipite. Pendant ce temps, Mme Théo va s'occuper de la Comtesse. Mais tout est trop tard lorsque le toubib arrive, il ne peut que constater le décès. Net et bien, elle a calanché, la vioque noble... la rescapée du Second Empire. Tout se superpose, s'enchevêtre... prévenir Armand, et Hector... fermer fissa le magasin. Déjà, les curieux s'agglutinent à la porte.

– Et la police?... Il faut téléphoner d'urgence au commissariat...

Dans ses fonctions, la concepige... la première chose

qui saute à son esprit tordu! Qu'avec le chnoque napoléonien, on a peut-être pu occire la douairière... lui vider son sac à main... lui arracher un pendentif... ses boucles d'oreilles... des choses viles qui lui taraudent la tronche à cette affreuse. Moi, ce qui me tracasse... enfin sans exagération... que c'est en apercevant Fèvre dans son déguisement qu'elle a eu son coup au cœur. Infarctus, a diagnostiqué le médecin. Ça n'a pas eu l'air de l'étonner lerche, vu l'âge avancé de la personne... des choses tout à fait probables, inscrites dans les astres. Le sort qui nous guette tous à plus ou moins longue échéance.

Elle est là, toujours sur son fauteuil... morte parmi les chefs-d'œuvre les plus incontestables de la littérature. On lui a baissé les paupières, remis un peu d'ordre dans sa tenue. On attend, on va sans doute la ramener chez elle.

Le bonapartiste voulait se défiler, se tailler lousdoc. Mme Théo lui a signifié qu'il valait mieux attendre les flics.

– Pour votre témoignage...

Je me convaincs de plus en plus que c'est lui, avec sa défroque XIXe siècle, le responsable de cette embolie. Elle a dû le prendre pour un défunt ressuscité... un parent, un ami à elle... qui sait, un amoureux de sa jeunesse de retour brusque sur terre. Elle tenait plus tellement sur ses maigres guibolles... toussotait... reprenait son souffle entre les mots quand elle parlait... ça l'a achevée ce fantôme! Je revois la scène... dès qu'il s'est levé avec ses hommages, l'autre fondu... toc! elle a ouvert la bouche... la respiration coupée net... Oh!... Ah!... et puis l'effondrement. Juste, elle a pu encore murmurer ce nom... prénom... Edgar! Je ne sais s'il me faut rapporter ça à Hector. Je me méfie tout de même, ça peut déclencher des embrouilles. Plus on la ferme sur l'essentiel, mieux on se porte... c'est de la sagesse de paumé, la seule qui serve à quelque chose.

Je vous rassure tout de suite... l'incident, aussi tragique, regrettable qu'il fût, n'eut aucune conséquence. Flics... fils, petits-fils... concierge... transport... et puis les obsèques, tout se déroula sans heurt, sans excès de larmes. Elle avait fait son temps Adélaïde... sa bonne part. C'était le moment qu'elle aille rejoindre son mari et peut-être cet Edgar que je me plaisais à imaginer comme un fougueux sabreur au plumard... un as de la bordelaise en 130!

Dû tout de même me coltiner la messe, le requiem à Saint-Philippe-du-Roule, sa paroisse. Du linge dans la nef, on peut dire... majorité de daronnes fripées, de pépères à col cassé... mais cependant quelques jeunettes à chaussures plates... filles de bonne famille, girls-scoutes... qu'on aimerait détourner un peu du droit chemin! De la bourgeoise aussi, au bel âge, de la fesse ardente, merde!... je me les imagine jupe troussée... le porte-jarretelles... ma pogne qui maraude dans la touffe.

– *Absolve, Domine, animas omnium fidelium defunctorum ab omni vincula delictorum...*

Pendant le requiem... ce que je gamberge... je coulisse des châsses vers quelques jambes gainées de bas noirs à couture. Je vous avoue mes lubriques pensées. Oserai-je ensuite me plaindre que la presse catholique me snobe... tient à l'écart... ignore mes œuvres quasi complètes? Que non, mais je remarque cependant que les curetons trouvent des arrière-plans métaphysiques à des ouvrages cinématographiques où ça s'encule allegretto vivace... emmanche jusqu'à des cochons, pauvres bêtes sans défense!

Le Professeur, lorsque je lui eus tout bien narré, tout en détail... la rupture d'anévrisme de la Comtesse, il en a conclu... clic boc! que c'était Fèvre l'assassin. Pour lui, pas un pli, c'était en définitive un superviceloque, un sadique ayant découvert un moyen d'accomplir des crimes parfaits et gratuits... faire crever les gens de trouille en leur apparaissant brusque... au détour d'une rue, sous l'arche d'un pont... une allée de cimetière... revenant de la monarchie de Juillet... de la Restauration. La Comtesse ne tenait déjà plus qu'à un fil... coupé sec en voyant ce personnage.

Bref, clic boc! On a tout de même noyé notre chagrin le soir de l'enterrement dans moult rades. La seule solution de bon sens... lever le coude... s'humidifier les amygdales. Rapidos, on a dévié... le Professeur, on venait juste de le virer d'une école professionnelle où il enseignait le français. Des élèves qui se foutaient de Madame de Sévigné autant que du cardinal de Retz.

– Et, au fond, ils ont bien raison... Les explications de texte sur la conjuration du comte de Fiesque, pour démonter des moteurs, ça me paraît tout à fait superflu...

Disant cela, il aboutissait à sa lippe sceptique, l'œil vrilleur d'ironie. N'est-ce pas, il avait joué le jeu honnêtement, essayé de leur faire découvrir la beauté des phrases... le mouvement de la langue. Ce que je pigeais à la réflexion... que ses élèves apprentis tourneurs-fraiseurs-ajusteurs le préféraient saoul, leur Professeur... en mal de se retenir au pupitre... comme ça, ils pouvaient se taper une belote... un poker carrément dans la classe. Tout le monde y trouvait son compte... c'était pas des jeunots aussi emmerdants que des étudiants en philosophie.

Ça l'amenait à Sartre, mon bon maître. Il était en désaccord sur cette idée que l'existence précède l'essence... que l'homme est donc totalement responsable de ses actes. Balivernes que tout cela... de l'eau au moulin des pires procureurs, inquisiteurs... juges les plus féroces. On était au plein de l'époque de l'existentialisme. Pour moi, c'était surtout des étudiants qui se réunissaient au Tabou... dans la cave, les existentialistes. J'en avais connu quelques-uns, plutôt portés sur le be-bop... le swing... des danseurs à chemise à carreaux. Les nanas à chevelure longue sur le dos, déjà avec des pantalons... ce qui scandalisait les bien-pensants... les moralistes démocrates-chrétiens. Sans le Professeur, j'aurais été m'y perdre un peu dans leurs caves, suborner vil quelques frétillantes. Mais je manquais surtout de pognon... là-dedans, malgré les apparences décontractées, anticonformistes... la faune débarquait plutôt des beaux quartiers... ça glaviotait copieux le bourgeois... c'était tout de même papa-maman, les bourgeois devenus MRP après avoir été chauds pétainistes. Leurs rejetons-rejetonnes reniaient Jésus-Christ, le dogme Travail Famille Patrie... ce qui ne les gênait pas le moins lorsqu'ils passaient chercher leur vaisselle de fouille... c'est-à-dire, lecteurs sans culture argotique, leur argent de poche. Enfin, la plupart... les exceptions mendigotaient, piquassiettaient chez les nantis. Rôle humiliant, honteux qui me débectait au plus haut point. Préféré le pire, le vol, l'arnaque carrément. Une autre histoire et je m'y suis assez étendu, prélassé en d'autres ouvrages. Il s'agit à présent d'un autre thème, mon itinéraire de l'esprit... lente éclosion de l'intellect, ma montée vers les hauteurs, les sommets, les muses... la poésie...

Le chemin ardu... semé d'embûches... de débits de boissons... de rencontres insolites. Vous me direz que j'eusse pu choisir un éducateur plus traditionnel... un monsieur qui m'aurait appris la grammaire... corrigé mes fautes d'orthographe... enseigné les grands auteurs dans le bon ordre chronologique. C'est oublier que cette démarche n'était pas préméditée. Tout est venu comme ça... bric et broc et clic boc! Des hasards sans nécessité. La librairie, certes, y fut propice... dans une poissonnerie, sans doute ne me serais-je pas tant intéressé aux rascasses, turbots ou autres éperlans. Peut-être sommes-nous programmés, comme on dit de nos jours... nés pour la peinture... la clarinette... le porte-plume.

Ça me traversait pas encore l'esprit de raconter des petites anecdotes sur le papier. Le Professeur ne m'y incitait guère... il me baladait... clic boc!... d'un rade l'autre... son œil vrille toujours à l'affût... je profitais de ses rencontres, ses relations. Vous avez déjà vu... Wols... lorsque nous urinions de concert au-dessus de l'institut Duncan... hors-d'œuvre, si je puis dire... bien des choses, des gens m'attendaient sur la distance. Le Professeur, on aurait dit qu'il dosait... qu'il m'initiait petit à petit à ses connaissances, ses compères... amis? Difficile de bien préciser, il se fâchait pour des motifs parfois incompréhensibles... pour des opinions sur un livre, un événement! Ça dépendait aussi de ce qu'il avait ingurgité ce jour, ce soir-là... s'il dépassait une certaine dose, on pouvait redouter le pire.

Depuis qu'il avait quitté le parti communiste, et ça remontait déjà à loin, il savait plus bien ce qu'il était devenu. Il avait fait le tour de quelques questions, quelques idéologies... Par moments, il en saisissait une au col... un fragment... il paraissait d'accord et puis ça se muait... quelque chose soudain le rebutait et il brisait sec, il tournait rapidos la page. Je ne cherchais pas trop à le suivre dans le labyrinthe de ses pensées, les circonvolutions de sa philosophie, ses spéculations de l'intellect. En plus qu'il bectait ses mots lorsqu'il s'était piqué la meule. Ça tenait de la magie son pouvoir... qu'on lui file le train clic boc!... qu'il arrive à se faire écouter.

A propos de Sartre, il s'affrontait ce soir-là au Popot Bar... haut lieu des libations poétiques et intellectuelles. J'y étais déjà venu chez Popot quelques mois auparavant avec un pote de guerre, un nommé Narcisse, un photographe... de temps en temps, il y déposait sa viande saoule sur une banquette en moleskine... il finissait de s'arsouiller avec la vinasse de Popot.

Naguère, c'était un bordel, ce troquet, mais il avait fermé bien avant que Marthe Richard se mêle d'envertuer la France. On devinait l'ex-bobinard à la décoration au-dessus de l'entrée... une sorte de mosaïque... souvent les boxons ressemblaient à des établissements de douches... surtout les taules d'abattage.

Mlle Popot s'était prise au piège de sa profession... quiconque veut tenir la barre dans un bar ou le dernier mastroquet ne doit pas, ou peu, consommer. Les patrons ou les loufiats, lorsqu'on leur offre un verre, ont une bouteille spéciale... une eau teintée, une grenadine qu'ils baptisent je ne sais... beaujolais, aramon, moulin-à-vent, bourgueil... juste un fond, qu'on aille pas leur demander de le goûter pour voir. La Popot, à l'époque, dans ses même pas trente ans, s'était mise au véritable jinjin... très vite, elle y a laissé son teint clair, sa taille de guêpe... ses formes somme toute appétissantes. Perdue de vue par la suite... on m'a rapporté qu'elle avait sombré, hoqueté... devenue épave. Là encore, la nature est injuste avec les femmes, elles grillent plus vite que les hommes les étapes de la déchéance lorsqu'elles s'adonnent à la dive.

N'anticipons... j'ai donc suivi le Professeur au Popot Bar. Il insulte un sartrien... que son philosophe est un imposteur... un faux homme de gauche qui a fait jouer *les Mouches* pendant la guerre avec la bénédiction de la Propaganda-Staffel...

– Ça ne te dit rien... le Sonderführer Heller?...

Le défenseur de Sartre... non, il ne savait pas... ne comprenait goutte, ou ne préférait pas, ce qui revient au même.

– Ça n'a rien à voir avec sa philosophie...

Il invoquait *l'Être et le Néant*. Le Professeur, à ce sujet, prétendait que la première édition de l'ouvrage de Sartre comportait des inversions de cahiers... trente-deux pages du début placées à la fin... quelque chose de ce genre... et que personne ne s'en était aperçu... même pas Jean-Paul lui-même, ni Simone de Beauvoir, son cher Castor si attentif aux œuvres du Maître. Ça, c'était l'argument massue, la preuve que le pape de l'existentialisme n'était qu'un bouffon même pas drôle!

– Comme tous les papes, ajoutait-il.

Savoir au juste où il en était à cet instant précis... je ne savais, ne saurais dire. Trop informé des idées en cours... les mouvements... il touillait là-dedans, le Professeur, avec délices... démolissait qui mieux mieux. Au fond, il était encore plus fatigant à suivre, si on essayait de comprendre, que s'il avait eu des convictions bien établies... des œillères en cuir renforcé. Les convaincus, on les cerne assez facile... ils fonctionnent style taureau, on agite un chiffon rouge – ou bleu ou vert –, ils foncent, défoncent, déchiquettent... piétinent... jouissent de leur propre férocité.

Écarté le sartrien, qui avait quitté sa banquette pour aller ailleurs, sur un tabouret devant le comptoir, trouver des gens plus réceptifs à ses idées, le Professeur se demandait alors dans un magma... une bouillie de mots, si le monde était vraiment réel... si nous n'étions pas là dans une sorte de rêve. On allait s'effacer un jour et puis basta!... on n'aurait eu alors pas plus de signification qu'un pet de lièvre... une fiente de chat! Il citait alors Shakespeare... « La vie n'est qu'une ombre qui passe, un pauvre histrion qui se pavane et s'échauffe une heure sur la scène et puis qu'on n'entend plus... une histoire contée par un idiot, pleine de fureur et de bruit et qui ne veut rien dire! » Il savait des morceaux entiers par cœur de *Macbeth, Hamlet, le Roi Lear...* ça m'en foutait plein la vue.

Au Popot Bar, on pouvait s'instruire tout en picolant, se divertissant... Y rencontrer, par exemple, l'Abbé Gengenbach, une figure du surréalisme. On parle encore un peu de lui dans les ouvrages spécialisés, les anthologies... les études les plus sérieuses. Il avait fait dans ce groupe d'avant-garde une entrée fracassante dans les années vingt-cinq... trente. Séminariste chez les jésuites... à la lecture du *Manifeste* d'André Breton, il avait rejeté d'un seul coup la foi chrétienne et avait rejoint le cénacle des poètes à Paris. Je vous résume... il en a écrit plusieurs ouvrages, Gengenbach, sur ses aventures multiples... *Satan à Paris, Judas ou le Vampire surréaliste, l'Abbé de l'abbaye...* Le pacte qu'il signa avec le Diable en prenant soin tout de même d'utiliser du sang de poulet plutôt que le sien. Ses révoltes, sa trajectoire spirituelle. Imaginez un peu l'accueil du groupe surréaliste... sorte de Ku Klux Klan littéraire... un curé apostat qui s'en vient délirer avec eux... s'initier à la poésie automatique, aux activités ultra-confusionnelles... dépayser les objets... les sortir de leur banalité utilitaire, selon les préceptes *ready made* de Marcel Duchamp... se livrer à toutes sortes de facéties scandaleuses. Son heure de gloire. On le présentait partout... les expositions, vernissages... les salons les plus huppés. N'oublions pas que toutes ces révoltes littéraires se font, se défont sous les lambris dorés de quelques richissimes snobs... que ça commence en manifestes, déclarations de guerre à la société et, bien vite, ça se transforme en espèces sonnantes dans les galeries d'art.

Nouvelle esthétique... on secoue le cocotier... on fait parler de soi à n'importe quel prix... on s'impose... son image... sa griffe. Plus ensuite qu'à faire monter le prix des néo-chefs-d'œuvre. Ça procède, fonctionne toujours de la même façon. Un petit clan qui s'entregénialise... surréalisme, nouveau roman... telqueliste. Ça se répète en devenant de plus en plus nul, de plus en plus plat... de moins en moins burlesque.

Avec l'Abbé Gengenbach qui reniait Dieu... s'affirmait satanique... explorateur du subconscient... voyageur des abîmes... du nanan pour André Breton et ses disciples! Question scandale, ils avaient la dose... l'over! De quoi ameuter les braves connards qui tombent toujours dans ce genre de piège. L'Abbé Gengenbach à poil sous sa soutane, se troussant, montrant son service trois pièces à la terrasse des Deux Magots... du café de Flore! Il mettait le paquet... on prétendait qu'il disait des messes noires... qu'il consacrait des hosties sur le corps d'une femme nue. Les surréalistes ne pouvaient guère espérer mieux pour se faire de la pub! L'inconvénient, avec ce genre de zèbres... leur inconstance! Au lieu de faire carrière comme les autres dans la peinture, la librairie... se tailler sa placarde au soleil de tous les esclandres, ça lui avait pris, deux ou trois ans plus tard, de retourner dans le giron de la sainte mère l'Église... de se repentir... retrouver la foi grâce à la Vierge Marie. On imagine la déception, la colère du groupe... l'anathème lancé contre l'infâme...

Depuis il faisait des va-et-vient, disait-il, entre les ténèbres de Satan et la lumière divine. Plus ou moins longuement, il faisait retraite dans un couvent, une abbaye, et un beau matin s'en échappait... se retrouvait sur le pavé germanopratin. Toujours, il trouvait le moyen de se faire héberger par une dame du monde, une douce louftingue émoustillée par cet étrange religieux renégat... relaps... luciférien. Il se gobergeait, s'abreuvait de vins fins, champagne Mumm chez la Mémère... ça durait ce que durent les roses! Leurs grandes amours tournaient vite haine ou mépris réciproque. Un poète pareil, les dames, ça devait les lasser vite... ou l'inverse, d'après ce qu'il disait, écrivait. Il frôlait parfois la cabane, le cabanon carrément, pour ses excentricités multiples. Il se gourait sans doute du moment où ça irait mal pour ses os, où il franchissait les limites permises, et, là, il se repointait les bras en croix chez les pères vraiment bons, on peut dire, pour l'accueillir encore... lui permettre une nouvelle cure de pénitence.

Qu'avait-il fait pendant la guerre? Inutile de dire qu'on l'avait réformé, l'armée française avait suffisamment de motifs de partir en quenouille... se faire dérouiller par les Fritz, sans y ajouter l'Abbé Gengenbach.

Le rideau se lève... le voici au Popot Bar. Il connaissait le Professeur... leurs rapports plutôt empreints de cordialité, ça semble.

– Bonjour, Ernest...

Voyez, ils s'attaquent aux prénoms... Salut, Richard! L'Abbé s'installe à notre table. Rien ne révèle son état ecclésiastique. Il est en costard marine croisé... peut-être pas de première fraîcheur, mais cependant avec une cravate à rayures... un col presque blanc. D'apparence, on dirait plutôt un chef de bureau dans un ministère... un gus très quelconque... absolument pas le poète satanique... revenant des abîmes... toute la légende qu'il entretient à loisir depuis vingt ans.

De tronche aussi, il serait banal... coiffé plaqué Valentino... les traits réguliers... n'était son regard un rien trouble. Très vite, j'entrave qu'il partage avec mon maître à penser le penchant pour la boutanche. Popot, déjà, lui emplit son verre. Dans ses livres, ses confessions, il explique, je le lirai par la suite... qu'il s'est mis à l'alcool pour se rassurer, se donner des forces lorsque le Démon, le soir, vient rôder autour de son lit.

Là, je suis pas encore au parfum. Le Professeur, à son habitude, ne m'a pas affranchi... A moi de le découvrir peu à peu, de me le savourer. Pour l'instant, il reste silencieux... juste il sourit. C'est le Professeur en frais de jactance qui occupe l'espace sonore... toujours sur sa lancée anti-Sartre. Ernest acquiesce. Il n'est pas le moins du monde, lui, existentialiste... la pensée de Sartre est un trompe-l'œil... un déguisement luciférien... tout à fait pernicieux... sournois. Ce qu'il murmure en deux mots... entre deux coups d'aramon.

– Laisse-nous la bouteille!

Le Professeur ordonne à Popot qui s'inquiète tout de même si on a de quoi l'éclairer.

– Tu comprends... l'ardoise d'Ernest, ça me suffit!

Elle l'a plutôt au caca, la taulière... l'Abbé maudit, avec son compère le marquis de Beaumont... ils sont accrocharès d'un nombre impressionnant de kilbus. En plus, elle les loge... une ancienne chambre de passe au troisième étage. Ils couchent dans le même lit...

– A croire que vous êtes pédés!

Digne, il répond, l'ex-jésuite... disciple renié d'André Breton.

– Madame, nous ne sommes que pauvres en Jésus-Christ... N'insultez pas à notre misère!

Elle s'en bat la cramouille, Popot, des propos indignés de ce branque! Elle est de nature bonne fille... fait du croume à tous... mais y a des limites! Enfin, en l'occurrence, c'est le Prof qui régale et extirpe de sa fouille quelques coupures de cent ou cinquante francs, bien montrer qu'il est en mesure d'étancher les soifs alentour.

– Il est où le marquis? Il est pas malade au moins?

Il travaille, affirme Gengenbach... bien son droit... il transpire sur la page blanche pour arriver à l'expression juste. C'est un poète lui aussi. D'une école plus classique... mais poète tout de même. Il garde la chambre pour œuvrer dans un silence indispensable. Popot, si elle est sceptique, elle connaît son monde, le marquis en question, c'est aussi un franc alcoolo... de la confrérie qu'on appelle maintenant les buveurs excessifs. Ce qui n'empêche pas, me direz-vous, la création artistique, si on évoque par exemple Verlaine. Seulement, la production du marquis de Beaumont, personne ne l'a lue. Il frise allègre la cinquantaine et il n'a encore rien publié. Ernest nous laisse entendre qu'il se préfère auteur posthume... qu'on découvrira toute l'étendue de son œuvre après sa mort.

Popot connaît le refrain... pas tellement l'air convaincu,

elle est retournée derrière son comptoir, elle hausse les épaules. Le marquis en question, je vais avoir l'occase de le rencontrer un peu plus tard. Jamais en même temps que Gengenbach... pour la bonne et simple raison qu'ils n'ont plus qu'un pantalon pour deux. La mistoufle en dix volumes... le cas de le dire! Nous sommes encore à une époque où les fringues sont contingentées... on a besoin de points de textile pour en acheter, donc tout se refourgue au marché noir... la moindre chemise... les chandails, vestons, pardessus... l'aubaine qu'ils soient tous les deux de la même taille, même corpulence, le marquis et le prêtre renégat. A court de pognon, ils ont vendu à je ne sais quel fripier un de leurs frocs... bon prix, paraît-il! En tout cas, de quoi s'écluser quelques bouteilles. A tour de rôle, ils sortent... chacun son jour... son heure. Lorsque le marquis est en goguette, l'Abbé reste en calcif dans la piaule. Inversement... aujourd'hui, c'est au marquis de garder la chambre, d'écrire là-haut entre les murs où les pécheurs et les pécheresses s'enjambèrent si souvent à la belle époque de la Tolérance.

– Demain, je vais pouvoir faire un retour sur moi-même...

... disait l'Abbé. Il amorçait son numéro très au point... de confessions publiques, repentirs, actes de contrition! Il se trouve infâme... indigne de vivre. Naguère, il a trouvé refuge chez le R. P. Riquet, le prédicateur du carême à Notre-Dame. Un saint homme qui fut déporté à Dachau... Mauthausen... une conscience... toute la Chrétienté française était pendue à ses sermons. *Le Figaro, le Pèlerin* recueillaient ses confidences. Gengenbach avait odieusement abusé cet homme de bien, ce Juste d'entre les Justes. Le père Riquet lui avait offert un toit, un lit, un couvert, alors qu'il était dans les trente-sixièmes dessous du péché et de la dèche.

– Pour le remercier... j'ai honte de le dire... je suis un traître, un Iscariote... Je me suis enfui avec ses draps!

Exactement comme Jean Valjean avec les couverts de l'évêque de Digne, Mgr Myriel. Quatre paires de draps qu'il avait chouravées, le poète... plus quelques housses de traversins, des taies d'oreillers. Tout ça encore pour boire, entretenir encore un très vilain péché. C'était Popot qui lui avait monnayé... façon de dire... carrément un prix global fixé... convertible en flacons de diverses bibines.

– J'ai bu les draps du père Riquet!

Il répétait, les larmes aux yeux. Le Professeur lui argumentait que ce n'était pas là un gros forfait. Un larcin, en quelque sorte. Ernest n'envisageait pas les choses avec autant de légèreté. Ça l'amenait à cette interrogation essentielle... celle qui l'avait attiré vers le surréalisme.

– Le suicide est-il une solution?

Pour quelques draps, des taies d'oreillers, ça me paraissait démesuré. Je me suis risqué cette humble remarque. Là alors, j'étais encore en plein cirage... les draps du révérend père avaient au contraire une importance capitale! Ils étaient le symbole, l'aboutissement de son retour à l'abjection... à l'errance parmi les ténèbres du Mal qui ne s'éclairent de temps à autre qu'à la lueur des yeux phosphorescents de Lucifer lui-même.

Le Professeur embrayait facile... pas question pour lui de Diable ou de bon Dieu, mais le suicide lui paraissait une chose qu'on aurait dû banaliser depuis lurette... Notre droit le plus strict que de s'en coller une dans la tronche, s'accrocher à un nœud tout à fait coulant... se foutre à la Seine, surtout si on ne sait pas nager. Il se demandait pourquoi nos dirigeants, depuis près d'un siècle, pour la plupart laïcs tout à fait obligatoires... bâfreurs de saucisses en carême, n'avaient pas légalisé le suicide. On tracassait les rescapés dans les hostos, commissariats de police... on les sauvait malgré eux alors qu'ils avaient accompli l'acte d'athéisme suprême.

Gengenbach ne rétorquait rien. Il avait éclusé son verre et sorti de sa poche un chapelet. Paraît-il que c'était un de ses trucs... ses tours de passe-passe, il se mettait à prier, égrener les Ave Maria tandis qu'autour de lui se proféraient des paroles impies, des blasphèmes. Enfin, dans les périodes où il retournait vers le Christ, vers sa lumière éblouissante. Il en pleurait de joie profonde... la prière l'élevait vers l'Étoile de Marie... selon ce que j'ai pu lire dans ses œuvres. N'empêche qu'entre deux trois Ave, le Professeur lui ayant rempli son verre, hop! d'un geste prompt, furtif... il se jetait son coup de jaja derjo le bouton de col... s'humidifiait l'Ave Maria, le confiteor!

Qui y avait-il autour de nous? Le Popot Bar n'était pas un vaste débit... un café des sports genre place du village. On y était vite à l'étroit... s'entassaient là des sortes de rapins chevelus, existentiels ou non... en tout cas, au dénominateur commun traîne-lattes... ramassis de soiffards à l'alibi artistique. Ça fumait, buvait, causait fort... quelques nanas se perdaient la jeunesse en de grivoises rigolades imbibées de pastaga... côtes-de-provence... fines à l'eau... quelques petits calvas de derrière les vergers normands. La France est alcoolique d'abord... toutes les couches sociales... pauvres ou riches... intellos, manuels... ça picole partout. Simplement, je constate... n'approuve ni ne juge.

Le schproum, ce soir, nous est parvenu avec le marquis de Beaumont. D'après leurs conventions, l'abbé Gengenbach aurait dû remonter depuis le début de l'après-midi se déculotter, c'était son tour de rester dans la piaule en berloque. Le marquis, ça faisait des heures qu'il s'impatientait, groumait, l'avait sérieux à la caille! Il se demandait, le naïf, si Ernest n'avait pas eu un accident ou bien si les flics ne l'avaient pas mis au gnouf pour quelques peccadilles sataniques!... que l'idée lui prenne d'aller montrer son derrière dans une église... lutiner une religieuse encore en cornette dans les années 46-47... en robe de bure. La rumeur circulait qu'il en avait détourné quelques-unes, conduit dans des lieux de débauche, de partouses... de véritables saturnales.

La patience a des limites, n'est-ce pas! En calebard, il avait fini par sortir de sa carrée, M. de Beaumont... Tout de même coiffé de son chapeau feutre, genre Aristide Bruant sur les affiches de Toulouse-Lautrec... sa lavallière... fringué du buste sans une fausse note. Il était, je vous ai dit, un adorateur des muses d'un type archaïque... déjà en voie de disparition. Le voici, voilà... il passe la tronche à la lourde derrière le zinc... celle qui conduit aux chambres d'amour. On n'y prête pas bien attention mais, lui, il n'a vu qu'une chose... il a fait le point comme un cameraman sur Ernest. Une seule chose le préoccupe... le pantalon! Ce salaud qui se permet de prier alors qu'il pèche rien qu'en ayant sur le cul un bénard auquel il n'a plus droit. Il n'ose tout de même pas s'exhiber en caleçon dans le bar, le marquis. Il fait des gestes, appelle Popot à son secours.

– Que se passe-t-il encore?

Elle disparaît un instant derrière la lourde avec le plaignant... le temps de se rencarder, elle revient se planter devant notre table.

– Ernest... qu'est-ce que c'est que cette histoire de froc? Le marquis est là... sans culotte... qu'est-ce que ça veut dire tout ça?

Pour un marquis... un comble, devenir sans-culotte! Mais est-il vraiment marquis?... vraiment un descendant de cette famille qui donna à la France tant de peintres, écrivains, guerriers... savants? Je n'ai pas fait, j'avoue, de recherches... peut-être s'agissait-il d'un imposteur, un mythomane de plus dans la collection du Professeur.

En un coup de gueule, un tour de main... Mme Popot a réglé le problème... le poète surréaliste a été rendre son false au poète classique. Changement de personnage. Au théâtre, ça serait vraiment une idée de génie pour articuler les scènes. Un acteur sort côté jardin, un autre entre côté cour avec le même pantalon. En outre, une économie pour la production... le directeur du Marigny... du Palais-Royal.

Le marquis de Beaumont était d'une engeance plus reposante que son confrère en froc. Souriant, un rien sentencieux. Portant, si on peut dire, beau avec ses fringues artiste démodées. Lui aussi, comme le bonapartiste, il avait une canne à pommeau d'argent. Sa conversation manquait cependant de relief et pourtant il se targuait d'avoir connu Valéry, Apollinaire, Gabriele D'Annunzio... de fréquenter encore Paul Claudel, Jean Cocteau, Marie Noël... tous ceux qui comptaient alors dans le panorama poétique français. Il inventait certainement... brodait, exagérait sur de simples rencontres... une poignée de main... une dédicace dans une vente de livres.

Tous les jeunots, les farceurs, francs pictonneurs qui aboutissaient au Popot Bar, connaissaient le marquis de Beaumont. Invariable, ils lui réclamaient presque sur l'air des lampions... « Un poème!... Le poème! Le poème! » Il se faisait prier, supplier et il finissait par céder. Ce que je ne savais pas, là, ce premier soir où il était venu pour ainsi dire arracher le falsar du cul de Gengenbach... qu'il n'en avait qu'un de poème... toujours le même... qu'il le déclamait depuis vingt ans. L'avantage, qu'il n'était pas long... il risquait pas de nous endormir. Il se levait, réclamait un peu de silence... s'appuyait sur le comptoir, se raclait le fond de la gorge... faisait jouer sa main droite... des volutes dans l'air et nous gratifiait de son chef-d'œuvre.

Elle est longue la rue de Rennes
Elle est longue et ne tourne pas...
Pourquoi la prolonger?

C'était tout... ce qui me permet de vous le restituer texto. Il aurait pondu une sorte de *Légende des siècles*, façon Victor Hugo, ça m'eût été plus difficile mais, en l'occurrence, je pouvais me souvenir, ç'avait l'avantage d'être bref, concis.

Popot, qui l'avait entendu cinq cents fois le fameux poème, levait les yeux au ciel, la moue désabusée, tandis que l'auditoire applaudissait à tout rompre, que le marquis remerciait d'un geste faussement modeste... Fusaient les commentaires élogieux... « Extraordinaire! Quelle splendeur! Génial! » Etc. M. de Beaumont en profitait pour changer de table, se faire offrir un godet ailleurs. Je l'entendais dire que la poésie est une ascèse... des choses de ce genre. Pour le Professeur, ce personnage était la dérision même. Ce pour quoi il s'abstenait de tout commentaire. Je l'ai juste entendu dire une fois :

– Il est parfait... Il n'y a plus rien à dire.

De quoi vivait, même chichement, ce poète marquis? Nul ne savait. Peut-être sa famille, s'il était un véritable descendant des Beaumont, lui envoyait-elle de quoi ne pas sombrer carrément à la cloche. N'était ce partage du pantalon avec l'autre chabraque cureton défroqué, pour le reste, il se tenait propre... des fringues pas trop défraîchies... toujours rasé de près. Je revois un peu sa tronche... son nez bourbonien... de gros sourcils pointus comme ceux de Méphisto... les cheveux longs blanc jaunâtre qui tombaient sur sa veste mais ne donnant pas du tout une impression de saleté.

J'ai eu maintes fois l'occase, par la suite, de l'entendre son fameux poème. Pas l'air le moins du monde conscient de son ridicule. Heureux, je dirais... nullement comme Ernest, tourmenté, tiraillé entre le bien et le mal. Seul point commun, la poivrade. Le marquis éclusait autant de petits et grands verres de pichtegorne, apéritifs... pousse-café que l'Abbé, mais lui, il gardait toute sa sérénité... une grande impression de satisfaction personnelle.

– *Elle est longue la rue de Rennes...*

A jeun ou à plein... toujours le même ton, le même débit... une petite pause entre chaque vers.

– *Elle est longue et ne tourne pas...*

Là, il attendait un peu avant d'assener son interrogation farouche...

– *Pourquoi la prolonger?*

Puisque nous en sommes aux poètes, j'en ai tout de même vu un vrai... un grand... un monument chair et os. Vous dire à quelle époque il est venu au Carillon... hiver ou printemps?... là-dessus ma mémoire flanche un peu.

– Aragon va passer ce soir...

Hector me l'annonce, comme ça, comme une chose ordinaire. Il avait posé sur le bureau une pile de livres... des ouvrages sur la poésie médiévale... le résultat de recherches qui lui avaient demandé beaucoup de temps.

– Tout est en ordre, il te laissera un chèque.

Beau ne plus être dans les sphères du parti communiste, sous l'influence des FTP... francs-tireurs et partisans! J'ai raconté mon odyssée avec le colonel Fabien... comment je m'étais esbigné au moment où on épurait du groupe Tactique lorraine les éléments douteux, les anarchos... les trotskistes. Je n'étais pourtant rien de tout cela, mais on m'avait plus ou moins catalogué dans ce secteur et c'était parfois suffisant pour se faire flinguer... Restait Aragon... je ne sais trop pourquoi j'étais tombé sur *la Diane française*, son recueil de poèmes inspirés par la Résistance. Pour les vrais amateurs de poésie, ce n'était qu'une pénible œuvre de circonstance... des vers à la Paul

Déroulède... *Mon Parti m'a rendu les couleurs de la France...* Il y magnifiait Jeanne d'Arc, Roland sonnant le cor à Roncevaux, les cathédrales... mêlé tout ça, salmigondis, amalgame avec les francs-tireurs, Gabriel Péri et les yeux d'Elsa.

Quarante ans plus tard, on peut faire peut-être le point. Tout le monde a un peu raison, comme toujours... On trouve, dans cette *Diane*, de tout comme à la Samaritaine... des vers de mirliton, des boursouflures... des morceaux qu'on pourrait confondre avec les plus claironnantes tirades des rimailleurs mangeurs de Boches 14-18! Cependant des perles... des strophes qui nous touchent encore, tel ce *Il n'y a pas d'amour heureux* mis en musique par Georges Brassens... et cet hymne aux noms des villages de France...

Fains-la-Folie Aumur Andance
Guillaume-Peyrouse Escarmin...

Ça m'avait enchanté tout ça... les passages les plus éclatants et en même temps que les cocoricos... les couplets les plus chauvins, les plus grotesques. Je dois avouer... mes premiers émois artistiques. J'en avais appris par cœur des poèmes de M'sieur Aragon. Je relis aujourd'hui... *O mares sur la terre au soir de mon pays...* et je trouve ça tout de même mieux balancé que les œuvres complètes de la plupart des surréalistes.

Pour vous expliquer... une de mes rares admirations littéraires de l'époque. Je ne connaissais alors ni Céline ni Blaise Cendrars, ni Marcel Aymé, ni Jean Giono. Deux ou trois mois au Carillon des Siècles ne m'avaient pas rendu fin lettré.

Dans ma petite tête de jeunot, encore fier de mes coups de pétoire anti-allemands, de mes petits exploits de traîne-lattes maquisard, je trouvais l'écho, le ton qui me convenait chez l'Aragon le plus tricolore. Veuillez m'excuser, esthètes des années quatre-vingt... lecteurs ou lectrices revenus de tout... Travail, Famille, Patrie, Parti... Héroïsme... Croix de guerre à s'accrocher au-dessus des chiottes... Aragon déjà au rancart avant qu'il n'expire, devenu station de métro comme Dugommier ou Boucicaut. J'ai décidé de passer aux aveux. J'admirais donc Aragon. Dans ma naïveté d'alors, je me l'imaginais comme une sorte d'écrivain prolétaire... un côté vieux communard... correspondant peu de chose près à un auteur genre Jean-Pierre Chabrol de nos jours... un quarante-huitard pavoisant. Certes, je ne m'étais pas embarqué sur la galère Potemkine... les défilés Bastille-Nation, faucille et le marteau... la sanctification de Maurice Thorez, le Fils du Peuple. Certaines scènes un peu sanglantes m'étaient restées en travers de la souvenance. Obscurément, je me rendais compte que toutes ces chevauchées idéalistes se terminaient le plus souvent par des massacres.

Restait quoi, au juste?... Que je me sentais un peu plus à l'aise avec ceux de ma classe sociale. Je m'étais farci les petits matins tristes devant la pointeuse d'une usine... tous mes copains d'enfance étaient bien rivés aux chaînes des exploiteurs capitalistes. J'essayais, moi, de me glisser entre les mailles du piège. J'allais y laisser bien des plumes... des morceaux de chair... presque ma vie à ce jeu truqué. Aujourd'hui, certes, je ne risque pas de me faire pigeonner par les illusions marxistes... cependant je n'oublie rien de rien... Une fois couronné littéraire, on semble vous pardonner vos origines... « Cher ami, nous ferez-vous l'honneur?... » Là encore, je me trisse, si je peux... je me prétexte mes bronches fragiles... bientôt mon âge, hélas! pour esquiver ce que je sais n'être que trompe-l'œil. En définitive, ils ne se gourent pas, les bourgeois étiquetés de gauche ou de droite, ils savent bien reconnaître les leurs. Membre du PC ou non, le bel Aragon en était.

Il arrive donc au magasin. J'ai le cœur en débandade... toute pompe, à l'heure du déjeuner, j'ai repris le métro pour chercher dans ma cagna... mon trou humide... deux trois ouvrages... *le Crève-Cœur... En étrange pays dans mon pays lui-même* et, bien entendu, cette chère *Diane française.* Je me suis privé presque de becter... avalé fissa mon yogourt... quelques biscuits... un peu d'eau fraîche... Pour ce qui est de l'amour, j'irai voir sans doute Yoyo le lendemain.

Dans mes petites grolles, j'attends Zaragon! Je fais ronfler la salamandre... qu'il aille pas s'enrhumer ici le cher grand homme... je chasse la moindre poussière... toile d'araignée avec plumeau et chiffon... j'astique le bureau, les rayonnages. Nerveux, j'en épuise ce qui me reste de Gauloises... une acquisition de marché noir!

Il se fait attendre comme il se doit... enfin, il arrive. Une voiture sombre s'arrête devant la boutique... Vous dire si c'était une Rolls... une Ford Vedette, une Bugatti? Ça ne m'est pas resté en mémoire. Toutefois, une tire luxueuse... genre de ce qu'on ne pouvait voir que dans les films américains. Même le président Auriol avec son traitement de l'Élysée ne pouvait s'en offrir une semblable. Un chauffeur à casquette tout à fait stylé ouvre la portière et le poète s'extirpe de son véhicule. Seigneurial... plus majestueux en tout cas qu'un ministre. Ils sont, en ce temps-là, plutôt minables nos hommes d'État... barbichus, calamiteux... avec des chapeaux mous bosselés, des grands lardeuss à martingale. Donnez-vous la peine de feuilleter des albums-souvenirs... des vieux journaux... Robert Schuman... Ramadier... Francisque Gay... Édouard Depreux... ils ne brillent pas question fringues, dandysme! Difficile de penser qu'ils puisent dans les caisses pour s'entretenir l'élégance.

Aragon, lui, en tout cas ne donne pas dans le genre loquedu. Je m'attendais presque à le voir arriver à vélo, avec les pinces au bas du false... col roulé et pourquoi pas une gapette sur la tronche. Erreur de pronostic, il entre et ça me paraît une sorte de banquier, de notable richissime. Bada Éden... un manteau droit... un col, il me semble, dur... une cravate en soie à rayures. Rien du travailleur tel que le Parti le célèbre. Aucune fantaisie vestimentaire non plus.

– M. Hector d'Engremère n'est pas là?

Je le regarde tout à ma surprise... je bafouille que non et qu'il s'excuse.

– Il a dû vous laisser des livres pour moi?

– Oui, oui... monsieur Aragon.

Il jette un regard circulaire sur nos rayonnages. Il a retiré son chapeau. Chevelure d'argent, visage mince...

les yeux clairs. Il a grande allure, aucun doute... l'homme idéal de la cinquantaine qui n'arrive pas à faire son âge. Il ne me voit pas, dirait-on... ou il ne veut pas s'attarder sur un si mince personnage. Un peu à la manière de feu la comtesse Adélaïde. Il me gêne... je sens en lui quelque chose de réfrigérant... d'impassible que j'ai ressenti par la suite avec certains magistrats. Il me reste dans les souvenirs confondu avec un procureur général... un président de cour d'assises! Pas le temps de me le retourner sur mon petit gril... je m'empresse... Voici les livres... la liste. Il retire ses gants beurre-frais, se chausse de lunettes à monture d'écaille... vérifie la note... minutieux... compte et recompte avant de sortir son carnet de chèques.

– Asseyez-vous, m'sieur Aragon, je vous en prie.

Pas un seul instant, il vous viendrait l'idée de l'appeler camarade, celui-là. J'en suis à hésiter pour la dédicace de mes livres. Comment la lui demander, il paralyse littéral? Rare que j'éprouve une pareille sensation. Même pas devant le général de Lattre à Lindau... j'étais plus à l'aise carrément au garde-à-vous.

– J'ai votre livre... *la Diane française*, ça me ferait plaisir...

... je bafouille... quémande un mot, rien qu'une petite signature et mon âme sera guérie! Je n'ose pas lui demander de me dédicacer les deux autres. Je sens que ça serait trop. Il prend mon exemplaire un peu fatigué, écorné, de ma *Diane*... d'une voix neutre, il me demande mon nom. Je crois bon d'ajouter que j'ai combattu sous les ordres du colonel Fabien... ça me paraît bon à préciser puisque je suis devant l'écrivain numéro un du Parti... membre du Comité central.

Il a ouvert mon livre... vite fait, dans la foulée du chèque, il écrit « à monsieur Boudard, sympathiquement... », il signe... et c'est class... revisse son stylo... se lève... les gants, le bada, se dirige vers la lourde.

– Monsieur...

Finie la visite du poète... j'ai à peine le temps de lui bredouiller un vague remerciement... déjà le larbin-chauffeur lui ouvre la portière de la voiture. Ma *Diane* à la main, je m'approche de la vitrine pour la voir démarrer, tout à fait déçu... incapable de me mettre les idées en place... un vrai coup de buis sur la tronche.

Ne sais plus si cette scène se situe avant ou après l'irruption de Clic boc! Professeur dans mon existence. Ce que je me rappelle, sa réaction lorsque je lui ai raconté la scène. Aragon, il l'avait connu un peu au Parti avant la guerre... il le haïssait fortissimo. Lui et son Elsa dont il prétendait que ses fameux yeux étaient surtout vipérins...

– Aragon... c'est le pire!

Il concluait ainsi... que plus fieffée crapule stalinienne, on ne faisait pas mieux. Un étron fumant, ce grand poète. Enfin, je vous rapporte l'essentiel de ses propos. Il est mort à présent notre Hugo XXe siècle... la Légion d'honneur sur le bide... redevenu folle après la mort d'Elsa... celébré de tous, adulé. Jeunot, je n'étais pas à même de départager les choses, l'œuvre et l'homme... qu'on peut avoir beaucoup de talent, trouver les accents les plus émouvants pour parler des femmes lorsqu'on est au fond de la fibre homosexuel... être membre du PC, le parti des travailleurs, et vivre comme le plus riche bourgeois.

Ma petite déception après sa visite au Carillon démontre seulement ma candeur. Qu'il se présente sous cet aspect... cette indifférence, ne voulait pas dire grand-chose. J'ai appris depuis à me méfier tout autant des autres, les démagogues déguisés en bons apôtres... bons travailleurs de la fraternité ouvrière. Je les vois signer, dédicacer à tour de plume. Ils mentent aussi... peut-être encore plus en un sens.

... perdu cet exemplaire de *la Diane* avec la griffe spéciale du maître... on a dû me le chouraver, un visiteur, grand bien lui fasse! Je ne collectionne rien. On devrait brûler tout derrière soi...

– Il a célébré le Guépéou, ton Aragon.

Et, par la même occase, le Professeur me révélait que le Guépéou, c'était à peu près la Gestapo du maréchal Staline... que ça s'est appelé successivement NKVD puis KGB, mais que ça recouvre toujours une même organisation de tortionnaires, d'espions, de mouchards en tout genre.

En allant traîner mes fonds de culotte sur la moleskine du Popot Bar, j'y rencontrais des poètes de moindre envergure, mais somme toute plus à ma portée. Aujourd'hui, ils alimentent mes petits récits... Le spectacle des délirants, des ravelures, des imbéciles et des malfrats, est-il moins intéressant que celui des génies ou des bienfaiteurs de l'humanité?

Le peintre recherche ses modèles, ses paysages. Un dieu malin me guidait là où mon inspiration pourrait un jour se nourrir, sans que j'en sois conscient, ce qui donne à ma démarche quelque chose d'insolite... de prémonitoire.

Yoyo, je préférais qu'elle ne vienne plus au magasin. Dès qu'elle apparaissait, dès le tintement des clochettes de la lourde... qu'elle s'approchait de moi, je me sentais une pointe d'orgueil au-dessous du ceinturon... plus à même de me lever sans être parfaitement indécent. Elle le savait, la douce salope... elle venait me titiller, me faire quelques liches, glisser sa fine menotte sous le bureau, l'air de rien... feuilletant un exemplaire de la première édition illustrée par Bertal des *Trois Mousquetaires*... une rareté 1846... s'attardant sur le portrait de Mme Bonacieux.

– C'est maladif chez toi!

Ça n'allait pas jusqu'à la comparaison avec Henri IV qui s'était figuré jusqu'à quarante ans et mèche que son braquemart était un os. Il me fallait, à moi, tout de même une fée bien en chair, pour provoquer le gentil miracle.

– Arrête, Yoyo! Quelqu'un peut venir... Retire ta main!

Ça, ça la faisait se marrer en douce cette éventualité. Elle était vicelarde du truc... se faire lutiner, voire égoïner carrément avec la menace en suspens... qu'une personne puisse nous surprendre. Elle avait été pourtant gâtée avec ce con de bonapartiste! On ne pouvait guère dégauchir mieux pour troubler nos effusions... un personnage nous revenant du siècle passé... responsable, j'en étais sûr à présent, de la mort de cette malheureuse Comtesse.

L'emplacement de mon burlingue dans la boutique me permettait de voir la porte, les gens qui pénétraient dans notre antre culturel mais eux, en revanche, ne m'apercevaient pas immédiat... il leur fallait faire deux ou trois pas et s'habituer aussi à la pénombre, plus particulièrement les soirs d'hiver. Ça laissait tout de même pas lerche de temps pour débander, se rebraguetter... se redresser pour accueillir chaland ou chalande comme il se doit dans un commerce respectable.

Ça lui arrivait, à la belle Yoyo, carrément de me la sortir, de se pencher pour faire une turlute... une gâterie, j'avoue, bien difficile à refuser! Qu'Hector se pointe à cet instant... lui qui entrait ici, et c'était la moindre des choses, comme chez soi... sans salamalecs, d'un pas vif, venant droit vers son employé. C'eût été, je présume, la catastrophe... qu'il me surprenne en de si doux transports... ma mise à la lourde sans préavis. Adieu mes yaourts... mes deux-trois mille balles mensuels. Retour à la case départ dans la rue, à la scaille! Et c'était alors la tentation de remonter vers Pigalle, place Blanche... retrouver putes et voyous... glissement progressif vers la délinquance... les associations plus ou moins solides de malfaiteurs et, inéluctable, au bout... la culbute au fond du trou... aller jouer de la lyre avec les barreaux de Fresnes ou de la Santuche! Ça m'était passé déjà ras les miches, ce genre de vacances immobiles. Je résistais aux tentations, je peux dire, des quatre fers... le frein à main le plus serré! Sans doute nos destins sont-ils programmés sur je ne sais quel grand livre et, beau faire, biaiser... on arrive à peine à retarder l'échéance de la déchéance. On recule pour mieux plonger.

Yoyo était vraiment une divine salope. Ne croyez pas, manants, que sous ma plume il s'agit d'une épithète péjorative... bien au contraire! Je signale par la même occase que je ne fais pas non plus d'amalgame avec putain. Une salope n'est pas forcément une pute et j'ai connu des putes presque pudibondes à leur façon. Préférable tout de même qu'elles aient un penchant pour la bricole, les clients les plus obtus ne s'en laissent pas trop conter dans ce domaine.

Yoyo, je m'efforçais de l'éloigner du Carillon, ça valait mieux d'aller la lutiner ailleurs que dans la librairie. Les chambres d'hôtel, ça faisait le tout-venant de nos nuits d'ivresse, mais elle s'efforçait de m'entraîner dans de sacrées galères.

– On devrait faire ça dans une église...

Ni plus ni moins ce qu'elle suggérait... près d'un confessionnal... derrière l'autel... sur le bord d'un bénitier. Ça lui venait, ce goût fripon des sacrilèges, de son enfance dans un pensionnat catholique... d'un vicaire qui la confessait style vieux dégueulasse à l'abri de son petit grillage... « Quelles mauvaises pensées avez-vous eues, mon enfant? » Il voulait toujours et encore des détails les plus croustillants possible... « N'avez-vous pas parfois des attouchements solitaires? » Il abordait le grand problème, le gros péché... se faisait-elle reluire avec l'index, le majeur? Ça avait de l'importance, affirmait ce saint homme... Dieu qui voyait tout, souffrait sur la croix à cause des petites filles dévergondées qui pianotent sur le berlingue.

Pendant des siècles, les prêtres de la Sainte Église se sont surtout attachés à combattre le démon de la chair. Des générations de malheureux furent crétinisées avec de pareilles sornettes... que s'ils se masturbaient, ils offensaient le divin Seigneur, ajoutaient à son martyre... sa couronne d'épines... qu'ils se retrouveraient, après une existence de labeur, de privations de toutes sortes, dans les flammes éternelles de l'enfer pour quelques pauvres plaisirs arrachés à l'existence.

Yoyo, en tout cas, la marmite à Satan ne l'impressionnait guère, ça l'excitait de braver les ukases du seigneur Dieu! Plus terre à terre, moi, je nous imaginais surpris par un bedeau, une bigote quelconque ameutant les fidèles, sortant les curetons de leur sacristie... les flicards du commissariat le plus proche. Le flagrant délit d'attentat à la pudeur avec, circonstance aggravante, un détournement de mineure. Pour peu que les juges soient calotins, dans une église, ça me supprimait toutes circonstances atténuantes. Minimum deux-trois piges à la ratière.

A défaut de confessionnal, on s'aimait dans les cabines téléphoniques, les ascenseurs, les cages d'escaliers d'immeubles inconnus et toujours les recoins de portes. Ça nous prenait, on s'assouvissait n'importe où... comme des animaux, on peut dire... en levrette. Elle oubliait de mettre sa culotte pour éviter de la perte de temps.

Finalement, le plus délicieux pour nos tringlettes impromptues, ce fut tout de même le sous-sol de sa boutique de frusques. Réussi à garder les clefs. On se glissait dans le couloir sans allumer la minuterie... Hop! On descendait un petit escalier métallique en colimaçon... ça sentait meilleur là-dedans que dans ma turne à chefs-d'œuvre... un arrière-parfum de gonzesses qui étaient venues là se déloquer, essayer des robes, des jupes. Peut-être que j'étais dans l'excessif des impressions... les décors, les stocks de lingerie m'inspiraient ferme. Une fois lourdés double tour... on s'éclairait juste d'une petite lampe... on risquait plus de voir ralléger le bonapartiste... Mme Théo et son clébard. Yoyo essayait des fringues... des robes, des dessous vaporeux... elle tournicotait... valsait... m'offrait un ballet pour moi tout seul. Je me retenais le plus longtemps possible avant de bondir... de la renverser sur le tapis... le canapé pour la troustafana sublime.

Ainsi jeunesse passe, s'épuise... roule si vite!... Le temps d'une pirouette... une belle môme qui fait gonfler sa robe en corolle... trois petits tours... trois petits coups de bite et la vie s'achève! On vous cloue en caisse avant d'avoir le temps de protester.

J'aurais bien pu me passer de cette initiation à la vie artistique par le Professeur. Mais je ne réfléchissais pas... il se ramenait clic boc... si ce n'était pas un soir de Yoyo, j'étais bonnard pour me retrouver dans une galère inattendue.

Chez Popot encore, j'étais en terrain maintenant de connaissance. Nos deux poètes dans le même froc, on s'y habituait!... La rue de Rennes à ne pas prolonger et l'autre, le fondu des abbayes, des presbytères, pleurnichant ses larcins, ses escroqueries à de vieilles admiratrices pas trop difficiles pour se faire envoûter et, sans doute, enroubignoler par cézig.

– Je n'aurais pas dû... cette femme me rappelait maman!

... ça déviait freudisme... André Breton et je ne sais qui à la rescousse! Quelques verres dans le tarbouif, il se répandait, se confessait public... ses turpitudes... les daronnes qu'il regrettait d'avoir conduites vers Satan. On en ferait des volumes sur ce Gengenbach. Il s'en est chargé lui-même... des Mémoires d'une facture curieuse. On y sent, derrière le chnoque, une sorte d'aigrefin pique-assiette qui ne pense qu'à se faire entretenir par toute une engeance de gogos... gogottes... éblouis par ses boniments surréalistico-chrétiens... ses crises de conscience, ses aveux finalement bien calculés, bien dosés. Surtout dans la noblesse qu'il jetait son dévolu... les princesses, baronnes, marquises. Encore heureux qu'Adélaïde, la grand-mère d'Hector, était vraiment trop bibarde, sinon j'aurais pu connaître Ernest quelques mois plus tôt au Carillon des Siècles.

D'après ce que j'ai pu lire entre les lignes de ses œuvres... *l'Expérience démoniaque, Satan à Paris*, il avait un réel pouvoir de séduction, ce barjot... il se retrouvait dans des appartements de grand luxe, hôtels quatre étoiles... des petits châteaux douillets de province. Son instabilité, son comportement à la limite de la dinguerie pure l'empêchaient de rester en place très longtemps. Que se passait-il exact avec ses conquêtes féminines? Celles-ci n'étaient pas du genre à se contenter exclusif d'un membre bien ferme et vigoureux comme les commerçantes sur le retour qui draguent dans les thés dansants. Elles appartenaient à une catégorie qui exige davantage... c'est-à-dire des frissons d'âme. Comme il se présentait démoniaque, Judas... pervers, perdu... révolté... il tombait juste là où ces dames l'attendaient... dans leur émoi, leur fragilité... toute la complexité de leurs désirs.

Un peu plus tard... lorsque je l'aurais perdu de vue,

sans regret d'ailleurs... j'en avais fait vite le tour de ce zèbre... il ne méritait pas beaucoup plus que les quelques pages que je lui consacre... enfin, vers 1949, il a fait encore parler de lui, surtout dans les gazettes genre *Samedi Soir* ou *France Dimanche*. A propos de messes noires célébrées sur le corps nu de Lydie Bastien, la maîtresse de René Hardy. Pour les nouvelles générations, il me faut rappeler que René Hardy, ancien chef de la Résistance Fer, l'auteur du Plan vert qui visait à paralyser les communications ferroviaires de l'armée allemande, était à Fresnes, accusé d'avoir balancé Jean Moulin, le président du Comité national de la résistance à la Gestapo. Parmi les motivations qu'on prêtait à Hardy, certains laissaient entendre qu'il serait devenu traître par amour... pour sortir précisément cette Lydie Bastien au corps de déesse, aux yeux de braise, etc... des griffes de Klaus Barbie. Tout laisse supposer aujourd'hui que cette hypothèse est dénuée de l'ombre d'une preuve. Tout de même, tandis que son amant jouait sa tête, la belle Lydie se livrait aux pires dépravations avec l'Abbé des ténèbres... ce demi-cinglé. Je suppose seulement qu'entre le moment où je l'ai connu au Popot Bar et l'époque de ses messes noires, il avait trouvé de quoi se payer un pantalon.

Yoyo, avec sa simple manie de vouloir se faire accommoder dans les églises, était relativement saine. Je m'apercevais... allais constater de plus en plus en avançant dans l'existence que, dans ce domaine, toutes les surprises sont possibles. La dinguerie particulière des nanas les pousse parfois à s'amouracher, s'embringuer avec de singuliers lascars... ceux qui séduisent à la sauce irrationnelle. On se pointe souvent avec sa bonne frime enfarinée... le braquemart en batterie, prêt aux meilleures éventualités, et ça ne suffit pas... on se figure, bonne pomme, qu'on va s'offrir de jolies parties de crougnougnousse et balpeau chéri! C'est midi sans quatorze heures... le cinq-à-sept leur paraît le comble de la vulgarité. Il leur faut de la poésie, de la révolte en rimes... Nerval en poche... de la névrose dostoïevskienne! Avec le cureton défroqué, satanique... messes noires... ça, c'est de l'aventure, de quoi palpiter, âme et chagatte en osmose! Certes, les déceptions arrivent assez vite. Le démoniaque, en définitive, il veut sabrer tout comme un déménageur et puis siffler toutes les bouteilles... se faire entretenir l'alcoolisme.

Où m'emmène-t-il encore ce soir-là, mon Professeur? N'était pas venue l'ère de l'automobile reine... tous les humains devenus des bêtes à quatre roues, un changement de vitesse à la place du sexe... les vrombissements... nos villes entières livrées au délire des moteurs... la ronde ininterrompue du 1er janvier à la Saint-Sylvestre. Une folie qui finit par nous saisir tous, qui ne s'arrêtera plus que dans une catastrophe.

Avec Clic boc! en tout cas, nous marchions, arpentions le bitume, les pavetons, les contre-allées, parfois boueuses, de nos jardins publics. L'étonnant... qu'il avait aussi une épouse, le Professeur... une dame un peu éthérée, translucide... mince... le regard perdu dans on ne sait quelle rêverie. Un tel mari à supporter toute une existence, fallait une femme indicible... un caractère tout à fait à part. Il rentrait, ne rentrait pas... disparaissait des jours entiers, des nuits complètes... des semaines sans quatre jeudis. Je l'aurais bien vue au Moyen Âge, Bertille... le Créateur avait dû se tromper de siècle pour nous la faire parvenir... elle avait dû rester en attente dans les limbes. Seule explication logique de sa patience infinie, de son humeur toujours égale... sa voix si douce... ses gestes lents... mesurés.

– Richard, cet affreux propriétaire menace encore de nous expulser.

C'était l'épicier en bas, le proprio. Certes, un individu sans culture aucune... un rustre qui ne pensait qu'à l'argent et à satisfaire ses instincts les plus élémentaires. Ce que le Professeur pouvait dire ou ne pas dire ne changeait pas la situation... le sous-homme avait la loi pour lui, point à la ligne! Ça voulait dire que si le Professeur ne trouvait pas de quoi décher les deux loyers en souffrance, ils devraient encore déménager à la cloche de bois. C'était pourtant pas le logement grand standing où ils perchaient à ce moment-là. Près de la Bastille, au fond d'une cour qui donnait sur le faubourg Saint-Antoine. Je revois les lieux à peu près... ils se ressemblent dans le coin... des cours pavées... des ateliers de tapissiers, ébénistes... des marchands de meubles. Tout ça à peu près en l'état où ils étaient sous Louis XVI.

Le Professeur, je l'ai vu ensuite un peu dans tous les quartiers de Paris et de la banlieue. On se doute qu'avec cette existence lichetronneuse, il était constamment en difficultés financières. Bertille assurait souvent l'essentiel... elle donnait des leçons de violon et elle jouait par-ci par-là... des engagements dans les concerts... dans les orchestres de brasserie où le bon populo d'avant la télé se divertissait le dimanche en écoutant des airs d'opérette... des valses de Strauss, des refrains de la Belle Époque.

Bertille était quasiment une sainte. Jamais je ne l'ai entendue se plaindre... hausser le ton, pleurnicher. On aurait dit un personnage qui ne collait pas à la même réalité que nous. Elle vous souriait un peu lointaine, sans toutefois être désincarnée au point de ne pas vous reconnaître, ni s'inquiéter de votre sort. Elle déclinait déjà au moment où le Professeur m'a admis dans son intimité. Privilège rare... il laissait, fort heureux, tous ces louftingues à l'écart de sa femme. Sans doute la pauvre vieillissait-elle prématurément de privations... de ces déménagements... cette vie de nomade fuyant de piaule en piaule avec son violon. C'était une sorte d'Ophélie... quelque chose de ce genre... sur le retour, certes, mais il lui restait beaucoup de grâce, une certaine beauté qui, j'avoue, ne me touchait pas lerche. Un peu trop floue... la chevelure blonde tombant jusqu'à la chute des reins... pas ou presque de poitrine, de fesses! Une femme pour le Grand Meaulnes. J'étais trop dans le tangible, moi, la miche pulpeuse, les pare-chocs glorieux! Je préférais le trop-plein à l'absence.

Enfin, la question ne se posait pas. Bertille semblait incorruptible... tout à fait fidèle, dévouée à son Richard qui pourtant ne la gâtait pas excessif de tendresse et petits soins. Lorsqu'il aboutissait chez lui, sans plus un maravédis en fouille, qu'il finissait de cuver ses dernières bitures, Bertille s'efforçait de le remettre à peu près à neuf, le requinquer... lui nettoyer les fringues, les godasses... lui renouer la cravate jusqu'à ce qu'il soit en état de repartir le Diable ou Dieu savait où.

Ça participe du mystère, ce genre de dévouement, d'abnégation chez certaines femmes. Le Professeur, à la fin de sa vie, Bertille le tenait encore à bout de bras... sans elle... la chute lourde et sans appel au fin fond de la cloche... les grilles du métro pour dortoir... les commissariats comme havre de paix.

Au moment où je vous le mets en pages... il était encore jeune... une résistance physique peu ordinaire sous des aspects presque chétifs. Un petit bonhomme sec et noir... je vous ai tiré son portrait succinct... plus le clic boc! Qu'il ait pu atteindre soixante-douze berges relève du prodige et ce miracle se prénomme Bertille. J'anticipe... pour le moment, il me ramène en sa demeure provisoire, me présente à sa dulcinée. Ils vivent surtout sur des tapis... peu de meubles, vraiment le strict, dans leur deux pièces. Le Professeur s'assoit à l'orientale... les jambes croisées. Il vous invite, incite à l'imiter. Bertille prépare la tortore... derrière, dans un recoin qui sert de cuisine. Il m'a présenté brièvement. On est très heureux, enchantés réciproque, selon la formule, et voilà... une fois posé, assis hindou, le Professeur se met la main, ou plutôt le bout des doigts sur le front... réfléchit, gamberge à je ne me demande plus quoi. Ça va sortir, je vais tout savoir. Il me fixe, scrute... la lippe... il y va dans l'ironie.

– Au fond, André Malraux n'est qu'un fumiste...

Je connais déjà son numéro à propos de l'auteur de *la Condition humaine* qui n'a jamais fait la révolution où que ce soit. Comme je n'ai encore jamais mis le nez dans un roman de Malraux, tout ça me passe un peu au-dessus de l'entendement.

– En Espagne, il se déguisait en pilote et se faisait photographier devant un avion.

... qu'en ce qui concerne la Résistance, il a attendu fort longtemps avant de s'engager... être bien certain que les

Alliés seraient les vainqueurs. Avril 1944... A ce compte-là, je m'aperçois que j'étais résistant avant Malraux! Vrai que j'étais jeune chien... tout fou... courant après les chimères de l'aventure, tandis que Monsieur Malraux soignait sa carrière, son image de marque, se confectionnait sa légende.

Je vais lire plus tard, une fois au gnouf ou sur les chaises de cure des sanas, ses œuvres complètes. Je serai déjà plus à même de départager les auteurs et les hommes. Rares sont ceux qui mettent leur existence, leur comportement en harmonie avec leurs idées. Tel généreux aux tirades humanitaires se révèle pour son entourage avare sordide. Le rouleur de mécaniques sur page blanche, ça lui arrive parfois de se faire souffleter sans esquisser le moindre geste de riposte. Et l'héroïque du porte-plume qui va finir... merde au cul, ma chemise colle!

Malraux se coulait donc une vie pépère sur la Côte d'Azur entre 40 et avril 44. Ses adversaires vichyssois ou nazis ne devaient pas le considérer si dangereux... ils se donnaient même pas la peine d'aller jusqu'à sa villa de Roquebrune où, disent ceux qui lui ont rendu visite, il vivait dans un luxe exquis. Pourtant, on l'avait vu se pavaner, discourir à toutes les tribunes antifascistes avant-guerre... l'œil féroce, la mèche en bataille! Il s'est retrouvé plus tard gaulliste de choc, confident privilégié du Général. On se demande alors pourquoi il n'avait pas été le rejoindre dès après l'appel du 18 juin. Peut-être avait-il mieux à faire? Il œuvrait pour l'histoire future de la littérature française. N'empêche, je n'arrive plus à le lire sans une certaine gêne... sans restriction. L'engagement, on s'aperçoit que c'est surtout mortel pour les sans-grade, les naïfs, les minus... j'en fus et fort heureusement j'ai échappé au massacre. J'aurais pu facile devenir *une ombre parmi le peuple d'ombres dans la nuit de juin constellée de tortures*... ma modeste participation aux oraisons funèbres du Maître.

Pour le moment, nous bections par terre... je veux dire, on se dépatouille à la franquette, on se prend son assiette sur les genoux. Question tambouille, on ne peut pas dire que Bertille soit un cordon-bleu hors pair... une mitonneuse de petits plats, éminceuse, lardeuse, échaudeuse, fricasseuse et gratineuse! Dire à sa décharge que son homme n'était pas tant porté sur les joies de l'assiette... les fumantes compositions culinaires! Il se contentait de n'importe quoi... ce qu'on lui mettait dans son écuelle. Tout en esprit, la cuisine se passait unique dans sa tronche... les idées seules y mitonnaient. Quand elles prenaient un coup de feu, ça fumait alors, crépitait, faisait des étincelles verbales.

Ces questions de nourriture, il s'en désintéressait total. A peine s'il jetait un œil sur ce qu'il piquait avec sa fourchette... flopait à la cuillère. Nul commentaire, et pourtant Bertille attendait un petit compliment... quémandait.

– Comment trouves-tu mon bœuf mode?

Lancé dans son réquisitoire contre Malraux, il ne voyait pas l'intérêt d'une pareille question, je sentais. Il acquiesçait tout de même... oui, oui... que c'était excellent. Il refermait fissa la parenthèse.

On avait chacun des assiettes dépareillées... creuses ou plates, selon... provenant de services divers... les restes de leur dernier déménagement... des couverts de cantine... des verres à moutarde. Dans tout ça... ce dénuement... Bertille gardait des manières de princesse... des gestes distingués. Elle arrivait, les jambes croisées, comme ça sur son morceau de tapis, à se sustenter très proprement, l'assiette calée entre les genoux. Il est vrai qu'elle y allait du bout des lèvres... juste, elle grappillait, pignochait dans les plats... mâchait lentement. Dès qu'on la regardait, elle souriait... un gentil sourire un peu enfantin. Mis à part quelques questions concernant le dîner... reprendrions-nous du bœuf mode? Aimions-nous le fromage de chèvre? Elle n'avait que de celui-ci, d'ailleurs... un minuscule chabichou au milieu d'un plateau en grès, on allait pas s'étouffer en se le partageant en trois. Le Professeur vivait plutôt ascétique, n'était le kilbus... le rouge douze degrés... Gévéor il me semble, auquel il faisait sérieux honneur. Entre deux verres, il y allait d'une de ses sentences.

– La peur du bonheur fait sortir le fou du roi.

Bertille pouffait, la serviette devant la bouche. Il pouvait dire n'importe quoi... sa parole était d'or. C'était une inconditionnelle... une martyre de tous les instants de son dieu vivant.

Séquence suivante... Bertille a noué un petit tablier blanc autour de sa taille et elle s'affaire devant une bassine avec une lavette à vaisselle. Le Professeur m'a entrepris sur Bergson, comme si je le connaissais, moi, ce Bergson! Vaguement, M. Blumel a dû m'en parler au milieu de son affaire Dreyfus. Enfin, le Professeur fait comme, il ne penche jamais du côté de l'ignare... sa technique pour monologuer... m'interpeller... me demander une vague approbation. Je remarque, en passant, je découvre que, sans le vouloir, je l'imite un peu dans mes livres... je vous apostrophe, chères lectrices, prends à témoin... avec les réponses que je vous prête, j'avoue parfois abusivement. Je vous laisse tout interloquées, pauvres chattes! Le seul avantage d'être auteur de livres, romans ou philosophades, qu'on vient pas vous interrompre, vous chinoiser, vous glisser entre les miches une canule de lavement non sollicité.

Je ne la reverrais plus dans les mêmes décors, Bertille, l'épouse du Professeur. Rare que le ménage reste bien longtemps dans une piaule, si modeste soit-elle. Quelquefois, ils étaient logés dans un établissement où Richard enseignait. On ne le voyait plus alors... clic boc! dans le quartier... ses rades habituels. Il me laissait sans nouvelles, comme ça, quinze jours, trois semaines... un mois au plus, et puis il réapparaissait un matin ou un beau soir au Carillon... clic boc! Il pénétrait dans la librairie, sûr de lui, jovial... heureux de retrouver son élève. A peine le temps d'un bonjour... il s'asseyait et il attaquait aussi sec...

– Je me moque de la Connaissance...

Ça lui prenait assez souvent de dégrainer la culture... les livres presque tous bons à foutre au feu. Il entrelardait tout de même ses boniments de citations grecques ou latines.

Il vient, chose tout à fait surprenante, d'exercer ses dons pédagogiques dans une institution catholique de la région d'Évreux, il me semble me souvenir... Les Petites Pâquerettes du Sacré-Cœur. Il trouve ça tout à fait cocasse... dérisoire à souhait, cette appellation. Il s'agit, en plus, d'un collège uniquement de jeunes filles de très bonne famille, il va sans dire... tenu par des religieuses pour veiller sans faille à la protection de la virginité de ces demoiselles. Un pensionnat déjà désuet en 1946, dans un monde en pleine mutation de grande modernité, y compris chez les chrétiens qui n'ont plus du tout envie qu'on les livre aux lions. Un îlot XIXe siècle de piété, d'espérance et de chasteté... parmi les tilleuls, me décrit le Professeur... les marronniers... les fleurs du jardin destinées à décorer l'autel de la Vierge Marie.

Ce qu'il avait été glander là, le Professeur? Précisément l'insolite de la situasse... presque une blague lancée par un collègue. On demandait aux Petites Pâquerettes un professeur de latin-grec. Il venait juste de se faire bordurer de je ne sais quel internat où il avait dû gerber sur l'estrade, asperger le tableau noir... se rétamer la gueule dans ses vomissures. Le piètre spectacle à donner aux potaches déjà plus enclins à suivre les mauvais exemples que les bons.

Viré aussi de sa piaule, celle du faubourg Saint-Antoine où vous avez fait avec moi connaissance de Bertille. Aux Petites Pâquerettes du Sacré-Cœur, on le logerait. Peut-être même avec sa chère et tendre épouse. Elle, elle ne pouvait que rassurer la Supérieure de l'institut... Son style de créature calme et douce pouvait prêter aux spéculations les plus heureuses quant à l'élévation de son âme. Lui, bien sûr, c'était une autre paire de manivelles! Même à jeun, il laissait une drôle d'impression, surtout à des gens qui vivaient dans des aquariums d'eau bénite. Ses manières un peu brusques, sa tronche dans les tonalités sombres, l'acuité de son regard. L'imaginant en robe de bure avec un grand capuchon... une large tonsure... avec ses yeux de feu, il aurait pu figurer parmi les moines inquisiteurs de Vélasquez. Savoir si ça rassurait tant les frangines des Petites Pâquerettes? Elles devaient sans doute préférer les tronches moulées aux sucreries saint-sulpiciennes.

Ça m'intéressait qu'il me raconte son séjour chez ces saintes gonzesses. Non pas qu'il ait pu s'en calcer une sous les charmilles... lutiné une petite élève! On pouvait tout lui reprocher au Professeur, son ivrognerie, son caractère fantasque, souvent son agressivité, sautes d'humeur... ce besoin quasi démoniaque de démolir ce qu'il venait de construire... mais enfin question sexe, bonnes mœurs, il ne déviait pas de ce côté-là. Je me demande même si cette Minouchette ou quelques autres du même calibre qu'il traînait de temps en temps derrière lui, ce n'était pas juste platonique leurs rapports... que ça participait aussi de ce besoin d'avoir toujours quelques oreilles pour écouter ses déconnantes.

– Ces Petites Pâquerettes du Sacré-Cœur... il faut y être pour y croire!

Pour une fois, il était parti de lui-même sur un sujet qu'il estimait négligeable d'habitude... événementiel en quelque sorte. C'était une belle bande de naves dans cette institution... les religieuses ne s'apercevaient même pas qu'il donnait ses cours complètement ourdé! Ce que je comprenais entre ses mimiques... ses lippes... son œil allumé d'une ironie encore plus féroce que de coutume. Difficile de lui en tirer davantage... en tout cas d'un seul coup. Toujours, ses récits, c'était par fragments hachurés, commentés... repris... parenthèses... des sortes de poupées gigognes. Son expérience avec les frangines pâquerettes, il y reviendrait dans quinze jours... deux mois peut-être. Ça le prendra, il parlera brusquement de ses petites élèves tout abruties de prières, de confession...

– Une école professionnelle d'hypocrisie.

... la sordidité de la sœur tourière... l'économe de l'institution... la bectance achetée au rabais... les charançons dans les flagdas... morceaux de barbaque avariée...

l'humidité dans les dortoirs... les cafards qui couraient partout... les souris... les punaises pas seulement dans la sacristie! Elles pouvaient jeter des pétales de roses sur la statue de la Vierge pendant les processions, les chères frangines, ça ne dissipait pas l'odeur de rance, de linge malpropre qu'elles trimbalaient.

Je me suis permis, chose inhabituelle, de lui poser une question... le pourquoi de son séjour dans cet endroit lugubre? Sa réponse foudroyante... qu'il n'était pas assez anticlérical jusqu'alors...

– Il fallait que j'aie des raisons plus évidentes.

A ce compte-là, pour être vraiment antimilitariste, il aurait fallu s'engager trois ans dans l'infanterie coloniale... c'était justement la guerre d'Indochine à ce moment-là... revenir avec un bras, un œil en moins. Ce que je pensais, mais n'osais pas dire... C'eût été parfaitement inutile, il m'aurait anéanti d'arguments, sophismes... raisonnements alambiqués. Bien entendu, son stage chez les Pâquerettes du Sacré-Cœur avait tourné court. Curieusement, il était parti de lui-même, on ne l'avait pas éjecté pour intempérance. La raison exacte... qu'il s'était aperçu qu'une religieuse, une jeune, une débutante de la cornette était amoureuse de lui. A des petits riens, il avait remarqué qu'elle lui mettait des fleurs fraîches sur sa table de nuit... lui portait des gâteries au petit déjeuner... de la compote, des biscuits... qu'elle avait, la pauvrette, des rougissements lorsqu'il la regardait... des sourires coulissés... sorte d'appel au fond... de sollicitation à la débauche... *sollicitatio ad turpias!*

– Je ne voulais pas que tout ça finisse dans mon lit...

Il devait y avoir là une grande part de vérité, le Professeur ne donnait jamais dans les vantardises sexuelles... les récits de ses conquêtes. Ça lui paraissait, de la part des copains qui se livraient à ce genre d'exercice, un signe de débilité mentale.

Nous étions donc au Carillon... j'allais fermer, fallait que je le largue, mon pédagogue, j'avais rencard avec Yoyo. Là, c'était pas de la fanfaronnade masculine... je la tringlais à zob que veux-tu! Comme ça, deux trois fois par semaine... et puis on se faisait des dimanches de troustafanas royales. A se retrouver les cannes molles, l'œil hagard, les lundis, pour reprendre chacun nos activités boutiquières.

Yoyo, malgré mes consignes, s'est ramenée. Je lui avais pourtant dit, défendu presque de venir au Carillon, mais allez interdire quelque chose à une femme, elle désobéit à Dieu lui-même, la Bible dixit! Elle s'est justifiée... voilà... elle avait réussi à quitter sa patronne avant l'heure... elle venait donc me faire une guillerette surprise. Peut-être même imaginait-elle qu'on aurait pu encore un peu se mignarder l'épiderme dans la pénombre propice du magasin... sous les rayonnages... au-dessous de Bossuet, Racine. Dès qu'elle se pointait, elle n'avait de cesse de me la sortir pour la gratifier de quelques flatteries manuelles... me conduire au bord de l'extase et s'arrêter brusque.

– Je veux qu'y m'en reste!

Ce charre! Il lui en restait toujours, la peau de vache! J'y mettais un point d'honneur, le seul auquel je tenais. Pour le reste, j'en avais déjà fait mon deuil.

Elle arrive, fraîche et le teint clair... ses taches de rousseur... sa frime mutine. Jusque-là, j'avais évité qu'elle rencontre le Professeur. Je me goure que c'est pas son genre. Elle apprécie pas tant les penseurs, les tout, ou presque, en esprit. Ça lui semble des raseurs... des fâcheux empêcheurs de s'aimer en rond.

– Peut-être, plus tard, ça m'intéressera.

Ça laissait entendre qu'elle se réservait les livres, la métaphysique, les spéculations intellectuelles pour sa vieillesse lorsque...

Le front ridé, les cheveux gris,
Les sourcils cheus, les yeulx estains

comme fait dire François Villon à la Belle Heaulmière...

Et jadis fusmes si mignotes.

Toujours temps, alors, de penser à Dieu! L'heure actuelle était au Diable... son feu allumé au cul... experte au déduit! Je vous résume la courte philosophie de Yoyo. Le Professeur se taraudait la tronche en somme pour que fifre et aujourd'hui qu'il est sous terre, je suis bien forcé d'en convenir.

Il est aimable avec Yoyo... il se met en frais... elle, elle ne peut s'empêcher quelques tortillages de valseur... coquetteries de paupières... c'est dans sa nature profonde, son *moi*, comme disent les métaphysiciens. Je n'ai qu'une idée... qu'on se sépare... Yoyo, je me la veux à ma broche, faut que je largue le Professeur. Ça n'a l'air de rien... s'excuser... se saluer... se dire « alors, à mardi... » Pas affiché... Clic boc! Il arrivait d'une façon l'autre à s'accrocher. Il précédait vos esbignades.

– Ça vous amuserait, mademoiselle, de goûter de la cuisine chinoise?

Il vise... tape dans le mille. Ça l'amuse, Yoyo, tout ce qui exotique. Le Professeur, voilà, nous invite près de la gare de Lyon, il connaît un restaurant chinetoque. Plus possible de lui refuser, Yoyo a dit oui tout de suite et d'enthousiasme. Elle en oublie, la salope, l'envie démente que j'ai de lui planter ma vive affection sous la jupe! Y met-il quelque peu de malignité, le Professeur, à me casser ainsi la baraque? Sur l'instant, je n'y vois que son besoin de se rompre la solitude... son goût d'avoir toujours une assistance pour l'écouter maudire Malraux, louer je ne sais qui... un poète obscur mort depuis vingt ans... un véritable précurseur du surréalisme... un dynamiteur authentique du langage!

Aujourd'hui, je me demande si dans le fin fond ce n'était pas une sorte de puritain qui luttait avec l'aide de l'alcool contre son puritanisme. Le parti communiste, on peut le constater, a pris la succession, la relève de l'Église catholique défaillante, devenue sénile, déboussolée, incapable de régner par le fer et le feu. Tous les épris d'absolu, d'idéal, d'utopie se sont retrouvés au sein du PC. Je parle des actifs, des apparatchiks, des véritables militants. Pour gagner, il faut être dur avec soi-même, avec les autres... austère, ascétique... écarter impitoyablement les jouisseurs... les rigolards, les épicuriens irrécupérables. D'où les procès, la néo-Sainte Inquisition. Le

Professeur était devenu hérétique de cette nouvelle Église. S'il n'avait pas été liquidé physiquement, il le devait au simple fait d'être citoyen d'un pays capitaliste. Depuis, il errait clic boc!... de bistrot en folie... se détruisait au jinjin sans pouvoir venir à bout de sa nature profonde tout de même janséniste. Enfin, c'est peut-être une explication! Toujours est-il qu'il goûtait pas excessif les allusions à la grosse bite à Dudule, la belle grande chatte de la grosse Margot... Comment ces deux éléments pouvaient-ils se retrouver pour lutter contre l'idée lancinante de la mort en s'offrant les régalades du trou-du-cul?

Sans cette clef du personnage, je vous accorde qu'il n'est pas des plus cohérents. Là encore, je m'interroge sur ce qu'on appelle la cohérence... mis à part les êtres coincés dans un carcan social et familial... je n'en ai pas rencontré souvent, moi, des cohérents. Le Professeur, inconsciemment donc, ça devait le déranger que j'aille m'offrir la divine Yoyo.

Son auberge chinoise dans l'impasse Chalon, c'était plutôt le bouge. Les Parisiens n'étaient pas encore habitués à la cuisine extrême-orientale. A présent, des quartiers entiers sont devenus viet, chinetoques. Dans toutes les grandes villes européennes, les restaurants chinois se multiplient. Peut-être est-ce une forme d'invasion insidieuse. En 1947, fallait être quasi viceloque pour aller se perdre derrière la gare de Lyon dans les ruelles du malheur asiatique. Le Professeur, ce qui l'amusait par là, c'était le retour aux sources... il était né à Hanoi où son père travaillait dans l'administration coloniale. Passé sa première jeunesse avec les indigènes dans un collège de jésuites. Quand était-il venu en France? Ne saurais vous dire exact... peut-être à douze-treize ans, le temps d'être imprégné pour toujours par cette civilisation bâtarde fabriquée par le colonialisme triomphant. En Indochine surtout, les rapports étaient ambigus entre les dominés et leurs dominateurs. Toujours est-il que ça l'avait marqué... qu'il avait pris conscience dès sa jeunesse des graves problèmes posés par la situation du sous-prolétariat viet et que c'était une des raisons de son adhésion à ce qu'on appelait alors la section française de l'Internationale communiste.

L'essentiel, dans sa taverne chinetoque... qu'il sache, lui, où il mettait les pinceaux. Il était connu du taulier, un vieux ridé, encore fringué traditionnel... une sorte de robe mauve sur un froc à larges pattes et des sandalettes, il me semble, à semelles de bois. Pas d'autres Européens que nous dans la salle... rien que des niakoués qui jouaient des baguettes au-dessus de leur bol de riz. De nos jours, ils sont tous souriants, aimables. Ils fuient, pour la plupart, ce dont ils avaient rêvé... leur indépendance qui s'est transformée en géhenne... histoire sempiternelle dont les hommes ne sortiront jamais, dirait-on. Dans cette période d'après-guerre, ils nous frimaient plutôt dans les tonalités de la haine. Ça commençait à se mitrailler dur dans les rizières, les hauts plateaux... la RC4! Sans le Professeur, on ne se serait pas risqués, Yoyo et moi, d'aller se faire une dînette amoureuse dans un pareil secteur. Les voyous du milieu eux-mêmes évitaient de passer par là.

Question tambouille, on s'y est faits... on est habitués aux nems, aux boulettes de crevettes, ailerons de requin, canards laqués... soupes de poisson au lait de coco, crevettes sautées aux poivrons, porc au caramel... vermicelle de riz... cheveux d'ange, etc! L'idée répandue, alors, qu'on allait se taper dans ces bouges des hachis tonkinois de clébard, brochettes de rat... souris cuites à la vapeur. Longtemps, les bruits les plus fâcheux ont couru à ce sujet jusqu'à ce que les Gault-Millau s'en mêlent, certifient dans leurs rubriques que tout cela n'était que ragots racistes... infamie de cuisiniers franchouillards jalminces.

Il faisait sombre dans cette salle... une ambiance plutôt sinistre. Autour, les Jaunâtres nous borgnottaient, je sentais leurs regards sur nous, plutôt inquiétants. La crainte me gagnait que le Professeur se livre à un des numéros dont il avait le secret... ses spécialités de conflits à base de divergence sur le concept de l'homme. Là, je me demandais sérieux comment on aurait pu s'arracher du cul-de-sac. Les flics ne faisaient pas de rondes par ici. Les hirondelles sur leur vélo... les nocturnes avaient suffisamment de travail avec les malfrats du cru. Qu'on se retrouve dans le car de police, souventes fois il faut bien admettre que c'est le moindre mal.

Une impression, je respirais... le coup de surin rapide... sournois... l'escamotage des cadavres sans bruit... dans l'ombre... de ces chers disparus qu'on retrouve encore moins que les naufragés perdus en mer... peut-être passés à je ne sais quelle moulinette pour devenir rouleau de printemps! Le Professeur, en définitive, savait toujours où il pouvait aller trop loin... pisser sur les danseuses de l'institut Duncan, on risquait pas de se faire sectionner la bébête... tout au plus une plainte au commissariat. Chez ces Chinetoques, dans ce quartier perdu, c'était pas la même rigolade. Yoyo, elle ne s'était pas bien rendu compte... une fois sur place, à peine ses miches sur un siège... elle lorgnait plutôt vers la porte... le temps lui paraissait interminable. Elle m'a avoué en sortant qu'elle s'était retenue d'aller faire pipi, ne sachant dans quelles chiottes sinistres elle allait aboutir.

Question cuisine chinoise... ma première expérience ne fut pas des plus concluantes... Toutes ces nourritures bizarres... boulettes... soja... ces légumes gluants qu'on ne peut avaler qu'à l'emporte-gueule avec des épices. Point n'étions encore habitués à ces saveurs nouvelles. Elles se sont implantées depuis... sans doute se sont-elles un peu harmonisées avec nos goûts occidentaux... adoucies... Et les Asiates de la diaspora ont laissé leurs yatagans dans la mer de Chine.

Ce qu'il appréciait le plus, mon cher Professeur... vous vous doutez, l'alcool de riz... dans des petites tasses qui font de la musique... une sorte de gazouillis d'oiseau. Il a fait chanter toute une volière... enfin les uns après les autres... et Yoyo, l'idiote, s'est laissé entraîner à ce petit jeu. A la décarrade, dans la ruelle sans éclairage... sur les pavés gras, il a fallu que je la soutienne. Nullement désagréable, certes... on peut se divertir les pognes en la retenant sous les aisselles. Mais je me la préférais à jeun... une fois beurrée, elle divaguait dans les horreurs pornographiques... les anathèmes contre sa sœur avec son cul de jument jamais rassasiée. Devant nous, le Professeur clic boc!... tanguait sévère... d'un trottoir l'autre et je devinais des ombres inquiétantes qui nous frimaient... leurs yeux bridés dans les recoins, les couloirs. Fissa qu'il fallait se tailler, ne pas traîner, tituber trop à loisir dans un pareil secteur. Pour tout arranger, Yoyo devenait tendre, me lichaillait l'oreille... s'aventurait la menotte dans la poche de mon froc.

– Tu ne m'aimes plus, je le sens bien!

A quoi tiennent les sentiments! Fallait que je la rassure, lui promette comme un député le bonheur pour un peu plus tard. Ici, ce n'était pas raisonnable. Précisément ce qui l'émoustillait, la tendre salope, surtout ayant picolé bien plus que de coutume. Nettement je regrettais qu'il n'y ait pas à l'horizon une église, une basilique quelconque... j'étais prêt alors à lui promettre toutes les positions les plus scabreuses sur un bénitier.

A la sortie de l'impasse, le Professeur nous attendait... plein milieu de la chaussée, il zigzaguait... tout de même il se mettait la pogne au front, tout à fait comme lorsqu'il commençait ses spéculations sur le mysticisme... ses exposés de dialectouille.

Une fois hors de la zone dangereuse, on s'est retrouvés, je ne sais comment, en direction des entrepôts de Bercy... rue de Pommard, tout à fait bien nommée celle-là... une rue qui a échappé aux appellations de généraux, écrivains, hommes politiques oubliés dix ans à peine après leur mort. On longe une grille... c'est le quartier du Petit Bercy. On a du mal à distinguer, de l'autre côté dans la nuit... les petites bâtisses, les hangars... les chais... Négociants... vente en gros... celliers... champagne... bourgogne! C'est entrecoupé de ruelles, sillonné de rails... Quelques passages plus larges avec des platanes... des wagons... passerelles... Marie-Brizard... vente aux particuliers... vins du propriétaire à Dijon... Valence... etc. Ça nous imbibait, on aurait dit qu'on longeait un océan de pinard. Certains mecs peu habitués à la vinasse arrivaient à s'y saouler par l'olfactif, disait-on. L'endroit n'était pas beaucoup plus rassurant que le quartier chinois. Ça paraissait désertique, mais on devinait des rôdeurs... rôdeuses... des ombres sans doute de clodos. Le Professeur attirait tout de même de drôles de rencontres... difficilement explicable alors ce lascar dégingandé... cette sorte de singe avec des bras immenses qui surgit devant nous comme une apparition. Yoyo pousse un cri en l'apercevant, se réfugie dans mes bras, la pauvrette.

– Salut, Richard!

Une voix de rogomme énorme qui fracasse le silence de la nuit. Il ouvre ses grandes battoires pour étreindre le Professeur. Ils se congratulent, n'en finissent plus. Le singe éructe... on ne sait... se marre ou rote!

– Je vous présente le Fils de Dieu!

Le Professeur s'est reculé pour jouir de notre surprise! Le Fils de Dieu? Vrai qu'il a quelque chose qui rappelle le Christ, ce type... une barbe roussâtre... des cheveux longs ébouriffés... mais enfin il est visible fin défoncé. Et qu'est-ce qu'il fout là dans la nuit de Bercy? Il nous serre la louche, nous écrase les doigts... rote encore. On ne sait plus exact si c'est lui qui pue le gros rouge ou si c'est l'odeur ambiante... tout ce qui suinte des chais.

– Venez par ici...

Il nous invite... le mystère va tout de suite s'éclaircir. On pénètre par un trou... quelques barreaux déglingués, sciés... dans une sorte de quoi?... dépôt, hangar... toujours il y a des cuves là-dedans, d'énormes barriques.

– J'ai pas besoin, moi, de transformer l'eau en vin.

Ce que nous proclame cet étrange Christ. Tout simple, il a fait un trou dans un tonneau... juste la grosseur d'un petit tuyau en caoutchouc, qu'il introduit là et il siffle... amorce... invite le Professeur à tututer... gentleman, celui-ci s'efface devant Yoyo.

– T'as raison, Richard... les femmes et les enfants d'abord.

Il faut que je retienne, modère la môme Yoyo. Si elle se met à biberonner davantage, je vais plus pouvoir la ramener. On s'est embarqués sur une drôle de galère. Ça tient de la rêverie éveillée... de l'hallucination. On ne sait plus trop l'heure. Yoyo se débat, elle veut goûter absolument à ce nectar.

– Tu vas être malade!

Le Professeur, lui, s'y est mis, il pompe... il s'arrête plus.

– C'est du bourgogne...

Il me passe le tube... que je me rende compte! Par

gentillesse, je laisse Yoyo téter une petite goulée. Bourgogne, bordeaux, un côtes-du-rhône... bien incapable de dire, discerner. Le Fils de Dieu me pousse, bouscule... merde! j'ai assez tututé... à son tour! Lui, il aspire avec de grands bruits de tuyauterie... de gloup! floup!

– On s'est connus aux Brigades...

La précision du Professeur... que j'aille pas croire que, cézig, c'est encore une rencontre fortuite, une amitié spontanée. Non, ensemble ils ont combattu le franquisme au même bataillon Commune de Paris sur le front de Teruel. Je saurai tous les détails par la suite... j'anticipe et vous résume. Le Fils de Dieu s'est retrouvé, lui aussi, épuré à Albacete. La raison essentielle... déjà son ivrognerie invétérée à l'origine probable de ses coups de gueule intempestifs. Il s'était engagé aux Brigades internationales, il ne sait trop pourquoi... il n'était militant ni au PC ni chez les socialistes. Il n'en voulait pas à Franco, ni presque à personne. Ça lui a pris un beau matin.

– J'ai largué ma bonne femme...

Il n'en disait pas davantage. Lui aussi, il fallait le reconstituer comme un puzzle. La nécessité profonde de vous le décrire, dessiner précis? Dans ce roman, il est tout à fait épisodique... folklorique, diraient nos snobs, nos intelligentsiateux. C'est-à-dire que dalle... qu'il est quantité négligeable. Un homme de trois fois rien au regard de l'Histoire. Seulement l'Histoire est faite avec des quantités d'hommes et de femmes de trois fois moins que rien. Eux qui la subissent, se la transpirent et c'est Malraux qui en tire la moralité, la psychologie... l'art... les conclusions! Tout le monde philosophe beaucoup dans *l'Espoir*. La Politique aide l'Homme à découvrir ou retrouver sa Dignité. Je vous mets à dessein les majuscules où il faut. Moi, je n'en ai pas rencontré lerche des combattants qui dialoguent comme dans les romans d'André Malraux.

Le Fils de Dieu, avec sa pipette, s'achève la santé. Pourtant il a le gabarit grand format... un immense primate... à la castagne, il doit déménager cinq-six adversaires normalement constitués. De fringues, il se tient encore hors du clodo... à peine! Toujours il est vêtu d'une salopette de mécanicien par-dessus un chandail de couleur indécise... un blouson et des targettes de l'armée américaine aux panards.

Ça suffit le picton au tuyau, il a colmaté le trou dans le tonneau avec un bouchon taillé à la juste dimension. Où allons-nous dans la nuit qui s'achève? Yoyo, beau faire la maligne, la dévergondée... elle a été au renard... dégueulé sur les pavetons toutes les chinoiseries qu'elle a bouffées impasse Chalon chez Fuk Tao Ming... je vous invente un blase, je n'ai pas le loisir d'aller vérifier. D'ailleurs, le quartier Chalon, les Chinetoques l'ont déserté par la suite. C'est devenu un fief de dealers... un îlot à drogue que la police a nettoyé en 1985. Tout s'efface, voyez... une couche... une autre... vous vous ramenez avec vos histoires et déjà vous êtes dans les ruines... l'ombre des vestiges. Comme à Bercy où nous errions... le Professeur, le Fils de Dieu, Yoyo et moi... j'y suis retourné pour les Six Jours... le nouveau Vél d'Hiv' ... le POPB. Il faut se presser les souvenances... reconstituer imaginatif les décors... les clébards perdus, les résidus d'humanité qui rôdaient par là. Nous sommes dans les limbes... certains traits disparaissent... ça ne fait plus que des rumeurs dans la tête. Déjà les éboueurs sont accrochés sur leurs bennes... les poubelles de ce temps, métalliques, font un tintamarre du diable... Badabing! Changement de vitesse... l'embrayage du bahut qui craque! Que le Professeur dise des paroles profondes ou creuses, ça revient au même. Le Fils de Dieu rote tout son saoul, son trop-plein de pinard. Yoyo semble triste et c'est rare, ça... elle se serre contre moi qui suis flottant, mélancolique... Clac! le clicheton... je m'efforce de vous restituer quelques images, quelques impressions... bientôt il sera trop tard!

S'enchevêtrent, se brouillent les souvenirs épars... certaines actions, évolutions des choses... Avec le temps, l'usure... la mémoire déforme, déconne, rabâche. J'ordonne le mieux autour du Professeur et du Carillon comme je le fis naguère autour de la Lanterne magique. La chronologie, alors balpeau! Qu'y puis-je?

Je narre au mieux... l'Esprit, le cœur, la fesse... du mal à y retrouver mon aiguille dans cette meule de foin.

Nous voici à présent affublés du Fils de Dieu. Il est connu, célèbre presque, dans divers quartiers de Paris... Bastille... Saint-Michel... l'Odéon! Dans les bistrots, vous vous doutez, de préférence aux musées, salles de sociétés plus ou moins savantes, géographiques, et ça vaut mieux pour la bonne marche des choses. S'il se fourvoie, un hasard malencontreux, au beau milieu d'une conférence aux Annales... d'entrée, il fout la barabille... il rote, interrompant l'orateur, lâche à volonté des perlouses, de tonitruantes incongruités, chères mesdames. Si on s'avise de lui dire « Chut! », ce qui semble assez légitime... il redouble... menace.

– Je vais vous montrer ma grosse bite, bande de dégueulasses!

Pour l'évacuer, si ça s'envenime, s'il passe à la concrétisation de sa menace, il faut appeler Police-Secours... une bonne escouade de moustachus pour l'emballer... le traîner, hisser dans le car. *Scandale sur la voie publique... Exhibitionnisme... Rébellion à agents...* il a tout un échantillonnage le plus varié d'inculpations suivies de condamnations sur son casier judiciaire. Il s'en bat les testicules, pour parler comme un auteur en mal d'Académie française. Ça lui vaut, ces peccadilles, des huit-quinze jours à la Santuche où il se colte régulièrement avec les matons, insulte le directeur au prétoire.

Je le rencontre... il me reconnaît quand ça lui chante ou quand il n'a pas trop bu.

– T'es le pote à Richard...

Lui est un des rares avec Bertille à appeler le Professeur par son prénom. Ça indique un degré rare d'intimité. Surtout je ne voudrais pas qu'il propulse sa carcasse au Carillon... la Comtesse a rendu sa vieille âme au Seigneur, mais ça risquerait qu'il rencontre M. Blumel... qu'il aille lui dire du mal de Dreyfus... ou bien le Commandant en plein téléphone avec le Portugal. Le plus redoutable... qu'Aragon débarque de sa limousine avec son chapeau bord roulé... ses airs de grand seigneur. Ça me ferait plaisir, certes, qu'il l'abreuve d'injures... lui lâche un pet sonore sous les naseaux ou, mieux encore, lui propose, c'est une de ses facéties verbales favorites, de lui uriner dans les poches. Seulement Monsieur Aragon est un client sérieux... il casque Hector de chèques approvisionnés. On a des devoirs envers nos chalands... l'intérêt essentiel à se les soigner, les couver le plus possible. Déjà, le bonapartiste ne sert pas tellement la réputation de notre librairie. Certaines dames posent des questions à son endroit... s'il ne relève pas carrément de l'asile d'aliénés. Enfin, lui, il est poli... il lève son chapeau haut de forme en entrant... il ne flouse, ni ne braille, ni ne menace de montrer sa queue, sans motif bien évident. Je précise toutefois que l'exhibitionnisme du Fils de Dieu n'a rien de vicelard, ça participe simplement de son goût pour le désordre, l'esclandre à tout crin.

– Tant qu'il ne défèque pas en public, tout est pour le mieux dans le meilleur des immondes!

Le Professeur me rencarde... ça lui est arrivé de baisser son futal et de caguer réellement dans une galerie d'art lors d'un vernissage. Il s'agissait de l'exposition des œuvres d'un peintre dynamiteur de la société bourgeoise. N'empêche, elle était là, ladite société bourgeoise... dépêchant ses collectionneurs spéculateurs de tout poil. L'autre, avec son gros caca fumant au milieu de la galerie, ça les avait choqués tout de même, ces gens libérés de tout, anarchisants, subversifs. Le sang, les horreurs variées, ils adorent, mais la fiente, tout ce qui est scatologique... bouac! l'épouvante! J'ai remarqué, une seule petite perlouse dans un film, dans un roman de huit cents pages, sitôt vous êtes catalogué dégueulasse, irrécupérable, vulgaire pour le restant de vos œuvres.

Le Fils de Dieu n'en avait cure, n'avait pas d'œuvre à défendre. Il en était lui-même une... Sa carcasse, son allure simiesque... ses bras qui faisaient des moulinets. Il apostrophait les passants, les gens à la terrasse des cafés de sa voix de stentor... il les insultait au hasard...

– Bande de lopes! Vieilles grenouilles! Crapauds véreux!... Payez-moi un verre ou je vous montre mes couilles!

Son chantage... qu'il mettait à exécution sans tarder... le service trois pièces... plof! sur une table où des dames prenaient paisiblement le thé.

Toujours la question qu'on se pose au sujet de ces énergumènes... de quoi vivent-ils au juste? Le Fils de Dieu ne faisait pas la manche. D'après le Professeur, des amis l'aidaient, des anciens de la guerre d'Espagne... c'était vague comme explication pour élucider le mystère. Un peu plus loin, vous verrez, j'ai découvert ou presque le pot aux géraniums... laissons venir les choses en leur temps voulu! Je comprenais bien sûr qu'aux Brigades, lui aussi, il avait eu du fil à retordre avec les commissaires du peuple envoyés du Komintern... les sempiternels inquisiteurs qu'on trouve toujours à tous les carrefours de l'Histoire... des sortes d'agents de la Guépéou chargés de la discipline des volontaires... de l'épuration des hérétiques... éléments suspects de trotskisme, d'anarcho-syndicalisme! C'était pas la douce harmonie dans les rangs de la Révolution. En 1937, ç'avait été jusqu'à une véritable guerre civile dans la guerre civile. A Barcelone, carrément des combats de rues entre les libertaires de la FAI et les staliniens. Éternelle histoire... en Russie, Trotski avait liquidé les anarchistes avec encore plus de fermeté, de férocité que les tsaristes.

Le Fils de Dieu, le Professeur et quelques autres de la même engeance avaient profité du bordel inéluctable qui accompagne toutes les défaites pour s'en sortir au moindre mal. Le Professeur, c'était clic boc!... sa canne attigée qui l'avait sauvé paradoxalement... Le Fils de Dieu était devenu un inadapté irrécupérable... sans doute avait-il peu de dispositions pour mener une vie tirée au cordeau, mais l'équipée sauvage espagnole avait certainement contribué à faire de lui un marginal.

Je me demandais aussi ce qu'ils avaient maquillé pendant l'Occupation, lui et le Professeur? S'ils s'étaient illustrés dans quelque maquis, activités de résistance, ça m'étonnait qu'ils n'en fassent jamais état d'une façon l'autre. Le Professeur, lui, laissait entendre qu'après le Pacte germano-russe, il avait largué les amarres, qu'il ne trouvait plus aucun motif à s'engager, à laisser son autre guibolle sur l'autel de la patrie ou du Parti. Donc, la conclusion... qu'il avait vécu de son savoir gréco-latin, vaille que pousse... viré d'une école, repris dans une autre.

– T'es devenu nihiliste!

Brusque, chez Popot, où ça s'entasse du soir au matin les artistes à la ramasse, les poètes en panne de rime, les musiciens qui ne soufflent plus dans aucune trompette... ramassis de ratés définitifs ou en gestation. Il y a là... l'Abbé Gengenbach peut-être, mais il s'enfuit... se glisse vers la porte dès qu'apparaît le Fils de Dieu! Cette sorte de réincarnation, énorme caricature du Christ... il préfère tout de suite s'esbigner. La moitié de sa vie, il la passe dans le péché, dans les errances démoniaques, mais ce personnage rabelaisien, ce chieur aux inaugurations qui ne respecte vraiment rien... qui rit de tout... hors du mal, du bien... des normes et des anormes, il ne peut le supporter! Il vient troubler son petit cinoche et le Fils de Dieu, lorsqu'il le coince, menace ni plus ni moins de le sodomiser devant tout le monde... lui enfoncer son goupillon, dit-il, dans son trou-du-cul bénit!

Ce genre de propos ne met pas du liant dans les relations humaines, surtout comme ça, proclamé tonitruant à la cantonade.

Ce qui les séparait... le sens du péché. Aussi étrange que ça puisse paraître. L'Abbé, marqué par son éducation religieuse, au milieu de toutes ses déconnantes, avait besoin d'invoquer Dieu ou le Diable. Même le blanc-seing d'André Breton ne lui avait pas suffi, André Breton n'était qu'un pape... Gengenbach avait besoin de la taille au-dessus.

Fils de Dieu, lui, montrait ses baloches, carrément son zob... son cul malpropre... vociférait les pires horreurs, les insanités les plus tordues sans le moindre souci du péché, du sacrilège. Les croyants préfèrent tout de même les aberrations, les scandales qui portent de l'eau à leurs bénitiers, fût-elle polluée.

– Je te dis, Richard, que t'es devenu un nihiliste!

Le Professeur, ça le gênait un peu d'être pris en public dans le collimateur de son ancien compagnon d'armes.

Ça le touchait d'autant plus qu'il avait raison, l'autre biturin. Souventes fois, j'ai pu le constater, Fils de Dieu mettait dans le mille d'une seule phrase... d'un mot placé juste. Nihiliste, on pouvait pas mieux le définir, mon Professeur, il niait en bloc la morale, la vérité... la gauche, la droite, il refusait presque toutes les contraintes sociales.

– Existes-tu réellement, camarade Carvaillez?

Fils de Dieu déjà bien à point... plutôt je le trouvais Fils de Bacchus que de Jéhovah... s'était détaché du zinc... venu sous le nez du Professeur l'asticoter. Nous étions installés à la table du fond, sirotant tranquilles avec un marchand de journaux, un petit binoclard hébété qui restait des heures devant son verre après avoir épuisé son stock de *France-Soir* à la criée...

– Moi, j'existe... Richard... écoute... Je pète donc j'existe!

Il accompagnait son affirmation d'une preuve fracassante et très vite odorante. Ce qui provoquait l'ire de Popot derrière son comptoir.

– Fils de Dieu, je te permets pas! Va chier chez les snobs, si tu veux, mais ici tu dois te comporter comme un gentleman!

Elle avait le chic, Popot, pour dire les mots qu'il fallait. Fils de Dieu, rare qu'il s'excuse, là tout de même il se fendait d'un petit acte de contrition.

– Ma chérie, pardonne-moi...

Il ouvrait lui-même la lourde... pour évacuer les effluves infâmes de son trouffignard. Les autres loquedus autour, je dois dire, ça les amusait ferme ce petit sketch... même les deux ou trois jeunes filles égarées là, des étudiantes aux Beaux-Arts qui s'efforçaient dans le trivial.

Maintenant il y va sévère à la gobette, le monstre... verre sur verre de rouge. Il a pas oublié pour autant le nihilisme du Professeur! Il revient nous voir... me pousse un peu pour s'asseoir sur la banquette.

– T'es nihiliste oui ou merde?

Rien n'est si simple, si tranché pour le Professeur, hormis dans ses aphorismes, ses pensées lapidaires qui sont plutôt des boutades... des mots pour se faire plaisir et réjouir éventuellement son entourage. Je subodore qu'il ne tient pas à s'embarquer avec Fils de Dieu sur son rafiot jactancier. Il aura jamais le dernier mot et c'est le seul qui importe pour lui. Il finit par admettre mollement pour avoir la paix qu'il est nihiliste.

– Embrassons-nous, Richard!

Fils de Dieu lui ouvre les bras... ils vont fonder tous les deux le vrai parti des nihilistes joyeux! L'essentiel n'est-il pas de se marrer et de leur pisser au train! A qui? Nulle importance... à ceux qui passent, à ceux qui restent ou qui s'en vont.

– A tous ces chiens!

Toute la salle et même la Popot écoutent, n'en perdent pas une... On apprécie... sa juste valeur. On s'envole dans la philosophie de bistrot qui en vaut bien d'autres, n'est-ce pas?

Toutes ces histoires... ces amusettes se déroulaient dans un quartier encore paisible, derrière l'Institut. Les antiquaires, libraires, galeries d'art... revendeurs d'estampes attiraient dans la journée une clientèle un peu différente de la population riveraine. Celle-ci n'avait guère bougé depuis le début du siècle... des artisans, des petits commerçants, des employés. Ils vivaient sans trop s'occuper des vitrines qui offraient aux amateurs des vases de Chine... des saxes... des estampes, des autographes de Napoléon, Victor Hugo, Anatole France. On respirait encore le même air qu'au XVIIIe... avec ces immeubles à dimension humaine de trois, quatre étages au plus... les portails à deux battants pour laisser passer les carrosses.

Dans les galeries, ça devenait de plus en plus surréaliste, abstrait sur les cimaises. S'amorçait aussi le retour au fourbi 1900... modern style nouille... les bibelots tarabiscotés... des choses qui, en s'isolant, se dépouillaient de leur laideur.

Au carrefour Buci, peu à peu, les magasins d'alimentation se remplumaient, les marchandes de quatre-saisons nous égayaient le gris de la rue aux couleurs des fruits et légumes.

Ce qui se développait... le côté Saint-Germain-des-Prés, village folklorique existentialiste. Très bientôt, ça va rappliquer de partout, du monde entier pour venir admirer les poètes maudits en leurs caves à musique. Certains cultivent leurs gémonies avec soin... se déguisent en dégueulasses, chevelus... réprouvés et on sait pourtant qu'ils ont leur véritable port d'attache, leurs aises et leur table garnie à Auteuil. D'où une certaine animosité entre les vrais, les minablos qui traînent les bistrots, qui lentement s'acheminent vers la déchéance... carrément la cloche, et les factices, bien plus malins, qui vont se servir du germanopratisme pour faire carrière dans tous les domaines possibles. Vingt ans plus tard, on les verra à la une de toutes les rubriques... littérature, publicité, chanson, cinoche! Ils sont nés coiffés, quoi qu'on dise... ça existe la bénédiction des dieux. Les nababs, mandarins, reconnaissent toujours les leurs. Ils peuvent se livrer à toutes les farces, toutes les trahisons, dire tout et le contraire de tout... un jour ou l'autre, ils feront partie du saint des saints.

2

Le Prince

Yoyo, ça aurait bien duré plus longtemps entre nous... mis à part une lassitude réciproque qui serait venue avec le temps, il n'y avait aucune raison que ça s'arrête brusque. On aurait volontiers poursuivi nos parties de jambes en l'air. Sans que rien le laisse prévoir, son père est mort et encore une fois elle est retournée à Caen où elle est restée pour s'occuper de sa mère. On devait se revoir... s'offrir des vacances! Ne sais plus ce qu'on s'était promis, juré et tout a tourné autrement. Quelques lettres... les mois qui passent. On s'aimait sans doute... au lit en tout cas... dans la jeunesse, c'est bien le plus important. Comme elle avait le valseur aimanté, il a vite attiré d'autres pognes pour lui procurer de la joie... un gaillard monté adéquat. En tout cas, les choses se sont effacées, comme ça, sans heurt, sans se déchiqueter les ventricules.

Bien sûr, j'avais toujours le Professeur mais il ne pouvait répondre qu'à mes besoins de l'intellect. Je ne sais trop pourquoi les affaires n'allaient pas fortissimo à la librairie du Carillon. Venaient toujours autant de maboules, mais ce n'était pas la clientèle la plus argentée. Le Commandant téléphonait les mardis et vendredis à son fils indigne national... si, au même moment, se pointait M. Walt Blumel, je l'attirais dans le coin opposé... je préférais qu'ils n'entament pas la conversation ceux-là... ça ne pouvait qu'aboutir à des propos malsonnants... de la haine verbale... des glaviots imaginaires sur la gueule de l'autre... toutes choses qu'Hector m'avait recommandé de lui épargner. Pas toujours facile... parfois le bonapartiste, qui n'avait pas bon caractère, s'empoignait avec des gens qui manifestaient trop de surprise dans le regard en le repérant fureter dans nos rayonnages... noter des choses... un peu sournois, me semblait-il. C'était surtout à Javert qu'il faisait penser, à un mouchard de Fouché. Il ne s'attardait plus à me gringuer, il avait dû comprendre assez rapidos qu'il valait mieux tenter sa chance ailleurs. Ça devait être son grand problème. On ne voyait pas bien, homme ou femme, qui pouvait pageoter avec un tel farfelingue... se mélanger la salive... les sécrétions intimes.

Il logeait, m'avait dit le Professeur, dans un petit réduit, presque une niche, sous l'escalier d'un hôtel particulier délabré rue Saint-André-des-Arts. En réalité, j'ai su par la suite qu'il perchait dans les WC de cet immeuble... d'immenses chiottes avec une sorte de loggia au-dessus de la chasse d'eau. Là, il avait la place pour dormir sur un petit matelas. Dans l'ombre, il pouvait observer les locataires qui venaient se soulager. Une situation, je n'ose dire, privilégiée... en tout cas assez exceptionnelle pour qu'elle mérite d'être consignée.

Précisément, juste à côté de cet immeuble, un ami du Professeur et du Fils de Dieu, ancien lui aussi de la guerre d'Espagne, venait de s'installer dans une petite imprimerie à l'ancienne avec des presses à main, spécialisée dans l'édition de luxe. Celui-là, il se distinguait tout à fait des autres relations du Professeur. On l'appelait le Prince tout bonnement, il se prétendait d'une grande famille d'origine belge... PRINCE HENRI DE VANDERAM, il s'était fait graver ça sur sa carte de visite! Comment avait-il hérité de cette imprimerie? Le Professeur n'en savait rien ou ne voulait rien en dire. Ils s'étaient perdus de vue depuis quelques années et le hasard avait remis le Fils de Dieu sur la route du Prince.

– Richard, tu devineras jamais qui j'ai rencontré? Un temps pour le faire languir. Lieu de ces propos? Où vouliez-vous que nous fussions? Un abreuvoir... sans doute à une terrasse... mais oublié laquelle... en tout cas, devant quelques verres, quelques soucoupes. Le Fils de Dieu avait surgi à son habitude... comme ça... on ne le voyait pas nous arriver... soudain il était devant nous... penché... la barbe au niveau des biturins attablés.

– Le Prince!

Le Professeur a marqué un petit coup de surprise! Il ne m'avait jamais parlé d'un Prince dans ses relations... c'est pas si courant les Princes. Le Fils de Dieu s'asseyait carrément, me liquidait mon verre... il avait pas le temps d'attendre que le loufiat s'apporte pour prendre sa commande.

– Il est pas mort, le Prince?...

Eh non, il était, d'après Fils de Dieu, au plein de sa forme... mince, élégant, sapé dans les tissus anglais.

– Tu le connais mieux que moi... toujours pareil... smart et le toutime...

Ils m'intriguaient avec leur Prince, tous les deux. Je l'apprenais, l'appréhendais par bribes... et je me gourais que je n'allais pas rencontrer encore un louftingue. Pour une fois, le Fils de Dieu était quasi à jeun et il s'entretenait sans élever le ton avec le Professeur. Ce Prince, je comprenais, avait joué un rôle plutôt curieux en Espagne. Ils évoquaient des armes qui passaient par bateau... des trafics divers. Il avait dû être dans de telles combines que ça expliquait l'étonnement du Professeur à l'idée qu'il soit encore de ce monde.

– Il a fait de la résistance...

Le Professeur rétorque qu'il est préférable de dire qu'il a *joué un rôle dans la Résistance*. Il tient à la nuance.

– Tu lui as parlé de moi?

Je le sens pas précisément inquiet, mais en tout cas soucieux de garder quelques distances vis-à-vis de ce Prince.

– Je lui ai dit que tu déconnais toujours autant... répond Fils de Dieu.

Et de rire... son rire homérique! S'il ne s'est pas fait

remarquer en arrivant, il se rattrape d'un coup... tous les regards se tournent vers lui. En général, ça, ça le déclenche, il les apostrophe, les curieux... « Vous voulez que je vous montre ma bite? » Une proposition qui les replonge dans leur apéro, leur théière.

Le Professeur, lui, ne relève pas. Fils de Dieu peut tout se permettre, il prend ça avec humour.

– Même si tu ne voulais pas le voir, c'est forcé que tu te foutes dans ses pattes.

... là, qu'il explique l'imprimerie rue Saint-André-des-Arts. Plutôt inattendu que ce Prince soit à présent dans je ne sais quelle forme d'édition. Je n'arrive pas à entraver au juste ce qu'il maquillait autrefois, dans quelle branche il sévissait, mais ça le surprend le Professeur. Aura-t-il une explication? Tout ça ne va pas tarder à présent, la page prochaine je vous l'introduis, même si je ne l'ai vu la première fois qu'une semaine ou deux plus tard. Nous n'en sommes plus, n'est-ce pas, à une chronologie bien nette... les dates qui se suivent... les arrivées, départs des uns et des autres comme à la gare de l'Est. Sans doute se passait-il au même moment d'autres péripéties dans ma misérable existence, mais le Prince ne peut plus attendre en coulisses... je vous l'ai peut-être trop vite annoncé...

Savoir où je le vis la première fois? Sans doute un soir à la Rhumerie où il était accompagné d'une très jeune fille... presque une lycéenne... un petit minois innocent, ce qui ne veut pas dire que derrière cette gentille façade ne se cache pas déjà beaucoup de perversité. Voilà... il est là... il a aperçu le Professeur et ils se sont congratulés. L'évidence qu'il donne dans le style distingué... enfin, ce qu'il est convenu d'appeler distingué. Il est grand, mince, brun, un peu dégarni sur le devant du crâne... quelques lueurs argentées sur les tempes. Il a une cravate de bon goût. Conforme à l'esquisse que nous a faite Fils de Dieu.

– Je vous présente Catherine...

Une autre fois, ça sera Claire, Odile, Madeleine, etc... à ne pas s'y retrouver... mais toujours dans les mêmes âges... classe de cinquième ou quatrième... certaines encore en socquettes. C'est une de ses fantaisies au Prince, il donne dans la jouvencelle uniquement. Une fois le premier bac passé, ça lui semble des vieux tromblons, des fruits déjà trop mûrs.

– Il bande qu'avec les écolières... résume Fils de Dieu.

Il ne s'en cache pas le moins, au contraire s'en glorifie. En tout cas, il a ce qu'il faut pour les emballer... l'allure... la chevalière en or avec un blason. Les petites mômes, il leur en jette un maxi avec sa noblesse... ses façons de jacter, de se tenir... son *look*, dirait aujourd'hui votre hebdomadaire préféré. Il boit des Martini-gin... grille des cigarettes américaines au bout d'un fume-cigarette. Boutons de manchette, que je ne vous les oublie pas... en or, eux aussi, et ses chemises de soie à initiales!

Moi, bien sûr, je ne l'intéresse guère plus que le barman. Il s'aperçoit juste d'un coup d'œil averti que je reluque les genoux de sa conquête... sa petite Catherine... il lit facile dans mes pensées grivoises... que cette mignonne, je me la déloquerais bien pour moi tout seul. N'empêche que j'en perds pas une broque de son dialogue avec le Professeur. Ils parlent d'abord du Fils de Dieu... fidèle à lui-même, ce qui risque de le conduire à l'asile de nuit, à moins que ce ne soit le cabanon carrément après une crise d'éthylisme... considérant ce qu'il s'ingurgite chaque jour.

– Tu as acheté une imprimerie?

Le Prince répond affirmatif... mais laisse entendre que pour lui c'est une activité mineure. Il s'occupe de toutes sortes d'affaires et ça roule pour lui au point qu'il a acheté une voiture de luxe. Elle est là, sa tire... le long du trottoir de la rue du Four... une Buick qui attire le regard des badauds.

Il a quoi? La quarantaine... ça me paraît vieux, vu mes vingt-deux berges, mais à présent je me les serais bien gardés, mes quarante ans, le plus longtemps possible. On n'y est pas si mal en réfléchissant. Ils ne vous pèsent, à vrai dire, qu'en gambergeant à la suite, qu'ils ne sont qu'une borne, une étape dans la marche inexorable vers le trou.

Enfin, lui, ce Prince ou prétendu tel, il s'y trouve plutôt

à l'aise dans son âge. Il a gardé sa ligne, sa sveltesse de jeune homme et sur sa tronche ni rides ni couperose. En outre, il a, écoutez bien mesdames, de fort beaux yeux myosotis. Jean Gabin prétendait que c'était la clef pour être une star d'écran... « Les châsses bleues! » Le Prince aurait pu faire, à ce compte, une jolie carrière au septième art.

Je vous ai déjà posé quelques jalons... quelques phrases pour vous situer ce personnage... moralement s'entend... qu'il n'était pas d'une honnêteté cristalline. Depuis qu'il est en âge de circuler sans ses parents, il ne s'est pas tant embarrassé de crises de conscience. Toujours désinvolte, il a fait son itinéraire sur les bordures de la légalité. Le Prince, certes, donne le change... un change de luxe, il faut reconnaître. Rien ne laisse supposer chez lui l'aigrefin... le chevalier d'industrie, le flibustier de terre ferme. Il s'exprime sans un mot de travers, argomuche ou sous-entendus d'arcandier.

– Il paraît que tu as fait de la résistance... dit le Professeur en forme quasi interrogative.

Le Prince tire sur son fume-cigarette, rejette un rien de fumée avant de répondre d'un geste qui veut dire que ça allait de soi de résister à l'oppresseur pour un homme bien né... un aristocrate comme lui. Il n'a fait que son plus strict devoir et n'en tire aucune gloriole.

Il y a tout de même glané, je remarque, un fin ruban rouge à la boutonnière de son costume en tweed. Croix de guerre? Légion d'honneur? Si on ne s'approche pas de très près, on peut confondre. Mais lui, pas de gourance possible, il arbore bel et pourpre la Légion d'honneur. D'ailleurs, l'air de rien, il a frimé mon regard. Il précède une question que je n'avais nulle envie de lui poser.

– Ça, ça me permet de passer partout.

Il sourit... où a-t-il le besoin de passer? Quel barrage? Cordon de police? En plus, il a dans son lazingue un coupe-file de la préfecture. A toutes fins utiles, sa carte de membre bienfaiteur de la maison de santé des gardiens de la paix. C'est de ce côté-là qu'il a résisté... au fameux réseau Honneur de la Police. Je dis fameux, il le fut, mais on l'a oublié. Faut vraiment des gratte-archives aujourd'hui pour s'intéresser encore à ces histoires de réseaux... les quelques scandales qui éclatèrent dans les années d'après la Libération à propos de trafics divers, de trahison... les procès qui s'ensuivirent... les polémiques interminables.

A Honneur de la Police, le plus beau fleuron, c'était M. Joseph. Celui que la presse baptisera le chiffonnier milliardaire. Un extraordinaire biffin qui, jouant sur tous les tableaux, devenant le fournisseur numéro un des métaux non ferreux pour l'armée allemande tout en finançant les groupes de résistance de la police, deviendra le personnage central d'une affaire jugée en cour de justice deux ans plus tard.

On s'est posé beaucoup de questions à propos de Joseph Joinovici. Comment a-t-il pu, étant d'origine juive, travailler avec l'Abwehr, puis la Gestapo? Comment a-t-il pu s'installer après la Libération dans les locaux mêmes de la PJ? Régner partout, financer tout le monde, corrompre les hommes politiques (assez faciles ceux-là), les militaires, les magistrats? Beau fouiner dans les dossiers, les documents, interroger les derniers témoins, on ne répondra jamais à toutes ces questions.

Sans le savoir, j'avais devant moi, en train de boire son Martini-gin, un homme qui en savait long sur Monsieur Joseph. Incidemment, en évoquant les souvenirs de la guerre d'Espagne, le Professeur a parlé de ces fameux transports d'armes auxquels le Prince avait été mêlé, il a prononcé le nom d'une compagnie... France-Navigation. Le Prince l'a coupé pour éluder en souriant.

– Mon cher, tout cela est si loin!

Voilà, n'en parlons plus! Le sujet brûlant en réalité. Une organisation de premier plan... qui s'est occupée du transfert de l'or de la Banque d'Espagne en URSS... puis de l'aide en matériel militaire aux républicains... en privilégiant, bien sûr, les staliniens.

Le Professeur, lui, a des lumières sur les gens de France-Navigation... pas l'air de les porter dans son cœur de renégat. Dès le lendemain, il va m'entretenir d'un tas d'histoires qui m'échappent tant elles mettent en cause de personnalités, tant elles sont imbriquées dans toutes les péripéties de la guerre d'Espagne. En tout cas, il en ressort que son ami le Prince, sous je ne sais quel pseudonyme, nom de guerre, a joué un rôle à France-Navigation. Pas très clair... il s'est compromis dans de sacrées combines. Il ne croit plus en rien, le Professeur... Fils de Dieu a raison de le baptiser de nihiliste, seulement voilà, il a cru, lui... il s'est dévoué d'âme et de corps jusqu'à se faire écourter la guibolle pour la cause qu'il estimait juste.

– Le Prince, lui, n'a jamais cru à rien...

La clef du zèbre... un cynique, un sans foi ni loi. Ça vous laisse parfois quelques loisirs pour se cultiver l'élégance... se choisir des jolies pompes en cuir souple, des boutons de manchettes or massif... des voitures sport et des maîtresses recrutées à la porte des lycées.

Plus tard, devenant à mon tour plumitif... fouille-merde archiveux, à propos de Joinovici, je vais tomber sur France-Navigation. C'est la première fois que son nom apparaît dans l'Histoire. On est sûr qu'il joua un rôle assez important dans toutes ces affaires de fric, d'armes, de fournitures, ravitaillement de toutes sortes aux Brigades internationales. Son appartenance à un réseau financier du Komintern expliquerait beaucoup de choses lorsqu'on considère la suite de sa carrière, surtout son attitude ambiguë pendant la Seconde Guerre mondiale.

Le prince Henri de Vanderam se retrouve, un coquet hasard, une nouvelle fois dans une organisation où Joinovici pousse les pions dans l'ombre. *Honneur de la Police!*

Ce personnage, je vais donc le connaître en plusieurs séquences. Tout d'abord, là, avec son écolière en socquettes, ses jeux de mains, sa désinvolture d'escroc de haut vol... viendra ensuite le temps où je vais découvrir des détails qui vont me l'éclairer d'un jour plus cru, plus exact, surtout après avoir décortiqué la carrière de son patron Monsieur Joseph.

Le Prince est en 1947 à son apogée. Tout lui réussit... à tu et à toi avec les ministres, les grands flics... les gens du meilleur monde aussi bien que les caïds de la pègre. Ça va se gâter un peu plus tard. Il se laissera griser au point qu'il sera à la merci d'un moindre faux pas.

Le Fils de Dieu, lui, en tout cas ne s'en laisse pas conter. Il se ramène, vous avez vu, n'importe quel moment... il irrupte... pof! sa grande gueule et ne ménage pas plus le Prince que le beurre au cul. D'ailleurs ce qu'il proclame.

– Si tu me donnes pas cinq cents balles, je baisse mon froc et je vais chier devant cette bande de dégueulasses!

Nous sommes quelques jours plus tard à l'imprimerie Garfond, celle de la rue Saint-André-des-Arts. Tout à fait XIXe siècle question technique... une grande presse à main... des machines qu'on ne voit plus aujourd'hui, mais il paraît que pour réaliser certains livres précieux, recueils de poèmes ou réflexions philosophiques, c'est ce qui donne la véritable classe avec de beaux caractères elzévir, des culs-de-lampe en bois... lettrines sur papier Japon, vélin, etc. Le Prince, je l'ai revu... depuis qu'il est devenu, pour ainsi dire, éditeur, il circule dans le quartier... commence à prendre ses habitudes... aux heures d'apéritif aux Magots, à la Rhumerie... un petit restaurant rue Gît-le-Cœur où il tient table ouverte le midi.

Au début, lorsqu'on le croisait, il n'adressait la parole qu'au Professeur... juste, il me saluait... aimable, certes, mais quelque peu condescendant. Ça a évolué je ne sais trop comment... il me semble que j'ai dû lui demander de visiter son imprimerie.

– Avec plaisir... venez quand vous voulez.

Il m'intéressait cet oiseau... je respirais chez lui, je vous ai déjà dit plus haut, quelque chose de ruffiandesque. Et en plus ce que m'avait laissé entendre le Professeur... que c'était quelqu'un d'assez exceptionnel. Pas dans le sens chnoque... la collection qui défilait au Carillon et chez Popot, j'en avais maintenant plein la galtouse. Ils vous divertissent juste en surface, si je puis dire... ils se répètent, ils lassent à force... *Elle est longue la rue de Rennes*... dix ans, vingt ans, ce malheureux, son seul poème... à réfléchir, c'est d'une tristesse à fendre les cieux. S'ils peuvent continuer ainsi, tous ces délirants, leur numéro, c'est qu'il arrive chaque année dans le quartier une nouvelle couche, promotion... classe, je ne sais dire au juste... de jeunes gogos qui s'esclaffent, s'ébaubissent devant leur prestation. Ils sont tous, même les plus louftingues, les plus près de la camisole, cabotins dans la fibre. Sans public, ils dépérissent... ils se laissent mourir. La vie est une farce, on la joue où on peut, à l'Assemblée nationale, en cour d'assises... sur la toile des cinoches... ou alors, si on n'a pas trouvé sa place même sur les tréteaux littéraires... on se contente des bouis-bouis de banlieue... le fond d'un rade fera l'affaire et un public de biturins, étudiants acnéeux, clodos, putes à la ramasse. Les applaudissements persifleurs sont préférables au silence, à tout prendre, à la solitude.

Le Prince, lui, jouait plusieurs rôles, plusieurs parties à la fois. Il ne se contentait pas d'un seul théâtre et d'une seule scène... il était aussi en coulisses... dans le trou du souffleur... aux premières loges après avoir dragué une minette au promenoir.

Je me demandais s'il n'y avait pas quelques bricoles à glaner dans son sillage... peut-être un petit boulot à son imprimerie. Je cherchais à m'arracher de la librairie, du Carillon où le régime yaourts se prolongeait trop, finissait par devenir débilitant. Hector me payait de la main à la main, selon ses affaires, si le fric lui rentrait, s'il n'avait pas trop de charges. Le Prince, rien que de voir comme il était sapé... ses pompes en daim, en croco... ses cravates, chandails en cachemire... sa Buick... ça me laissait la bave envieuse aux commissures des babouines. Il m'accueillait de plus en plus aimable... je ne saurais dire pourquoi, il m'avait plutôt à la bonne. Il sentait peut-être mon admiration et qu'à l'occase je pouvais lui rendre quelques petits et discrets services. On a souvent besoin, etc. Pris dans je ne sais quel filet, je pouvais peut-être en grignoter les quelques mailles qui lui permettraient d'échapper au zoo humain qu'on appelle prison...

Ce jour-là... matin ou soir... le Fils de Dieu était apparu. L'imprimerie était située au fond de la cour, un rez-de-chaussée... juste une sorte d'atelier avec une façade aux vitres encore peintes en bleu DÉFENSE PASSIVE. Deux ouvriers suffisaient aux activités de l'entreprise et lui, le Prince, il avait un bureau-cage dans un coin... la place d'une secrétaire avec sa machine à écrire... un portemanteau... un fauteuil, enfin le strict minimum.

Il avait repris cette affaire pour une bouchée de pain sans ticket... l'ancien propriétaire, maître éditeur à l'ancienne, s'était fait coxer en août 44. On l'accusait d'avoir publié des auteurs collabos... des poètes qui avaient écrit quelques odes au maréchal Pétain et qui n'avaient pas pris le virage à temps comme Paul Claudel pour encenser son successeur venu de Londres. Ainsi des bricoles de la vie... celui-ci peut tout se permettre, d'autant qu'il est riche, décoré, branlé par les pognes du succès... celui-là, sitôt qu'il pète de traviole, on l'enchaîne, le dépouille de ses quatre bouts de bois... encore heureux si on ne lui décolle pas la tronche.

Sorti du chtar, le vieil éditeur imprudent s'était trouvé dans l'obligation de fourguer son entreprise... d'aller finir ses jours dans une mansarde. On le rencontrait parfois, il s'était réfugié dans les divers alcools alignés derrière le comptoir des bistrots. Il ne parlait pas, lui... le public ne l'intéressait plus. On le désignait juste encore derrière son dos quand il s'éloignait, transitait d'un débit de boissons l'autre... « C'est Garfond, l'éditeur qui... etc... indigne national... Au train où il lève le coude, à son âge, il n'ira plus bien loin! »... La bouchée de pain du Prince se transformait en vin comme à Cana. On ne savait plus qu'il avait publié de beaux ouvrages autrefois... des auteurs célèbres sur grand papier... des illustrations de Dunoyer, Derain... Gus Bofa.

Quelles étaient les gens présents, là, à l'imprimerie... au moment où le Fils de Dieu a ramené sa viande? Des clients... des relations du Prince. N'empêche, ils se sont fait traiter pis que fond de chiottes.

– Et je dirai tout... T'entends, Riton?

Riton... ça voulait bien dire qu'ils étaient de vieilles connaissances... des complices presque. Le Prince se contentait de sourire... d'extirper de sa poche quelques biffetons qu'il tendait à ce vieil ami dans le besoin.

– Fous-moi la paix... tu vois bien que je suis occupé.

Fils de Dieu avait pris un billet et il se mettait à le bigler en transparence devant la lampe du plafonnier.

– J'espère que tu m'as pas filé des tocs?

Je n'osais pas trop borgnotter le Prince à cet instant, picorer sur son visage ses réactions.

– Laisse-nous travailler... sois gentil.

Oh, il n'était pas gentil ce Fils de Dieu-là! Juste, il avait la barbe blonde du Nazaréen... celui des images pieuses... pour le reste, nulle gourance, beau être schlass la plupart du temps, il ressortait de sa personne tout autre chose que de la charité chrétienne. La façon dont il se comportait avec le Prince ne différait pas tant d'avec ses gueulantes, ses scandales d'un peu partout. Ce qui me frappait, c'était que le Prince le laisse déconner sans réagir... subisse ses petits chantages avec l'air de s'en amuser.

– Vous pourriez peut-être me trouver des clients parmi vos relations artistiques... des amis poètes qui cherchent à se faire publier?

En fin de compte ce qu'il m'a proposé, le cher Prince... but en blanc... de lui rabattre des pigeons pour se les embrocher, se les faire rôtir. J'aurais ma commission de 10 %. Il s'agissait, en définitive, pour alimenter ses presses, de faire du compte d'auteur. Les gens qui ne rêvent que de voir leur nom sur la couverture d'un livre sont légion... certains prêts à casquer n'importe quel prix, y engloutir toutes leurs ressources, sortir de leur bas de laine les piécettes de leurs privations, tout leur livret de caisse d'épargne. On en trouve dans toutes les couches de la société... dans les bleds de campagne les plus perdus... fin fond des Auvergne, Bretagne, haute Provence... militaires en retraite, bonnes d'enfants... employés des Postes ou des Chemins de fer... taulières de bordel aussi bien que bigotes, tout ça, dans leur chambre, leur mansarde, galetas ou palace, griffonne, gribouille romans, essais et poèmes!

Avec les surréalistes, les toutes dernières modes de l'expression littéraire... un certain relâchement s'est produit... plus d'alexandrins, de pieds... de rimes et même de raison! Ça permet à presque tout un chacun d'œuvrer, de s'offrir un peu de créativité, comme on dit de nos jours éclairés à la lumière de Mai 68. L'évidence vous saute au regard en feuilletant certains recueils de poètes plus ou moins maudits, plus ou moins abscons... tout à fait indéchiffrables quant aux normes du plus élémentaire cartésianisme. Ça vous paraît tout à fait simple... tout le monde peut en faire autant... Prendre une feuille de papier et en avant du porte-plume!...

La culotte sphérique dans la gomme...
Hautaine futaie des contreforts abrupts...

etc.

Il suffit d'aller à la ligne de temps en temps, de cisailler tout ça, ce magma de mots... mettre des majuscules sans beaucoup plus de raison que le reste. La poésie ouverte à tous... si ça provoque des vocations! Y vont de leur chef-d'œuvre tous les concurrents! Ça en ferait des embouteillages aux rayons de librairies consacrés à ce genre de production... n'était je ne sais quels grands prêtres qui veillent au grain... décident qui est digne d'être publié, encensé... commenté... analysé dans les écoles et qui ne l'est pas. Comme dans toutes les religions, les sectes, on n'entre pas dans la chapelle comme chez Gégène à Joinville-le-Pont. Montrer quoi? Patte blanche? bite molle? Je respire tout de même que ces élites poètes d'avant-garde se recrutent plutôt par cooptation de beaux quartiers, de bonnes écoles. On ne se commet pas en révolte plumitive avec n'importe qui... le peuple, il faut certes l'invoquer, le sanctifier... le mythifier, mais surtout ne pas se le respirer. Il a mauvais goût, mauvaise bouche, il est à refaire, rééduquer sur plusieurs générations, voilà tout!

Le Prince, lui, il s'en battait le fume-cigarette de toutes ces histoires, écoles esthético-littéraires. Il feuilletait distraitement livres et revues... les publications de toutes sortes qui proliféraient depuis que le papier n'était plus contingenté. Un esprit tout à fait superficiel, disait le Professeur. Seulement le Prince avait pigé la poloche... le moyen de faire remonter en son escarcelle quelques bonnes et belles espèces trébuchantes, de ces piécettes qui vous aident à traverser cette vallée de larmes sans trop participer soi-même à la pleurnicherie générale. Tout de suite il avait mis au point son système... que dorénavant l'imprimerie Garfond allait aider la jeune poésie en marche à s'exprimer. Pas question de publier de romans, de livres d'histoire, essais littéraires ou philosophiques. Avec le vieux matériel de la maison, de toute façon, ce n'était pas rentable. La plaquette de poèmes, c'était exact ce qu'il lui fallait.

– On va faire du beau et du bref.

Le beau, ça pouvait se défendre... avec les papiers Japon, vélin, vergé, Hollande, Lafuma... et une typographie appropriée... les elzévirs, gothiques, romains. Une jolie mise en pages, ça vous aide à faire avaler la pilule des élucubrations les plus folles comme les plus accablantes, ça vous prend un air sérieux avec les *zalalignes* adéquats, les lettrines, culs-de-lampe... les italiques qui ont l'air de souligner le plus important qui ne l'est pas plus que le reste. Le bref, ça, il y tenait le Prince... des ouvrages le plus concis possible, de trente-quarante pages maximum. Le grand avantage, en dehors de l'économie d'impression et de papier, que ça allait lui racoler les plus loquedus... les tout à fait à court d'inspiration... les plus paresseux, incapables de tenir une plume plus de dix minutes.

A la librairie et dans les rades où je traînais mes lattes avec clic boc! le Professeur... il y avait, sûr, quelques chalands pour ce genre de gloire. Fallait tout de même mieux dégotter ceux qui avaient un peu d'oseille... les fils de la bonne bourgeoisie ou ceux des enrichis Beurre-Œufs-Fromage du marché noir. Pour éditer une plaquette et que ça lui rapporte un peu, le Prince avait fait ses calculs. Au fric de l'époque d'avant le franc Pinay... le moindre recueil revenait, il me semble me souvenir, à deux-trois mille balles... la paye d'un ouvrier au bas de l'échelle... ça donnerait maintenant en francs lourds dans les cinq mille... je ne sais traduire exact... peut-être plus. Les poétaillons rimailleurs sans rime des troquets germanopratins, fallait les accrocher sérieux pour qu'ils se mettent en quête de trouver la somme.

– Ça dépendra aussi de la longueur du texte.

Le Prince expliquait qu'il y avait toujours moyen de supprimer quelques poèmes... et puis la note était payable en deux fois... moitié à la signature, moitié à la parution.

Il m'avait admis presque dans son état-major comme prospecteur. On discutait avec les deux typos de l'imprimerie, Baptiste et Dédé, le compositeur et le correcteur. Je ne me souviens plus au juste de leurs attributions réciproques... en tout cas, de joyeux lurons plutôt portés sur le jinjin et les grasses plaisanteries que sur les spéculations métaphysiques. Je crois qu'ils avaient participé à je ne sais quelle opération dans la Résistance avec le Prince. Il y avait entre eux des rapports un peu ambigus qui ne relevaient pas uniquement du boulot.

Bien sûr qu'il avait d'autres revenus pour étayer son train de vie. L'édition à compte d'auteur, fallait aussi que ça se mette en route. Il finançait tout au départ et le sentiment qu'il donnait... que sa source de pognon était intarissable! Il sortait les biffetons de sa poche sans compter... « Payez-vous! » J'ai senti que le Professeur était un peu jalmince de l'influence potentielle que le Prince pouvait exercer sur moi. Beau faire... j'étais un peu ruffian moi aussi dans le tréfonds de mon âme et je respirais le fumet de la truanderie de très loin avec délices.

Le Professeur essayait de me mettre en garde contre son ancien petit camarade des Brigades internationales. Je me suis toujours demandé, par la suite, s'ils ne se tenaient pas l'un l'autre par quelque curieux mystère? Jamais pu savoir ce qu'il en retournait. Le Prince se contentait de sourire au sujet du Professeur... de dire qu'il ne s'en sortirait jamais avec sa cervelle en perpétuelle ébullition... cette manie d'attaquer vingt sujets à la fois... de les lâcher, les reprendre... de se mettre, quoi qu'il en dise, la rate au court-bouillon pour des choses qui n'en valaient pas du tout la peine.

– Il n'est pas fou... il est pire que ça.

Lapidaire, il le cernait. Et nous étions où maintenant?... Encore du temps s'était écoulé... quelques semaines, un mois, peut-être deux. Mon séjour au Carillon allait se terminer... ça a dû s'imbriquer, le Prince, ses éditions... le moment où les affaires se sont gâtées à la librairie. J'en reste au Prince pour ne pas trop vous embrouiller. Il se pointait de drôles de lascars dans son imprimerie. Sans le vouloir, j'ai croisé des flics... des en civil... commissaires ou inspecteurs. Ce qu'ils venaient foutre là, je l'ai su plus tard... mille et une magouilles avec le Prince! Des choses tout à fait inavouables, aussi bien devant les honnêtes que les malhonnêtes gens. Apparemment, ça n'avait rien d'extraordinaire ni de suspect, leurs visites, puisqu'ils s'étaient connus à Honneur de la Police, qu'ils avaient ensemble libéré la patrie écrasée par la botte teutonne. C'étaient des poulagas style après-guerre, sapés comme on peut voir sur les photos... l'imper américain à ceinture des surplus de l'armée... le feutre mou. S'ils n'étaient pas repérables, harnachés de la sorte, c'est que nombre de pékins moyens avaient adopté le même genre de fringues. Les plus pratiques, les plus économiques.

Le Prince conciliabulait avec ces lardus dans son petit bureau vitré. A présent, tout de même, ils avaient fini de libérer la France, ils se bouclaient pas ainsi pour préparer une attaque contre un train blindé de la Wehrmacht. Lorsqu'ils sortaient, ces messieurs du Quai des Orfèvres me serraient aimable la cuillère. « Au plaisir, etc. » Parfois, on débouchait une roteuse dans l'atelier... pour fêter un saint ou l'autre... l'anniversaire de M. X ou Z, inspecteur principal à la VP..., la voie publique.

En tout cas, moi, je progressais pas lerche pour lui ramener des clients, des branques en prurit d'être édités. Pas facile non plus de les harponner, les faire mordre à l'appât, de les tenir ensuite au bout de ma ligne sans qu'elle casse. Le Prince, ça ne le dérangeait pas que je vienne, que je traînasse le soir à son imprimerie... il laissait ses ouvriers fermer lorsqu'il nous quittait pour rejoindre une petite fille en mal d'éducation sexuelle. Avec les prolos, on supputait, supposait des petites séquences de séduction à la sucette près de la sortie des écoles primaires. Le plus certain, c'est qu'il les quimpait, ses pucelles, rien qu'au volant de sa Buick. L'argument de choc... un moteur 40 cv à hauteur de braguette... le levier de changement de vitesse qui vous permet de frôler les jambes de celle qu'on convoite! Je vous résume... et je vous laisse imaginer la suite... Ce qu'il vous plaira. Dans ce domaine, je ne peux rivaliser avec quiconque. La moindre romancière débutante vous en torche davantage... six-huit pages sans ponctuation pour une branlette de collégienne.

A quel moment... quelle époque je peux vous situer Génibrel? Il n'a pas surgi subito, celui-là? J'ai dû l'apercevoir, comme ça, le croiser sans y prêter attention. Un type quelconque à première vue... dans les trente-cinq, quarante ans... la taille plutôt au-dessous de la moyenne, mise correcte avec cravate... costard sans doute de confection... gris ou beige... une silhouette un peu passe-partout. Par la suite j'ai remarqué qu'il faisait beaucoup de gestes avec ses pognes et qu'il avait l'œil vif, fureteur en chanfrein, un sourire qu'il déclenchait à volonté... comme les boutiquiers... « Et avec ça, madame, vous faut-il autre chose? »

D'où sortait-il? D'un séjour dans les placards de justice peut-être? J'allais le savoir... c'était fatal. Je le croise un midi rue Saint-André-des-Arts, je venais de m'échapper du Carillon... je ne bouffais plus à la galtouse près de la salamandre qui, d'ailleurs, était au repos depuis le mois d'avril. Il sort du burlingue du Prince... me fait un signe de tête... je n'ai pas encore retenu son blase. Peut-être un poète qui vient faire éditer sa plaquette? Ça commence, ils arrivent... déjà le Prince est obligé de faire une sélection... y a vraiment des gus pas possibles... entre autres, celui qui a recopié sur un cahier d'écolier *Fêtes galantes* de Paul Verlaine en changeant le titre uniquement.

– Ça doit être les typos qui s'en sont aperçus, a commenté perfidos le Professeur lorsqu'il a appris cette histoire, laissant entendre que le Prince est tout à fait incapable de différencier Verlaine de Baudelaire, voire même de Paul Déroulède.

Je suis donc là, ce midi, invité par le Prince à becter au restaurant de la rue Gît-le-Cœur. Il est dans son bureau en bras de chemise, il téléphone à une cliente, une poétesse emmerderesse qui se plaint du retard que les imprimeurs mettent à lui sortir un recueil qui doit, bien sûr, bouleverser l'histoire littéraire. Le Prince en convient tout à fait, mais il a des problèmes à l'impression... une machine en panne et pour tout arranger un de ses ouvriers qui a perdu sa chère maman. Il promet pour le début de la semaine prochaine le précieux ouvrage frais imprimé et il se répand en grâces verbales, compliments qui doivent aller droit au cœur de la cliente.

– Chère madame, certains de vos poèmes provoquent sur le premier lecteur que je suis une émotion durable...

Crac, il raccroche... pousse un soupir de soulagement! Les autres, il va les engueuler, Baptiste et Dédé... qu'est-ce qu'ils foutent ces cons? Ils sortent de plus en plus aux heures ouvrables pour aller s'amarrer au comptoir d'un bistrot rue de Buci! Sa colère est tempérée d'une envie irrésistible de se marrer.

– Viens voir.

Il me tutoie à présent... je suis devenu un pote, autant qu'on peut l'être avec un lascar pareil. Il sort de sa cage vitrée. Dans l'imprimerie, sur le marbre, il y a quelques épreuves, quelques pages d'une plaquette de la dame. Il me tend une feuille... un beau papier épais... un vélin je ne sais quoi... un Hollande... Japon peut-être! Le poème est seul plein milieu d'une page en caractères assez gros... on n'a pas pu faire autrement.

Lune, ô ma lune, ponds-moi un œuf!

C'est tout, c'est class... c'est encore plus court que *la Rue de Rennes* du marquis de Beaumont. On ne peut guère rivaliser dans le lapidaire. Le reste est de la même veine... on ne peut pas dire du même tonneau, ça serait peut-être plus nourri, plus confortable! Ça me laisse pantois, mais pas si surpris, à vrai dire... depuis le Carillon, j'ai appris pas mal de choses en ce domaine des belles-lettres modernes.

– Et elle en a beaucoup comme ça!

Une vingtaine, pas plus. Les Éditions des Trouvères réunis, ainsi se blase à présent l'entreprise du Prince, lui en tirent quatre-vingts exemplaires de ce chef-d'œuvre sur grand papier. La seule issue pour ce genre d'auteurs, c'est qu'ils fourguent leur production autour d'eux, à leurs amis, les membres de leur famille... les obligés de leur faire plaisir.

Le Prince va prendre sa veste au portemanteau pour sortir. Machinal, il se fouille, met la main dans sa poche intérieure.

– Encore Génibrel qui m'a volé, le salaud!

Contrairement à ce qu'on pourrait croire, il prend ça avec le sourire. Seulement il n'a plus de liquide sur lui... fort heureux, au restaurant, on lui fait confiance. Génibrel, je crois comprendre... c'est ce mec que j'ai croisé en arrivant, qui sortait du bureau. Le Prince me confirme... oui, oui... Éric Génibrel... et c'est pas la première fois qu'il lui fait les poches... quasiment une habitude. Le Prince allume une cigarette... je lui fais part de ma surprise... si ce Génibrel le vole aussi ouvertement, pourquoi le recevoir encore, ne pas lui filer une rouste?

– Tu es encore trop jeune pour comprendre... trop impétueux!

Nous sommes maintenant dans la cour, nous sortons de l'immeuble, nous nous dirigeons vers le bouchon, rue Gît-le-Cœur, et le Prince m'explique... Génibrel est sorti, il n'y a guère, de Fresnes... il est sans un... tout à fait à la ramasse. Le Prince sait bien qu'il va le voler, alors il laisse toujours quelques biffetons dans sa poche pour qu'il se serve.

– Il est délicat... si je lui proposais du fric, certainement il refuserait! Il déteste qu'on lui fasse la charité.

Simple, sinon limpide. Éric Génibrel préfère voler que quémander. Sa dignité bien à lui et le Prince, plus magnanime qu'il n'est permis, s'en voudrait de lui blesser l'amour-propre à ce cher garçon.

Ce matin-là, pourtant, le Prince par inadvertance a laissé dans son veston tout le fric liquide dont il avait besoin pour sa journée.

– Je vais le tancer, mais ça ne servira à rien. Il va nier, le prendre de haut.

Je n'ose pas trop lui poser de questions... le pourquoi ce Génibrel vient de faire un séjour à l'ombre des hauts murs de l'administration pénitentiaire. Je suppose qu'il a dû plonger dans les profondes d'un monsieur aux idées moins larges que le Prince.

– C'est un homme qui a eu déjà une vie bien remplie. Je l'ai sauvé du pire in extremis.

Ce qui crée des liens... mais, il me semble, à sens unique. Je vous livre la version du Prince. Il omet de dire où il a connu cet Éric... avant-guerre... il reste vague... un ami de jeunesse, je n'en saurai jamais davantage. On peut se laisser aller à toutes sortes de suppositions. Toujours est-il qu'en 1941, Éric Génibrel s'est fourvoyé à Vichy. Au ministère de la Jeunesse. Il y a occupé un poste important, semble-t-il. Il inspectait les chantiers du maréchal Pétain... quelque chose de ce genre.

– Une erreur qu'il a réparée, heureusement...

... en se tirant un clair matin avec la caisse de je ne sais quel organisme! Mieux que la caisse... le coffre-fort dont il avait la combinaison... vidé de son contenu en talbins... les cotisations *Nous voilà!* C'était en un temps où notre chère patrie était coupée en deux par une frontière... la ligne de démarcation qui séparait la France occupée par les Fritz de la France du Maréchal. Habituellement, ceux qui redoutaient la répression nazie, juifs ou autres, passaient clandestins la ligne dans le sens nord-sud. Génibrel, lui, a fait le passage inverse... remonté en zone occupée... avec son magot... dans les délais les plus brefs après son casse. Ce qu'il a ensuite maquillé à Paris pendant à peu près deux ans? On n'a pas pu le vérifier, et pourtant les flics de la DST ont enquêté à son sujet. Aux questions impératives, intempestives, il a répondu qu'une dame de la meilleure société l'aidait à vivre et, bien entendu, qu'il manquerait aux devoirs les plus élémentaires de la courtoisie et des convenances les mieux établies s'il révélait l'identité de cette personne.

– Il est exact qu'il fait le gigolpince dès qu'il en a l'occasion.

Petite notation du Prince alors que nous atteignons le restaurant rue Gît-le-Cœur. Cet endroit me plaisait tout spécial. On y bouffait tout ce qui était encore rationné trois ans après la Libération. La clientèle... des gens qui pouvaient s'offrir du bœuf en daube, de l'andouillette-frites au prix fort et aussi quelques-uns de ces messieurs d'en face... de l'autre côté de la Seine quai des Orfèvres. Ceux que j'avais vus à l'imprimerie... ses compagnons d'armes au réseau Honneur de la Police. Savoir s'ils avaient souffert de l'occupation allemande?... en tout cas, ils se rattrapaient aux mandibules... ils y allaient joyeux à la fourchette, ces poulagas ex-héros de l'ombre.

Le Prince serrait les pognes policières droite à gauche... ça s'envoyait quelques vannes de bon aloi... des petites plaisanteries que seuls les initiés de la Grande Maison et les malfrats sont à même de déguster... des finesses où il est question de se mettre à table, de manger le morceau... se payer une partie de balançoire à la fête à Neu-Neu... etc.

Ce qui m'intéressait, c'était la suite des aventures d'Éric Génibrel. Est-ce son vrai blase? On n'en savait trop rien... il avait circulé sous tellement de papiers, de passeports divers, que c'était duraille de s'y reconnaître. Détail d'importance... il était polyglotte, cézig... jactait le russe, l'italien, l'anglais sans accent... et surtout l'allemand. Ce qui rend tout à fait plausible l'épisode suivant. Vers le mois d'avril 44, on l'a aperçu subito en uniforme d'officier de la Wehrmacht... en vert-de-gris avec des galons d'*Oberleutnant*. Des témoins nombreux l'ont identifié. Pas du tout en volontaire français de la Légion contre le bolchevisme, ce qui aurait pu s'expliquer. Non... bel et bien en Chleu... avec des décorations, une jolie Croix de fer, de belles bottes cirées.

– Il s'est sucré, le salaud!

Le Prince disait salaud sans acrimonie... plutôt cordial, presque admiratif. Génibrel, en *Oberleutnant,* s'est mis à sillonner la campagne au volant d'une voiture grise immatriculée WH, et d'arraisonner les plouques... de se pointer dans les fermes au bon moment des abattages clandestins, des petits transports du marché noir. Son truc tout à fait au point... il menaçait, puis passait l'éponge, arrangeait les coups moyennant une part du butin en nature ou en monnaie.

Un jeu sur la corde raide qui frisait sans cesse la catastrophe... que les véritables Fritz le piquent et il était bon pour ses douze balles et le coup de grâce à l'aube qui nous l'auraient propulsé par la suite sur nos monuments aux morts. Il lui fallait passer les barrages de la feldgendarmerie, des SS... et ça il l'a réussi haut la pogne, du vrai travail de funambule, ce qui lui a permis de se prétendre un grand résistant. Malheureusement, les vrais à mitraillette, les FFI normands lui sont tombés sur la tunique en pleine opération de piraterie du côté de Pont-Audemer. Au mois de juillet, alors que la bataille libératrice faisait rage dans la Manche, le Calvados.

– C'est là que je lui ai sauvé la vie, dit le Prince sans dramatiser le propos... comme s'il s'agissait d'une simple partie de cartes.

Génibrel, les FFI l'avaient bouclé dans une cave... quelque peu malmené, bien sûr. Pour se défendre, il leur avait révélé qu'il était français... qu'il opérait ces reprises sur le marché noir pour le compte d'un réseau de la France Libre. Tellement fantomatique son réseau qu'on ne l'avait pas cru... qu'un tribunal hâtif constitué de quelques jeunots, galonnés récents, l'avait tout simple condamné à mort, ce qui se faisait à l'époque quotidiennement.

Là, que ça devient romanesque. Quelqu'un avait averti le Prince qui se trouvait alors à Paris et qui préparait l'insurrection avec Joinovici. Le quelqu'un en question dans ce récit était assez flou... un des FFI qui avait cru à la sincérité de Génibrel et qui avait réussi à prévenir le Prince par téléphone. Sitôt averti, ce dernier avait foncé en Traction avant, accompagné de deux de ses hommes... deux flics, je crois... munis de flingues et de laissez-passer.

– Il était devant les fusils, les yeux bandés, lorsqu'on est arrivés...

« Halte-là!... Vous allez commettre une erreur fatale! »... Le Prince s'est interposé entre Génibrel et les fusilleurs... Une scène, que si je la proposais à un metteur en scène de cinoche, me ferais rembarrer sévère... qu'il se refuserait de tourner pareille calembredaine!

Tout de même sa version... qu'il était arrivé... s'éjectant de sa Traction, fonçant alors que l'officier s'apprêtait à ordonner le feu. Revêtu, si on peut dire, de son autorité, son importance dans l'armée secrète! Tout de suite, il avait retourné la situasse... embarqué le Génibrel pour le relâcher non pas dans la nature, mais carrément devant le Palais de justice.

– Ce con a trouvé le moyen de se faire piquer quelques mois plus tard.

Et, là, impossible de le faire relarguer... direction Fresnes avec les fournées collaborationnistes. Dans celles-là, on trouvait aussi bien des tortionnaires que des naïfs, des idéalistes sectaires, quelques imprudents... des victimes de la jalousie, des innocents balancés par leur femme. Un salmigondis invraisemblable! Éric Génibrel était un cas encore à part... difficile à classer. Qu'il ait truandé les bonnes œuvres du Maréchal aurait dû plaider plutôt en sa faveur, cependant il avait escroqué aussi les autres, les résistants, les gaullistes... sans compter les trafiquants du marché noir qui, eux au moins, ne portaient pas plainte.

– Les Allemands aussi, il les a truandés! Chez lui, c'est une seconde nature. Il déleste tous ceux qui présentent une possibilité de se faire dépouiller.

Sans violence aucune, ajoutait le Prince... la qualité, sans doute la seule de Génibrel, qu'il pouvait piper tous les dés, escamoter les éconocroques d'icelui ou d'icelle, détourner les fonds, tondre les caves les plus chevelus ou sinon emporter l'œuf lorsqu'ils étaient chauves, arranger les honnêtes gens à sa façon, garder le magot, revendre plusieurs fois la même marchandise... mais tout cela sans un seul coup de feu... le moindre coup de canif... sans faire saigner, cracher les dents de ses victimes.

Voici donc le portrait en pied de l'artiste. Un joyeux drille, on peut se rendre compte... l'arsouille en constante arsouillerie. Les voleurs, en général, se comportent à peu près comme tout un chacun, en dehors de leurs périodes de travail. La plupart des escrocs, eux, ne s'arrêtent jamais... ils vivent plusieurs destins à la fois entre la mythomanie, toutes les impostures possibles, les duplicités, la comédie... le drame. Ils dépensent une énergie phénoménale pour arriver le plus souvent à finir misérables après de multiples séjours aux frais de la princesse République en ses culs-de-basse-fosse.

Le curieux quand même dans toute cette histoire, c'était les relations du Prince avec Génibrel. La simple camaraderie de jeunesse n'expliquait pas, tant s'en fallait, cette intervention de dernière minute de l'un pour arracher l'autre au peloton d'exécution. Et puis cette indifférence du Prince à se laisser vider les poches. Tout ça dissimulait une complicité plutôt étrange. Simplement, le Prince plus lucide, plus froid calculateur, réussissait mieux et il était provisoirement en position de force. Par la suite, lorsque j'ai rencontré des gens qui l'avaient connu, fréquenté... toujours ils avaient la même réaction... les bras au ciel! et ensuite des explications embrouillées. Le Prince avait dû compromettre les gens de telle sorte qu'ils ne puissent plus l'ouvrir. Tout était possible avec lui. On s'étonnait qu'il soit encore vivant. C'était un jongleur qui s'amusait avec des grenades dégoupillées. De toute façon, ça devait mal finir, mais nous n'en sommes pas encore là. Je becte avec cézig, rue Gît-le-Cœur et bien aise qu'il me régale de steak-frites et autres côtelettes de porc-pommes-purée. Je voulais rompre d'avec toutes mes mauvaises fréquentations et puis voilà, elles me rattrapent, m'agrafent. Quand on n'y fait pas attention, qu'on n'y pense plus... elles sont devant vous et elles vous fascinent... on en oublie un peu trop ce qu'elles sont en réalité.

L'autre arcandier, l'Éric Génibrel, lui aussi je vais le

retrouver de temps en temps sur le parcours de ma vie. En des endroits, des circonstances imprévisibles. Il s'efface presque de ma mémoire et, brusque, il réapparaît... au coin d'une rue... au bord d'un fleuve... sous un pont... dans un train de nuit... au musée Grévin... salle des pas perdus pour tout le monde. A peine s'il a changé... ses cheveux blanchissent, sa tronche se ride, mais il passe toujours aussi inaperçu pour peu qu'on soit inattentif. Il s'efforce de s'esbigner, de se transformer vite fait en pet de lapin, en vent coulis ou, au contraire, il vous aborde, vous ouvre les bras... « Content de te revoir! » C'est là qu'on doit le plus se méfier à mort... se garder les pognes au fond des poches... se tenir à carreau.

Je l'ai aperçu une dernière fois, il y a peut-être quatre ou cinq ans, en clergyman... sorte de cureton à l'anglaise tout de noir vêtu avec un col en cellulo blanc. Je sortais d'une réunion cinémateuse avec un producteur qui ne m'avait produit, comme disait Jeanson, qu'une mauvaise impression. Tout à coup, là, sur le trottoir en face, rue Pierre-Ier-de-Serbie... mon regard qui se braque sur ce pasteur, ce clergyman. On n'en voit plus des troupeaux de nos jours... ils s'affectent plutôt libérés en jean et blouson noir avec un aigle sur le dos! Nul besoin de le détailler longuement... ce genre de lascars, je les retapisse plus rapidos que les vedettes, les célébrités parisiennes. Un sixième sens que j'ai pour détecter, reconnaître les flibustiers même sous les déguisements les plus divers, les plus inattendus. Cézig aussi m'a redressé... juste un coup d'œil... dans l'exercice de ses escroqueries, il a une façon tous azimuts de borgnotter... un regard à facettes comme une mouche... flic devant, derrière... gardez-vous à gauche, mon fils... à droite peut surgir un dangereux ennemi! Nous allions traverser... l'angle de l'avenue George-V. Impossible de reculer, prendre la tangente... fatal, nous devions nous croiser. Dans ces cas-là, je ne gêne pas l'homme dans l'exercice de ses fonctions, fussent-elles les plus répréhensibles. Chacun sa route, son job... si je me suis récupéré dans les plus ou moins belles-lettres, je ne vais pas jeter la première pierre, ni même la dernière, au pécheur non repenti. Ça tombait pile en l'occurrence... lui, il ne m'a pas évité, pas joué à l'homme trop absorbé dans ses pensées pour retapisser un vieux camarade. Il a trouvé le moyen encore de me surprendre. D'un ton onctueux, il m'a abordé.

– Quelle bonne surprise!

... etc. Si j'allais bien et mes affaires... ma bonne mine. Tout à fait à l'aise, il a même fait demi-tour sur le passage piétonnier pour m'entretenir davantage.

– Et toi?

Comment lui poser la question, ce qu'il branlochait, là, en cureton. Dans un sens, c'était indiscret. Il a eu un petit sourire, devinant tout ce qui me tournait dans la tronche.

– Dieu existe, Alphonse... je l'ai rencontré.

De l'air le plus sérieux du monde, il m'a expliqué qu'il avait définitivement tourné la page du mal... qu'il était entré dans un ordre de rite anglican. Un récit d'une invraisemblance défiant tout bon sens. J'en restais ahuri, sans réaction... partagé entre l'admiration et l'envie de carrément me fendre la terrine. Il a senti qu'il valait mieux arrêter les frais... écourter son monologue... prétexter un rendez-vous... justement à l'hôtel George-V avec une lady... une femme d'une grande vertu avec laquelle il s'occupait d'œuvres charitables.

– J'expie mes fautes...

Vaste programme quant à cézig! On s'est serré la cuillère cordial. Dans le tréfonds, je souhaitais qu'il réussisse son opération de bidonnage sur cette lady si charitable qui l'attendait dans sa suite au George-V. Pouvait-il encore jouer les gigolpinces? Passé un certain âge se pose l'ardu problème de pouvoir se mettre le chibre au garde-à-vous devant les mémères. Je me suis laissé dire que certains gaillards gardaient jusqu'à des soixante-dix piges un gourdin, une faculté érectile de jouvenceau. Un don que le ciel accorde on ne sait trop dans quel dessein à celui-ci plutôt qu'à celui-là.

Sous quelle forme vais-je retrouver Génibrel la prochaine fois? Je m'attends à tout maintenant... aux portes de l'Enfer en diablotin charmeur essaiera-t-il de faire marron Satan lui-même?

Je ne vous oublie pas pour autant le professeur Carvaillez! Que j'aille me glander à l'imprimerie du Prince ne veut pas dire que je l'abandonnais. L'aurais-je voulu que c'eût été duraille. Sa technique... qu'il apportait, je vous ai dit, sa carcasse déglinguée à l'improviste au Carillon. Il donnait des cours dans le secteur depuis quelque temps... des leçons particulières à un cancre fils de bonne famille. Certes, ça n'allait pas traîner lerche ses exercices pédagogiques en vue de conduire ce jeune homme au baccalauréat. Il allait se pointer un de ces quatre à l'heure convenue en état d'ébriété... se prendre clic boc!... les panards dans le tapis... se rattraper à la jolie commode Louis XV... vriller son regard sur le larbin... gerber peut-être sous les lambris dorés ou non. En général, il n'était jamais assez paf pour attendre qu'on le vire, qu'on le pousse vers la lourde. Il sortait de lui-même après le scandale... clic boc!... un air de dignité offensée... titubant mais la tête encore haute et à l'endroit. Il ne demandait même plus son reste... les derniers cours qu'on lui devait. Pour les parents bourgeois, c'était toujours ça de pris... ils calculaient que ça compensait le prix du nettoyage du tapis presque persan... de la carpette afghane...

– Celle qui va épouser cet imbécile a intérêt à être aussi bête que lui.

Ainsi le Professeur me parlait-il de son élève, ses parents qui ne méritaient en définitive que l'arrivée de la soldatesque bolchevique pour se torcher avec leurs rideaux du salon... sodomiser les papa-maman, la bonne, et le fils qui ne demandait peut-être pas mieux que s'esjouir à la bibite ouzbékistane.

Très vite, il tournait la page, il n'aimait pas s'appesantir sur ses potaches. Très peu d'entre eux méritaient, selon lui, d'apprendre autre chose que de savoir lire *le Figaro* et d'additionner les bénéfices de leur raison de vivre. Il tirait de la pédagogie ses seuls moyens d'existence, mais reconnaissait, après dix ou douze ans d'exercice, qu'il enseignait dans les courants d'air. Même au sujet de ceux qui suivaient, travaillaient avec application, il se demandait s'ils ne deviendraient pas juste un peu plus prétentieux, insupportables que les autres.

Il était dans un jour, ou un soir peut-être, sans... je veux dire, une période où il ne se retenait plus à rien en dehors de ses flacons de cognac, calva... marc de Bourgogne. Il avait acquis, emmagasiné tant de connaissances dans trente-six domaines qu'il arrivait toujours à faire fonctionner sa chaudière intellectuelle. Il la mettait en route à volonté... même s'il avait éclusé moult boutanches, la mécanique se mettait en branle. Simplement, on avait plutôt du mal à le suivre dans les méandres de sa pensée... avec ses bougonnements, ses longues périodes silencieuses... les heurts... coq-à-l'âne... brusque envolée... colère entrée ou sortie... sa rhétorique tarabisco! A l'avance, il fatiguait le Prince qui écourtait le plus possible la conversation lorsqu'ils se rencontraient au Mabillon, au Bonaparte ou à la Rhumerie... leurs abreuvoirs préférés.

Le Professeur continuait à me mettre en garde contre son vieux camarade de combat. Il n'imaginait nullement qu'il allait chercher à me truander... non, j'étais trop peu, trop léger... rien à traire de mes mamelles... seulement, il me laissait entendre que ça finirait fatalement au caca pour cézig et que j'avais pas intérêt alors à être dans le sillage d'un tel requin.

Je lui avais touché deux mots de cet Éric Génibrel. Ça ne lui disait rien... il ne connaissait pas d'Éric ni de Génibrel. Et puis, un soir, on l'a rencontré au bar du Montana, rue Saint-Benoît. Je remarquai qu'il était sapé à neuf... un costard bonne coupe... des pompes bien cirées. Aux frais, sans doute, de la dame qui l'accompagnait cachant ses rides sous la voilette de son chapeau. Plus de problème... le Professeur ne connaissait pas Génibrel, mais le même lascar sous un autre blase... Barowski... quelque chose de ce genre... un nom russe ou polack... prénom Vladimir, il me semble. Ils se sont serré la louche. Ah! quel plaisir de se revoir... ils se croyaient morts l'un l'autre. Génibrel, tout juste s'il nous a présenté sa gonzesse à voilette.

– Rosane de Beauséjour...

... approximatif, une noble en tout cas. Mais voilà, ils étaient pressés. On les attendait dans un dîner en ville chez je ne sais plus qui de très important... le marquis de Cuevas ou Mme Weisweiller... Hop!... fissa vers la lourde. L'évidence qu'il était plus gêné que le Professeur de ces retrouvailles. J'avais hâte, moi, d'entendre un nouveau son de cloche à propos de ce mystérieux personnage. Le Professeur, à son habitude, ne m'a rien livré comme ça, d'un coup... chronologiquement. Fallait pas que je le brusque. Il s'installait, commandait selon l'heure un apéritif, un pousse-café ou prosaïquement un verre de vin. Je le laissais siroter tranquillos. Je savais que si je lui posais des questions, il aurait un malin plaisir à me répondre traviole, à prendre tout de suite une tangente vers tout autre sujet... tout à coup l'art nègre... Napoléon à Sainte-Hélène... la fin du marxisme en tant qu'humanisme... s'enfoncer dans les théories, contestations de théories... les nébuleuses philosophades.

– C'est celui-là Génibrel...

La seule chose que je lui ai dite. Ça ne l'a pas surpris tellement. Génibrel ou Barowski, pourquoi pas?.... c'était l'homme aux cent noms... l'homme sans nom, en définitive. Il l'avait connu lorsqu'il naviguait dans les eaux vichyssoises.

– Il m'a rendu service et quoi qu'il ait pu faire ensuite, je ne l'oublie pas.

Quel service? Il ne m'a jamais précisé... il a marmonné... meuh-meuhté dans son commencement de barbe qui signifiait que ça faisait bien deux ou trois nuits qu'il n'était pas rentré retrouver la douce Bertille.

Subito, il se souvenait de son existence... clic boc!... il se mettait en route... lâchait les copains, la pile de soucoupes... allait prendre son dernier métro au vol. Il avait pas intérêt à le louper, il zonait depuis une semaine environ à Boulogne-Billancourt dans une boutique... une épicerie désaffectée. Il y avait installé ses quelques tapis... ses balluchons, ses livres dépareillés, ses hardes, son réchaud

Primagaz... et puis, bien sûr, Bertille dans le lot... toujours sereine et éthérée... princesse lointaine, perdue dans les catastrophes de la vie.

Ça n'allait pas durer très longtemps, sa résidence dans l'épicerie. Ça lui avait été loué par un malfrat, un vague complice d'Émile Buisson, un des plus célèbres truands de l'après-guerre alors en cavale. Dans la piaule, au-dessus de la boutique, Émile se planquait toute la journée... ne sortait, exclusivement, que pour aller braquer, régler quelques comptes... donner quelques concertos pour Colt majeur 45 et orchestre philharmonique de la police judiciaire. Bien entendu, le Professeur, malgré toute sa science profonde de l'âme humaine, ignorait tout de ce voisinage explosif. Un soir, rentrant beurré, titubant clic boc... il avait croisé dans le couloir un petit homme au regard sombre, le célèbre tueur au palmarès imposant, recherché par toutes les polices. Eh bien, il avait été très poli, M'sieur Émile, il avait salué le Professeur.

– Un homme courtois, tout ce que je peux dire...

Sa réponse lorsqu'il fut cuisiné par les flics. Premier abord, ce professeur avec sa femme dans un tel endroit... ça leur avait paru suspect aux lardus. Sans doute la planque de Mimile avait-elle été balancée par un spécialiste, un indic quasi professionnel. La pente facile pour les lardus d'imaginer que le couple de voisins du rez-de-chaussée était installé là pour surveiller, avertir le gangster en cas de danger, faire *le serre,* comme on dit en argot. Inconcevable pour les petites têtes de bovidés de la Sûreté nationale de concevoir qu'un homme agrégé de latin-grec, sa dame violoniste, vous avez vu... son style Ophélie, puissent vivre dans pareil gourbi. On y accédait par la cour, la porte arrière puisque sur la rue le rideau de fer était constamment baissé. L'éclairage chiche dans la journée... le plancher vermoulu... l'installation, on peut dire, précaire... sorte de campement. Toujours les mêmes tapisseries à la corde, les meubles bric broc... un sommier par terre, le matelas... une couverture bariolée genre bédouine.

– On attend l'électricité...

Voilà... j'y suis, j'ai suivi le maître en sa nouvelle tanière ce fameux soir où j'essayais de lui tirer quelques renseignements à propos de ce Vladimir Barowski alias Éric Génibrel alias révérend père Bradeley... alias tout ce qu'on veut! Pour la facilité de ce récit... j'unifie, je vous l'appelle Génibrel, ne m'en veuillez pas!

Son nouvel home, au Professeur, se situait au bout d'une rue étroite, mal pavée, près du métro Marcel-Sembat. Bertille s'éclairait à la bougie... malgré ça, toujours aussi radieuse, évanescente... les yeux candides, les gestes amples, harmonieux... vêtue en plus d'une robe blanche en lin qui lui donnait le genre vestale... danseuse hindoue.

– Richard... je t'ai fait une soupe de légumes...

Aucun reproche... jamais à son homme. Il pouvait s'évaporer cinq-six jours et nuits, elle ne lui faisait aucune remarque désobligeante... ne lui parlait même pas de sa réelle inquiétude. Un époux pareil, on trouvait difficilement plus catastrophique... mis à part Émile Buisson ou Pierrot le Fou. Il pouvait tout lui arriver dans ses pérégrinations clic boc... ses baguenaudes nocturnes, sinueuses, dans Paris en compagnie parfois d'ivrognes inquiétants, patibulaires. S'il revenait au logis, les fringues en loques... plaies et bosses partout... qu'il s'était fait correctionner par un biturin peu réceptif à ses salades, Bertille se contentait de le plaindre.

– Mon pauvre Richard!

... et elle le pansait, le mercurochromait... le rafistolait, requinquait sans vaines jérémiades. Sans doute est-ce d'une profonde sagesse... elle avait choisi de partager son destin avec cet être... pouvait-elle le changer, le mettre à l'eau de Vittel... le métamorphoser en pantouflard avec un chien-chien sur l'édredon... qu'il reste le soir dans un fauteuil à écouter la famille Duraton à la radio? Point n'y songeait... elle se le recevait comme il lui parvenait... quelquefois en triste état. Qu'il puisse d'ailleurs s'y retrouver parmi tous ses domiciles... au rythme où ils défilaient... dénotait tout de même qu'il gardait toujours un petit coin de sa tronche dans le bon sens... peut-être aussi un coin de son cœur pour sa sainte femme. Le terme adéquat. Bertille... les années passées, me reste dans le souvenir comme le parangon du dévouement... toute sa pauvre vie sacrifiée à cet homme qui n'était à l'aise que dans les zones de turbulences.

Bref, on avait droit à la soupe de légumes ce soir-là... cuite sur un réchaud Primagaz. Éclairage chiche à la chandelle. Nous avions surpris Bertille à son violon... en plein Mozart, Liszt ou Beethoven. Dès que Richard arrivait, elle rengainait son stradivarius. Curieusement, il n'était pas mélomane le Professeur. La faille de sa vaste culture. Et ça aussi, à la gamberge, c'était étrange que Bertille tout ondes, musique... bémol... *fa* dièse... elle se soit rivée à un être qui ne s'intéressait pas du tout à son art. En me creusant bien, je n'arrive pas à retrouver le moindre souvenir de propos qu'il aurait pu tenir sur Wagner, Chopin, Stravinski... Que dalle! Un domaine où il n'aventurait pas son esprit.

Soirée curieuse... le clair-obscur... le potage aux légumes suivi de petits-suisses. Toujours par terre comme les Arabes. On entendait marcher au-dessus... c'était Buisson et nous n'en savions rien. Il devait, en vieux pensionnaire des maisons centrales, piquer le dix... c'est-à-dire marcher de la fenêtre à la porte... dix pas approximatif. Je serai à même un peu plus tard de comprendre l'expression... je vais pratiquer, moi aussi, ce genre d'exercice. J'ai toutes les données en main aujourd'hui pour vous transcrire la scène. Je n'en voyais qu'un fragment à ce moment... la dînette avec Bertille et le Professeur. L'autre, là-haut, le futur guillotiné, à présent je me l'imagine. Certain qu'il allait près de la fenêtre, qu'il frimait la rue, les alentours... aux aguets des poulagas... et puis Borniche dans l'ombre d'une porte cochère avec son casse-dalle, sa canette de bière tiédasse. Nous sommes là, nous, à quelques mètres, inconscients du drame, du film policier en cours. Et le plus étrange, c'est qu'un jour, c'est moi qui vais adapter cette histoire pour l'écran... *Flic Story!*

C'est un matin qu'ils ont fait irruption en force, les lardus... armés jusqu'aux dents... les sulfateuses... toute l'artillerie Grande Maison. Nul coup de sonnette avant d'entrer. La porte défoncée en voltige. Tout à coup... dix flics, flingue en pogne, font irruption autour du sommier, du matelas où sommeillaient le Professeur et sa moitié... Bertille en chemise de nuit de pilou... « Haut les mains! » L'embarquement séance pour Cythère police... à peine le temps pour le Professeur d'enfiler son froc... Bertille un peignoir. J'imagine, en outre, que Richard avait éclusé la veille quelques flacons, fiasques... boutanches de plusieurs sortes de nectars. Au réveil, et surtout celui-là, il n'était plus à même de rétorquer, balancer à ces malotrus les phrases, formules cinglantes dont il avait le secret.

De toute façon, les condés étaient arrivés trop tard... Émile Buisson, averti peut-être seulement par son instinct de bête traquée, s'était fait la paire... passé, je ne sais où, par les toits... sautant d'une cheminée l'autre... une courette, escaladant murs et rambardes! Du coup, le Professeur et sa tendre épouse furent passés au gril. Une journée entière à se débattre dans les interrogatoires... les brutalités verbales. De leur rez-de-chaussée, ça pouvait se concevoir qu'ils aient pu donner l'alarme à l'ennemi public n° 1, comme l'intitulaient les journaux de l'époque. Celui qui avait loué la boutique au Professeur, bien entendu, s'était envolé lui aussi. Avant de prouver sa bonne foi, c'est souvent coton chez les flics... les juges, les sbires du bras séculier. Un coupable conscient et bien organisé dans les méandres de sa petite tête a toujours de quoi répondre aux plus vives interviews poulardines. L'innocent que vous venez d'arracher de son lit s'emmêle dans les phrases, les souvenirs... paraît toujours le plus suspect. Avant que les condés se persuadent que Bertille et le Professeur n'étaient pas dans cette épicerie désaffectée, sur leur matelas à même le sol... éclairés à la bougie... uniquement pour servir de poste de guet à Buisson, ça leur a demandé de la paperasse... taper des procès-verbaux... se triturer la comprenette... débattre du problème avec leur grand chef commissaire divisionnaire. Une journée et toute une nuit. Ce ne fut que le lendemain matin qu'ils acceptèrent de reconnaître leur erreur. Et encore, avec leur formule assez déplaisante... « Vous vous tiendrez à la disposition de la justice. »

Ça lui avait fait de quoi réfléchir sérieux au Professeur... retourner dans sa tête tous les problèmes inhérents à la justice humaine. De toute façon, l'incident avait écourté son séjour dans l'épicerie. Obligé avec sa Bertille de remballer leurs quatre bouts de bois, le sommier-matelas... le violon, le réchaud Primagaz. Pour aller où planter leur tente? Je retourne le champ de ma souvenance. Je les revois dans un immense appartement qu'ils partageaient avec une bruyante famille juive... mais, ça, c'était plus tard, il me semble... entre-temps, ils avaient encore usé quelques niches, abusé de la patience de quelques proprios. Et puis j'avais quitté le Carillon... pris une autre route où j'avais moins l'occase de le rencontrer à l'improviste.

On connaît de plus en plus les hommes, les gonzesses... leurs grimaces, entourloupes diverses... on a fait le tour... on trace les grandes lignes. On n'apprend plus rien, alors on devrait se taire... plus faire un geste... chiez donc, cigognes, dans la cheminée! C'était prévu, tout... dans les astres... tous les Ostrogoths qui rallègent! On tire... on devrait, on ne le fait pas, hélas... tirer l'échelle les premiers. Je me rive tout de même à ma feuille... mon cahier à petits carreaux. Il ne reste plus que les croquis... la suite... tous ces personnages reviennent... je vous les rapporte sans l'illusion de vous apprendre quoi que ce soit. Puissent-ils un peu vous amuser, le reste n'est que spéculations intellectuelles qui se mordent le gland.

Le Professeur est venu... je l'attendais pas le moins... et clic boc! il arrive. Quelqu'un lui a dit que j'étais là... à l'hôpital Marie-Lannelongue, avenue d'Ivry. On venait de me cisailler quelques côtelettes... ça se faisait encore ce genre de charcutage en 1962... pour éliminer les bacilles de Koch. Des méthodes qui paraissent barbares aujourd'hui... elles étaient d'ailleurs sur leur fin... bientôt, la tubardise allait se traiter en quelques semaines avec des antibiotiques de choc.

Je ressortais de mes ergastules... séjour prolongé chez

les chiens méchants de la société. Ça s'éloignait dans ma mémoire le temps du Professeur et le revoici revoilà... clic boc!... j'entends son pas clic boc dans le couloir. Mon lit, c'est le dernier, le 18 au bout de la rangée. On est séparés les uns des autres par une petite cloison jusqu'à hauteur d'un mètre cinquante. Un peu mieux isolés que naguère, on peut se gratter les couilles tranquille... se masturber, s'il vous en reste encore la force après les festivités chirurgicales. Mon voisin, j'entends tout de même sa radio, ce primate, il me la déclenche dès les aurores... que j'entende bien Sacha Distel et Line Renaud.

Clic boc!... c'est comme un fantôme... un revenant, le cas de le dire. Il se plante au pied de mon lit. Je peux pas trop me redresser pour le voir en pied... je dérouille encore sec... ça me déchire, tiraille, brûle... l'impression d'avoir le thorax pris dans un étau, écrasé comme sous un énorme poids. Je me colte avec la douleur depuis trois jours. Par instants, je ne peux plus respirer... j'attends... ça revient... toute ma volonté est tendue pour ne pas gémir, me laisser aller. Faut que j'arrive à me redresser pour aller à petits pas jusqu'aux cagoinces... le parcours plus difficile que celui du combattant sans petit bonheur.

Bon. Il est là, clic boc... de ce côté, il ne s'est pas amélioré, il boquillonne encore pire... clic boc! Il a vioqui et ça vous arrange pas les guibolles. De la chevelure, il a blanchouillé aussi... Il me serre affectueux la cuillère... sa façon un peu brusque... forcené copain! Je crois maintenant que ça s'est inversé... qu'il éprouve une sorte d'admiration à mon endroit. Ce que je viens de me farcir, taule et hosto, ça me rehausse fatal à ses yeux... je suis digne de sa grande estime. Ce qui n'a pas pris de l'âge dans sa tronche... son regard... toujours aussi vif, aussi vrille... l'éclat... le feu. Il se pose sur la chaise à mon chevet... son geste habituel... la pogne au front... et d'autor, il attaque, il reprend un monologue qu'il avait interrompu dix-douze ans plus tôt. C'était hier, voilà tout.

Je n'arrive pas à trouver dans mon lit la position idéale pour l'écouter... sur la droite, pas question, le moindre mouvement m'arrache une grimace à m'en mordre les lèvres... à gauche, ça serait peut-être plus supportable, mais alors je lui tournerais le dos, il prendrait ça pour une incorrection. Il poursuit, il embraye avec qui au juste? Sartre, la guerre d'Algérie qui n'en finit plus d'en finir! Il chevauche des idées tout à fait curieuses... grossit à loisir d'infimes détails. Vraiment, je voudrais me le savourer, l'apprécier encore à sa juste valeur... les vives douleurs qui me poignardent la cage thoracique m'en empêchent... J'ai encore un drain... quand on me l'aura retiré, je pourrai mieux me mouvoir... me redresser contre l'oreiller.

Le Professeur m'expose ses dernières toutes fraîches réflexions... seulement j'ai le sentiment, peut-être je me goure, qu'il m'a déjà dit tout ça... qu'il rabâche à présent, se répète à l'infini. L'impression que j'ai aujourd'hui... qu'à l'instar de tous ses congénères, la philosophie, l'idéologie lui donnent l'occase de débattre éternellement, de ne jamais pouvoir s'arrêter... que toute cette jactance ne mène à rien, n'éclaire jamais aucune question.

– Et Bertille... elle va bien, Bertille?...

Tellement il est barré dans son sujet... les méandres de sa pensée, qu'il a oublié de me donner des nouvelles de sa femme. Elle joue maintenant dans un orchestre symphonique... elle va très bien. Est-elle heureuse? Je n'ose lui demander. J'aimerais qu'il me raconte ses voyages. Entre la période que je viens de vous narrer... la librairie du Carillon et ce moment où je suis à l'hosto en chirurgie pulmonaire... il a été pris d'une singulière bougeotte. On lui a proposé des postes partout dans ce qui était encore l'empire colonial français. Il s'est retrouvé enseignant à Ouagadougou... Tananarive... Saigon! Il revient juste du Congo belge... c'est l'époque de l'indépendance... les guerres tribales, les massacres... Lumumba... Tschombé... le Katanga. Avec Bertille et son violon, ils se sont trouvés en plein milieu des fusillades... pris en otages... presque déjà à la brochette chez les Balubas.

– Les Affreux sont arrivés juste à temps, sinon... nous allions vivre de l'intérieur une aventure gastronomique.

Il a son geste... l'air de dire... qu'importe! Si les Balubas l'avaient bouffé avec la dame de sa vie... qui s'en souviendrait aujourd'hui? *Alea jacta est!* De plus en plus il est fataliste... *nihilo!* J'aimerais bien qu'il me raconte ses aventures africaines, asiatiques. Tout ça, pour lui, relève de l'événementiel, il ne daigne s'y arrêter. Il a bien failli cependant crever vingt fois... sous les bombes, les tirs d'artillerie... dans les bars les plus précaires... en bambou, sous je ne sais quel baobab au fond du Kinshasa. Je me le figure, sans effort excessif d'imagination, défonçarès à mort, clicboquant, roulant sous les tables au son du tam-tam... s'effondrant dans des décors pour Tarzan *made in Hollywood...* provoquant les nègres dans leur négritude uniquement pour voir jusqu'où il pouvait aller trop loin. Et Bertille dans tout ça, avec son seul violon pour calmer les cannibales devenus marxistes!

Je voudrais lui demander aussi des nouvelles des uns et des autres... ceux qu'on a fréquentés autrefois... Seulement pour le sortir de ses rails... coton! Il s'est remis sur des notions assez abstraites... le signifiant qui ne peut venir que des actes, selon Heidegger. Il planche là-dessus en ce moment. De gueule, il a pris un sacré coup de flacon... sûr... il s'est boursouflé... et puis il a laissé quelques dents dans les bagarres ou par le scorbut, je ne sais où... au Cambodge ou chez les Malgaches. Je m'interroge aussi... ce qu'il pouvait enseigner aux jeunes natifs de ces bleds... Montaigne!... le positivisme!... Gabriel Marcel!... le latin-grec... au milieu de ces guerres civiles... ces catastrophes... en quel lycée... établissement religieux? Quel roman que sa vie! S'il me racontait tout en détail, je me ferais un ouvrage enfin digne de figurer au palmarès du Féminette.

Tout en dérouillant interne, je me redresse un peu. Il a un répit dans sa logorrhée... se racle la gorge... reprend son souffle ou ses esprits. J'en profite pour m'enquérir du Prince... ce qu'il est devenu, ce cher Prince.

– Mort! il me répond aussi sec, et il a son geste de la main qui signifie un peu n'importe quoi.

Je voudrais quand même des précisions... il finit par me lâcher que des gens rancuniers l'ont proprement occis à Barcelone, il y a de ça déjà cinq ou six ans... peut-être plus.

– Proprement... façon de parler...

On l'a lardé de coups de surin. Un règlement de comptes dans une ruelle mal famée du plus pur style Série noire. Ça devait lui arriver, commente le Professeur. Ça n'a l'air ni de l'émouvoir ni de le surprendre. Depuis toujours, le Prince qui n'en était pas un, à moins que ce ne soit des ténèbres, jouait avec toutes sortes de matières inflammables... politiques ou truandières.

Ça me ramenait déjà loin en arrière, le Prince... les souvenirs s'enchevêtraient... il faut une tenace volonté plumitive pour les déterrer, les touiller, remettre les corps en place et essayer de les animer.

Maintenant, il revient à des choses plus palpables que ses réflexions sur l'existentialisme... cette déjà bien vieille guerre d'Espagne... le bataillon Commune de Paris où il connut le Prince qui grenouillait autour du capitaine Dumont. Il m'intéresse davantage sur ce chapitre que sur ses spéculations de l'intellect qui m'en foutaient plein les carreaux jadis, mais me semblent aujourd'hui – en tout cas, à ce moment de l'hôpital Marie-Lannelongue – presque insupportables.

Qu'est-ce qu'il m'a appris au juste cet homme? Ne sais... m'a incité peut-être à lire quelques livres que je n'aurais sans doute jamais lus... Il m'a fait évoluer aussi dans un univers différent de celui où je traînais mes lattes jusqu'alors. Surtout, j'ai vu en sa compagnie des gens, des types peu ordinaires.

Il me fatigue de plus en plus et je n'ose lui dire que je dérouille un maxi avec ma carcasse ouverte... mon drain. J'ai eu beau être témoin de ses saouleries... ses extravagances... excès dc toutes sortes, ça reste pour moi le Professeur, il m'en impose encore, la vache! Je l'ai ramené ensanglanté, je me souviens plus exact de quelques lignes ennemies... de secteurs où il se serait fait écraser la gueule si je n'étais pas intervenu. A présent, je le sais misérable peut-être plus à cause d'une espèce d'honnêteté foncière que de sa dinguerie. Il réussit son numéro une nouvelle fois. On va plus se fréquenter tellement dans l'avenir... je vais retourner au sanatorium. Il se tire facile au centre de l'Afrique, mais jusqu'au cœur de la Sarthe, il n'y parviendra jamais. Il craint beaucoup plus les culs-terreux franchouillards que les anthropophages libérés. C'est dans sa nature.

L'infirmière passe pour ma température... que je me file au fion le thermomètre. Le Professeur, ça le fait se lever.

– Je vais pas te fatiguer davantage...

Je ne proteste... qu'il se barre clic boc! Je le supportais mieux lorsque j'étais en bonne santé... un peu plus jeune aussi. Plus ça va aller, moins je serai en état de me farcir ses tirades de plus en plus marmonnées, mâchouillées, grommelées dans sa bouche de plus en plus édentée.

On a toujours tort, je crois, de vouloir reprendre des choses finies... en amour, amitié... en art aussi probablement. Il faut qu'il soit définitif sur l'autre rive, le Professeur, pour que je l'évoque, le transporte sur le papier... que je sois devenu plus flegme, plus éloigné... non pour le juger... simplement le remettre à sa juste place... essayer.

Donc, il se rebarre... clic boc! clic boc!... il m'a laissé un cadeau... une petite statuette cambodgienne sculptée dans l'ivoire d'une défense d'éléphant. Voilà... comme ça... il me l'a posée sur ma table de nuit au milieu de mes médicaments!

– Un petit souvenir!

D'habitude, les gens qui vous visitent aux hostos vous apportent des crottes en chocolat, des petits fours... des ananas qu'on refile à la fille de salle parce qu'on n'a vraiment pas envie de se mettre à les décortiquer, les couper en rondelles. Le Professeur, ça lui viendrait pas à l'idée. La statuette cambodgienne est bien dans son style... porte sa marque. Il est parti maintenant, je n'entends plus son clic boc... j'ai pris la statuette... une danseuse tarabiscotée. Au toucher, c'est agréable l'ivoire. C'est muet, mais cette petite danseuse... j'ai l'impression, comme ça, qu'elle fait par moments clic boc! Elle fait la lippe... elle me vrille... m'obsède, si je reste trop à la contempler. Elle est un témoin... d'une amitié qui a eu pour moi une grande importance malgré tout... d'un passé qui sans elle serait un gouffre.

Je m'amuse avec mon magnétoscope mental... actionne la touche retour-arrière... visualisation grande vitesse... les années défilent... les prisons, les hôpitaux, les casernes... amours, baisotages... commissariats de police... bistrots... foire d'empoigne! Je reviens presque là où je vous ai laissés. Le Carillon des Siècles... j'y mégotais certes... j'en avais épuisé tout le potentiel poétique... le défilé des louftingues savants... les habitués de nos rayonnages, M. Walt Blumel et la mémoire d'Alfred Dreyfus. Je finissais par bien connaître tous les détails de l'Affaire – qu'on écrit toujours avec un A majuscule – le fameux bordereau... Joseph Reinach... la dégradation sur le front des troupes... l'île du Diable... le *J'accuse* d'Émile Zola! Ce qui me revient de tout ce que me racontait M. Blumel... que Dreyfus n'avait pas une tête qui plaidait en sa faveur.

– Moi qui fus un de ses défenseurs les plus acharnés... lorsque je l'ai vu... que je l'ai rencontré après son retour du bagne... sa réhabilitation... je peux vous dire qu'il n'avait pas une attitude, une physionomie qui plaidaient en sa faveur. C'était un être terne... froid... incapable de clamer son innocence avec ferveur!

Le délit de sale gueule en quelque sorte. L'attitude, la tronche des accusés devant les juges, le public. Je n'ai pas rencontré sur mon parcours judiciaire des innocents comme Alfred... plutôt des Mimile, moi, des Gégène, Lulu des Batignolles ou du Point-du-Jour... n'empêche que les moins gâtés par la nature, les gueules torves, yeux enfoncés, oreilles en chou-fleur, trinquent toujours plus que ceux au visage de bon Dieu sans confession.

Le Commandant aussi venait toujours bigophoner à son fils réfugié au Portugal. Lui, de frime, il vous réfrigérait immédiat... vous envoyait quinze jours au bloc. Depuis l'incident avec le Professeur, il se méfiait... me jactait juste le nécessaire. Et Placide faisait son petit boulot une fois par semaine. Ça me déprimait un peu sa face de dégénéré qui me souriait derrière la grande vitre... qui pavanait de sa bouche édentée, de sa braguette qu'aucun bouton, aucune épingle nourrice ne parvenait à cadenasser.

Le général Troubnikof ne me regardait plus avec des yeux concupiscents. A présent, je n'étais plus pour cézig qu'un valet, une sorte de moujik... il ne me voyait pas plus qu'un animal, un meuble. M'aurait-il encaldossé, le résultat en fin de compte serait le même. Une fois son instinct sexuel satisfait, probable qu'il ne m'en aurait pas eu plus d'estime, de reconnaissance. Dans sa fibre, il se croit toujours d'une espèce à part... race de seigneurs. Il souffre davantage depuis la Révolution d'avoir perdu le droit d'enculer les jeunes cosaques que de sa fortune perdue. Il a néanmoins encore de quoi nous acheter quelques bouquins. Il vient, comme Aragon, chercher les raretés qu'Hector lui dégotte... des petits trésors bibliophiliques.

Question gringue, le bonapartiste m'est plus fidèle. Il arrive comme toujours au moment où je l'attends le moins. Son sourire mielmerde entre ses favoris patte de lapin. Il me glisse un petit compliment sur ma chemise, ma veste, et il ajoute invariable...

– En officier des hussards de la garde impériale, vous auriez eu fière allure.

Hélas, je n'ai même pas appartenu aux hussards bleus des régiments blindés du général de Lattre de Tassigny! A peu près ce que je lui réponds à cet échappé de livre d'histoire illustré.

Nous étions maintenant au plein du printemps. Je crois que c'était l'époque où M. Ramadier, un petit socialo l'air de rien, barbichu presque ridicule, virait du gouvernement les ministres communistes. Tous les matamores de droite n'en revenaient pas... Hop! d'un trait de plume. « Messieurs, je n'ai plus besoin de vous! » Ça allait, bien sûr, créer des remous, des grèves plus que sauvages, des batailles rangées dans les mines, sur les docks... jusqu'à des déraillements de trains comme aux plus beaux jours de l'Occupation.

Ces événements ne me passionnaient pas excessif. Je n'avais pas de quoi me payer le journal... je lisais un peu *le Figaro* de la veille qu'Hector laissait traîner sur le bureau.

L'évidence que cette situation... de quoi au juste... vendeur? commis de librairie? coursier?... ne me menait à rien en dehors de m'assurer une maigre pitance. Sans le Professeur et ses relations, je serais mort d'ennui malgré les livres... les chefs-d'œuvre qui m'ouvraient leurs pages jusqu'au plafond. L'homme ne vit pas que de poésie, hélas!

Accessoirement, ça manquait au Carillon de jolies clientes... de belles jambes, d'yeux coquins, de nibards épanouis dans leur corsage. Question nymphes, ne nous parvenait que de la mémère, sans doute savante, peut-être cultivée, mais impropre à la consommation du zob le plus en privation de minou. Des bas-bleus, parfois, des sortes de cheftaines en mal d'émotion artistique. J'en avais gringué une, un soir... une pas trop prix à réclamer... un peu bas-duc... des tresses en couronne sur la tronche, une jupe épaisse... godasses plates. Je n'ose ajouter, la vérité, qu'elle avait des lunettes, on ne manquera pas de m'accuser dans les gazettes de clichetonner dans les chapitres.

– Je ferme le magasin, il est l'heure. Si vous voulez, je vous offre un verre.

Bien sûr, elle ne buvait que de la grenadine, de la limonade. Je me suis déballonné de la trimbaler à la Rhumerie, des fois que le Prince ou bien Fils de Dieu m'aperçoivent en cette fade compagnie. Voilà le mot exact... fade... une gonzesse fade! Seulement le vocable gonzesse ne lui convient pas. Marthe n'était pas à proprement parler une gonzesse, c'était une jeune fille, nuance! Ça n'existe plus lerche cette espèce... tout à fait en voie de disparition depuis belle pilule et beau laxisme. Même les plus acharnées militantes catholiques ne parviennent plus à leur majorité sans avoir au moins sucé la bite à l'abbé devenu si moderne qu'avec un peu de vaseline et la discussion adéquate, les paroissiens amateurs peuvent en outre se l'emmancher la veille ou le lendemain, au choix.

– Ça doit être formidable d'être toute la journée entouré de livres!

Ce qu'elle me demande ou plutôt m'affirme. J'ai encore moins le droit de réponse que chez Poiluck à la télévise au milieu des hurlements de ses invités. Avec le Professeur, j'ai pris des habitudes de poivrade... je commande tout de même un pastaga. Nous sommes à une terrasse sur les quais au coin, il me semble, de la rue Bonaparte. Oui, oui... j'abonde dans son sens... le mien, ça serait trop dur à lui expliquer. Avec ma marraine de guerre Odette, l'an dernier, j'ai déjà pratiqué ce genre de nana. Mais pour Odette, j'avais plus d'élan... elle cachait sous des dehors un peu stricts une féminité qui se respire au premier coup de naseaux puisque, n'est-ce pas, au fond, nous ne sommes que des bêtes.

Marthe, elle a pour elle une forte poitrine... ça, j'aimerais bien palper là-dedans... la lui soupeser... voir si ça s'effondre pas à la dégrafe du soutien-gorge. Je gamberge aussi à ses cuisses, ses dessous... rien ne laisse présager des choses tellement affriolantes, froufrous... dentelles... guêpière et longs jupons. Elle doit en être encore aux culottes Petit Bateau.

– Vous aimez Claudel?

Je vais pas lui dire non... n'est-ce pas... que je m'en tape de Claudel... ses grandes odes... ses œuvres et ses pompes en satin! Pas lui raconter que naguère j'ai piqué une petite ronflette à une représentation de *l'Annonce faite à Marie*. Ça m'avait valu une telle salade, une scène furibarde avec une apprentie comédienne, une nommée Flora, que je m'étais tiré de notre nid d'amour. J'ai raconté l'incident dans un précédent ouvrage. Alors, si je suis en quart, sur mes gardes, question Claudel! Oui, oui... je réponds... Claudel, je me le tape chaque matin... une page ou deux, comme un médicament, avant le petit déjeuner. J'ai appris un peu la technique pour répondre quand il faut ce qu'il faut. Je me demande surtout si je vais aboutir à quelque chose avec cette Marthe claudéliste. Depuis que Yoyo a regagné sa Normandie, je ne me fais reluire qu'à la pogne... à la longue, c'est débilitant. Je l'égoïnerais volontiers celle-là. Je n'affirme pas que ça serait Capoue in the délices! Avec celles qui ne me bottent pas suffisant, j'ai tendance à bâcler l'ouvrage, m'assouvir et me reculotter le plus bref délai.

Me voilà, me direz-vous, encore sur le chemin de la salace anecdote. Au cours d'un tome de mes œuvres complètes qui traite de mon itinéraire intellectuel, ma lente évolution vers la *Psychologie de l'art*, les *Musées imaginaires* de Malraux... la métaphysique sartrienne... les arcanes du surréalisme... je n'arrive pas à réprimer mes bas instincts. Pourquoi *bas* d'ailleurs?... ne sommes-nous pas tous des dégueulasses? Je pose la question, me garde d'y répondre par une affirmative globale qui pourrait choquer le cardinal archevêque de Paris.

Comment l'amener au plumard cette girl-scoute? La grave question qui me taraude. S'il me faut me farcir Claudel entier... gober *l'Otage*... digérer *Corona benignitatis Anni Dei*... m'endormir avec *la Jeune Fille Violaine*... profiter d'un moment de transport poétique de cette môme pour lui glisser ma douce paluche sous sa jupette... ça me paraît bien long, bien aléatoire. Et puis si elle se fait de la joie de l'esprit avec Claudel, certain qu'elle va à la messe, qu'elle cherche un fiancé catholique, un jeune homme qui ne lui exhibera sa bébête que le soir d'un mariage en blanc!

Je profite tout de même des leçons du Professeur... j'ai retenu quelques-unes de ses formules, sa façon de jacter ambigu. Je m'y essaye, ça peut peut-être marcher. J'annonce n'importe quoi en prenant l'air sentencieux.

– On n'entre pas de plain-pied dans la cathédrale claudélienne!

Ça porte, ça! Elle en reste pantoise... hésite, me demande, timide, si je crois en Dieu. Je lui avoue ma nature incrédule et c'est peut-être mieux que de m'hypocritiser dans les bénitiers. Elle va s'efforcer de m'argumenter l'existence de Dieu et qu'on y arrive par le chemin de la charité. Je connais la romance, on me l'a déjà chantée, mais ne vaut-il pas mieux mordre à l'hameçon afin d'ensuite placer subreptice mon instrument reproducteur au bon endroit? Mon esprit vagabonde dans ces ornières libidineuses tandis que mes lèvres énoncent je ne sais quoi... des fariboles, du zèphe coulis.

Elle m'apprend, avant de finir sa grenadine, qu'elle étudie les lettres à Paris loin de sa famille tourangelle. Ça, ça m'intéresse... elle a une piaule... une humble mansarde dans le secteur... rue de Grenelle. Toute ma cervelle, ma volonté à présent vont être tendues vers cet endroit... comment y grimper? Six étages, le septième ciel est juste au-dessus. Enfin, façon de dire, je la gaffe en chanfrein, la môme, en lousdoc je la soupèse... je me pose la seule question de savoir si ça vaut le coup de bite de la gringuer, de donner quelques sérénades à la mandoline ritale sous son balcon... si je ne vais pas m'y user les cordes vocales en vain... revenir mon phallus sous le bras après tant d'efforts.

– Vos yeux...

Je reste un peu en rade. Il me semble qu'elles aiment toutes qu'on leur parle de leurs yeux... voyez Elsa avec son Louis qui n'en finissait pas. J'ajoute n'importe quoi... qu'ils ont des reflets du ciel printanier... je m'exerce à la fois à la séduction et à la poésie.

– Et vos mains, comment pourrais-je oublier vos mains?...

Tant qu'à me sabrer une loquedue, je ferais mieux de chercher dans le sillage du Professeur, une Minouchette quelconque qui ne protège pas son fion à l'abri de Paul Claudel, François Mauriac et Jésus-Christ lui-même.

Mon peu d'expérience ne m'a pas encore tout à fait convaincu qu'on dégotte derrière les confessionnaux de sacrées salopes... qu'une fois quelques barrières enlevées de vive force... « Non! Non! Je vous en supplie, ne faites pas ça! »... Ça vous rehausse l'érotisme d'entendre murmurer une prière... un acte de contrition qui se mêle aux cris de la volupté. Certes, ce goût pervers ne se conçoit que s'il vous reste un brin d'éducation chrétienne... dans l'arrière-tronche... une petite notion du péché. Tout ça d'une époque où ça baignait dans les huiles saintes... que l'Église avec ses rites, ses soutanes et son latin était une institution essentielle de la société... avec le bordel, bien entendu, et le bistrot.

Marthe-gros-cul n'était prude que dans la jactance. On ne peut se rendre compte de ces choses qu'avec les pognes. Elle est revenue au Carillon fureter dans les rayonnages... me questionner sur ceci, cela... les éditions originales... que je lui montre tous nos trésors... notre collection complète des *Cahiers de la Quinzaine... le Mystère de la charité de Jeanne d'Arc* de Péguy... des ouvrages propres à l'aguicher. Ce n'est pas une cliente susceptible de nous acheter des livres de grande valeur quant à leur prix. Je l'ai même sondée... savoir si elle ne poétisait pas un chouïa... si elle n'était pas désireuse, pour une somme modique, de voir son nom en elzévir sur la couverture d'une plaquette aux éditions des Trouvères réunis. Dans ce domaine, elle était lucide. Ça vaut d'être noté à son actif... c'est plutôt rarissime dès qu'on s'attaque aux gens des belles-lettres.

– Je griffonne... des notes de lecture... mon journal intime... Tout ça ne vaut pas d'être publié!

Il ne me restait plus qu'à lui prendre gentiment le bras, lui susurrer des mots passe-partout charmeurs. Profiter, comme avec Yoyo, de l'heure de la fermeture. « Vous avez bien cinq minutes? » Elle en avait davantage. Une fois mon rideau de fer baissé, j'ai pris l'offensive. Ma décision que si elle tortillait, invoquait je ne sais quel saint et toute la morale chrétienne pour se protéger le valseur... je la laisserais barboter dans ses eaux bénites.

Marthe Sainte-Nitouche cachait son jeu... ses désirs derrière Claudel et Maritain. Dans l'obscurité, Satan sans doute m'est venu au secours. La galoche brusque... prolongée hollywoodienne.

– Vous n'êtes pas sérieux...

Ce n'est même pas un reproche... elle me balance la réplique en souriant. L'invite plutôt à la dégrafer... la chiffonner... la palper... lui glouglouter les doudounes. Claudel, Péguy... les saint-frusquin, chez elle, c'est purement littéraire. Elle me prive de la joie malsaine de la calcer dans un contexte pour ainsi dire évangélique. Elle m'expliquera, après l'étreinte, qu'elle croit bien sûr en Jésus-Christ mais sans pour autant accorder aux œuvres de chair une importance de péché capital.

Vous attendez quelques détails... mes croustilleries... cochoncetés périodiques... balpeau! Pour la bonne chronologie, l'exactitude historique de ce récit, je suis obligé de vous les situer un peu plus loin. Ne me manquait pas l'envie de me la sabrer sur le bord du bureau... mais bite échaudée craint les concierges chaudes prêtes à vous envoyer aux galères. Déjà que ça n'allait pas très bien à la librairie, qu'Hector, en lousdoc, me laissait ouïr que je devenais une charge vraiment lourdingue pour son entreprise. Qu'en définitive, j'étais un peu là, n'est-ce pas, parce qu'il était bon et qu'il avait le sens de la solidarité avec les anciens de l'armée libératrice.

Je me suis tout de même gâté un peu avant de sortir de la boutique... bouche et pognes... la bandaison impérative doucement frottée au bon endroit. Tout ça n'apprendra plus lerche à mes libérées jeunes lectrices. On m'affirme dans les revues, les bavardages d'un peu partout, que ça copule dès douze-treize piges. Les parents leur prêtent la chambre, les conseillent en troudeballeries... cours d'éducation sexy... n'en ont cure, les chérubins-rubines! Caltez, vieux birbes!... et ça s'emmanche... pédale itou! Sodome et Gomorrhe à Yvetot... dans toutes les bourgades du Lot-et-Garonne. Vous permissivitez, baronne? Beau invoquer maintenant le sida... le retour aux vieilles capotes english... l'élan est pris et ne s'arrêtera qu'à coups de carabine... la chasse aux dépravés ouverte au nom d'une divinité nouvelle!

Donc cette Marthe, après ces tripotages à l'ombre des chefs-d'œuvre ensorceleurs... les éditions originales... nous nous achevâmes en sa mansarde. Les détails sont sans importance.

Comparaison avec Yoyo, c'était la jument percheronne par rapport à la pouliche pur sang! A la manœuvre, elle voulait surtout des coups de reins sévères... de plus en plus forts... se faire défoncer la chagatte. Des choses qu'on peut lui offrir en pleine jeunesse avec des poumons de stentor. Qu'elle en profite, la percheronne, c'est la fête à son prosinard, des ivresses, chérie, qui ne durent qu'un temps!

Et dire que tout ça, ces étreintes bestiales, c'est par Claudel que ça a commencé... les chemins du Seigneur sont bien imprévus mais, en l'occurrence, pénétrables.

Trêve de luxure... l'emmerde majeure lorsqu'on s'est montré câlin... broutivore et vif caramboleur... leur germent des idées sentimentales... ça remonte fion cœur... l'amour toujours! S'il faut faire bien gaffe où l'on plante sa chopote de choc... qu'elle nous reste pas coinçaresse... enchaînée par les doux liens du concubinage et pourquoi pas le sacrement, les alliances échangées devant l'autel... etc. Combien en ai-je vus de bons petits copains, de ces rouleurs qui vous bonimentaient leurs exploits de biroutiniers... de ces joyeux vantards aux récits de coïts à répétition... foudres de fesses, ravageurs de minous que les dames s'arrachaient par le bas du froc... la braguette carrément... tous les boutons en voltige! Un beau jour, vous les voyez affublés d'un tromblon grotesque... une dabuche qui ne s'épile même plus les moustagaches. Tout commence dans les délices... les fleurs... les soupirs en gondole sous les ponts vénitiens et, fatal, finit à la papa... la paresseuse... à la ramasse! On tirait les rideaux, n'est-ce pas, et un jour on tire la chaîne.

Je vous ai amusés un petit paragraphe, j'espère, avec Marthe. Elle est revenue me rôder alentour... quelques visites culturelles au Carillon... à la recherche soi-disant d'un essai de Jacques Maritain, *Arts et Scolastique*... quelque chose de ce genre.

Sans enthousiasme excessif, je monte encore dans sa mansarde, la braquemarder amical. Elle commence à pleurnicher... que je ne suis motivé que par l'assouvissement de mes sens... l'âme, le cœur ne sont rien pour moi... ou si peu! Pour se dégager alors, c'est relativement facile si on prend la route... son balluchon et puis natchave! On gagne un port, on s'embarque pour une île lointaine. Point n'y songe et j'ai sans doute tort... j'irais voir le monde, les grands singes, les petits crocodiles... m'embrocher quelques jolies négresses. Je reste à ma mangeoire... mes livres alignés. Ça m'oblige, Marthe, à lui confectionner une tirade... la peur de m'attacher trop à elle alors que je suis si jeune, si incertain... xétéra. Je voudrais pouvoir m'en satisfaire à disposition une fois par semaine lorsque la sève grimpe... le prurit me démange total... monter jusqu'à sa mansarde... toc! un aimable coup dans les brancards. J'allais dire ça serait l'idéal... je vais à nouveau révulser bien des lectrices... j'entends déjà leurs insultes... machiste affreux! phallo dégueulasse!... facho sexiste!... Elles sont devenues impossibles.

3

Quand un vicomte...

Que se déroule-t-il à ce moment?... se chevauchent sans doute des rencontres, des événements... je vais voir le Prince... je traîne encore avec le Professeur. A force de m'arsouiller la tronche, je deviens cotonneux les matins... quelque chose en moi me dit, m'envoie le serre qu'il faut que je m'arrête... que c'est un chemin encore plus redoutable que d'enfreindre les lois du Code pénal.

Et toujours cette carence d'oseille! Le 16 du mois je me retourne les fouilles. Je rêve à des portefeuilles épais, pleins de grands formats que je trouverais, comme ça, un bel hasard, dans un ruisseau ou même dans des chiottes après tout! Je me vois lavant les talbins... les essuyant chaque soigneusement... les lissant au fer à repasser. Parfois, passant devant une banque, là, ça devient sérieux ma délinquance préméditée. Je retrouve ma Sten dans ma mémoire, encore tout astiquée, graissée... ma sulfateuse anti-Teutons. Il suffirait que je me pointe... « Mains en l'air! »... enfouir rapidos quelques briques dans une sacoche! Après, le hic! Décarrer fissa, sans complice au volant d'une Traction avant volée... ça me paraît glandilleux d'aller s'engouffrer dans le métro... s'évaporer entre deux stations.

Je ne vous cache rien... j'omets peut-être... à tout raconter, ses moindres cacas trop coulants, on fastidie un peu le lecteur, s'il n'est pas mis en condition par les intelligentsias d'admirer vos n'importe quoi... scatologie... délire triste sans virgule. Préférable pour ce genre d'exercice que le snobisme, la rumeur, les exégètes vous portent au pinacle. Depuis dix-quinze ans, ils arrivent à imposer au public des ouvrages où l'ennui vous prend dès la troisième page, mais qu'il est urgent de lire entre les lignes... les non-dit... la brume enveloppante... style incantatoire... la lisibilité tout à fait secondaire... le fascinant du fastidieux.

Je prends le risque, je vous poursuis mon ours en clair, quasi-chronologie logique. Se pointe un jour... un soir peut-être, un jeunot, un type dans mes âges. Il vient fureter au Carillon... s'attarde secteur poésie. Il a la dégaine d'un fils de famille... son allure, les frusques. Je m'enquiers un peu de ses recherches. Va-t-il nous laisser quelques piécettes? Il se met à jacter surtout. Il réfute je ne sais quelle affirmation d'un critique littéraire.

– Je ne sais pas si vous avez lu ses articles dans *Combat*?

Non... je n'ai pas eu le temps ou j'ai dû être distrait. Je n'ose lui dire que je ne lis dans les journaux que les faits divers. Je l'observe ce zèbre... il pérore, s'écoute parler. Il a, bien sûr, la science infuse... travers commun chez beaucoup d'étudiants, de gens qui se piquent de belles-lettres. Ils excommunient... ricanent, tranchent... que ceci est dépassé... ne va pas assez loin... tout un langage qui ne varie guère.

C'est un blondasse, le visage rose... un nez assez fort genre bourbonien. Il agite les bras en m'expliquant ce qui lui tient à cœur. Il paraît que la première impression est la bonne... je devrais donc être en quart vis-à-vis de cézig... quelque chose en lui me met mal à l'aise. Il brouille les brêmes en discourant, phrasibulant... il me demande, en somme, de l'admirer... d'être cloué sur place par sa faconde, sa culture, son entregent. Seulement il arrive après le Professeur, en comparaison c'est gnognote, chochotteries, bulles de savonnette. Il dit tout bout de champ... « Excellent! C'est excellent! » Le vocable à la mode, comme aujourd'hui génial.

Je me demande tout bonnement s'il n'a pas quelques poèmes à publier... si je ne peux pas lui passer dans le tarin un anneau afin de le conduire chez le Prince maquignon. Jamais encore je n'ai réussi à lui amener de clients... sa maison roule... il passe des petites publicités... LES ÉDITIONS DES TROUVÈRES RÉUNIS ATTENDENT VOS ŒUVRES. Avec le tromblon... le coup de flingue derrière les mots mais, ça, les initiés seuls le comprennent. Je ne peux pas, cet éventuel pigeon, l'attaquer but en blanc. Faut que je me le respire encore et me rencarde l'air de rien. J'entre dans son jeu, je lui rétorque deux-trois fois, je le relance... lui flatte sa petite vanité.

– Je me demande comment vous faites pour lire autant!

Considérant ce qui s'entasse, s'aligne sur les rayonnages du Carillon, j'y vais le paxif dans la flatterie!... *Que vous êtes joli... Que vous me semblez beau!* Tout est dans les fables de La Fontaine... en tout cas pour ce qui est de la conduite à suivre dans l'existence de tous les jours. Le reste, les circonvolutions philosophiques... explications psychanalytiques... enculeries de mouche... ne servent qu'à écrire des livres sur les livres.

La seule inconnue de ma petite fable... je n'ai pas idée du fromage. Vous flagornez, flattez à mort... si votre corbeau ne tient dans son bec aucun calendos, pas le moindre chabrillou... vous déconnez, bavez à perte. De toute façon, il me trouve sympa, ce jeune homme... je mérite qu'il s'épanche, me raconte sa vie. Il m'achète tout de même quelques livres... Il apprécie Jean Cocteau. On a une édition rare de *Plain-Chant*... 1923... l'originale. Il débourse, ça me paraît de bon augure. S'il s'intéresse tant aux poètes... à Garcia Lorca aussi, me dit-il... il doit lui-même, je déduis, rimailler. Peut-être ai-je le pif... mais je ne dois rien brusquer... simplement faire en sorte qu'il revienne au Carillon. Il cherche, ça tombe pile, une édition illustrée du *Romancero gitan*... je vais demander à Hector s'il peut la lui dégauchir. Il me tend sa brême... une carte de visite gravée RENAUD DE GROSMESNIL, son blase! Encore un noble, je n'en sors plus, entre la Comtesse, le Prince, le poète de Beaumont! A croire que je suis presque le seul à être roturier. La particule, ça en jette toujours après deux siècles de république aux caves, aux frangines. Je regrette, à présent, de ne pas avoir choisi en 1962 un pseudo aristocratique... Alphonse... par exemple... de Macheclou... de Vastebrise... d'Entrefage... duc de Fresnes et autres hauts lieux.

Il perçoit, ce Renaud... un rien de surprise lorsque je lis son bristol, il en profite pour me rassurer...

– Ce titre me pèse plutôt qu'autre chose.

Et de développer qu'il est en querelle, désaccord profond avec sa famille... surtout avec son papa, le comte Gaëtan!

– Je n'hésite pas à vous dire entre quat'z-yeux que c'est une ordure!

Ses yeux à lui, ils sont bleus... il paraît que les personnes du sexe sont sensibles aux châsses d'azur... je vous ai déjà dit plus haut à propos du Prince. Les siens sont bizarres... des reflets jaunes... une lueur douteuse. Vraiment je devrais être avec ce vicomte (le fils du comte, c'est donc un vicomte) sur mes gardes... en quart... ne pas le laisser trop pénétrer sur mon territoire. Or, il y va... il m'envahit rapidos, me raconte sa vie, ses problèmes... toutes ses angoisses. Je me laisse piéger avec mon idée d'arrière-crâne de le ramener au Prince pour le plumer.

C'est l'heure de la bectance... midi et demi... je retire le bec-de-cane. Il me demande :

– Où déjeunez-vous?

Toujours mon casse-dalle au yaourt à même le magasin. Je vais me taper ensuite un café, encore ersatz à cette époque. Oh! il m'invite... il a des tickets pour aller claper à l'école des Beaux-Arts voisine. Une sorte de cantine... et nous sommes bientôt avec chacun un plateau genre snack-bar au milieu d'une foule de jeunes bigarrés. Il m'avoue qu'il me trouve sympa... Nous allons nous tutoyer. Oui, oui... ça me dérange nullement, je tutoierais volontiers les anges... les démons, s'il le fallait.

– T'as l'air d'un type bien...

Son préambule pour me raconter les affres de sa brève existence. Ce père odieux, taré, qui fut collabo, lecteur de *Je suis partout*... insatiable mangeur de juifs.

– J'ai voulu partir dans le maquis... il m'a fait ramener à la maison par la police...

En pénitence... ça se passait dans l'Eure-et-Loir, où il a, ce dab noble, une propriété... un manoir. Il a bouclé Renaud dans une chambre, en haut d'une tour comme dans une chanson ancienne. Une sousoupe deux fois par jour, un cruchon de flotte et un morceau de pain. Le vrai mitard pendant toutes les vacances de Pâques.

– T'as dû écrire des poèmes?...

Voyez, j'en reviens à mon projet. Je veux bien tout entendre... qu'il me bonnisse sa vie entière, s'il a le désir, pour une somme sans doute modique eu égard à son titre, de se faire éditer chez les Trouvères réunis.

– Je n'avais ni papier, ni encre, ni crayon... sinon, tu penses bien!

Ça me laisse présager dans la bonne direction. Une fois hors de sa cellote, du donjon, il a dû sc rattraper... y aller du quatrain... cadencer dans la rime riche ou pauvre, nulle importance!

– Sais-tu ce qu'il est devenu à présent?

Son papa... sans trop de risques de me gourer, je lui réponds : « Résistant! » C'est une espèce de métamorphose assez courante entre 44 et 47. Ça, je lui en bouche un coin. Merde! Il me découvre, sinon très intelligent, du moins futé. On se tape tout en conversant un brouet triste... des carottes autour d'une mince tranche de viande. Dans notre monde de trop de bouffe, c'est un peu ce qu'on vous sert à présent sous le nom de nouvelle cuisine. Autour, ça braille, chahute... les étudiants d'alors, surtout aux Beaux-Arts, donnaient dans la rengaine corps de garde... *la grosse bite à Dudule... les Filles de Camaret... Frotte ton cul contre le mien!* C'était, dit-on aujourd'hui dans les journaux, les revues les plus en pointe du progrès, une certaine façon de compenser... de les retenir de s'introspecter véritable et surtout de s'engager dans les luttes essentielles.

On était parmi la faune... chemise à carreaux... froc

de velours... déjà de jolies barbes florissantes bien avant Mai 68. Le brouhaha n'empêchait pas Renaud le vicomte de poursuivre ses confidences. Depuis que j'ai deviné l'évolution de son géniteur, il me prend au sérieux. Au MRP, il s'est inscrit, le daron... le parti des démocrates-chrétiens. Depuis la Libération il est puissant, il rassemble la bourgeoisie bien-pensante... des gens qui se préoccupent à présent du social, les disciples de Marc Sangnier. Et, bien entendu, tous ceux qui ont envie de faire oublier qu'ils ont acclamé le maréchal Pétain se réfugient au MRP faute de mieux. Logique que le comte de Grosmesnil ait pris fissa sa brême en septembre 44.

– Je le supporte de moins en moins...

Il respire, soupire, avale une bouchée et ajoute :

– Et toi, ton père... comment ça se passe avec ton père ?

Je n'aime pas excessif les questions aussi directes... les confidences aux inconnus... brûle-pourpoint. Je me défile le plus souvent en répondant n'importe quoi. On sort de la bruyante cacophonie des futurs artistes.

Il fait un temps clair sur Paris. Falloir que je regagne mon Carillon. Je laisse la porte ouverte maintenant qu'il commence à faire chaud. J'ai déjà plus la salamandre à faire ronfler mais, en contrepartie, le beau temps sort la mère Théo sur le pas de l'immeuble avec un pliant et son clébard dégueulasse. Elle s'installe de telle sorte, la truie, qu'elle peut me borgnotter, voir ce qui se trame dans nos rayonnages. Paris a encore des allures provinciales... les concierges tricotent sur le bord des trottoirs... les commerçants viennent leur faire un brin de causette entre deux clients... dire un peu de mal de leurs semblables... s'amicaler dans les petites haines... l'union des ragots. Oh, qu'ils se dépêchent, ça sera bientôt plus possible... le flot ininterrompu des bagnoles, roue contre roue... les pots d'échappement... un vacarme de tremblement de terre, les odeurs d'essence... ça va chasser toutes les bignoles, elles vont se réfugier dans leur loge jusqu'à ce qu'on les remplace par des gardiennes, ensuite des préposées... enfin des interphones carrément et qu'on rase, par la même occase, les vieux immeubles... qu'on élève des tours de verre... les buildings du grand bonheur!

Nous n'en sommes pas encore là. Je suis donc rue des Beaux-Arts avec ce Renaud vicomte de Grosmesnil... Je remarque qu'il a une drôle de démarche, qu'il se tient le cul un peu en retrait du reste du corps... qu'il est plutôt bâti bouteille Saint-Galmier. J'ai le tort de lui répondre que ça ne s'est jamais passé ni bien ni mal avec mon père puisqu'il s'est jamais montré... que je suis fils du Saint-Esprit en quelque sorte. Oh, il se marre de ma réponse... mais ça lui paraît, à lui, vu le contexte, être une chance... qu'il vaut mieux ne pas avoir de père du tout qu'un comme le sien. Il a peut-être raison, je me dis aujourd'hui, plume en pogne... je n'ai pas eu à rejeter l'image du papa... me colleter avec lui... toutes ces histoires de complexes.

Sur l'instant, il me pompe un peu cézig... il héritera un jour ou l'autre de toute façon du castel dans l'Eure-et-Loir... il a beau dire, il se pavane avec son titre.

– En somme, tu es un peu un paria...

Il m'envie presque. Si je pouvais savoir ce que son père est un ignoble, un putride... combien il le dégoûte! Plusieurs fois, ils en sont venus presque à se jambonner la gueule... s'entre-tuer. Mais il y a la mère... la comtesse qui s'interpose.

– Oh, c'est aussi une vieille conne, pleine de préjugés... Une pleurnicheuse... et avare, tu ne peux pas te faire une idée!

Il y va... me débourre sa famille en fiente bien chaude, bien fumante... que je me la régale! Son enfance, il l'a passée dans une solitude glacée... un cercle qu'il commence à briser grâce à la littérature. S'il avait pu rejoindre ce fameux maquis des Hauts-du-Loir, ça lui aurait permis d'un seul coup de se libérer, de devenir enfin lui-même.

Certes, mais ça me paraît curieux qu'il n'ait pas trouvé l'occase de fausser compagnie à sa si pesante famille. Il suffisait d'aller au lycée le matin et de ne pas rentrer le soir. Il n'a pas eu ce courage, il va me l'avouer. Oh, il m'en avouera bien d'autres, c'est un jeune homme qui a le besoin impératif de s'exprimer, de se confier! Il a l'âme blessée... le sens de l'absurde, c'est à la mode.

Il me raccompagne au Carillon. Il reviendra... il me trouve de plus en plus susceptible, digne en quelque sorte de l'écouter... de l'aider à surmonter son mal de vivre.

– Tu devrais écrire...

J'insiste, je voudrais pas trop perdre mon temps. Il ne m'amuse pas excessif, j'ai mieux pour me divertir dans la catégorie poètes... une collection peu ordinaire!

– J'écris, tu penses bien... mais je n'ai pas l'impression que mes poèmes soient valables...

Poèmes! Il a dit poèmes!... Le Prince publie bien *Lune, ô ma lune, ponds-moi un œuf*... tout ce que pourra lui proposer Renaud fera page... n'est-ce pas... la typographie adéquate rend l'insipidité tragique. Je bondis sur l'occase... moi, je voudrais bien me les farcir ses œuvrettes... ses interrogations rythmiques sur l'intérêt de la vie à être vécue... sa libération sur papelard... ses angoisses adjectivées... sa solitude en subjonctif.

Vous dites cela... un petit chouïa... un seul mot à un écrivassier quelconque et son âme soudain est guérie, neuf fois sur dix il vous accroche! S'il va vous faire lire ses œuvres! Vous les déclamer lui-même! Vous n'y coupez pas! S'il a du fric... de quoi éclairer mon Prince charmant éditeur, ça vaut tout de même la peine de l'écouter, de lui flatter l'encolure à cette tronche de gail. Je le quitte, l'abandonne... j'ai du labeur qui m'attend. Je le remercie beaucoup... entre nous, il ne veut pas de ça... c'est un type au-dessus de ces politesses bourgeoises. Que je me le dise.

L'engrenage fatal... il va revenir, ce noblaillon... en les brefs délais... poèmes sous le bras, bien entendu. A peine si j'ai eu le temps d'en glisser un mot au Prince qui m'a paru soucieux d'autre chose. Je n'ai pas encore entravé que ces éditions des Trouvères ne lui servaient au fond que d'alibi, de couverture. Certes, il ne peut s'empêcher dans tout ce qu'il fait d'arnaquer, de biseauter les cartes... d'être toujours à la limite des malhonnêtetés les plus diverses. Il a donc pressuré de son mieux quelques naves versificateurs. Ça ne lui a tout de même pas rapporté de quoi subvenir à son train de vie... l'évidence! Il a acheté une nouvelle tire... une Hotchkiss sport décapotable... toujours des gamines sur le siège avant, je vous ai dit... il les affectionne avec encore des nattes... des sortes de petits Chaperons rouges. « Prince, comme vous avez de longues mains!... » Ce qu'elles murmurent tandis qu'il se les égare, ses jolies paluches, sur leurs bras nus... s'approche de leurs jeunes mamelles!

D'après l'autre arsouille, le Vladimir Barowski alias Éric Génibrel... ses ragoteries... le Prince, après la Libération, avait monté des magouilles de chantage en complicité avec quelques flics véreux. En possession de documents, dossiers plus ou moins accablants, ils dépouillaient de riches collabos, des gens qui s'étaient mouillés avec la Gestape, qui avaient commercé dans le noir avec l'occupant. Pour passer la pogne, effacer les traces, brûler les rapports, métamorphoser les preuves écrites en fumée, ça coûtait dans l'exorbitant. Le Prince s'était sucré royal... de quoi mener sa vie de nabab, se régaler la verge de pucelages... table ouverte... les talbins froissés dans toutes les fouilles.

Sans doute le filon des collabos à arraisonner s'épuisait-il. Le Prince avait d'autres chevilles... combines de toutes sortes avec les lardus de choc d'Honneur de la Police. Seulement le règne de son boss, Monsieur Joseph, était fini. Je n'avais pas fait de rapprochement, n'étant pas à ce moment au parfum de leur complicité... Joinovici mis en cause par les agents de la Sécurité du territoire s'était esbigné à temps. On le disait planqué en Allemagne dans la zone américaine.

Par le Professeur, je parvenais à savoir pas mal de choses sur le Prince et sur Génibrel. En plus, ils mettaient l'un l'autre un malin plaisir à se dégrainer... se noircir le portrait. Tout ça fort instructif... en tout cas bien plus que les œuvres du vicomte de Grosmesnil. Il avait déjà pondu pas mal de poèmes... toute une série... *Sur les ailes du désespoir*... ça s'intitulait. Un peu épais comme volume... je voyais ça pifomètre, certain que le Prince n'allait pas les lui publier tous d'un seul coup, ses poésies. Enfin, je riffaudais peut-être la peau de l'aristocrate avant de l'avoir occis... il était venu me porter ses morceaux choisis... que je m'en bégale un peu le soir en rentrant dans ma piaule presque aussi humide l'été que l'hiver.

J'ai déchiré mon cœur avec mon stylo.

Je me doutais... *Je suis un nageur ivre roulé par la tempête!* Des trucs de ce gabarit, il en avait rempli des pages... *Amours perdues... les Coups du destin qui frappent en son cœur blessé!* Tout l'attirail, la phraséologie poétique ordinaire. Des choses qui rappellent d'autres choses, d'autres écrits qu'on a lus, entendus... des renvois d'écho en écho. Ça lui permet au Renaud de pencher la tronche de côté, de se mouiller l'œil, se prendre la bite au tragique. Il me signale que certains textes sont inspirés par une cruelle déception amoureuse. Il ne peut pas m'en dire davantage... il attend que ça se cicatrise. Je préfère ça pour tout dire!

– Tu voudrais les publier?

Il hésite... c'te bonne paire... de joues! il en brûle. Tous les faiseurs de vers libres ou non ne rêvent que de se voir éditer! Beau dire que ce n'est pas très au point, qu'il leur faut encore reprendre le porte-plume pour affiner leur style, s'ils envisagent de voir leur blase sur une couverture de livre, c'est l'éden... l'éjaculation immédiate!

Pour renforcer ma position, je lui ai révélé qu'un éditeur... un prince belge, Henri de Vanderam, me chargeait de lui trouver des auteurs, de me farcir leurs œuvres, de lui faire des rapports de lecture. Qu'avais-je dit là? S'il bichait, cézig, s'agitait sur le fauteuil où il avait posé son gros cul!

– Tu aurais pu me le dire tout de suite! J'ai d'autres textes... de courtes nouvelles.

Le moment douloureux, ça sera l'annonce obligatoire qu'il faut, aux éditions des Trouvères réunis, sortir son lazingue... l'ouvrir, en extirper des billets de banque. Je faisais confiance au Prince... il avait l'art, toutes les manières adéquates pour conduire le cavestron à lui cracher ses piécettes. Il parlait autant avec sa bouche qu'avec ses pognes. Pour un Belge, ça faisait plutôt rital... mais était-il vraiment belge, le Prince? Jamais j'ai pu, comme pour Génibrel, savoir le fin mot sur leurs origines. Ce sont des êtres multiformes... d'identité incertaine... nationalités diverses... religion selon les latitudes, méridiens. J'en ai connu d'autres... je n'aurai jamais sans doute le loisir de vous les biographier... que je rencontre au hasard de mon existence, de mes déplacements... en brahmane, en pope, en rabbin. Génibrel, vous l'avez aperçu comme moi, en clergyman. Ce n'était pas, je subodorais, la dernière métamorphose du cloporte.

Beau proclamer qu'il s'en tape les couilles de son titre, le vicomte Renaud... ce blase de prince belge lui en jette, le rassure. Les aristos qui deviennent égalitaristes, gauche à tout crin, c'est rare qu'ils se châtrent de leur particule, j'ai remarqué. Ils n'osent plus s'avouer ducs ou marquis, mais ils s'arrangent toujours l'air de rien... en vous glissant au bon moment la plaisanterie opportune à vous le faire savoir.

Maintenant, il va me coller aux noix le Renaud poète... me refiler ses œuvres fort heureusement tapées à la machine par...

– Une amie, dit-il... une amie très chère.

Ça le démange de me la raconter, cette amie très chère... La troisième fois qu'il se repointe, il ne pourra plus se retenir, c'est comme un caca pressant les confidences amoureuses. On ne peut pas les retenir longtemps.

– Je suis l'amant d'une femme plus âgée que moi. Une très belle femme qui m'adore!

Elle n'est pas noble, elle... ça en fait toujours un de moins! Elle tient une boutique de parfumerie dans le 17ᵉ, rue d'Armaillé. Les parents de Renaud perchent au-dessus... dans le même immeuble, ce qui explique la fatalité de leur rencontre. C'est très bien, ça, je le félicite! Je l'envie dans un sens... une parfumeuse, ça dégage des délices pour l'olfactif plus propres à inspirer le poète qu'une bouchère, voire une poissonnière. Je glisse toujours, vieille manie qui ne m'a jamais quitté, vers la rigolade, les plaisanteries le plus souvent, hélas! d'un goût douteux, dès qu'il est question de derrière... d'emmancheries sexuelles. Je ne me souviens plus de ce que je lui ai dit à ce moment-là, mais il accuse le coup... se froisse... que je me fasse pas de mauvaises idées.

– Avec Géraldine, rien n'est simple. Elle est mariée... elle a déjà une grande fille.

Ce qui implique obligados qu'elle frise la quarantaine. Il me raconte aussi l'époux de la dame, un homme égoïste et fruste. Fort heureux, lui, il disparaît des semaines entières... les parfums, il va en fourguer dans toute la France... il représente je ne sais quelle marque. Il prend le train avec sa mallette d'échantillons et il prospecte Bordeaux, Strasbourg, Saint-Flour, Lille ou Tourcoing. La Géraldine, si elle en profite, la garce, pour s'offrir le jeune vicomte... lui glouglouter les baloches, lui déguster le gland d'une bouche experte! Enfin, je suppose... mon poète, lui il a plutôt tendance à se prendre les organes reproducteurs dans les filets du romantisme.

Ça me rend curieux de la visionner, sa parfumeuse... l'idée vacharde et prétentieuse de la lui flibuster me trotte déjà en tronche. Ça lui ferait, à tout prendre, une nouvelle source d'inspiration à ce nave, si je lui calçais sa femme déjà adultère. Je me berlure que c'est peut-être une sorte de nymphomane... une escaladeuse de braguette au regard vert pailleté d'or.

Berlurer, le mot idoine. Je vous l'explique au passage... vous dites avoir la berlue... c'est-à-dire se faire une idée fausse, une illusion... voilà... le verbe! Je me berlure pour deux raisons. Je me suis fait de la dame une image idéale... la belle parfumeuse quadragénaire à la cuisse encore ferme... idem le téton... tout à l'avenant... frime, chevelure, menottes, quenottes, etc. Je vais déchanter, débander en la voyant dans quelques jours, quelques pages, attendez un peu! Certes, elle se surveille... se remonte la laiterie, se maquille, se sape soigneux... mais vaut mieux pas trop l'approcher, la détailler... s'appesantir visuel sur sa tronche. Déjà, elle a un strabisme pas si léger... elle louche, elle y va franco! Quand elles sont jeunes et fraîches et roses... euphémisme... on dit qu'il s'agit d'une coquetterie dans l'œil. Plus tard, lorsqu'elle aura pris du poids et des rides, on parlera de merde à l'autre... quelques gentillesses de cet acabit. Tout est jeunesse, à la jeunesse... ne vioquissez pas, ça ne pardonne pas... on ne pardonne plus rien aux bibards...

Ceci implique, cette description... l'esquisse de Géraldine un peu prématurée dans ma chronique... qu'auparavant je me suis tortoré les poésies du vicomte... enfin parcouru... des risettes verbales, bulles de savon, des calligrammes... dix-quinze lignes... *Mes attentes dans le jardin ensoleillé de mon cœur.* On va à la ligne après *dans...* Pourquoi? ça, c'est le mystère... le secret de l'auteur. Les plus limpides parlent d'une gonzesse – est-ce Géraldine? – *avec des yeux d'oiseau qui s'envole... de désirs comme des fleurs nouvelles...* etc.

Naturlich, il a hâte, ce nave noble, de savoir ce que j'en pense... mon verdict personnel. Je ne peux que lui dire mon enthousiasme... que je suis transporté d'extase... tout à fait acquis! Qu'il est un nouveau tout ce qui peut lui faire plaisir... Éluard, Apollinaire, Cocteau... Rimbaud pourquoi pas? Ça risque pas que le Prince me contredise... simplement, lui, il a le chic pour trouver la formule qui cueille la victime au foie... atténuer l'excessivité de mes louanges par un conseil frappé du bon sens... l'once d'une critique. « Vous pourriez peut-être revoir la structure intrinsèque de ce texte... resserrer ici ou là, n'est-ce pas... » Il y va sur des œufs encore plus avec les poètes qu'avec les petites filles. Un mot de trop, un geste, et c'est la catastrophe. Il suggère juste... s'il peut se permettre... il lui semble que...

Je lui ai donc apporté Renaud comme dans mon enfance on menait la chèvre au bouc. Ça me rappelle ça... je n'y peux rien. Je revois ma nourrice traînant la Mounette ou la Zéphirine par une corde au cou jusque chez l'Armand Peinard, de l'autre côté de la voie de chemin de fer. On suivait, nous autres la marmaille. Le bouc, il réglait vite fait le problème. Nulle fioriture, il grimpait sur la biquette et il la fécondait l'espace d'un instant fugace. Je m'éloigne encore... un jour peut-être je raconterai toutes ces choses... un ouvrage bucolique à souhait... rural rétro. Ma prime enfance dans les labours et les fenaisons.

Le Prince lui a joué sa partition... le fume-cigarette... l'apéritif à la Rhumerie. Un rien cependant m'a mis en quart, je ne l'ai pas trouvé aussi bon, aussi convaincant que d'habitude. Peut-être en est-il comme de ces acteurs qui ne sont pas en état de grâce chaque soir.

L'impression que me donne le Prince en train de faire son numéro à mon Baudelaire en herbe! A peine s'il enveloppe comme d'habitude son boniment pour lui soutirer le carbure.

– Une petite participation aux frais, surtout si vous désirez votre œuvre sur papier Japon. Ce qui vous permet ensuite de vendre chaque exemplaire un peu plus cher!

Voici le moment, le pourquoi je rencontre Géraldine... je me pointe avec Renaud à sa boutique. J'ai lourdé le Carillon un peu plus tôt que d'habitude et on arrive rue d'Armaillé sur les sept plombes. Présentations... je suis un conseiller des éditions des Trouvères réunis. La Géraldine m'écoute débagouler. Elle a fermé pour les clients... on est dans l'arrière-boutique. Certes, elle se soigne, se maquille... se coiffe, se fringue pour donner le change de ses bien plus que quarante piges... pifomètre, ça serait plutôt des cinquante dont elle approche. Elle me scrute, me jauge... son strabisme ne l'empêche pas de me détailler, se rendre compte que je ne suis pas exactement l'homme du rôle dont je m'affuble. Le Prince aurait dû se déplacer en personne... s'arrêter devant la parfumerie avec sa Hotchkiss, en descendre avec ses harnais de milord... sa désinvolture... son regard séducteur pénétrant. Je manque de classe... je traîne un peu dans les fins de phrases. Elle me perce à jour, la fine mouche, j'en suis certain... le courant ne passe pas... ne passera jamais! Ça ne va pas être de la mousseline entre nous. Je vais devenir, par la suite, au contraire, l'âme damnée de son chéri Renaud... son mauvais exemple permanent.

– Cinq mille francs, n'est-ce pas, c'est une somme...

La remarque... la riposte de Géraldine! Elle, elle sait ce

que les prix veulent dire. Tout de même elle est commerçante avant tout. Je baratine de mon mieux et je ne me sens pas très convaincant... le prix du papier... l'imprimerie spéciale à l'ancienne pour mieux servir le chef-d'œuvre de Renaud. Je lui présente un exemplaire d'un de nos derniers recueils, celui d'un officier à la retraite qui versifie à propos de sa jeunesse glorieuse sur les champs de bataille verdunois... dans les tranchées quatorze-dix-huitièmes. Bien entendu, ces vers de mirliton ne peuvent rivaliser avec l'éblouissance stylistique des poèmes de Renaud, mais il s'agit d'apprécier simplement le travail de nos artisans typographes.

Pas la meilleure impression après que je me suis dépensé de jactance. Elle sourit pincé, s'efforce d'être aimable... elle nous a offert un rafraîchissement. Je me demande, une petite parenthèse inopportune, si une parfumerie est un lieu tellement propice aux vives bandaisons. La porte du magasin est ouverte... ça se mélange les effluves, émanations de lavande, rose, héliotrope, ambre... que sais-je encore? Ça finit par me monter au cigare, me foutre la tronche en compression. Naguère, je folâtrais avec une opulente charcutière dans son arrière-boutique parmi les sifflards, les pâtés de lapin, les jambons fumés... le boudin... et ça ne m'incommodait nullement pour l'assaisonner de foutre! Une réflexion qui me vient, comme ça, en arrière-crâne.

Je ne compte peut-être pas assez sur Renaud, lui, il a des moyens braquemardesques exceptionnels pour la convaincre sa mémère... bien lui faire comprendre au tréfonds de la founette qu'il est le plus grand poète du siècle... celui que la France attend. Qu'elle a bien de la chance de se faire honorer par un membre futur de l'Académie française. Pour cinq mille balles, c'est une occase que tu ne retrouveras plus, mon cœur! Un cadeau des anges. Je vous résume peut-être un peu fruste la situasse... mais le résultat au finish seul est à prendre en compte. Les cinq mille balles, il a réussi tout de même à les extirper à sa Géraldine, le vicomte. Ce fut ma première et dernière affaire, hélas, d'intermédiaire des muses.

S'ensuivit que j'allais maintenant connaître toute la famille de Grosmesnil. Quelques jours après cette scène, cette première rencontre avec Géraldine, Renaud m'a téléphoné au Carillon pour m'annoncer la nouvelle... que ça y était... qu'il avait le fric... qu'on pouvait aller porter les talbins au Prince.

Ma veine... le Prince n'était plus pressé! Il avait déjà son programme complet jusqu'en octobre. Des poètes maudits à compte d'auteur, il en avait jusque dans la cour qui l'attendaient... qui piaffaient de lui allonger leurs éconocroques.

Ça s'enchevêtre encore une fois. Plusieurs événements s'embrouillent... les personnages qui viennent, repartent! Le Professeur, perspicace en ce qui concernait le Prince, suppose qu'il n'éditera plus de poésie... qu'il a trouvé un autre filon. A la librairie, je sens des ondes... que ça ne va plus du tout... qu'Hector me gaffe bizarre, qu'il recompte la recette, inspecte minutieux la comptabilité. Et pourtant je ne le chourave pas d'un centime... l'honnêteté même! Ça serait un comble qu'il me soupçonne de lui emplâtrer ses bénéfices! Ça le sera pourtant... je vais me taper le calice à la lie... mais que je vous série les choses... les circonstances.

Le dab, le comte Gaëtan, il donne un peu dans la caricature. Je l'ai vu pour la première fois un matin, un lundi sans doute, jour de fermeture du Carillon.

– Vous êtes un ami de Renaud?

Une bonniche maigrichonne m'avait introduit au salon. Il y était en robe de chambre de velours grenat, tout à fait un polichinelle comme silhouette... voûté à en être bossu... ventru cependant... le crâne dégarni, juste une bordure de cheveux gris-jaune, longs, pelliculeux autour de sa perruque en peau de fesse... la frime ravinée... valoches sous les yeux... un tarbouif proéminent, crochu comme celui des caricatures de juifs dans les journaux antisémites de l'Occupation.

Il parle précisément dans ce nez de démonstration, le comte. Il nasille... me zyeute plutôt soupçonneux, féroce... deux points noirs à l'abri d'énormes sourcils en accent circonflexe.

– Renaud s'est levé tard comme d'habitude. Il est en train de finir sa toilette. Asseyez-vous un instant, je vous prie.

Ça renifle là-dedans le renfermé, le rance... remugles d'on ne sait quoi... moisissures, tambouille recuite... cloportes macérés... de ces odeurs déprimantes... qu'on a envie d'aller au renard sans pouvoir y arriver vraiment. Je me pose le prosinard sur un fauteuil sans doute Louis XVI... je n'ai plus l'exacte souvenance du style de ce salon... mais il me semble que c'est du Louis XVI... un rien défraîchis les tissus d'ameublement, râpés, décolorés. Il s'est assis en face de moi le dab... ne cesse de me dévisager avec une insistance discourtoise pour un homme comme ça titré.

– Si vous avez un peu d'influence sur Renaud, vous devriez lui dire de se chercher du travail.

Ça, je sais, il me l'a dit... son père lui reproche le pain qu'il mange. Depuis qu'il a abandonné ses études à la faculté de droit... il ne s'occupe plus que de littérature. Des foutaises! bougonne le vieux.

De quoi vivent-ils, ces gens? L'appartement qu'ils occupent, les meubles, les tentures si fatiguées soient-elles... la bonne.. les tapis... et en plus cette gentilhommière en Eure-et-Loir, ça représente un certain train de vie... Le polichinelle, il a pas l'air de maquiller grand-chose non plus. Je vais apprendre, petit à petit par les déballages verbaux du vicomte, que tout ceci n'est que le reste d'une grande fortune... que les carottes commencent à mollir au fond de la marmite. Le daron s'est lancé avant-guerre dans des spéculations boursières déplorables... qu'il a dilapidé aussi pas mal de flouse avec des créatures, comme on disait encore dans les milieux de la bonne pensée. C'est-à-dire avec des putes, des grues hautes sur pattes. Le polichinelle, pour s'évacuer péniblement les spermatozoïdes de la verge, ça lui a coûté une véritable petite fortune.

C'est pas Renaud avec ses poèmes publiés à compte d'auteur qui va renflouer la cambuse! Rien n'arrête, dirait-on, la chute des hobereaux lorsque l'heure a sonné à la pendule de l'Histoire. Ils n'ont à s'en prendre qu'à eux-mêmes, en définitive... ils accumulent les conneries et ils finissent par se saborder. Le père n'a pas l'air de briller d'une intelligence excessive... il porte en lui toutes les tares de la caste... un autoritarisme de façade et toutes les faiblesses des sept péchés capitaux dans le fond de son être. Quant à Renaud, lui, il renie carrément ses ancêtres, il se veut libéré, dit-il. Il l'est en blabla, mais dans le fond de sa tête... dans toutes ses fibres, il ne diffère pas de son ancêtre. Avec un mélange larmoyant qui lui vient de sa mère dont je vais faire la connaissance sur-le-champ, d'une façon plutôt fracassante.

Brusque, le polichinelle s'est dressé... il m'a fait un geste que je n'ai pas très bien compris en se précipitant vers une porte donnant dans une pièce voisine. Ouverte d'un coup... vlan! et une dame derrière, l'œil collé au trou de serrure... qui faille se casser la gueule s'il ne la rattrapait au vol.

– Quand cesserez-vous, Constance, de m'espionner ainsi?

Constance, c'est une femme sans âge, pas très soignée... les cheveux en tresse autour de la tête... Un visage fripé, les mêmes yeux bleu pâle que son fils. Maigrichonne, recroquevillée. Sûr que le polichinelle la terrorise... elle a un regard de bête apeurée... elle bloblote des lèvres... ne sait quelle attitude prendre devant moi. Elle me fait un petit signe de tête, esquisse un pauvre sourire et elle s'éclipse... s'évapore dans les coulisses. Elle a loupé, on peut dire, son entrée en scène. Le dab, sans refermer la lourde, revient vers moi triomphant.

– Je ne vous ai pas présenté, mais cette dame est mon épouse. Renaud a des circonstances atténuantes, n'est-ce pas... Hé! Hé! quand on a une mère pareille!

Il se fend la pêche... un petit rire sec. Il n'a pas le temps de commenter davantage les choses, Renaud l'en empêche. Il surgit, se propulse dans le salon. Sans dire quoi que ce soit à son cher papa, il m'interpelle :

– Viens, Alphonse... par ici...

Il me désigne l'autre porte, celle du vestibule. Il l'ouvre, me fait signe de passer devant lui. A peine si j'ai le temps de murmurer un « Au revoir, monsieur » au daron. Renaud m'entraîne dans sa chambre au bout du couloir... une pièce à la fenêtre sur cour... tapissée de livres... un divan... un fauteuil de jardin en rotin. M'y voici, je n'ai pas encore eu le temps de tout assimiler, de me rendre compte de la situasse. Renaud s'affale sur son divan, l'air accablé.

– Tu as tout compris?

J'acquiesce, mais je suis plutôt hébété... le polichinelle... la dabuche qui l'épie par les trous de serrures...

– L'enfer, Alphonse... un enfer tiède et médiocre!

Et je suis là en plus pour lui annoncer une mauvaise nouvelle... que son recueil de poèmes ne sera pas édité avant le mois d'octobre, peut-être même novembre... ce que m'a dit le Prince. Il ne me laisse pas le temps de lui expliquer... il est barré sur sa famille. La vioque, si elle écoute aux portes, elle a quelques raisons... son époux se fait éponger par la bonne. Lui-même, il a frimé les choses par le même trou de serrure que sa maman. Il y va, il me donne des détails... que son vieux n'arrive plus à goder très fort... la bonniche le pogne, l'achève buccal. Il le soupçonne aussi de masochisme. Qu'il allait se faire fouetter dans un boxon rue Navarin avant la Fermeture. Un endroit où tout était prévu pour ce genre de polissonneries brûlantes... les cravaches... lanières... les menottes... une roue... un grand crucifix. Les putes y recevaient leurs michetons amateurs de flagellation, les pénitents, sapées en religieuses... cornette, robe de bure... sous la robe de bure, bien entendu, les bas noirs... les porte-jarretelles, toutes les coquineries froufrouteuses propres à redresser la situation des biroutes en difficulté bandative. Où peut-il, à présent que Mme Marthe Richard a accompli son œuvre purificatrice, s'offrir de pareilles espiègleries, le dab?

La question que me pose Renaud? Que lui répondre... que j'en ai absolument rien à brosser. Qu'il aille où il veut, cet aristocrate en déconfiture... qu'on le fouette, lui martyrise les claouis, l'engode jusqu'au fond de l'oigneul ne présente pour moi qu'un très vague intérêt de curiosité malsaine.

La maman dans tout ça, elle se répand en larmichettes... gémissements étouffés, modulés... convulsions de tronche... elle n'en finit plus de souffrir, mais elle n'en tire pas, elle, de jouissance apparente. Elle est maladroite, elle épie à tort... traviole... provoque les engueulades... des scènes grand-guignolesques. Le polichinelle, s'il aime peut-être se faire étriller les noix par les drôlesses de la rue Navarin, avec sa légitime ça serait plutôt le contraire. Lorsque à bout de larmes, elle se révolte... c'est lui qui la satonne. Exactement comme dans les ménages à la Porte d'Ivry, chez certains de mes potes. Quand le paternel rentre brindezingue les soirs de sainte-touche, ça bastonnait sévère dans les taudis! Lui, il ne picole pas, le comte... il a sans doute dans la tronche des petits vélos... et la comtesse les pousse au sprint en jérémiadant, la conne, en se glissant dans les couloirs pour le surprendre en flagrant délit de turlutage ancillaire.

Je ne lui imaginais pas, au vicomte, de semblables géniteurs. D'après ce que je viens de constater, je ne crois pas qu'il en rajoute... les idées ultra-réac de son père... ses propos antisémites dès qu'il n'y a pas de témoin gênant. La radinerie... une avarice sordide, seule chose en commun entre le papa et la maman. Là, je suis moins sûr que ce soit aussi sinistre qu'il me le raconte, toutes ces histoires de croûtons de pain, morceaux de sucre comptés, viande rance, haricots charançonnés... linge usé à la corde, rapiécé à l'infini... et cependant un tas de pièces d'or enfermées dans un coffre à la banque. Lui, tout de même, il vit oisif aux crochets de ses parents... il a une chambre assez proprette, il achète des livres, va au cinoche, au théâtre. En admettant même que ce soit Géraldine la parfumeuse qui lui fournisse sa vaisselle de fouille... les piécettes nécessaires à ses sorties, ses petits suppléments... reste que pour la croque, le sommeil... le gaz, l'électricité, c'est le comte Gaëtan qui dèche et qui se plaint que son héritier n'en branle pas une, ce qui le justifie un peu. Renaud n'a pas l'air, lui, d'avoir tellement conscience du prix des choses. Ce qui sépare, séparera peut-être toujours les uns des autres... une simple question de musette, comme on disait alors de ceux qui partaient travailler dès leur prime jeunesse... le cassedalle à s'assurer impérieusement à peine sorti de l'enfance. Il a bien bel de se lancer dans des théories... ses idées... sa façon d'envisager le monde... tout cela ne restera que des mots... des études, des cours... des prétextes de débats, conférences! Je ne sais quoi qui me sonnera toujours un peu faux aux esgourdes... une question sans doute de ton.

La nouvelle qu'on allait ne lui éditer sa plaquette qu'en octobre, ça l'a laissé dans la déprime. Il avait déjà eu bien du mal à soutirer le carbure joli de l'escarcelle de son amazone aux yeux convergents. Le Prince, en outre, s'était déjà enfouillé une avance de deux sacs... pour l'époque, c'était de l'oseille.

– Y a la période des vacances, tu comprends, l'imprimerie marche au ralenti.

Je m'efforçais de lui faire avaler la pilule... que c'était préférable, à tout prendre, de sortir un livre à la rentrée d'octobre, mais il m'a fallu descendre avec lui à la parfumerie, recommencer mon numéro devant Géraldine. Je sentais bien qu'elle se demandait s'il n'y avait pas derrière tout ça une embrouille pour lui engourdir les cinq mille balles. A force d'insister, de répéter mes arguments... les motifs de ce retard, j'en faisais peut-être trop et je renforçais plutôt ses soupçons.

– Ne dépense pas l'argent à autre chose.

... sa conclusion, ce qu'elle a recommandé à son chéri. Nous en étions à peu près là lorsque Corinne est entrée dans la boutique. L'apparition d'une créature de rêve, une môme au magnétisme voluptueux exceptionnel. Renaud, tout de suite, me l'a présentée. Pas le temps de me demander quoi ou qu'est-ce... nul doute, c'était la déjà grande fille de Géraldine. Je ne m'attendais pas à pareil prix de Diane! Une brune à longs cheveux descendant vers une croupe qui vous laissait la gorge sèche. Quelque chose dans le visage d'un peu, oh très imperceptible, de négroïde... juste un rappel... quarteronne de quarteronne, quelque chose comme ça. La désinvolture que donne l'assurance d'en jeter à tous... aux hommes pour l'envie de la sabrer, aux autres gonzesses crevant de jalmincerie.

– Corinne... je t'ai parlé de Corinne...

Sans doute... mais je n'y avais pas prêté attention. Je ne la croyais pas en âge d'allumer déjà, et de quelle façon éblouissante, les appétits bandatifs de la gent masculine. Toute souriante, d'une bouche pulpeuse... elle m'a serré la cuillère. J'avais envie de siffloter comme les lascars du bâtiment, les peintres sur leur échafaudage, qui lâchent le pinceau lorsque passe une mignonne tortillant du valseur.

– Enchanté...

Ce n'était pas une formule vague de politesse, cette Corinne me laissait sous le charme. Un régal pour l'œil, l'imagination déloqueuse... les ondes charnelles attractives. Difficile de la trouver physiquement en défaut... le visage, le corps... sveltesse, fraîcheur... les yeux noirs, vifs de mille promesses. Sa poitrine sous son corsage, vous la receviez au plein du désir sans avoir de soutien-gorge à dégrafer.

Elle ne faisait que passer... traverser le magasin... elle descendait de l'appartement. Comment était-elle fringuée ce jour-là? Je me souviens, à peine, d'une jupe légère... un chemisier en soie... le strict nécessaire... du bleu, du blanc... du noir peut-être... chaussée de petits escarpins. Me reste l'impression... une élégance toute naturelle... le rien de polisson en me regardant, me jaugeant en quelques secondes.

Bise à maman, à Renaud. Elle allait à son cours d'anglais et il fallait qu'elle règle des leçons en retard. Géraldine a été puiser dans son tiroir-caisse les quelques biffetons nécessaires.

– Ne rentre pas trop tard.

Recommandation on ne peut plus frappée du bon sens. Une pouliche pareille traînant dans les rues du 17ᵉ, c'était le risque d'inciter quelques malfaisants lubriques à l'emmener au fond d'une cave pour s'en donner jusqu'à plus sperme.

Elle est sortie sur une pirouette... ne t'en fais pas, maman! Un dernier sourire, un geste de la main. J'arrivais pas à reprendre mon souffle... une contenance normale et, bien entendu, la dabuche me lâchait pas du strabisme. Elle entravait, la vache, les effets que produisait sa chérubine sur les hommes. Renaud, lui, je le respirais dans la gêne. Il a exprimé le besoin de briser un silence qui suivit le départ de Corinne... un peu maladroitement, une phrase du genre... « Elle est belle, n'est-ce pas?... » Question ou affirmation, n'importe! Géraldine pouvait être fière d'avoir engendré une louloute pareille. Sans doute devait-elle beaucoup au papa ou alors à une grand-mère... elles ne se ressemblaient pas lerche, la mère et la fille.

– Elle vient juste d'avoir seize ans... Le temps passe!

Il ferait mieux de la boucler, Renaud, il insiste dans la balourdise et la daronne, ça n'a pas l'air de la réjouir le temps qui passe. Maintenant, je suis à même de mieux la comprendre, cette pauvre pétasse. On est dans les berlurades jusqu'à des quarante et mèche. Un jour, ça vous dégringole... on se regarde dans un miroir et ça vous déclenche une gamberge au sirop de chagrin. Qu'on se boursoufle ou qu'on se dessèche, on y va... la vieillesse est à la lourde. Ça se lit dans les yeux des nanas. On regarde aussi... autour... Paris en automne... le jardin des Tuileries... la rousseur des arbres... un peu de brume que perce un petit soleil matinal. Un jour, on ne sera plus là pour en profiter. La ville, la vie continueront sans vous... jusqu'à la mémoire de votre nom disparaîtra.

Ce goût de revenir en arrière pour fixer les événements... les revivre un peu... les mettre dans l'écrin des livres. Si on veut être tout à fait lucide, ça participe de la plus excessive des vanités. Mis à part le métier... un moyen de faire remonter l'oseille dans l'escarcelle... c'est ni plus ni moins que des flatuosités... du zéphyr de fond de froc.

Bref... je quitte Renaud et la dame de son cœur, il me

semble, après la brève incursion de la belle Corinne dans le magasin. J'aurais bien voulu tout de suite lui filer le train... lui dire ce qui des yeux au sexe et du sexe à la tête me venait spontanément... l'hommage à son arrière-train de reine... ses gambettes... sa paire de pare-chocs de grand luxe.

Partie remise... maintenant je n'allais plus lâcher le vicomte, ne serait-ce que pour multiplier les occases de la revoir. Cinq minutes avant qu'elle débarque dans la parfumerie, je me proposais surtout de prendre mes distances à son égard... de l'évacuer de mon horizon. Il me fatiguait le tempérament avec ses histoires puantes familiales, sa Géraldine, et ses poèmes. Depuis le premier jour, je n'arrivais toujours pas à me départir d'une certaine méfiance à l'égard de cézig. Le Professeur qui l'avait croisé deux ou trois fois, sans être absolument tranchant, avait été plutôt dans ce sens, avec sa lippe... son œil-vrille.

– Ton poète... meuh!... ouais... le Prince peut toujours le publier.

L'air de me conseiller ensuite surtout de tourner la page. Bien mon intention, d'instinct je n'aime pas les gens qui se confessent, qui racontent partout leurs histoires sentimentales... qui se désolent sur leur humaine condition... leur solitude... la mort inscrite dans l'horoscope, alors que nous sommes tous logés à la même enseigne... qu'il est préférable de se marrer avant que le malheur vous rattrape. Il était venu de nombreuses fois à la boutique me faire des déclarations d'amitié. Je lui plaisais... il me trouvait tout à fait à sa convenance. N'était sa parfumeuse, sa louchon Géraldine, je me serais posé des questions, s'il refilait pas un peu de la bagouse... croquait de la brioche infernale? Jusque-là, c'étaient uniquement des vieux birbes genre Troubnikof qui m'avaient gringué discrètement. Rien de suspect avec les copains, les mecs de mon âge... aucune tendance à ce qu'on appelait les amitiés particulières à la suite du roman de Roger Peyrefitte. Même s'il trombinait sa plus que quadragénaire, il devait tout de même avoir des tendances lopailles, le vicomte. Plus tard d'ailleurs, vous allez lire, j'en ai eu la confirmation.

La Corinne, le soir même de cette première rencontre, j'ai dû me pogner en son honneur... m'imaginer en train de l'enfourailler à la hussarde. Je me posais la question de savoir si je pouvais arriver à mes fins... si je n'entrais pas dans un faisceau d'impossibilités... une montagne d'obstacles impossibles à franchir.

Renaud a renforcé mes craintes... que c'était pas du baba au rhum, maman Géraldine veillait sur la vertu de sa fille... papa aussi lorsqu'il rentrait de ses tournées provinciales odoriférantes. Et, en outre, que c'était une fine mouche, qu'elle allumait comme toutes les gonzesses de son âge pour bien se régaler de son pouvoir attractif de séduction. Probable qu'elle avait encore son berlingue... n'oubliez pas, jeunes lecteurs qui vous égarez en cet ouvrage, qu'au temps du président Auriol, sous la déliquescente IVe République aujourd'hui chargée de tous les péchés du monde... les jeunes filles ne s'abandonnaient pas au premier ostrogoth venu, comme chantait notre vieux Brassens. Ça posait des problèmes assez ardus à régler avant d'aller folâtrer du chibre dans le moindre minou. Je vous ai, certes, montré des exemples de nanas plutôt complaisantes question galanterie... Yoyo, sa sœur et dernièrement cette sainte nitouche de Marthe, lectrice pourtant de Claudel et de Maritain. Ça prouve simplement que j'avais suffisamment de pif pour ne pas m'enliser dans des amours incertaines, sans issue... les romances à n'en plus finir, sinon à l'église avec les beaux-parents au train.

Je lui trouvais l'air pas tellement dans son assiette armoriée au vicomte lorsque je l'entraînais dans la jactance à propos de Corinne. Je désirais le plus de détails possible et il restait plutôt biaisant, évasif. C'était pas dans ses habitudes, surtout dès qu'on abordait les sujets sexuels... les histoires libidineuses. Sur son papa et la bonniche, là, il y allait, il savait tout. A croire qu'il passait ses nuits à les espionner, à l'exemple de sa maman. Au bout de quelque temps de ragotages, il a fini par m'avouer que c'était elle, la petite servante boutonneuse, qui l'avait déniaisé. Et il soupçonnait son dab d'avoir téléguidé le coup... l'avoir observé peut-être. Je passe les détails... de ces choses, au finish, banales. En prélude, Mélanie était venue lui porter son café au lait au lit. Une paluche qui s'égare... qu'on laisse s'égarer... gloussotements de la servante... « Soyez sérieux, monsieur Renaud! » Sérieux ne fut, on s'imagine la petite suite pour turlute sournoise. Ça avait duré épisodique une année... des coïts rapides entre deux portes, deux vaisselles, deux lessives. Juste, elle faisait gaffe, Mélanie, aux conséquences, elle ne se laissait calcer qu'aux bonnes périodes selon le calendrier Ogino... les jours sans, elle fellationnait le père et le fils sans le Saint-Esprit qui devait se contenter d'enculer les anges. Une bonne, on peut dire, à tout faire. Pas exigeante, la malheureuse, tous ses petits services licencieux, elle n'en tirait aucun profit... juste peut-être de conserver sa place.

– Avec les lois nouvelles, la Sécurité sociale, mon père prétend que c'est pour lui un gros sacrifice que de garder une domestique.

Sur le chapitre Géraldine aussi, il dégoulinait de confidences dénuées de la moindre pudeur. Au décarpillage, paraît-il, elle révélait un corps sans défaut... une chair ferme. Et la suite... qu'elle acceptait tout... de se faire égoïner par l'escalier de service. Il lui demandait n'importe quoi, elle obéissait comme une chienne.

– Je pourrais lui chier dessus, elle accepterait!

C'est à cette époque... bien dire la date... je suis certain de rien à un mois près et d'ailleurs vous vous en tapez la sous-ventrière et vous avez parfaitement raison... Donc, dans ces parages, du début de l'été, événement important, je me suis fait bordurer du Carillon des Siècles. Ça vaut tout de même que je m'y arrête, je fus victime d'une injustice, accusé tout à fait à tort de piquer du pognon dans la caisse. Ça serait vrai, je n'aurais aucune raison de vous le cacher... dans les milieux littéraires, critiques, intellectuels des profondeurs, ça me serait plutôt porté à mon crédit.

J'arrivais le matin bien à l'heure pour lever le rideau de fer, ouvrir la boutique. Je faisais le plus ponctuel mon boulot. Après certaines nuits glandouilleuses derrière le Professeur, j'étais pas toujours leaubiche... un peu mal à l'aise dans mes grolles... la bouche pâteuse d'avoir trop picté... la gueule de bois... les cannes tristes. Je restais tout de même apte à la balayette... dépoussiérer les rayonnages... ranger les volumes à la traîne... vérifier encore les comptes. Nul besoin pour les tenir de sortir de Polytechnique... On m'achète, j'encaisse, je note sur le cahier, j'additionne. Tout ça à la plume Sergent-Major trempée dans un bel encrier en bronze... un sujet très modern style... volutes, chichis... du lierre qui tourne autour du pot. Question chourave, je suis en quart. J'ai une certaine expérience... avec mes petits potes d'école dans le 13ᵉ, dès notre tendre enfance, on avait acquis tous les vices possibles pour détourner l'attention de l'épicière lorsqu'on voulait lui piquer des réglisses en rouleau, des caramels ou ces fameux chewing-gums Globo où l'on trouvait, à l'intérieur de l'emballage, la photo d'André Leducq ou d'Antonin Magne, nos idoles du Tour de France. On en était même arrivés à soustraire à même les tiroirs-caisses de temps à autre quelques biffetons. Durant mes campagnes guerrières, j'avais aussi détourné du matériel, des fringues, des rations au cours de petits raids dans les dépôts de l'US Army.

Je ne suis donc pas, sur ce chapitre, un angelot du Paradis. Des fréquentations, j'en ai eu de plus que douteuses... mes fidèles lecteurs qui n'ont pas la mémoire courte ont déjà une petite idée de mes penchants marloupins. Je filais l'année précédente un coton de qualité pour le moins frelatée. Seulement, depuis mon entrée au Carillon, j'avais décidé de rectifier le cap, de suivre ce qu'on appelle le droit chemin. Ça tombait vraiment mal qu'Hector se mette à me soupçonner.

– Il y a quelque chose qui ne colle pas dans mes comptes!

Une seule fois Hector m'en a dit deux mots. Il a découvert un trou ou plusieurs trous... ne sais! Il me parle de livres vendus, en tout cas notés sur le cahier bien au-dessous de leur prix réel. Pourtant j'ai fait gaffe. J'ai tout noté, encaissé... le fric est là... un centime près. Il me fait la remarque, comme ça, un matin en passant... n'insiste pas... laisse pisser... parle d'autre chose et s'en va à ses occupations hors magasin... ses recherches de raretés, sa prospection.

Lorsqu'on est coupable réellement, on se la donne du moindre signe... on y va, sûr, léger... sur la pointe des pieds. Je reste donc peinard à mon poste. Toutefois, je reste pas en béatitude... je me pose des questions. Ça ne peut pas être Placide qui calotte du fric... tant il est loquedu, traîne-lattes, le pauvre, qu'il ne s'approche du bureau qu'au moment où je lui règle ses heures de travail.

Les clients inhabituels, je me déplace toujours pour bien les avoir dans ma ligne de frime tandis qu'ils trimassent entre les rayons, qu'ils sortent un bouquin, le feuillettent et la plupart du temps le remettent à sa place. Je m'efforce aimable de les driver... m'enquérir sur le genre d'ouvrages qu'ils recherchent. Même les dames à manteau de fourrure, faut surtout pas s'imaginer qu'elles ne puissent vous emplâtrer un petit Voltaire... un exemplaire des *Fleurs du Mal*... une *Chartreuse de Parme*... même des volumes d'odeur sainte... livres de piété... Claudel et tutti Lacordaire... estouffarès dans le manchon! Là, ça s'appelle plus de la chourave comme chez les gitans, du vol à l'étalage comme dans le Code pénal... mais de la simple kleptomanie... euphémisme inventé pour les gens riches qui se cassent les pognes sur la marchandise dans les magasins. Pris en flag, il est préférable pour le commerçant de s'arranger à l'amiable avec la dame bourgeoise indélicate... plus souvent c'est aux femmes qu'on attribue la kleptomanie... de se contenter de lui adresser une remontrance, de la gronder en se maîtrisant le vocabulaire... dans les formes qu'il sied... le ton convenable. A ce sujet, Hector m'avait fait la leçon... « Madame, je crois que vous avez pris cet ouvrage par inadvertance... soyez aimable... etc. » Obsédé du tafanard, je me gambergeais, moi, une solution au cas où la voleuse serait consommable... lui faire expier son forfait en l'égoïnant sur le bord du bureau ou me faisant faire une douce turlute. Ç'eût été plutôt pour elles une agréable pénitence. Ainsi concluais-je, ma vanité braquemardeuse aidant.

L'éventualité, hélas, ne s'est jamais présentée, ça m'aurait fait un paragraphe libidino-croustillant... une sorte de viol au-dessus d'un nid de courroux!

En tout cas, vers la fin juin... justement l'époque où j'avais en la tête les fesses et les tétons de Corinne, Hector m'a signifié qu'il se passerait désormais de mes bons et loyaux services. Il a brisé net toute discussion en m'expliquant qu'il avait trop de problèmes à résoudre... que les temps devenaient par trop difficiles. Sûr, ce n'était pas le véritable motif de ma mise à pied... un peu plus tard, en passant, j'ai aperçu une jeunette qui avait pris ma place. Peut-être la sabrait-il, cette gonzesse? Pour être patron, on n'en est pas moins homme avec cet objet tracasseur entre les jambes. Pas suffisant comme supposition... il était persuadé, le nave, que je le piratais à la petite semaine. Depuis ce jour où il m'avait signalé des erreurs dans mon cahier de comptes, il me battait froid, l'évidence. Non pas qu'il fût auparavant un singe si affectueux... un presque pote. Toujours il avait marqué ses distances. Comme Troubnikof, ses origines aristocratiques le conditionnaient et puis, n'est-ce pas, aux armées libératrices il était officier et moi simple griveton. Il en avait conservé un certain ton de commandement modulé paternaliste, mais que je ressentais tout de même. Je sortais d'où, moi? De ma Porte de Choisy... je longeais chaque jour le mur des usines Panhard et Levassor pour aller prendre mon métro. Mieux encore... mes papiers d'identité étaient amputés d'un père. Bâtard, ça ne m'a jamais tracassé cette appellation. Pour les gens de la caste d'Hector, je devais être une espèce d'intouchable.

Certes, mes services rendus à la France, ma blessure au cul, ma croix de guerre lavaient un peu la tache de mes origines équivoques... un peu seulement, je restais a priori un suspect. Considérant ce passé qu'il estimait glorieux, Hector s'abstenait de prévenir la police... carrément me faire mettre en cage. Vol à l'employeur, ça vous aggravait le délit d'une espèce d'abus de confiance que les magistrats sanctionnaient sans sursis. Au Carillon des Siècles, j'étais une sorte de domestique, de larbin. C'était prévu dans le Code pénal... Il prévoit tout, le petit livre rouge... l'article 386! Je pouvais donc sans m'y attendre me retrouver sur une paillasse humide à la Santuche pour quelques mois de vacances à me moisir le trouffignard. L'erreur judiciaire consommée. Ça manque à mon palmarès... ça me permettrait de jouer les martyrs aux yeux humides des redresseurs d'injustice professionnels devant les télévises, aux petites radios libres dans les fonds de cour à Belleville.

J'étais tout de même sur le sable... il est toujours sous les pavés, nous révéleront vingt ans plus tard les révolutionnaires de Mai... enfin à la rue... aux mille tentations marloupines... prêt à tout, bon presque à rien... l'œil aux aguets de la foire d'empalme. Que je remonte vers la Butte, les rues montmartroises... la place Blanche... Pigalle... les petits rades où la clientèle de passage ne reste pas tant le climat autour du comptoir lui paraît lourd de truanderies. J'y avais des connaissances, des amis qui pouvaient m'offrir une situation, peut-être pas d'un avenir sans nuage, mais d'un aujourd'hui plus clinquant que mon existence enculturée du Carillon.

Sans doute ce qui m'a retenu alors de prendre tout de suite ce mauvais chemin, m'a fait retarder encore mon incorporation dans l'armée du crime... le Professeur avec lequel je glandais encore... et puis l'idée de revoir le plus souvent possible la jolie Corinne, ce qui m'obligeait à fréquenter Machin Renaud le vicomte. Un enchevêtrement de choses, circonstances qui allaient me conduire tout de même au banc d'infamie de façon imprévisible.

Pour en terminer avec cette histoire de mon licenciement inique, je n'aurai le fin mot de cette embrouille que bien plus tard... par un vieux libraire... lorsque je serai devenu moi-même fournisseur des étagères littéraires où je glisserai mes petites chroniques entre les *Oraisons funèbres* de Bossuet et *le Disciple* de Paul Bourget. Mon arnaqueur... le machiavélique qui me l'avait introduit de première, le salingue, celui sur lequel je n'avais pas laissé mes soupçons s'appesantir, c'était Fèvre... mon bonapartiste! Aucune méfiance à son égard. Je le laissais circuler à son gré dans le magasin... se glisser le long des rayonnages. De temps en temps, il prenait un livre... le feuilletait... lisait quelques pages en ayant pris soin d'ajuster ses lorgnons... se les pincer au bout du nez. Parfois, il me demandait même l'échelle pour atteindre des ouvrages haut perchés. Il redescendait et achetait assez souvent un livre ou deux. Il extirpait de sa redingote grise les quelques billets pour me régler. Toujours il accompagnait cette opération de ricanements étouffés, réflexions malveillantes à l'égard de notre franc IVe République qui se dévaluait au train d'enfer.

– Pensez, cher jeune homme, que la monnaie du Premier consul a tenu bon jusqu'à Poincaré!

Encore hélas... bien sûr, hélas!... toujours hélas! Les trois quarts des gens vivent dans les hélas! Déjà, au temps du Professeur et du Carillon, je m'étais fait une raison... hélas, à quoi bon! On perd toujours trop de temps en regrets... en pensant à ce qui aurait pu... etc. Autant en emporte l'égout!

Avec tout ça, ses paroles impériales, cet enfifré me possédait bel et net. C'était un filou, un aigrefin de piètre envergure, mais astucieux. Sapé de la sorte... un comble! S'il était pourtant repérable, agrafable par son habit... ses favoris patte de lapin... cette silhouette qu'on n'oubliait plus une fois qu'on l'avait aperçue rôdant dans le quartier Saint-Germain ou dans l'île Saint-Louis... ses quartiers de prédilection.

Son astuce pour nous arnaquer était des plus simples... il cachait entre ses doigts une gomme minuscule et il modifiait discrètement le prix des bouquins marqué au crayon sur un coin de la page de garde... Un 3 000, il vous le ramenait à 300... le tour était joué. Impossible de le faire marron. Il pouvait même se permettre d'aller au cri si on lui contestait le prix du volume. L'erreur jouait en sa faveur, surtout que les commerçants étaient tous dans le collimateur de la brigade économique. Fin 46, Léon Blum revenu au pouvoir avait décidé une baisse autoritaire de 10 % qui fit long feu, bien entendu, mais quelques mois durant provoqua de nombreuses visites poulardines dans les magasins, les moindres échoppes au fond des banlieues pouilleuses.

Plusieurs fois il m'avait entubé à sec, ce dégueulasse bonapartiste. Il attendait qu'Hector soit en vadrouille. Il pratiquait sa petite escroquerie chaque fois qu'il repérait un nouvel employé et que le patron s'absentait.

Aujourd'hui, il doit être dans les antichambres de l'enfer où je le retrouverai un de ces jours avec sa canne, sa redingote et son haut-de-forme. Longtemps, il a hanté, on peut bien dire, le vieux Paris comme si quelque chose s'était arrêté au milieu du XIXe siècle. Des copains l'ont vu se courber, se tasser, se plier presque à l'équerre... ralentir l'allure, traîner de la grolle... ses fringues de plus en plus luisantes, effrangées... vers 1950, Romi l'avait engagé au Saint-Yves, un cabaret où il donnait un récital de chansons napoléoniennes. De sa voix de fausset... *Les voyez-vous, les hussards, les dragons... la Garde... Veillons au salut de l'Empire!* Un numéro grotesque pour amuser un public blasé... le rassurer peut-être sur son bon sens, son équilibre magnifique, son intelligence. Tous les spectacles de ce genre... les exhibitions dérisoires de gugusses, folingues excités, ont toujours à peu près le même objectif. Le spectateur vient y chercher en se marrant la preuve de ce qu'il croit être sa supériorité.

... pas encore m'empêtrer les pinceaux dans la chronologie. Longtemps, seule la date de ma levée d'écrou m'intéressait... me retenait... et à présent je ne m'y retrouve plus dans les tourniquets de la mémoire. L'essentiel, que je vous règle les quelques personnages en piste. Hector s'éloigne... le bonapartiste... tous les chnoques du Carillon. Il reste que j'y fus près d'un an dans un bain quasi littéraire... submergé... ébloui... ahuri... ne sachant au fond que penser. Surtout avec le Professeur qui entrait dans tout ça tel l'éléphant dans les porcelaines de Chine.

Il me faudra la longueur des jours et des nuits au fond des ergastules pour que me reviennent en tête les livres du Carillon... les titres... quelques phrases... les paroles des uns des autres... toutes les tirades du Professeur... ses paradoxes, ses jeux de l'esprit. Il avait trop de longueurs d'avance sur mon petit certif de 1937 pour que je puisse le rattraper, l'appréhender sa juste mesure. Il pouvait me dire n'importe quoi, ça n'avait pas grande importance, je ne cherchais pas spécial à comprendre. Je le regardais, l'observais. Il était un spectacle à lui tout seul.

A la longue il se répétait, la vinasse aidant. S'il n'avait pas eu le goût de la dive chevillé à sa carcasse, sûr qu'il aurait mené à bien je ne sais quoi... une carrière dans les belles-lettres, le théâtre... il avait cet infini avantage d'être professeur. Depuis quelques décennies, ils règnent à peu près sans partage, les professeurs, sur les beaux-arts, la littérature... de la Sorbonne à Tokyo... Berlin... New York... Melbourne... Londres... tout passe à leur moulinette... à leurs desséchantes exégèses. Partout où ils passent, le créateur trépasse.

Pour avancer, il a fallu que j'oublie le mien, Richard Carvaillez... que je ne subisse plus l'emprise fumeuse de son verbe... qu'il ne me reste que la musique des souvenirs... quelques images... une voix... des scènes par-ci par-là.

Ce jour où il a débarqué dans ma cambuse... C'était beaucoup plus tard, après mon premier séjour dans les chiottes du châtiment. Un matin d'été, il s'apporte donc... il a dû passer la nuit en compagnie de tous les biturins agglutinés aux zincs de la ville. En quatre piges, il s'est dégradé physique... clic boc!... l'impression qu'il boquillonne davantage. En tout cas, il tangue lorsqu'il veut rester droit debout. Avant de le larguer définitif... finir cet ouvrage dont il est la star... j'ai encore quelques anecdotes à vous développer sur cézig. Là, il se pointe... s'assoit sur un tabouret... je suis encore à la ramasse... sorti du trou, je suis revenu à la case départ, ma piaule humide au fond de ma cour près de chez Levassor et Panhard. Encore la sirène qui me réveille, qui appelle les pue-la-sueur à leurs chaînes. Je devrais, sans doute, être avec eux... mais voilà, on ne me veut plus. Avec le casier judiciaire que je trimbale, je suis exclu de la communauté, la classe laborieuse. *Lumpen*, ça s'appelle d'après le dieu Karl Marx, *prolétariat*! Je vous situe 1952... l'été... réduit à tous les expédients possibles... la refourgue de photos, films cochons qu'on pourrait aujourd'hui distribuer aux élèves des écoles chrétiennes avec l'approbation de Monsieur l'abbé, mais qui en ces temps pas si lointains et obscurantistes vous valaient carrément quelques mois de trou, et une bastonnade des flics pour faire bonne mesure comme prélude.

Il arrive, l'autre... là, clic boc! Je ne l'ai pas vu depuis des mois.

– J'ai quelque chose d'important à te montrer.

Son habitude, il ne veut pas en dire davantage. Il a placé sa paluche sur le front... il y va de sa lippe douteuse, sceptique... vous savez... son œil... enfin ses yeux toujours vrillants malgré les années traîtresses qui lui assaillent la carcasse.

J'ai un mal clébardin à m'extraire du page... que c'est pas normal... de nature, je suis plutôt un matinal. Je le reçois en slip... je me sens fiévreux, je tousse, je crache... et ça ira jusqu'à ce que je glaviote du sang... que commencent pour moi les voluptés inédites de *l'Hôpital.* J'ai juste une lampe à alcool pour mon café matinal... je me lave les noix au-dessus de l'évier... vous dire si je suis dans les excès de confort qui vous provoquent la révolte contre la société de consommation. Je ne me plains pas, j'ai connu pire au placard... la crasse, les punaises, les poux... la merde stratifiée au bord des chiottes... les galtouses aigres... les compagnons au rire brèche-dent...

Il s'est assis, mon Professeur... je n'ai plus le respect entier que j'avais naguère pour sa personne. Durant les jours et les nuits de ma vie de cloporte en galère, j'ai ingurgité des livres et des livres... dix, trente fois plus qu'au Carillon. Je suis devenu, moi aussi, un peu savant... mais surtout savant de l'existence... les hommes, je les ai vus en tenue de bure... au pas... obséquieux ou rétifs, déchus ou écorchés... les durs de durs... les mous durs et les mous mous... et puis les fiottes... les suceuses morales de toutes les bites qui se présentent. Ne m'en apprendront, bien plus tard, que les vedettes... les clowns du pouvoir... les grandes capricieuses... caricatures de Napoléon, Hitler, Staline et peut-être même nos présidents démocrates.

Il me jacte, le Professeur... il a une pipe au bec, une nouveauté. Elle fait un bruit de succion désagréable quand il aspire la fumée. Je me passe juste la tronche à l'eau fraîche. Pas le courage de me raser, me saper comme il faut... enfilage rapide d'un vieux false, une chemisette, des espadrilles. J'arrive à un point où je me reconnais mal... je suis dans l'à quoi bon... me laisse aller. Comprendre où il veut m'emmener, cézig, j'y renonce, ne lui pose pas de question. S'il me fait rencontrer un zèbre genre le Prince, pourquoi pas... que je me remonte les finances et me tire au frais... au bord d'une petite rivière... je m'étendrai béat dans l'herbe et j'écouterai les grenouilles comme quand j'étais petit. On revient toujours à l'enfance... les psys et les écrivains en tout cas l'affirment. La mienne fut carrément paysanne... pour toute la vie, j'ai des odeurs de terre fendue par le soc de la charrue... des odeurs de crottin de cheval... de mare et d'herbe aux lapins qu'on vient de faucher. Ça me fait une réserve précieuse. Nul besoin ensuite de m'asperger d'*Eau sauvage* de chez Christian Dior. J'ai des senteurs plein la tronche.

Nous voici dans la rue... ma rue qui n'est point encore chinetoque. Ça surprendrait les riverains si on leur prédisait l'avenir en jaune pour dans trente piges. C'est le statu quo... rien n'a encore bougé par ici en cet été 52. Ça ne va pas tarder la ronde infernale des bagnoles... le chaos... les chantiers, les grues, engins, tracteurs de déblaiement... Paris va bientôt s'éventrer, s'engadouiller, se faire effacer les petites boutiques, les maisonnettes et leurs concepiges.

Enfin, pour lors, je file le train clic boc! au Professeur. Il me semble triste ou alors c'est ma vision qui se déglingue. Par politesse, je m'inquiète de Bertille... sa santé?... si elle violonise toujours... Chopin... Mozart... Brahms? Elle poursuit, la malheureuse, sa triste carrière dans les orchestres de bastringue... elle crincrine des valses viennoises pour les loquedus du samedi soir. Toujours au cœur, le secret espoir d'aboutir un jour sous la baguette de Karajan... Furtwangler... Toscanini!

Il m'emmène où, ce branque?... à Montparnasse? Il y traîne... on le connaît dans tous les cafés, les brasseries... au Dôme, à la Coupole... Chez Dupont! Avant de s'engouffrer dans le métro, il faut que je me tape un crème... j'ai plus tellement d'appétit mais j'ai envie de quelque chose de chaud. Il est pas adversaire, vous vous doutez bien, d'une petite halte au bord d'un zinc. Il a dû chnouper pas mal. Il en est déjà, lui, au quoi... au rouge?... côtes-du-rhône! Voilà... un petit coup... il s'humecte la dalle...

au fond sa luette... gentille ah, luette! je t'aspergerai le bec!... second côtes-du-rhône et j'ai pas encore trempé les lèvres dans mon crème. Nous sommes avenue d'Italie, un café-tabac qui n'existe plus où je m'étais fait inscrire en 1943 pour mes décades de cigarettes. Le patron, je le connaissais bien, un vil marchand de Mort-en-qui-tache... gros dégueulasse qui tringlait les ménagères affamées dans son arrière-boutique sous le portrait du Maréchal qu'il a remplacé par de Gaulle en août 44. Son plus grand acte de résistant fut de prêter la main à la tonte de quelques bonniches qui s'étaient montrées, les naïves, au bras d'un Fritz.

Son rade s'est métamorphosé à présent en marchand de cassettes vidéo. Fini... il est mort sans doute, ce salingue... au trou avec je ne sais quoi... un cancer... une aorte qui pète! Ça s'efface... le lieu... l'homme... ses minableries... lettres anonymes... forfaits à la petite semaine. Il va rejoindre à Thiais les vrais héros, les purs... les philanthropes de quartier... les idéalistes... les tout en esprit... les satyres et les brutes.

Je parviens, voyez... bonne condition méditative, au cimetière Montparnasse. C'était là, précisément, le but de notre voyage... là où me conduisait le Professeur. Station Raspail... on a remonté le boulevard Edgar-Quinet. Peut-être allait-il me conduire au Sphinx qu'on aurait rouvert. C'était pas tellement concevable qu'il me dérange pour pénétrer dans le saint des saints du trou-du-cul.

– Suis-moi.

Je ne fais que ça et je ne tiens plus sur mes cannes... suis pris de quintes de toux... je dégage des glaviots épais... jaunâtres, des horreurs! Ils sont pleins de bacilles de Koch... des centaines de mille par expectoration. J'en sais encore que fifre. Je me doute d'une cagade, mais j'ai tendance à m'en foutre... vingt-sept ans à peine... plus rien ne me retient pour le moment... je peux tourner les coins... crever la gueule ouverte ou fermée... salut la compagnie! Un an... trois ans... nulle trace! Un copain parfois qui se rappelle... qui m'enjolive ou m'encacate le portrait, selon... n'importe!

La chaleur, merde! je suis en eau, ma chemise trempée,

les guibolles en flanelle. Le soleil nous tape en plein sur la coloquinte... pas d'endroit de fraîcheur, si ce n'est sous terre avec les morts. Clic boc!... sur le gravier... ça crisse. Le Professeur a retrouvé son équilibre en un sens, il ne titube plus. On croise un convoi, un corbillard. On tourne, tournique... Un rond-point... ce n'est pas là. On a l'air d'errer, n'est-ce pas... mille excuses pour consonance non voulue mais nécessaire! Il ne m'avouera jamais, bien sûr, qu'il ne sait plus où il en est parmi ces tombes, ces monuments funéraires. On revient vers l'entrée... on prend à gauche et nous voilà... on descend trois marches. Il a retrouvé ce qu'il cherche.

– Regarde...

Une pierre tombale... oui... presque blanche... surmontée d'une petite croix. Je frime l'inscription... GÉNÉRAL AUPICK DÉCÉDÉ LE 27 AVRIL 1857 À L'ÂGE DE 68 ANS... Juste au-dessous... l'essentiel... CHARLES BAUDELAIRE... SON BEAU-FILS DÉCÉDÉ À PARIS À L'ÂGE DE 46 ANS LE 31 AOÛT 1867... Encore en dessous quelqu'un d'autre... CAROLINE ARCHENBAUT DEFAYES... la maman du poète, celle-là... je n'en lis pas davantage. Je me retourne, le Professeur me regarde, la main sur le front, l'air dubitatif.

– Et alors?

Il lève sa pogne... fait la lippe... ça veut dire quoi au juste? Que je devrais tout comprendre.

– Ça ne te choque pas... Baudelaire avec ce con?

Avec quel con?... Je n'y suis pas du tout! Ce général Aupick, le second époux de sa mère qu'il haïssait de tout son être. Un gugusse d'Empire... ambassadeur à Constantinople... Légion d'honneur, etc. Il trouve scandaleux, le Professeur, qu'on ait enfourné l'auteur des *Fleurs du Mal* avec le général Aupick... qu'ils soient ensemble sous terre avec Caroline. La honte pour les lettres françaises! Il s'assoit sur une pierre à côté... il entame son exposé... Merde! il se figure que je suis en état, en humeur de me farcir ses élucubrations. Du cri sec! Je reste sans voix, je le regarde sans entendre ce qu'il mâchonne entre les dents... ses sourdes imprécations à l'égard du général Aupick. Il est vraiment fondu, ce mec! Me réveiller, me sortir de ma piaule... par cette chaleur... pour m'amener voir une tombe! Je suis ivre de fatigue... à bout tout à fait! Je ne sais vraiment plus quelle attitude prendre? L'engueuler!... ça serait la première fois... jusqu'alors, je vous ai dit, il m'en jetait... m'imposait avec ses titres, sa tronche savante, une sorte de respect... malgré tout... ses saouleries, ses déconnantes parfois aiguës... lorsqu'il se plantait au milieu des Champs-Élysées et qu'il slalomait entre les voitures... que j'étais obligé de l'argougner, le ramener sur le trottoir. Ses potes... le Prince, le Fils de Dieu, la mère Popot, Éric Génibrel le surnommaient *Meuh-Meuh* et ne se gênaient pas, pour l'incendier, le traiter de dingue, de sac à vin!

Vraiment, cette fois, il a dépassé la cote d'alerte... j'ai envie de l'agrafer... de lui serrer le kiki. Depuis ma sortie de taule, je ne l'avais vu que deux fois... j'en avais fait, il me semble, le tour. Il ne se renouvelait plus. Il est vrai que personne ne se renouvelle passé un certain âge... on radote tous... dans un domaine, un autre... on est vite au bout de nos petits rouleaux, nos films qu'on se figure inédits et qui ne le sont que très rarement.

Je m'écroule... je m'assois sur la tombe du poète et de son beau-papa... je tousse, je crache entre mes jambes. Tant pis pour Baudelaire, pour le général Aupick... et aussi pour le Professeur! Je lui fais même signe de s'évacuer... que j'en ai class de le voir, là, qui radote en pleine délectation morose. Peut-être subodore-t-il que je vais bientôt, moi aussi, venir me faire ensevelir. J'en suis au point où la maladie doucement m'investit... où la camarde pourrait me saisir... je ne lui offrirais plus lerche de résistance.

La tuberculose, aujourd'hui, ça fait partie du passé, avec l'Indochine française, la messe en latin... la place aux vieilles dames dans le métro. J'ai voulu écrire, en quelque sorte, le roman de la tubardise dans *l'Hôpital...* l'a-t-on compris? A part quelques initiés, les autres n'y ont vu qu'un livre de plus... un bloc de papelard à vendre. Étrange maladie... on s'y enfonçait doucement dans un univers brumeux. Traîtresse, elle vous berçait, vous envapait. On était comme dans une infinie paresse.

Il a l'air furibard, le Professeur. Il s'éloigne de la tombe de son cher Baudelaire... clic boc!... clic... crisse... boc!... sur le gravier. Il doit me juger, comme il dit assez souvent, « sans issue ! » Et merde! je m'en fous maintenant du Professeur! Je veux dire, à ce moment-là... en ce juin 52... dans le cimetière Montparnasse. J'ai une partie tellement difficile qui se prépare avec la maladie, le cortège qui s'ensuit de toubibs, infirmières... loquedus petits potes de la glaviotstrass... La mort à contourner, feinter pour qu'elle attende encore quelques décennies, la salope!

Je me suis encore laissé prendre à ce jeu d'écrire va comme la mémoire me pousse. Il me faut tout de même vous revenir un peu en arrière... quelque cinq ans... l'été aussi... juste après mon renvoi du Carillon... ce moment où je suis à nouveau sans un, sans boulot, sans avenir, sans casse-dalle. Le vicomte prétend qu'il va m'aider, qu'il a des relations pour me trouver une situation enviable. A se demander pourquoi il n'en profite pas lui-même. Il préfère sans doute rien foutre, écrire de temps en temps ses poèmes, si brefs, si faciles, que ça doit pas trop lui coller la crampe de l'écrivain. Il prétend qu'avant d'arriver au texte définitif, il transpire beaucoup du stylo... brouillons... essais à la corbeille... qu'il y passe ses nuits! Si c'est vrai, alors c'est navrant. Ça me fait penser, aujourd'hui, à ces scénaristes, cinéastes qui prétendent trimer pendant deux-trois ans pour nous accoucher d'une gaudriole qu'on peut écrire en quinze jours tout en se pognant de la main gauche.

Le vicomte, je préférais croire que ses nuits il les passait à trombiner, faire reluire sa vioque... je veux dire Géraldine qui me paraît, à cette époque, une ancêtre. Il y va d'ailleurs généreux sur les détails intimes, le Renaud... qu'il la lime royal... qu'en ce domaine, il est insurpassable. S'il peut la calcer des nuits entières, lui dispenser du fade sans trêve ni repos, c'est un phénomène cézig! Sa Géraldine, elle me ferait pas bander des heures, je m'acquitterais de la tringlerie avec elle, un peu comme d'un devoir. Peut-être respire-t-elle mon manque d'enthousiasme à l'égard de son prosinard, ce qui me la rend sournoise ennemie d'entrée de jeu.

Me préoccupe, moi, me taraude le chou... me revient sans cesse dans les pensées... sa fillette déjà si bien en pousse question miches, chagatte, poitrine. Ça me fait presque passer en second mes soucis pécuniaires... l'idée que d'ici peu, je serai sans un... réduit à chercher quelques expédients pour subsister jusqu'à la saison nouvelle.

Je me mets en planque... en gaffe pour apercevoir Corinne... échanger, comme ça, un sourire... un petit bonjour... un rien! Je trique sec, je suis, on dit, amoureux... Pas dans mes façons de m'ouvrir, comme ça, le cœur et bien difficile de départager ce qui est surtout une attirance physique, l'envie dingue de tringler... des élans d'âme! Dans ce domaine, tout commence par l'érection... tout est dans le slip. Au commencement était le membre... Restez mol en froc, toutes les spéculations amoureuses sont pure perte.

Là, j'avoue... je la dévore, suce de l'œil... me berce l'imaginaire dans les ravages, les ouragans de plumard. Je recherche l'occase de me la coincer seul à seule et ça m'oblige à me coltiner le vicomte... l'aller voir, l'écouter me bonnir ses poèmes, lui dire que je n'ai jamais rien entendu de plus sublime!

Je remonte même au cinquième... m'heurter au Polichinelle papa, à la dabuche larmoyeuse. Je devrais enregistrer les choses, les détails, les noter. Mélanie, la bonne, qui m'ouvre... gloussote... me frime lousdoc. Celle-là, j'irais pas folâtrer du chibre sous sa robe. Potentiel sexy, balpeau! Un rien boutonneuse, l'œil en sournoiserie, fifty hébétude bovine... guibolles allumettes... déjà du flasque dans le soutien-gorge.

Dans l'appartement, ça cognote toujours le renfermé. Sauf dans la piaule du vicomte, je reconnais... lui, il ouvre grand ses fenêtres. Il se met des disques, des 78 tours sur un phono à manivelle... du jazz... Hubert Rostaing, Noël Chiboust, Aimé Barelli... et puis le Duke... Armstrong... les chanteurs du moment, Charles Trenet, Georges Ulmer... déjà Yves Montand à Luna-Park.

– Tu pourrais inviter Corinne à venir écouter Django Reinhardt...

Il ne demande pas mieux, mais son père ne peut blairer ni Corinne, ni sa maman. Il a compris les rapports de son fils avec la parfumeuse.

– Il est jaloux... Avant la guerre, il a fait la cour à Géraldine, elle me l'a dit.

... la suite... qu'elle l'a envoyé aux pelotes vertement et que depuis il la déteste... que ça a rejailli sur sa fille. Imaginez alors ce qu'il éprouve, ce papa noble, à l'égard de son rejeton qui lui a enjambé allegretto la femme qu'il convoitait lubrique! Si ça nourrit grassement sa haine... ça cuit, recuit!... Un peu d'arsenic dans cette marmite d'exécration... il touille, le vieux... trépigne d'aller leur servir à tous une mayonnaise de souffrance.

Peu à peu, je tire les fils de ces intrigues. Ça fait des années que tout ça s'emmanche, s'observe... que la comtesse sanglote. Et il ne me dit que ce qu'il veut bien, Renaud. Je me demande, moi, si le Polichinelle, il se l'est pas farcie, la louchon... avant la guerre ou juste au début de l'Occupe. Après, elle a bifurqué vers le fils... une belle bite toute neuve à s'offrir et peut-être qu'elle ne voulait plus se faire fouetter.

– Regarde...

C'est un jour où le papa est en vadrouille, où la maman fait quelques emplettes... il me montre, dans un placard du couloir, un martinet. En ces temps, les parents s'en servaient pour faire entrer la règle des participes... la table des multiplications dans la tête de leurs mômes. Dix coups sur le cul, les mollets... vous saviez ensuite que les Pyrénées-Orientales, c'était Perpignan la préfecture... que le maréchal Bazaine s'était rendu aux armées prussiennes à Metz en 1870. Ainsi s'instruisait-on... aussi à coups de trique à l'école. On avait le crâne bien farci pour toute sa vie de choses qui vous serviraient rarement pour vous goinfrer du caviar noir et étancher la soif au René Lalou millésimé.

Renaud m'affirme qu'avec ce martinet, bien sûr, son

papa l'a rossé comme tout un chacun, mais que c'est surtout l'instrument majeur de ses reluisances avec Mélanie. Racontars... il s'y complaît... que Mélanie pleurniche et le vieux sadique s'achève à la pogne.

– Si ça t'amuse de te l'envoyer... je te dirai quand et ce qu'il faut faire.

C'est Corinne qui m'intéresse... sa Mélanie, je la laisse au comte, ce pauvre homme, je voudrais pas le priver! Il élude, esquive, Renaud, lorsque je lui propose de sortir avec la mignonne. C'est Géraldine, la cause de tout. Elle est jalmince... la trouille que Renaud la trompe avec sa propre fille... et pour tout arranger, je ne lui plais guère à sa Dulcinée sur le retour.

– Elle trouve, cette idiote, que tu as mauvais genre...

Hi! Hi! Il se poêle, le poète. Précisément, c'est ce qui lui plaît, mon mauvais genre... ma façon de jacter 13e... pour ça qu'il me recherche, me cultive.

Surtout ce que je voudrais au plus vif... qu'il m'aide à aborder sérieux les rivages où se prélasse Corinne... que je lui témoigne mon ardeur... lui conte un peu fleurette en hors-d'œuvre et biroute au plat de résistance.

Un très beau jour, elle se pointe tout de même dans la carrée du vicomte, sa chambrette estudiantine. Elle est grimpée sous je ne sais quel prétexte... demander un livre à Renaud, un conseil pour écrire une composition française. J'ai oublié de vous dire qu'elle était encore à l'école, cette môme. Elle avait même loupé son bac et elle suivait des cours de rattrapage pendant l'été.

– Vous me l'auriez dit plus tôt... je connais un professeur formidable.

Question de date, comme la trahison. Si j'avais su... une fois mon professeur à moi dans la place, je pouvais me glisser dans le sillage.

Enfin, elle était là devant moi... gazelle souple... l'œil amusé... un rien fripon, ironique, en me répondant. Une gonzesse pareille, avec un tel châssis... bac ou non, elle allait se défendre dans l'existence, c'était à l'affiche. Quelle leçon pouvait-on lui donner? Elle passait, virevoltait... souriait... tout était dit... le dindonneau lardé mis au four. J'en suis encore à me demander si l'intelligence leur est tellement nécessaire... la culture ou l'instruction... qui les conduit à blablater inutile, à se convaincre de n'importe quelle baliverne philosophique et à s'y accrocher. Réflexion machiste à l'éclairage actuel... de quoi me faire rejeter dans les ténèbres extérieures. Ce qui est écrit est écrit... tant pis pour ma gueule littéraire.

Elle s'est assise sur le divan près de Renaud. Elle voudrait une cigarette... sa mère l'empêche de fumer, raison de plus pour qu'elle fume.

– Des blondes, précise-t-elle.

Ça tombe que j'ai un paquet de Lucky... des pipes que j'achète à Barbès à un nommé Bachir Abdel Kader, un ancien de la Ire armée que j'ai connu à l'hôpital militaire à Pau. Ils fourguent déjà de tout à la Charbo, nos frères musulmans... jusqu'à des flingues dans les encoignures de porte. Ça m'amuse d'aller glander par là de temps en temps... voir un peu ce qui se trame, se traîne, se traite dans le fond des rades crasseux au son de la musique berbère... les fourgueries les plus ahurissantes.

Je lui fais cadeau, à la Corinne, de mes précieuses américaines. Tout le plaisir est pour moi, mademoiselle! Au prix du marché noir qui subsiste encore dans ce domaine, ça lui montre déjà en quelle estime je la tiens. Elle le sait, la vache... Je vous ai dit, elles savent tout. Par l'instinct, elles nous rendent tous les points, nous dament le pion, nous amènent où elles veulent. Plus elles sont belles, mieux elles entravent. Les tocardes, la rancœur, l'envie... la douleur permanente d'être disgraciées leur troublent un peu la vision exacte des choses qu'elles appréhendent dans le fiel, la sournoiserie... toutes les prémices de la délation pour les temps troubles.

On peut jacter là, on est entre nous... entre jeunes. On se bonimente des trucs que les vieux ne peuvent comprendre. On a nos mots de passe, nos expressions d'époque. La tactique, je me gamberge, avec cette pouliche... la faire se marrer. Je respire la vape... que c'est pas tellement son genre les lamentations, les poètes sangloteux de la rime. La conversation... je ne me souviens pas, bien sûr... mais il me reste que j'entrave qu'entre elle et Renaud, ça grince un peu des essieux... ça baigne pas tout à fait dans l'huile de noix. Il est vrai, je déduis, qu'elle est au courant des frasques de sa mère... faudrait qu'elle soit superviceloque pour s'immiscer dans la liaison... leur foutre la barabille dans leur partie de jambes en l'air. Plus tard, je vais apprendre, elle va me confier qu'elle est plutôt du parti de son père, qu'elle encaisse mal cette situation.

Tout ça peu à peu... je vous livrerai les choses si vous êtes patients... que vous les savourassiez. Ça devient tuyau de poêle, ces familles... entre le cinquième et la boutique Armaillé Parfums. Le polichinelle aussi a eu quelques gestes déplacés... la pogne frôleuse... à l'égard de Corinne, lorsqu'elle n'avait même pas douze piges. Elle a gardé ça pour elle, Corinne, juste elle l'avait menacé de se plaindre à son papa. Elle n'aimait déjà pas trop mettre des lames de rasoir dans la salade.

J'anticipe encore. Là, dans la piaule, je raconte des blagues... des gaillardises, j'en ai toujours un sac bien plein. Ça meuble les silences quand on ne veut ou ne peut plus jacter de la marche du monde, des beaux-arts... de la métaphysique... qu'on s'assèche la conversation. Vous posez une devinette à sous-entendu scatologique... ça amuse même les plus rétifs parpaillots. Corinne, elle veut avant tout se marrer, danser le swing, aller voir des films où ça folâtre dans les séquences.

– On pourrait, un soir, aller au Tabou...

Je lance l'invitation en y englobant Renaud... pas faire autrement, mais je me passerais bien de sa tronche de cake. Le Tabou, c'est la boîte dernier cri en Germanopratie. J'y ai glandé, l'année précédente. Le Professeur n'aime pas y aboutir dans ses nuits pictonneuses... les boissons y sont trop onéreuses pour un consommateur comme lui... les gin-fizz... fines à l'eau, déjà le whisky qui prend le relais de tous nos alcools nationaux. Il trouve que c'est trop bruyant, la trompette de Boris Vian... comme il ne danse pas, ne se risque pas, clic boc! sur la piste, il préfère les rades carrément prolétariens... les petits bistrots du point du jour où les nuiteux de la cloche croisent les matinaux de l'usine.

Ça lui botte à Corinne le Tabou. Elle n'y a jamais mis ses talons... glissé ses jupes entre les tables-tonneaux. J'ai vraiment une idée géniale.

– Est-ce que ta mère va te donner l'autorisation?

Renaud vient nous refroidir la perspective. Du cri sec... que cette maman adultère surveille étroit les faits et gestes de sa fifille... protège sévère son pucelage! Ça a quelque chose de choquant, si l'on ne se replace pas dans le contexte de l'époque. Le risque pour les jeunes filles de se retrouver en cloque... le coupable, l'auteur du coup de chibre maladroit en cavale... le déshonneur... la souillure indélébile sur la famille. Aussi bien chez les bourgeois que chez les ouvriers, les plouques...

– Elle pourrait venir avec nous, votre mère... Elle n'est pas si vieille pour danser le swing.

Ma façon de contourner la difficulté... l'allusion à son âge, Renaud, je ne sais pas s'il la savoure comme de la mousse au chocolat? On va cependant se retrouver quelques jours plus tard au Tabou où le swing est dépassé déjà... ça fonce dans le be-bop... ça se déhanche... saute... les filles par-dessus leurs danseurs au rythme qui s'endiable...

Je vous reprends une séquence plus loin... entre-temps, il s'était passé des événements. De quoi prendre un virage dans ma vie... emprunter une route d'abord radieuse, ensoleillée, bordée d'arbres en fleur, puis s'enfonçant dans une ornière... patinant dans la fiente épaisse, gluante sous un ciel de suie.

Vous êtes sur le toboggan... enfin vous y arrivez... grimpez l'échelle. C'est la fête autour... Neu-Neu... flonflons! Approchez voir les plus belles sirènes du Pacifique... en bocal pour amuser les hommes de goût! La barbe à grand-père! Le réglisse torsadé! Le train fantôme!

Une fois le cul sur la piste en bois, ça va aller vite. Au trou, le terminus... enfin, ce trou provisoire à barreaux... le cul-de-basse-chiotte. L'autre, ça sera un peu plus tard, on se contentera d'abord de celui-là et, à y réfléchir, n'est-ce pas, on en arrivera à le regretter tant les rides, les calvities, édentements... douleurs articulaires, bites molles au réveil sont choses encore plus accablantes pour l'humaine condition que les matonneries, prétoires... cadènes aux pognes... chats fourrés et autres coderies pénales.

L'homme qui déclenche tout... celui du destin pour ainsi dire? S'y attendre après le portrait que je vous en ai tiré... Éric Génibrel! Tout à fait chair et en os... il m'a mis sur cette bonne piste. Ça commença dans un café. Est-ce le Mabillon ou en face, la Pergola?... Le lecteur d'ailleurs s'en contre-torche son aimable prosinard, mais je suis maniaque des précisions, veuillez m'en excuser. On se croise, on se rencontre, on s'assoit à la même table... un peu à l'écart, il préfère ça, le Génibrel... il gaffe mieux l'approche du danger. Il est un peu comme une belette, un animal à long museau, l'œil vif... tout chez lui n'est que ruse, méfiance, sourire à la commande.

Jusqu'alors, nous n'avions pas excessif sympathisé. Juste je l'avais écouté discuter avec le Professeur à la terrasse d'un de nos établissements de prédilection. La remarque cependant... qu'il dégrainait, ce fripouillard, folâtrait dans les épithètes à la fiente à l'endroit de son bienfaiteur... le bon Prince qui l'avait arraché naguère d'un pétrin peu ordinaire! Enfin, si tout ce que racontait ce dernier n'était pas du flan... cette histoire de peloton d'exécution maquisard, les fusils baissés in extremis!

Il était au parfum, que je m'étais fait évacuer de ma librairie. Il savait tout, il avait ce sixième sens des arcandiers, voyous de tout poil, qui reniflent, devinent, appréhendent leurs semblables ou ceux en passe de le devenir... un peu comme les curés qui repèrent les séminaristes, ces vieux pédés les jeunots à sodomiser. D'entrée, cézig, il est cordial... un peu trop! J'étais en quart... tel que je vous l'ai dépeint plus haut, en train de faire les poches du Prince... tout ce qu'on m'avait bonni à droite à gauche... son pedigree véreux... y avait de quoi se précautionner de cette subite affection. Il m'offrait un verre... des cigarettes et je pouvais garder le paquet... il me savait en difficultés financières. Le Professeur, qui m'estimait beaucoup, se faisait du mouron à mon sujet... comment allais-je manger, dormir et boire accessoirement dans un futur assez proche?

Petit à petit, il tissait sa toile, l'Éric Génibrel, je n'avais pas été sans remarquer qu'il s'était encore sapé de neuf, pompé en daim semelles de crêpe, cravaté de soie, boutons de manchette nacre, etc. Une métamorphose de cloporte, si je faisais la comparaison avec ces premières fois où je l'avais vu rôder autour de l'imprimerie.

Après quelques tournicotages autour du pot, il en est arrivé au vif.

– J'ai peut-être un moyen de t'aider.

Un blanc. Il me fixe de ses yeux gris... un petit sourire

qui en dit long pour peu qu'on s'habitue à ce genre de lascar.

– Ça présente, bien sûr, quelques risques.

Je suppose qu'il ne s'agit pas, c'est pas dans son style, de nous lancer sur la face nord des Grandes Jorasses. Il ajoute que le Prince lui a dit que j'étais un petit héros de la toute dernière guerre... décoré par le général de Lattre, blessé à l'ennemi. Des risques officiels, estampillés par la nation reconnaissante.

– Mais qui ne rapportent rien du tout.

Il a un petit rire de fond de gorge. Il ajoute que la gloire, ça se bouffe pas. Il a raison, l'aigrefin... qu'il en vienne à sa proposition. Je le rassure qu'il peut parler, si ce qu'il me propose ne me convient pas, j'oublierai cette entrevue... jusqu'à son visage j'oublierai. J'ai une gomme spéciale à effacer les confidences. Pour toute réponse, il sort de sa poche un de ces billets de cinq cents francs que les Ricains ont émis après le débarquement. Il ne trompe pas son monde. Au premier abord, on pourrait le prendre carrément pour un dollar. Il en a la forme exacte, un long biffeton bleu-vert... Il le fait frissonner... un petit coup entre l'index et le majeur... Frutt!

– Il est beau, n'est-ce pas?

Là... il me culbute, désarçonne... ça se bouscule dans mon ciboulot. Je peux pas nier qu'il soit beau son talbin. D'une beauté bien différente de celle des femmes... mais faut reconnaître que c'est agréable à regarder, à toucher. Ça représente des victuailles, des coups de rouge, des salopes à tringler... les dettes sévères à éponger. Il me le tend... il est à moi. Il se penche au-dessus des verres, il parle bas comme un abbé à confesse.

– Je te le fais quatre cents...

Abasourdi... merde! Qu'est-ce qu'il me bonnit, cet affreux? A moi, ce billet de cinq cents pour quatre cents balles?...

– Ça te fait du 20 % de velours.

Du velours, ça veut dire bénéfice... comme un mot de passe. Ça sert à ça, la langue dite verte, à vous signifier que vous êtes en terrain malfrat. Le Génibrel, il a suffisamment goûté toutes sortes de gamelles saumâtres en des lieux dits de sécurité et de redressement pour parler, si je puis dire, sans accent, sans faute d'argomuche.

J'entrave... j'ai pris son biffeton... je le tâte, caresse... c'est un faux... tout bonnement, tout simplement un faux. Ça me file un coup au plexus... le tournis! Je suis tant à côté de mes grolles... depuis si longtemps je me contente de miettes... mes yaourts au Carillon... traînasseries de rade en rade... avec ce dingue de Professeur... et les frocs luisants, j'avoue, au cul... aux genoux. J'en finis plus, moi, de le cajoler ce talbin.

– Si ça t'intéresse, je t'en fourguerai autant que t'en voudras.

Perrette et le pot au lait... j'embraye de la sorte... déjà, dans ma petite cervelle, ça fait des chiffres et puis des chiffres... ils valsent... ils farandolent... se multiplient... dix mille... vingt mille! Je me berce l'imaginaire! Que je ne m'affole tout de même pas... il me reprend son billet des mains.

– Je peux t'acheter déjà celui-là...

Je lui retiens le geste. Ça y est, je suis pris... l'engrenage! Je ne réfléchis plus où ça peut, où ça va me conduire... le gravissime de la chose. Sans en être encore à faire du Code pénal mon livre de chevet, je sais que tout ce qui touche à la fausse monnaie est assez brûlant. L'État prend même la précaution de vous avertir sur les coupures... Article 139... la réclusion à perpète pour ceux qui... n'est-ce pas... auront contrefait ou falsifié...

Mea culpa... j'avoue, et surtout que je n'y pense pas à cet avertissement féroce. Vous pouvez riffauder les pâturons de votre concierge... étrangler les écolières... zigouiller vos contemporains, violenter vos voisines... je ne dis pas qu'on va vous féliciter, vous offrir une médaille d'argent... mais, enfin, on peut encore vous dégauchir quelques circonstances atténuantes selon les lois de la république. Seulement, si vous touchez à son pognon, sa cassette, la vieille maritorne phrygienne... gare! Le crime d'entre les crimes! Pas de pitié un seul instant pour le canard boitillant!

J'étais loin de gamberger au châtiment, là, à cette table

face à mon tentateur. Quatre cents balles, c'est juste ce que j'avais en fouille pour m'offrir ce billet magique.

– J'espère que tu vas m'en prendre beaucoup...

Certes... je suis dans l'euphorie, j'envisage déjà tout ce que je vais pouvoir m'acheter... que je vais être bientôt riche. Me démerder de trouver de quoi lui en prendre un max... L'appât du gain facile à l'état brut! Vraiment l'aubaine. On ne réfléchit jamais assez... dès que se présente un petit turbin qui semble sans difficulté. Le maquereau trouvera, fatal, les flics sur son parcours et surtout d'autres proxénètes qui voudront lui détourner sa gagneuse. S'il ne veut pas déchoir, chuter... retourner à sa pitance de pue-la-sueur, il lui faudra s'enfourailler, tirer sur les prétendants abusifs. On part pour une promenade presque sentimentale et on se retrouve parmi les assassins au banc des assises. Idem pour le vol, l'escroquerie. Et la fausse mornifle, alors... au bout du compte, au moindre accroc... le valdingue aux durs... les interminables années à voir sa jeunesse se moisir.

Maintenant que je vous ouvre une parenthèse à propos de ces billets à l'américaine. Seuls les lecteurs de sens rassis, sexa, septua... tous les génaires suivants... ceux qui restent et s'ils n'ont pas perdu la mémoire, se souviennent de cette monnaie de singe émise par nos alliés. Dans tous les bleds qu'ils libéraient, même opération. Ça donne une idée du délabrement financier des pays qui sortaient de l'occupation allemande.

La France, bien sûr, n'y coupait pas. Elle fut même, je crois, la première à être inondée de ces curieuses coupures. En 1947, elles disparaissaient peu à peu mais elles avaient encore cours.

Pas l'intention de vous faire un exposé sur les problèmes économiques dans cet après-Libération. En tout cas, ça y allait fortissimo... l'inflation... les dévaluations successives.

Dans le domaine de la fausse monnaie, ça y allait bon

train aussi. L'année précédente, justement, ç'avait été l'affaire Dédé-la-Boulange... et, précisément, c'étaient ces fameux billets genre dollars qu'il avait contrefaits, cézig. Des coupures de mille balles... un montant de quatre-vingt-six briques. Ça me revient tout de même en mémoire pour me calmer l'euphorie. Je lui objecte à Génibrel.

– C'est pas encore des biffetons de Dédé-la-Boulange?

Il se récrie... les nôtres sont beaucoup plus au point... pratiquement sans aucun défaut! La Boulange, selon lui, était un connard, un bovidé de première grandeur. Les plaques gravées de ses billets avaient été abîmées par des manipulations imbéciles. Enduites au noir de fumée pendant un transport, des complices les avaient malencontreusement nettoyées à l'acide. Le cuivre, bien sûr, en avait subi quelques dommages d'où, à l'impression, des défauts visibles à l'œil nu. Bref, une cagade monumentale... les poulets immédiatement sur le coup.

– C'est pour cela qu'il est tombé la Boulange.

Il n'en reste pas moins que les billets à l'américaine ne portant pas le cachet du Trésor public, l'équipe de Dédé – imprimeur, revendeurs et autres – n'encouraient pas les foudres de la cour d'assises. Juste la correctionnelle...

– Cinq piges maximum au lieu des travaux forcés à perpète... Nous aussi... tu vois l'avantage?...

Je ne l'apprécie pas encore à sa juste mesure. Tout jeunot, cinq ans de placard, ça vous paraît l'éternité. L'âge, en avançant, se rétrécit... passé la soixantaine, ça défile si rapidos! On se couche un soir et le lendemain, on a dormi dix ans!

Cette histoire de Dédé-la-Boulange va me trottiner un peu dans le cigare, gâcher la pureté de mon plaisir. Assez brièvement, je dois dire... l'expérience, surtout douloureuse, des autres, ne vous sert jamais... bien connu.

Je vais me poser aussi des questions... d'où les sort-il, Génibrel, ses biffetons de cinq cents balles? Ça m'est revenu que, depuis quelque temps, l'imprimerie rue Saint-André-des-Arts était quasi bouclée. Impossible de foutre la patte sur le Prince. Je voulais le bottiner d'une petite avance... mon pourcentage sur le recueil poétique de Renaud. Le sentiment très net que les affaires d'édition à compte d'auteur ne l'intéressaient plus du tout. A l'intérieur de l'imprimerie, j'entendais pourtant du bruit... comme un roulement. Il y a peu, le Prince avait fait l'acquisition d'une rotative dernier modèle, et il me semblait bien qu'elle était en marche, cette jolie machine! Sans être spécial Sherlock Holmes, je commençais un peu à comprendre le genre d'images qu'ils tiraient toutes portes closes, les joyeux typos Dédé et Baptiste. Ça me devenait limpide. Éric fait l'intermédiaire. J'aurais certainement plus beau schpile à m'adresser directement au Prince. Mais il a sans doute de bonnes raisons pour cloisonner ainsi ses activités. Préférable toujours dès qu'on est dans l'illicite... truanderies, arnaques diverses... d'en savoir le moins... juste sa petite portion... ça vous coupe les ailes aux tentations jactancières.

En tout cas, je l'écoule facile ce billet de cinq cents. Je vais m'acheter une savonnette chez un quincaillier. Il ne tique, me rend la monnaie. Je viens de gagner mes cent balles... je marche sur des roses... enfin les pétales, je ne pense pas aux épines.

Le tout à présent consiste à dégauchir de quoi continuer... que quelqu'un me prête peut-être dix sacs... ils feront des petits vitesse grand V! Autour de moi, je ne vois pas tellement de gens susceptibles de m'avancer cette somme. L'idée me vient de remonter à Montmartre... reprendre contact avec quelques potes. Tonio, mon compagnon de guerre, s'était sans doute arraché du trou où les chats fourrés l'avaient précipité pour « exercice du métier de souteneur », disait-on alors en justice pour définir le proxénétisme... quelques autres et aussi les Pognes... Riton Mufflard en son fief bellevillois. De quoi se tâter sérieux? Réintégrant les terres malfrates, je me mettais d'une façon l'autre dans le collimateur des indics petits ou gros, toujours à l'affût du gibier. Suffit d'un peu trop s'attarder en certains endroits... se pavaner, étaler son flouse, pour qu'ils vous balancent à tout hasard. Les lardus ensuite, presque la routine, vous prennent de temps en temps en filoche... vous ont à l'œil et finissent par vous saisir votre jolie paluche dans un quelconque sac. Ça faisait quoi... à peine un an que j'avais fait une courte expérience au Quai des Orfèvres. Bien juré de plus me remettre en situation d'aller me respirer les odeurs de la Grande Maison... et puis voilà... je ne me tenais pas ma promesse... On se dit toujours, je suis le plus malin... mais les machineries policières sont les plus fortes. Tout baigne dans l'huile... ça fonctionne sans à-coups... ça broie... ça digère même les gros nonosses.

Avant de renouer avec les arcans du plus ou moins clair de lune, restait l'autre, le vicomte. Il avait déjà son carbure pour l'édition de ses poèmes, en outre il pouvait taper Géraldine. Dès que j'ai abordé la question, il s'est rétracté... devenu méfiant. Pourquoi me fallait-il dix sacs? Bien sûr, j'étais raidillard, ça justifiait que je le torpille... seulement il se demandait, ce nave, par quel miracle je le rembourserais la semaine suivante. Je le voyais, là, sous un vrai jour... qu'il deviendrait, fatal, comme son Polichinelle de père, qu'il l'était déjà dans les tréfonds de son âme... ses déclarations anarchisantes n'étaient qu'un très mince vernis sur le bonhomme tout à fait conforme au reste des membres de sa famille.

D'après les consignes de Génibrel, il était indispensable d'être à deux pour écouler les talbins. L'un, n'ayant sur lui qu'un seul faux billet, achète une bricole quelconque dans une boutique tandis que l'autre, le complice, reste à distance avec le fric... les autres billets à écouler. Précaution au cas où le commerçant s'apercevrait que le fafiot est nase. On s'excuse... on le reprend... raconte une petite histoire préparée soigneux... qu'on vous l'a refilé au guichet d'un champ de courses, d'une gare, d'une poste. Si les choses s'enveniment davantage, n'ayant qu'un faux sur soi, on peut encore s'en tirer, se tenir ferme à son alibi invérifiable.

Géraldine avait raison, j'étais un mauvais petit camarade pour son sigisbée... j'allais l'entraîner, le pauvre, sur des sentiers escarpés, semés d'embûches, on se doute. En désespoir de dégauchir un homme de barre parfait, j'ai fini par lui proposer carrément de s'associer avec moi pour écouler les fafiots.

– J'ai une combine qui peut rapporter gros.

... mon amorce... voir s'il mordait... ses réactions. Rapporter gros, c'est tout à fait magique comme formule... ses yeux se sont allumés. Il est devenu tout fébrile... que je lui explique vite. Je l'ai rassuré qu'il s'agissait pas d'aller casser une banque, étrangler une rentière. Mon opération était essentiellement douce... Mais...

– Y a tout de même des risques...

For intérieur, je sentais que j'avais tort de le brancher... que c'était pas un mec à ça. Trente-six fois, ça m'est arrivé de dérailler de la sorte dans mon existence, de m'acoquiner avec des zèbres douteux... dont on pourrait lire dans le regard toutes les chiasses en perspective! Voilà, je lui ai expliqué l'arnaque.

C'était donc avant cette soirée au Tabou. Je m'en souviens parfaitement puisque j'avais pu y briller question fric... offrir le champ'... Nous y reviendrons, je ne vous lâche pas Corinne pour autant, vous allez la revoir cette toute belle. Je me disais d'ailleurs que ça allait m'aider à faire sa conquête si j'avais de quoi la sortir un peu... éclairer d'or nos cabrioles futures.

– C'est grave...

Il est, dans un sens, plus conscient que moi du danger, le vicomte. Ce qui l'aide, c'est qu'il a tout de même des arrières assurés... son dab, aussi désagréable soit-il, lui assure la dorme et la graille... et, même, sa Géraldine ne le laisserait pas mourir d'inanition, le pauvre chéri! Moi, je n'ai que fifre... la perspective de retourner carrément au charbon... bleu de chauffe, musette... aller voir un peu s'il y a des napperons, des couverts en vermeil à la cantine de chez Panhard. L'improbable... qu'on se mette à mon humble place en considérant que j'avais le sens moral assez peu développé à cette époque. Depuis, je n'ai pas fait tant de progrès... le porte-plume m'assurant le de quoi vivre, j'ai simplement moins de tentations.

Ça l'allèche tout de même ces paquets de talbins. Il faiblit vite, le poète Renaud. Il embraye et se rassure en me disant qu'il s'arrêtera dès qu'il aura gagné une brique. On se fixe comme ça des limites. Juste la somme pour s'embarquer vers les îles du Pacifique, jouir de son bien mal acquis au milieu des vahinés. On ouvre déjà le parasol, s'aiguise le chibre imaginatif. Rare pourtant que le film s'achève par un si beau happy end.

Résumons... le vicomte, il a ses dix talbins d'un sac à plat pour l'édition de son bouquin et il tourne autour des mots, il circonlocutionne... tortille du verbe avant de me dire qu'il peut trouver encore un supplément de fric... qu'il empruntera à quelqu'un sans me préciser qui. Je me goure alors qu'il a une cagnotte, cézig, qu'il planque quelque part un peu de flouse tout en pleurnichant misère. Ça dénote une mentalité de rat mulot. N'importe, pourvu qu'il nous ramène de quoi commencer les opérations.

Il faut tout de même qu'il me fasse confiance, tout du moins pour notre première tranche d'achat... qu'il me prête ses dix raides afin que j'aille voir Génibrel. Celui-ci ne veut voir que moi, bien sûr... cloisonnement oblige.

Première tractation. Une rencontre rapide... échange discret des billets au premier étage du café de Flore. Je rejoins ensuite Renaud avec vingt billets de cinq cents balourds. Il m'attend sur un vélo, le long du trottoir, au coin du boulevard Saint-Germain et de la rue du Four. Je le sens déjà la merde au cul... il frime droite à gauche.

– J'espère que tu n'as pas été suivi?

Pas déjà... merde! Ça serait à désespérer absolu. Je le rassure, ce con! Il faut dès maintenant se mettre au turf... que je lui montre l'exemple, me mouille, monte en ligne le premier... aller de boutique en boutique chanstiquer les talbins. Il va me suivre avec le pactole... m'attendre à distance... faire le serbillon, voir si je rencontre pas un os.

Tout ça, au début... jeu d'enfant. J'entre dans n'importe quelle boutique, j'achète une boîte d'allumettes, une pelote de ficelle, des lames de rasoir, un tube de pâte dentifrice, un pot de colle... etc. Je préfère mettre quelque distance entre mes points d'attaque. Ça me fait user les semelles de mes grolles mais bientôt je vais pouvoir m'en acheter d'autres... de superbes triple semelle comme c'est la mode tape-à-l'œil à ce moment-là.

– On pourra s'offrir une bagnole!

Il y va, Renaud... s'il s'est rassuré sur le terrain! Ça lui paraît du sucre candi d'affurer si vite un tas de pognon. Les vingt biffetons, je les ai écoulés dès le premier jour. Ça nous faisait chacun un sac au fade... pour l'époque, une somme rondelette. Fallait qu'on recontacte Éric très vite pour lui acheter une nouvelle liasse. J'avais un téléphone pour le joindre chez une nana qui le prévenait, une sorte de code.

– Tu devrais un peu modifier ta frime, m'a recommandé Génibrel...

... que je me coiffe différemment, change de frusques, etc. Petit à petit, ça allait venir. Je me collais les cheveux à la gomina style Tino Rossi... mettais une cravate... des lunettes de soleil... et bientôt j'ai convaincu Renaud de prendre le relais, il inspirait plutôt confiance avec ses manières distinguées... ce je-ne-sais-quoi qui sentait les armoiries... les ancêtres preux chevaliers.

Ça allait tout de même assez vite pour se faire un joli pactole avec 20 % de bénéfice presque net. Par précaution, on virait les babioles achetées pour faire le change, on faisait des cadeaux aux mendiants. On se payait même des billets de la Loterie nationale. C'eût été le comble qu'on décroche en plus le gros lot!

Enfin, au bout de quinze jours, c'était devenu presque une routine... on y allait sans d'excessives précautions. J'entassais le fric dans une taie d'oreiller et je le laissais dans ma piaule. Je me remplumais sévère question harnais, godasses... la bouffe au marché noir.

Entre-temps, lorsque j'avais déjà un peu d'oseille en fouille, on s'était payé cette fameuse soirée au Tabou. La maman parfumeuse, sa sublime fille, le vicomte et votre humble serviteur plumitif. Beau me mettre en frais, m'efforcer à être gai, enjoué, chercher des petites histoires drôles mais tout de même sans scabreusités, scatologies superflues... Géraldine, elle, traînait des escarpins... n'arrivait pas à me trouver tellement sympa. L'essentiel, je me plaçais mieux auprès de Corinne. Je lui palpais déjà les bras, l'air de rien, sur le parcours. Le luxe... on s'était pris un taxi... ils étaient encore assez rares en 47. L'essence étant contingentée, ça permettait pas aux chauffeurs de travailler autant qu'ils auraient souhaité. Le temps de guerre jouait les prolongations... ça n'en finissait plus de saliver devant le buffet de l'âge d'or. Les gens ne rêvaient que de bagnoles rutilantes, tissus pure laine, soie naturelle, Chesterfield, whisky à gogo... tortore, vacances. Toute une génération ne vénérait que ces divinités-là... vulgaires... gustatives... bassement épicuriennes. La révision déchirante en Mai 68 lorsque ses enfants vont se mettre à contester, rejeter tout aux gogues, aux gémonies! Papa, maman, la bonne et pas moi! Dégueuler l'ignominie de la société de consommation... y perdre, en même temps que son latin, son sens du bon sens!

En goguette, on a bu le Mumm millésimé au Tabou... on s'est tassés autour d'un tonneau-table... sur des tabourets dans la tabagie... l'orchestre furieux sur une petite estrade au fond de la cave. Ça semblait au quidam non averti qui se pointait là... le maximum dans les décibels en délire... les trompettes du jugement dernier. L'erreur! on a progressé fabuleux depuis avec la sono, les éclairages d'enfer... l'hystérie collective!

Pas le moment de philosopher... Corinne veut se lancer sur la piste... je ne suis pas le roi question swing, be-bop... Pas encore eu le temps de m'exercer. En traînant clic boc avec le Professeur, on n'aboutissait jamais dans ces lieux où la danse est reine. A y regarder de près, c'est toujours plus ou moins le simulacre du coït... les préparatifs en tout cas. Voyez un peu nos frères, dits inférieurs, les animaux... avant l'amour se tournent autour... le mâle oiseau se gonfle le jabot, la femelle recule, revient... tortille du fion, roucoule, piaule...

J'en suis là avec Corinne... elle est souple, harmonieuse... sa coiffure s'est défaite... ses cheveux lui retombent sur les épaules, les reins. Je finis par savoir un peu mieux me déhancher, moi aussi. Y a de la concurrence dans ce Tabou, un tas de jeunots frétillants du zob, pimpants... des fils de famille déguisés vaguement en cow-boys... chemises à carreaux, les falses en toile... la tignasse en révolte! S'agit pas que je lâche ma pouliche, elle n'a pas l'air de s'attacher spécial à ma petite personne. Disponible, elle est... je fais de mon mieux pour me l'accaparer... me demande déjà comment lui susurrer des mots adéquats tendres... de bonne guimauve verbale prévue pour l'ensorcellement des jouvencelles. Ça me cloque toujours un handicap... je les trouve tellement, ces clichetons, usés, rebattus, galvaudés... les tirades sentimentales... qu'elles s'extirpent difficile de mes lèvres comme les piécettes d'une bourse de vieux radin. Je m'étonne que ça prenne encore, sauf auprès des gardiennes d'oies.

La Corinne, je sais pas... elle me donne l'impression d'être déjà vraiment hors de ce circuit de simili-poésie. Elle est en gestes, en rires, en couleurs claires. Renaud, forcé, il a entraîné la maman pour la secouer un peu sur la piste. Elle n'a pas les dons de sa fille pour se propulser dans le jazz... elle s'économise, je la gaffe, tout en dansant. Elle s'est pourtant mise en frais de parures pour la circonstance, mais on ne la sent pas très à l'aise.

A force de pinter... je prends bien soin que les verres soient toujours bien pleins... Géraldine tout de même se détend... se met à rire sans raison bien évidente... s'épanche sur son noble amant minet! Des liches, elle lui file au gras du cou. Il rétorque en papouilleries. Du coup, c'est Corinne qui se raidit... n'apprécie pas, visible, de voir sa maman se conduire de la sorte devant ses yeux. Ça, ça ne fait pas tant ma balle. J'aimerais autant qu'elle se laisse gagner par l'euphorie, je m'efforce à la câliner... je la prends par l'épaule. Elle résiste, se crispe.

– Viens danser...

Non, elle ne veut plus. Elle en a marre du be-bop! Pour tout arranger, ce nave de Renaud y va d'une galoche à Géraldine. C'est pas le moment, moi, que je l'imite. Je respire la vape que ça barre en brioche mes projets fripons d'effeuiller la fleur Corinne. Fort heureux, les disciples d'Isidore Isou viennent créer une aimable, si l'on peut dire, diversion. Les musiciens de l'orchestre s'offrent une petite pause. Intermède poétique. A défaut d'Isidore Isou, c'est son second, Gabriel Pommerand, qui vient nous donner un aperçu de ses œuvres. Il s'agit d'onomatopées, cris inarticulés, borborygmes... l'éclatement définitif du langage. Les surréalistes jetaient les mots dans un chapeau, secouaient... les sortaient dans l'ordre du hasard et ça devenait un poème transcendant. Les lettristes vont plus loin... il s'agit des lettres qu'on rassemble comme elles viennent. Je crois qu'il s'agit d'une démarche de ce genre, j'avoue ne m'être pas trop penché sur la question. Déjà à la librairie, les œuvres de Tzara et ses disciples me paraissaient tout à fait indéchiffrables... une énorme blague que les dadaïstes balançaient à la gueule du bourgeois. Seulement le bourgeois, il avale tout, lèche toutes les vomissures, s'en repaît... bientôt s'en gave, pourlèche... envoie la monnaie...

Avec le lettrisme, ça n'ira pas jusque-là, ce n'est qu'une excroissance du dadaïsme... l'effet de surprise de la nouveauté ne joue plus. Ça fera juste une petite saison... même pas très drôle.

Gabriel Pommerand ressemblait à une sorte de Zoulou, macaque avec son nez épaté sur un visage carré surmonté d'une chevelure noire, énorme... anarchique... crêpée, il me semble me souvenir. Il avait eu des discussions avec le Professeur... malheureusement je n'y avais pas assisté. Failli en venir aux mains... à propos de choses aussi obscures que le fameux combat de nègres dans le trou-du-cul d'un autre nègre, lui-même aux prises avec un quatrième Baluba dans un tunnel en réparation!

En tout cas, Gabriel Pommerand sur l'estrade, s'il voulait scandaliser, c'était pas des plus réussi... les spectateurs se marraient carrément. Il donnait l'impression d'un maboule en transes... ça ressemblait un peu, sa tirade poétique, à une incantation de sauvage... un retour aux temps préhistoriques lorsque les hommes n'avaient pas encore un langage cohérent et qu'ils exprimaient... je ne sais quoi... une colère incontrôlée à l'égard des éléments.

Maman Géraldine, le numéro de Gabriel Pommerand, ça lui calmait pas ses fous rires. Jamais vue si gaie... si radieuse... si fofolle! Le drame, c'est que ça lui accentuait son strabisme. Et l'autre, mon complice faussaire, lui aussi il était beurré... paf à rouler... se retenait plus des pires excès. Plein du patin à sa cocotte... la paluche fouineuse dans le corsage, sous sa robe légère. Il bafouillait... que les seins de Géraldine étaient aussi fermes que ceux de sa fille. Tout ça pendant la déconnante lettriste... le poème fini, la salle était en délire... des cris, coups de sifflet. D'eux-mêmes, les gens parodiaient une réunion électorale. On conspuait, on acclamait Pommerand au petit bonheur... la révolution lettriste sombrait dans le bassin du dérisoire avant même que le bateau ait quitté le port.

Maintenant, Corinne en avait sa claque... elle voulait qu'on se casse au plus vite... que sa maman rentre à la maison! Ce que je préméditais, moi, c'était qu'on se sépare... que je puisse enfin avancer mes pions... mes affaires! Enfin, vous me comprenez, inutile que je vous ouvre encore ma braguette.

Pour s'arracher de ce Tabou, on remontait un escalier étroit, aux marches de pierres disjointes. On se trouvait à l'air libre, rue Dauphine, juste au coin de la rue Christine... et là... Flaouf!... à peine sur le trottoir, une cascade... tout le contenu d'un seau hygiénique sur Géraldine et Renaud qui s'avançaient vers la chaussée en se tenant étroitement par la taille. Un peu en retrait avec Corinne, nous n'avons eu droit qu'aux éclaboussures. La vioque pousse un cri... l'ignoble surprise! Oh! quelle horreur! C'est épouvantable... Renaud n'est pas tout à fait en état de bien saisir, comprendre exact ce qui leur arrive comme ça... cette averse soudaine. Il relève la tronche, il est plein de pisse... de caca... inondé... de la chevelure aux godasses.

– Bande de salauds!

Il s'adresse aux arroseurs... aux dégueulasses qui... C'est un couple prolétarien, les dégueulasses qui les ont gratifiés de cette douche d'excréments.

– Je vais descendre, tu vas voir, sale petit pédé!

Des amabilités de ce genre, il lui rétorque l'homme à la fenêtre. Autant que je puisse me rendre compte, c'est un balèse, un musculeux en maillot de corps. Son épouse chérie, une gravosse, l'écarte un peu pour prendre part au concert d'insultes... ça se résume qu'on est des fainéants, des propres à rien... des emmanchés, des rastaquouères, des profiteurs du marché noir... et qu'on empêche les travailleurs de se reposer.

Ça me revient... j'avais lu dans un journal ou j'avais entendu parler de ces incidents... que les locataires de l'immeuble au-dessus du Tabou se plaignaient du bruit... tout le tintamarre que faisaient les existentialistes en sortant de leur tanière. Des personnalités en vue des arts et des belles-lettres avaient déjà pris des pots de fiente sur l'alpague. Orson Welles, de passage à Paris, y avait eu droit. Les prolos qui décambutaient de leur piaule aux aurores pour aller suer en vue de gagner une maigre pitance, imaginez leurs réactions! Pour eux, toute l'engeance qui délirait dans la cave, c'était carrément les ennemis de classe, les rejetons de la bourgeoisie exploiteuse. L'aubaine, en la circonstance, qu'il n'y ait pas le tout-à-l'égout dans l'immeuble... ça leur faisait des réserves d'urine, de colombins! L'occase de se débarrasser du contenu des seaux hygiéniques sans se fatiguer à descendre les escaliers. Plof! au hasard lorsque la porte s'ouvre... S'ensuivent invariable les injures... les pires grossièretés. La crudité des outrages s'impose si l'on considère ce qui se déverse sur les tapageurs.

Toujours est-il que je me marre en lousdoc... interne, bien sûr, en voyant Géraldine et son grand amour complètement à la sauce fécale... que ça dégouline marron, jaunâtre sur leurs jolies fringues... du mal à me retenir! Je veux surtout pas me mêler de la querelle, l'engueulade... que l'autre, là-haut... le Mimile en maillot genre docker, grutier, déménageur... descende en plus nous avoiner. Je m'efforce de calmer le plus possible Renaud qui ne mesure pas très juste le danger... je le vois pas beau à la castagne avec cézig qui le traite de tante, lui propose de venir lui enfoncer dans le cul les objets les moins appropriés à la sodomie.

– Viens... on va rentrer...

Le patron du Tabou, M'sieur Guyonnet, un gros Toulousain... lorsque ça se met à lansquiner devant sa lourde, il préfère rester à l'abri. Il retient les clients de sortir tout de suite sous l'ondée. Sa crainte que ça dégénère en Waterloo de l'existentialisme... que la préfecture lui fasse lourder sa taule. Le pactole que ça représente pour cézig, ce débarquement miraculeux de snobs, de louftingues, de jeunots néo-zazous, traîne-patins... poètes en chaleur dans une trappe jusqu'alors fréquentée de nuit uniquement par les ouvriers des Messageries Hachette de la rue du Pont-de-Lodi.

Ce qui se déroule ensuite... ma mémoire se fait la paire... je ne sais au juste. Simplement, vu l'état où étaient Renaud et sa Géraldine, pour se dégotter un bahut, de la tarte point ne fut. On a fini par engouffrer nos puants à la surprenante tandis que je parlementais avec le chauffeur. C'était encore à l'époque de ces vieux G 7 restés, quant à la silhouette, sous l'influence des fiacres... bien carrés avec une séparation vitrée et des strapontins. On pouvait facile s'y tasser à cinq ou six.

Maintenant, elle était effondrée, Géraldine... elle sanglotait sur l'épaule de Renaud. Corinne s'était mis un mouchoir devant les trous de nez, tant sa maman repoussait la cague. On était partis joyeux, on rentrait merdeux, confus... lamentables. Moi, ça me cassait mon coup... j'espérais bien détourner un peu la fillette... folâtrer... lui picorer ne serait-ce qu'une bise.

– Tu vas m'aider, ma petite Corinne, à me doucher! Oh! quelle horreur! Ma robe toute neuve!... Ces gens sont épouvantables!

Elle me frimait à nouveau dans la férocité, la fusillade. Son œil en vadrouille me disait plutôt merde à moi qu'à son homologue. Petit à petit, elle se persuadait que j'étais responsable... que c'était bien ma pomme qui avais eu cette idée du Tabou... qui les avais retenus jusqu'à une heure indue dans ce lieu de débauche, en leur faisant boire du champagne.

Pour tout arranger, Renaud s'est lancé dans une tirade vengeresse à propos du salopard qui leur avait déshonoré les fripes de son urine nauséabonde, des déjections de sa hideuse mégère!

– Avec tout le fric qu'on gagne... Y a de quoi payer deux-trois types pour aller lui casser la gueule!

J'encaisse traviole l'allusion... le fric qu'on gagne! La Géraldine, malgré son chagrin d'être trempée au pipi prolétarien, elle a entendu, argougné le propos au vol... enregistré...

– Quel fric?... Où gagnes-tu du fric, Renaud?

Immédiat l'attaque! Je redoute le pire... que sous l'influence de l'alcool, Renaud évente carrément la mèche. Tout de même il se rebiffe, ce cave... que ça la regarde pas ce qu'il fait... qu'il est, après tout, libre de ses mouvements... etc. Elle entrave plus, mémère... s'il gagne de l'argent, alors pourquoi lui en emprunte-t-il?

J'apprends ainsi qu'il ne l'a pas remboursée, comme il me l'avait dit. En réalité, il estimait que ce pognon-là, il l'avait gagné à la force de sa bistouflette... à égoïner, régaler cette tarderie. Tout ça sous-jace... ça va tourner aigre-pas doux. Je m'interpose comme je peux... me glisse...

– C'est pas le moment de vous disputer.

... je ne sais trop ce que j'ajoute... que plaie d'argent n'est pas mortelle... une banalité de ce gabarit.

– Oh! vous, ça suffit!

Sec comme un coup de trique. Je ne cherche pas à comprendre. Je lui suis antipathique sans doute par mes mauvaises manières... le ton traîne-savate dans mes phrases... et aussi parce que je drague sa gamine. Plus tard, Renaud me dira qu'elle est jalmince en plus de notre amitié. Là, elle se goure... je fais une différence entre amitié et complicité. Musique qui guerroie au Tonkin à ce moment-là... est un ami, mais le vicomte qui fut d'abord un pigeon à recruter pour les éditions des Trouvères, je suis toujours à son endroit (et même son envers) sur la réserve.

Grand temps que le taxi nous débarque rue d'Armaillé... tout ça devenait dur à respirer... au moral et au physique... cette odeur engendreuse de gerberies. Ils m'ont laissé régler la course... sans me dire adieu...

Géraldine et Renaud se sont précipités vers la porte cochère, à côté de la parfumerie... engouffrés dans le couloir.

Je me suis retrouvé sur le trottoir avec Corinne qui souriait, en définitive, de la mésaventure... surtout que ce n'était pas elle qui s'était repéré le pot de merde sur la tronche. Certes, j'avais prévu un final à notre soirée tout autre. Elle a eu un geste comme pour me dire « dommage! » J'étais devant elle, les bras ballants... n'osais plus esquisser un geste. Tout était raté à cause de ce puela-sueur avec son pot d'excréments sur la belle robe de Géraldine.

– La prochaine fois, on sortira rien que nous deux...

La promesse d'avenir. Elle me regardait bien droit dans les yeux... me jaugeait d'une certaine façon. Tout à coup, je lui trouvais un petit air tout à fait tranchant, résolu. Comparée avec les quelques-unes que j'avais enjambées jusqu'alors, elle était différente. Ni putassière, ni évaporée, nullement nitouche, sans aucune attitude ambiguë. D'une certaine façon, j'avais l'impression qu'elle voulait mener le jeu entièrement à sa guise.

– Il faut que j'y aille, maman a besoin de moi.

Très rapidos, elle m'a fait une petite bise... sur la bouche, du bout des lèvres. Elle a virevolté... disparu dans l'entrée de l'immeuble.

Je suis resté planté là, au bord du trottoir... pourquoi? Pour savourer encore un peu le goût de son baiser furtif... essayer de retenir l'image de sa silhouette traversant la rue. Je n'osais plus bouger... peur de rompre le charme.

Finalement, j'ai réussi à isoler le Prince pour lui casser le morceau en quatre. Un soir à la Pergola, le Professeur venait de me quitter. Je crois qu'il rejoignait une de ses dernières cambuses en banlieue. Bertille était malade... tout de même, il ne pouvait pas la laisser seule tandis qu'il se rondissait la gueule. L'heureux hasard, le Prince n'était pas escorté d'une fillette, j'en ai profité... lui offrir un verre. On s'est installés à une table.

– Les affaires vont mieux...

Il m'a lancé en ajustant une Camel au bout de son fume-cigarette.

– Avec ça, on voit mieux clair...

Ma réponse... en lui montrant un de nos billets presque américains que je venais de me sortir de la fouille. Il a souri d'un air entendu tout en allumant sa pipe avec un briquet en or. On était dans le vif du sujet.

– Pas mal imité, n'est-ce pas?...

Tous les culots... je me suis entendu lui dire ça. Sans ciller, il a pris le fafiot... l'a regardé rapidos et m'a répondu tac au tac :

– Il n'est pas sans défaut, hélas! Rien n'est vraiment parfait en ce bas monde.

... quelque chose de ce tonneau... ironique, dupe de

rien! Ma petite idée d'y aller droit au but, absolument pas biaiser... le Professeur m'avait dit qu'avec le Prince c'était la meilleure méthode. Puisque lui s'amusait... musardait souvent dans les phrases avant de vous dire l'essentiel, il ne fallait surtout pas le rencontrer sur le même terrain.

– Tu me les ferais à combien?

Clair, net... j'étais certain que c'était lui le fabricant en chef... que les prospectus sortaient de ses presses... me gourais un peu... l'entreprise était plus vaste, plus compliquée... il se relayait avec un autre imprimeur. Leur seule circonstance atténuante... celle qu'ils invoqueront par la suite... qu'ils avaient fait leur apprentissage de ces choses défendues dans la clandestinité... au service alors exclusif de la patrie.

– Tu les as à combien?

Un temps, il m'avait ébloui admiratif... ses façons de grand d'Espagne... ses fonctions d'éditeur. Ça faisait déjà quelques semaines que j'en savais sur cézig de quoi vous en faire un personnage de roman presque policier... ce que je fais d'une certaine manière aujourd'hui. Il était prince surtout de l'arnaque... sa noblesse belge, valait mieux pas l'approfondir, aller consulter le Gotha. Qu'il ait été à Honneur de la Police ne prouvait pas une appartenance sans tache à la Résistance... l'ombre de Joinovici planait sur toutes les activités de ce réseau.

Aucune gourance, nous étions clair et net dans la truanderie. Moins voyante, pavoisante qu'à Pigalle... n'empêche... l'entreprise pouvait nous conduire tous au gnouf.

On ne voudrait jamais parler de cette douloureuse éventualité lorsqu'on se lance dans les malfaisances. L'impression que ça va vous porter la cerise... et pourtant il faut toujours envisager le pire. Se préparer, et c'est bien souvent ce qui différencie les détenus politiques des droit commun au placard. Ces derniers, au fond d'eux-mêmes, ne s'estiment pas des victimes... les châtiments imposés par le bras séculier, aussi durs, sévères soient-ils, ne sont que la résultante de leurs actes. Ça en découle... aussi l'escroc, le voleur, braqueur, faussaire est-il prêt à encaisser. Ça lui donne une espèce de philosophie fataliste. Les honnêtes gens bouclés pour leurs idées (ou pour leur race, leur croyance) réagissent en victimes... en martyrs... gémissent de l'injustice qu'ils subissent et finalement sortent de leur expérience carcérale l'âme à vif. Depuis une vingtaine d'années, le discours politique a un peu déteint sur les droicos. Les sectaires en mal de militants s'efforcent de les embrigader avec des théories, spéculations de l'esprit qui les assimilent au prolétariat exploité. Certains marioles se sont engouffrés dans la brèche ouverte pour s'en tirer, comme naguère ils s'accrochaient à la perche tendue par les curés. D'où une confusion extrême.

Il m'apparaît, pour mon compte, que la seule dignité qui nous reste lorsqu'on s'est mis au ban de la société, c'est le sens de notre responsabilité. Risquer... savoir ce qu'on risque... après, basta! Le reste n'est que théâtre... les rôles sont distribués. On joue le sien, le mauvais, celui que la foule attendait à la fin du mélodrame pour lui faire un mauvais parti.

Tout de même embarrassé, le Prince, que je sois au parfum d'une façon aussi radicale. Je pouvais devenir très dangereux... au cas où je me ferais emballer... me mettrais à la table d'hôte des poulagas, c'en était cuit de ses carottes! Plus qu'à décaniller, s'enfuir vers les Amériques, s'il en avait le temps!

Le pourquoi de ses explications... qu'en cas de dèche, si je fermais hermétique ma gueule, je risquais pas trop gros... quelques années de carluche, mais on s'y forme l'esprit... etc. Dans le cas contraire, lui, il m'aimait beaucoup et il n'était pas un sauvage, seulement il avait des associés... certains un peu primaires, des rancuniers excessifs...

– Des êtres dont on ne peut pas retenir les impulsions.

Toujours son sourire, nappé de fumée de sa cigarette. Sans élever la voix, changer de ton, ses aimables paroles évoquaient les corps flottant au fil de l'eau sur la Seine, en amont de la capitale. Les hommes qui tombent au coin d'une rue, le ventre criblé de bastos... la rapière qui se plante entre les omoplates d'un détenu pendant la promenade en Centrouse. Ça nous meublait le silence qui s'était installé entre nous, ces évocations de films noirs.

– Je te le fais à trois cents... ça te va?

Ce qu'il a fini par me dire en conclusion et ensuite, je crois me souvenir, il m'a recommandé de ne pas trop briller dans le quartier... montrer avec ostentation que je m'enrichissais à vue d'œil.

– C'est regrettable, mais les envieux font plus pour la police que les méthodes scientifiques de M. Bertillon.

M'enrichir, j'ai guère eu le temps, hélas... vous vous doutez bien, sinon je ne serais pas là à porte-plumer, transpirer sur l'adjectif, chichiter du vocable... tronquer l'adverbe... musicoter dans le paragraphe! Ma vie se fût déroulée autre... une fois ma pelote faite, les distances prises... l'exil... les cieux qu'on dit plus cléments... les berceries de l'imaginaire.

Avant d'aller plus avant dans cette histoire de fausse mornifle... je ne veux pas vous laisser Corinne en plan sur cette image... le froufrou de sa jupe qui disparaît dans le couloir de son immeuble. Je menais de front deux guerres... celle du pognon et celle... j'allais dire, trivial, du cul... mais je préfère élever le débat, si je puis dire... le débat avant les ébats! J'en croquais donc sévère pour sa pomme, ses miches certes, et ses yeux, allons-y, de velours... toute la gracieuseté de sa personne. Le vocabulaire amoureux, on l'a tellement rabâché, que j'avais une méfiance quasi instinctive pour les sérénades au clair de lune. A-t-on autre chose à sa disposition pour transfigurer, poétiser... magnifier l'instinct reproducteur? Il ne s'agit en fin de compte encore que de cérémonies. Plus de rites... simagrées... cortèges... chants liturgiques... tout s'effondre, on retourne brouter, s'emmancher lurelure... se déchirer les uns les autres.

Que reste-t-il de nos amours? Un peu de musique et sur cette musiquette, des mots, à peine des phrases. Ça nous a permis d'attendre, d'enjoliver la copulation... de lui cloquer factice ses lettres de noblesse. Pour s'assouvir l'instinct de meurtre, de mort, on a inventé la guerre en dentelles, les généraux couverts de plumes, babioles, dorures... tirez les premiers, messieurs les Anglois! Abandonnez cette mise en scène et vous vous retrouvez avec le meurtre presque à l'état pur, la sournoiserie terroriste, le défouraillage au moindre prétexte.

L'amour fout le camp! Je veux dire la romance et, alors, c'est les enculades effrénées. On libère nénettes, nanas, bobonnes et rombières... elles deviennent boudins de démonstration, livrent leurs fantasmes en des romans à faire rougir les anciens tauliers de maison close. Les plus astucieuses putassent, michetonnent, glougloutent, remboursées par la Sécurité sociale. Les hommes sur le parcours ont une petite longueur d'avance... ils se savent, pour peu qu'ils s'introspectent, clébards... avant tout clébards! La sérénade obligatoire les retenait, les obligeait à quelques délicatesses... à un petit cinoche. Je ne sais trop qui a gagné ou perdu dans cette mode du laxisme.

Clebs, je l'étais majeur... je tirais la langue, je tirais la bite! Allait-elle, cette gonzesse d'élite, devenir mienne... enfin m'offrir son corps à palper, caresser... brouter... dévorer! s'ouvrir juste ce qu'il faut pour que je lui fasse crier son mystère.

– Tu crois que ça marche mes actions?

J'avais interrogé Renaud... je manquais un peu de flair, de psychologie à son sujet. L'hypocrisie était une seconde nature chez lui... presque la première après tout! Il feignait l'indifférence, l'amusement à propos de mes visées sur le valseur de Corinne.

– Je ne peux pas te dire grand-chose, c'est une fille curieuse...

En fait de curieuse, il la jugeait comme une petite salope, une allumeuse. Il me conseillait plutôt, l'air de rien derrière les phrases, de m'en méfier. Je ne discernais pas encore chez lui la jalmincerie. Dû m'en gourer tout de suite... l'évidence qu'il se faisait la maman faute de pouvoir enjamber la fillette. J'allais savoir tout ça... et que c'était un compliqué, cézig... un cérébral... un tortueux. Il masquait bien son ressentiment... s'y mêlait aussi un rien de masochisme qu'il cultivait pour alimenter sa cachexique inspiration littéraire. L'idée reçue exige que le poète souffre... si le destin le favorise... que les fées bienfaitrices le gâtent, son génie prend de l'embonpoint, traîne la patte... se couperose... devient impropre à soulever les enthousiasmes juvéniles ou féminins! Féminins juvéniles, le fin du fin... que les pucelles rallègent en grappe autour du troubadour... néo-Lamartine en larmes... plus besoin de lac... une simple mare aux canards suffira pour suspendre son vol.

Mes aspirations amoureuses allaient avoir des conséquences sur mes activités voyoutes... mon petit business dans les balourds. Sa mise en garde au Renaud, j'en avais nib à cirer... je lui demandais juste de m'aider à revoir la môme Corinne, de lui dire que j'en pinçais à mort pour ses beaux yeux et le reste... n'est-ce pas... me servir d'intermédiaire. Sa jalousie aurait dû me mettre le plus possible de bâtons dans les roues... mais la logique n'a rien à foutre dans ces histoires. Quelque chose le poussait à aller jusqu'au bout... se taper la lie... le fond du calice!

En tout cas, on continuait nos expéditions pour écouler les biffetons. Je rencontrais directement le Prince dans des arrière-salles de bistrots... des coins de rue où il m'attendait au volant de sa tire. Par prudence, je n'avais toujours pas dit au vicomte d'où je tirais ma camelote. Cloisonnement oblige.

Jusque-là... c'est-à-dire durant trois semaines, un mois... aucun accrochage. On sillonnait Paris... d'épicerie en bureau de tabac... papeterie en crémerie... librairie en guichet de métro... du PMU à divers rayons de Prisunic... Galeries Lafayette... etc. A part la bouffe qu'on pouvait consommer presque sur place, on virait nos achats qui auraient pu constituer une charge contre nous en cas de pépin. Toujours on se relayait, l'un au vélo, l'autre à l'échange. On se séparait le soir après avoir été au fade... cinquante, cinquante... fifty-fifty... un calcul rapide.

Au cours d'une de nos randonnées... à la pause... le

moment où nous allions casser la graine dans un rade, un bouchon quelconque, en prenant soin d'emmener avec nous la sacoche précieuse qui contenait la récolte du matin... à tout trac, comme ça, en bectant, parlant de tout de rien, il m'a lancé :

– Au fait, Corinne veut coucher avec toi.

Deux secondes, je suis bloqué dans la surprise, me demandant s'il me charriait pas, se foutait carrément de ma tronche! Je lui ai répondu sur le ton de la plaisanterie... je ne sais quoi... une blague... une badinerie quelconque.

– C'est tout ce qu'il y a de sérieux. Elle m'a dit ça hier soir... j'avais oublié de te faire la commission.

Beau serin, tu me chantes une jolie chanson! Oublié... il ne pensait qu'à ça... ce message douloureux qu'il avait à me transmettre.

– Elle t'attend demain...

... demain où ça?... Ça devenait farce, cette histoire, je n'arrivais pas à y croire.

– Dans sa chambre...

Tout à fait inouï, surtout si on se replace dans le contexte de l'immédiat après-guerre. A présent, les gonzesses prennent carrément l'initiative... devenu en quelque sorte monnaie à peu près courante... indiqué dans les nouveaux manuels de savoir-vivre. Là, ça paraissait invraisemblable... surtout que Renaud était affirmatif question du berlingue de Corinne... sûr, certain qu'elle était vierge... qu'elle avait flirtaillé à droite à gauche pendant les vacances, mais que ça n'avait jamais été plus loin. « Elle me l'aurait dit. » L'aspect bizarre aussi de leurs rapports! Elle qui racontait toutes ses aventures, ses amourettes au vicomte et lui, vous avez vu, ne se cachant nullement de sabrer sa mère pendant que son propre dab, là-haut, le polichinelle, suivait les événements au jour le jour... s'en faisait un ragoût de ragots, se délectait tout en éructant... invoquant la morale, Dieu, le maréchal Pétain sous lequel « c'était tout de même autre chose, les mœurs!... »... et hardi, je te fouette la bonne... je traîne la comtesse par la chevelure à travers l'appartement!

Le lendemain en question, c'était un dimanche et

Renaud, profitant de son fric malhonnêtement acquis, emmenait Géraldine au vert... une partie de campagne dans la forêt de Fontainebleau. Il avait loué une bagnole, ce qui n'était pas non plus si courant en 1947. Ça nous laissait le temps avec Corinne de nous mignoter les organes sexuels, se faire de sacrées gâteries voluptueuses! J'en revenais pas... la veille, j'élaborais des plans compliqués pour la séduire... des rencontres au clair de lune... des fleurs peut-être... des cadeaux, des sorties... à chaque étape, une avance de baisers d'abord furtifs, puis plus appuyés... languetouse fourrée... effleurement de la poitrine avant de la peloter pleines pognes... etc. « Ah! ne fais pas ça, je t'en prie! »... de ces paroles qu'elles murmurent pour la forme... s'atténuer les circonstances devant Dieu le Père... un lambeau de catéchisme qui leur traîne encore dans les tiroirs poussiéreux de l'âme.

Ça peut paraître vantardise de mâle... fantasme que je m'assouvirais quatre décennies plus tard, à l'orée du champ de fraises à saupoudrer. Je respire déjà la vape... l'aigrelette critique de la maigrichonne plumitive... ce qu'elle va me ciseler genre méchante... le minuscule étron bien puant qu'elle va laisser au milieu de mon chef-d'œuvre! Sans compter les viragos féministes toujours aux aguets, les flingues braqués sur le moindre, le dernier phallocrate qui ose encore pavaner du zob dans leur toundra, les steppes glacées de leur monde meilleur.

Ce fut pourtant, je ne puis vous narrer les choses autrement sans faillir à mon devoir le plus élémentaire de chroniqueur. La Corinne, c'était une fille à l'avant-garde de la libération sexuelle, voilà tout. Une précurseuse suceuse d'élite! J'anticipe... n'est-ce pas... nous allons y venir aux fellations... broute-minou et autres friandises. Pour l'instant, dans ce troquet où nous faisions la pause sandwich... je suis tout chose... me trottent en cafetière toutes les éventualités... que c'est pas vrai... un piège tendu par l'autre enfoiré vicomte... que je vais me ramener demain rue d'Armaillé peut-être avec un bouquet d'anémones, la bébête enrubannée pour la circonstance... intenable déjà dans mon calbute... et puis... un coup de rigolade... maman qui n'est pas à Fontainebleau... papa de retour... je ne sais quoi! Corinne, la première surprise. D'imaginer, ça me fout à ressaut... la colère me grimpe, je l'argougne brusquement par le colbac, le Renaud, sa belle cravate en soie offerte par la parfumeuse.

– Si tu m'as monté un charre, tu t'en repentiras!

... en quelques phrases, je lui déroule le programme... comment je vais lui tambouriner la tronche façon Cerdan avec en supplément ses couilles rentrées dans le bas-ventre à coups de lattes. Sa belle bite hors d'état d'honorer Géraldine. Il est plutôt surpris, mon complice, de ma réaction... elle dénote, sûr, que j'ai des sautes de voyouterie... qu'à l'occase, je peux devenir tout à fait teigneux.

– T'es fou!... je te parie tout ce que tu veux... je te jure!...

Je le lâche un peu... laisse reprendre ses esprits. Va falloir presque m'excuser. J'ai hâte maintenant d'être au lendemain. Incroyable ce dénouement! Une si belle gonzesse qui s'offre comme ça sans chiquer. Jusqu'ici elle avait gardé ses distances. Le soir du Tabou... juste ce petit baiser charmant mais qui me paraissait plutôt amical qu'autre chose. Comment imaginer que ça allait être elle qui allait précipiter le mouvement, griller les étapes, les chapitres habituels du roman d'amour? Avec Yoyo, bien sûr, la tringlerie avait précédé la sérénade mais, enfin, ça s'était déroulé d'une façon tout à fait spéciale. Une fois dans un pieu avec une mignonne, l'évidence que ça aboutisse dans les égarements... le stupre... les licencieuses positions.

Vous détailler ce festin royal du trou-du-cul... je n'ose... tellement on en lit partout, le moindre roman, même catholique... l'auteuse se pointe chez Pivot et vous barbouille de sperme le cadran de la télévise. Pas forcément de blèches délirantes... de la caille bourgeoise, élevée 16ᵉ, bronzée à Saint-Trop... les lèvres prometteuses de chapitres à se faire palucher les lecteurs. Avec l'alibi culturel, ça leur fait le sex-shop à domicile... le cinoche hard... le bobinard imaginatif.

Oui, elle était là Corinne... l'autre noblaillon m'avait pas bourré le mou! Elle m'attendait... vêtue juste d'une robe légère qui lui moulait adéquat la poitrine. Sa piaule était plus spacieuse que celle de Renaud. Enfantine encore... un nounours sur le lit... des couleurs pastel... un tourne-disque... peu de livres, elle se tracassait pas dans les méandres des *Essais* de Montaigne... *Pensées* de Pascal... les indéchiffrables ouvrages de Teilhard de Chardin! Un tableau au-dessus de son lit représentait un petit clébard blanc avec une tache noire sur l'œil.

Je m'étais pointé tout de même encore sur mes gardes. Sur le pas de la porte, elle m'avait accueilli souriante, mais sans plus... aucune promesse dans le regard, l'attitude.

– Renaud m'a dit que tu voulais me voir...

Les bras ballants... je sais plus quoi dire. Même plus pensé aux fleurs, à des chocolats... un foulard... des petits cadeaux qui se font dans ces circonstances.

– Viens...

Sa chambre était au bout du couloir. Et m'y voici... elle referme la lourde derrière elle.

– Il ne t'a dit que ça, Renaud?...

Plus qu'à agir... les paroles servaient à quoi?... malheureuses, à rompre le charme! Voilà... j'ai fait un pas... pris la taille... le patin du septième ciel! Breffort avait bien raison, le cher vieux pote... *les phrases, ça fait peur à l'extase!* Roulâmes rapide sur le pageot... un peu étroit celui-ci... n'y pensais guère... on s'enroulait les cannes... tout devenait rêve... était conforme à ce que je m'étais imaginé... le corps... la peau... la bouche, le parfum. Je savourais tout... le plus doucement possible, merde! Nc rien brusquer. Elle était souple et réagissait juste comme il fallait... pas un geste en retard ou en trop. Seulement, l'autre pomme vicomte-de-mes-deux, beau être à tu à toi... frère et sœur... elle avait omis de lui dire qu'elle s'était déjà fait enjamber... qu'elle n'était plus la vierge qu'il m'avait promise. Ça n'avait d'ailleurs aucune importance. Je lui avais gentiment posé la question...

– C'est la première fois?

Répondu non de la tête, toujours avec son petit sourire. Elle m'a raconté ensuite entre deux étreintes son dépucelage par un copain à peine plus âgé qu'elle... aux vacances de Noël qu'elle avait passées chez les parents de ce jeune homme. Ça ne l'avait pas marquée beaucoup... son partenaire tout à fait inexpérimenté avait eu les jetons, après ce furtif coït, de l'avoir engrossée et depuis elle ne l'avait plus revu.

Je voulais, moi, réussir un exploit... la conduire lentement à la découverte du plaisir. Là, j'étais au maxi de ma forme, de ma force et comme j'étais déjà un assez bon routier sprinter, sur les pentes de la volupté – je voulais devenir roi de la montagne.

Le grand jeu, quoi... la prendre, la surprendre... la tenir, retenir... tout un art, n'est-ce pas... l'idée profonde qu'on veut marquer la nana d'une empreinte indélébile. L'orgueil insensé qu'elle ne puisse plus se passer de vous. Le drame, lorsqu'on y a réussi... que s'il vous arrive la lassitude, la satiété... qu'on a l'envie d'aller traîner son guisot ailleurs... butiner d'autres marguerites... ça tourne au chagrin d'amour... au drame romantique... aux affaires qui se finissent parfois en cour d'assises.

Nous n'en étions qu'aux prémices... prévices peut-être. Ça ne peut aller après que dans cette direction... la recherche de plaisirs de plus en plus raffinés, élaborés, prémédités superviceloques. On peut s'y perdre... s'y enfoncer dans les pires dépravations! Toujours ce fameux savoir jusqu'où on peut aller trop loin.

Privilège de la jeunesse, on est restés bouclés des heures, on n'arrêtait plus et l'heure, justement, on ne s'en souciait plus du tout. Renaud m'avait averti de son retour avec Géraldine vers les sept heures du soir... ou huit heures... je sais plus, j'ai pas dans ma nostalgie des horaires de chemins de fer gravés. Toujours est-il qu'on était devenus inconscients et lorsqu'on a entendu la daronne revenir... la porte d'entrée qui s'ouvre... il était trop tard. Plus le temps de me resaper, se remettre au moins la tenue décente.

– Tu es là, Corinne?

Elle devait y être, certes, à faire je ne sais quel devoir de français ou de mathématiques et non d'éducation sexuelle. La voix nous a coupé l'ultime chique! Rétractation immédiate de mes moyens... la Bérézina du chibre.

– Zut! Elle est en avance, murmure Corinne.

Et, bien sûr, la porte qui s'ouvre... le flag. Elle devait pas s'attendre, la daronne, elle reste sur le seuil, interdite! Elle remue les lèvres... jamais elle n'a autant louché.

– Mais... enfin!...

Elle cherche ses mots... finit par les trouver et ils ne sont pas, vous vous doutez, au caramel en ce qui me concerne. Ça se bouscule, méli-mélote... que j'ai un sacré culot... qu'elle me prie de déguerpir immédiatement. Elle me traite de petite gouape... d'apache... salopard! maquereau!... tout un choix de qualificatifs dégueulasses. La haine qu'elle me postillonne en pleine poire!

– Corinne est mineure, vous l'aviez peut-être oublié!

Ça, ça m'était sorti de l'esprit... je dirais même que je n'y avais pas pensé. Lorsqu'on s'embarque pour Cythère, on n'emporte pas sous son bras le Code pénal. En tout cas, la menace se précise... elle ira demain au commissariat porter plainte... Corinne, du coup, se révolte.

– C'est moi qui lui ai dit de venir! Moi seule!

Ça tourne tragédie! Au cas où la fureur de sa maman aboutirait chez les flics... elle ripostera par la rupture.

– Tu ne me verras plus jamais!

Dans un sens, elle est gonflée la daronne... elle trompe son mari presque devant sa fille et elle vient reprocher à celle-ci de s'offrir un jeune homme, peut-être pas très bien sous tous rapports, je vous l'accorde, mais tout de même avec une différence d'âge assez mince.

Corinne a quelques atouts dans son jeu... de quoi clouer le claque-merde de sa vioque... que si elle met sa menace à exécution, ça impliquerait peut-être une riposte de cafardage au cher papa à son retour prévu pour le surlendemain.

Toutefois, plus qu'à me refalser, rechaussetter, repomper... repasser rapidos devant l'autre charogne qui m'attend dans le couloir pour m'ouvrir la lourde toute grande.

J'étais au comble de la félicité dans les draps de cette jolie môme... qu'espérer mieux de l'existence que ces moments de merveilleux érotisme... mêlés de ce rien de sentiment qui vous les transpose en poésie? Souvenirs inoubliables qui vous aideront, peut-être, à vous dire... le soir tombé sur votre existence... qu'elle était tout de même bonne à prendre. C'était le bonheur, si l'on peut dire... quelques instants en tout cas et, bien sûr, ça ne pouvait pas rouler sans heurt... l'humaine condition, c'est ça aussi... que rien d'agréable ne dure et qu'il s'y mêle de toute façon quelques vacheries.

Je suis reparti la queue certes basse, c'est dans la logique des choses après tous les efforts que je venais de lui demander, mais en outre avec une inquiétude naissante... Que si la Géraldine allait au deuil... m'expédiait les lardus au train, ça pouvait alors tout foutre par terre... toute ma combine de faux biffetons. Au moment précis où je décanillais de chez Corinne, la menace de la plainte pour détournement de mineure me paraissait tout à fait plausible. Pour parer au plus urgent, je me suis propulsé dans ma piaule pour en dégager déjà le pognon que j'y planquais. Ça faisait un paquet ficelé dans un journal autour des talbins. J'ai réussi à caser le tout dans une grande boîte métallique de biscuits.

A la campagne, on creuse un trou près du quatrième pommier au fond du verger et on y enterre son trésor... bien malin celui qui vous le dégottera! Dans une grande ville, Paris surtout... pas facile d'aller bêcher sous les pavetons. Je n'avais même pas de cave à moi dans l'immeuble. Un seul homme pouvait me garder le magot sans poser de question... il me semblait en tout cas... le Professeur! Avec mes activités nouvelles, je le voyais moins... il créchait à présent à La Villette, dans un vieux bâtiment près du canal de l'Ourcq. Où enseignait-il à ce moment-là? Je n'en ai plus le souvenir. Il changeait si souvent de crémerie que j'ai du mal à m'y retrouver. Son nouveau deux-pièces, cette fois, il avait l'air de s'y cramponner. Le loyer était si bon marché qu'il aurait fallu qu'il ne travaille plus du tout et que Bertille cesse de jouer du violon pour qu'on les expulse. Le luxe point n'était-ce... le moins qu'on puisse dire... vous vous gourez, son train de vie n'avait pas changé lerche en si peu de temps. Ça donnait dans le genre roman naturaliste... les décors... Un escalier étroit, sombre... l'odeur!... humidité... gaz d'éclairage... divers relents de friture, ragougnasse! Les locataires qu'on croisait... des vieillards aux fringues usagées... égrotants, perclus de rhumatismes, arthritiques, crachoteux... des mémères qui sortent des clébards aussi minables que leurs maîtresses. Images, comme ça, de l'avenir, qui vous flashent au plein de la gueule sans qu'on s'y attende. Tout jeunot, on n'y prête pas tant d'attention, on court feu au derche... on est pressé de vivre. Les années passent et le spectacle de la vieillesse vous accroche davantage... l'échéance approche, ça devient difficile à regarder en face.

Bertille, comme toujours, avait organisé la piaule de son mieux avec le peu que lui laissaient les libations... clic boc... du Professeur. Ses tambouilles curieuses qui mijotaient toujours dans un pot-au-feu... Je vous ai décrit un peu dans les chapitres précédents... rien n'avait changé.

Le bol, je me suis pointé, il était là... c'était plutôt rare lorsque la nuit allait tomber. La pauvre Bertille se l'attendait, l'homme de sa vie, jusqu'aux aurores... encore heureux lorsqu'il ne s'évaporait pas trois-quatre jours. N'importe, il me reçoit, on s'est pas vus depuis peut-être une quinzaine. Il est exclusif dans son genre... au Carillon, il me tombait sur les osselets quand ça lui chantait... entre deux bistrots, entre deux verres... entre deux vins... hoquetant... meuh-meuhtique... tanguant sur sa plus haute guibolle. Maintenant, c'est plus du même... il la trouvait plutôt saumâtre que je le déserte... je lui servais de disciple bien-aimé... de garde du corps aussi lorsqu'il provoquait les balèses. Souventes fois, je m'en étais pris plein la gueule à sa place.

Je venais, là, lui demander un service et un service, disons, secret... sa confiance absolue! Du coup, il oubliait le vague ressentiment qu'il nourrissait à mon égard. Puisqu'il me devenait indispensable, il était tout à fait heureux... enfin, n'exagérons rien, le Professeur dans la félicité, la béatitude, c'eût été aussi anormal qu'une pute qui vous écarte ses cuisses gratuitement la semaine de bonté. Tout de même, il jubilait interne... l'œil me perçait mais nullement pour en savoir davantage... non, pour me dire que ma confiance était une grande marque d'amitié... qu'il m'en était reconnaissant.

Une remarque encore en passant, qu'il vaut mieux demander que donner. Demander, ça veut dire qu'on est un peu tributaire... vassal... et votre suzerain, ça le rehausse. Au contraire, lorsque vous donnez, préférable d'y aller sur les œufs... le tact maxi. Si vous humiliez sans y prendre garde, ne serait-ce que d'un battement de paupière, ne vous attendez plus à la moindre fleur de celui qui reçoit. Un seul mot et son âme sera écorchée, il sera pour toujours votre ennemi.

Fallait juste que je planque un paquet dans sa cave... je m'étais souvenu soudain de sa cave. En emménageant quai de la Marne, dans ces décors pour film de Prévert, il avait trouvé dans sa cave deux caisses pleines de livres, de vieilles revues et, entre autres, des numéros des *Cahiers de la Quinzaine.* Comme Hector cherchait toujours à compléter une collection, il m'avait affranchi et je m'étais pointé voir un peu de quoi il retournait. Décevant... les ouvrages étaient moisis... bectés par les rats... rien à en tirer! Simplement, je voulais à présent glisser ma boîte de biscuits au milieu de ses piles de vieux bouquins.

– Tu n'as aucune explication à me donner. Tiens...

Il me tendait la clef de sa cave... celle du fond à droite.

– La bougie, Bertille...

Je suis descendu tout seul... planquarès mon joli magot. Je n'avais pas eu le temps jusqu'alors de bien en profiter. Juste, je m'étais sapé, j'avais acheté de la tortore de marché noir... des bricoles. Quelques matchs de boxe aux fauteuils de ring avec mes potes du 13ᵉ... Dauthuille, Villemain... la meilleure affiche depuis que Cerdan faisait campagne aux États-Unis.

Le service demandé au Professeur, ça impliquait que je partage son brouet... le riz-à-je-ne-sais-quoi de Bertille.

C'était elle vraiment la plus douce, la plus dévouée, la moins encombrante des gonzesses. Le seul reproche que je pouvais lui faire... ses innovations culinaires. Une bouffe tout à fait spéciale qui vous restait en plâtras dans le burlingue. Trois jours à s'en remettre... on en avait soit le fion bouché hermétique, soit une courante niagaresque. Pas de milieu. Seul le Professeur s'accommodait de ce régime alimentaire diabolique.

Bertille nous a quittés avant la fin des agapes. On l'attendait dans une brasserie place de la République avec son violon pour jouer *la Veuve joyeuse... l'Auberge du Cheval Blanc...* des airs du *Pays du sourire...* œuvres qu'elle estimait bien mineures pour son archet, mais...

– Il faut bien vivre!

Le Professeur n'aimait pas l'entendre dire des choses pareilles... ça le déchirait... il aurait voulu, la pensée le traversait un instant, être suffisamment riche pour que Bertille puisse jouer tout son saoul du Chopin, du Brahms, du Schubert. Il détestait certaines formules toutes faites. Lorsqu'on disait devant lui « Il faut que tout le monde vive »... il faisait la moue, la lippe... son geste de la main qui exprimait le doute. « Est-ce bien nécessaire? » ajoutait-il... Son œil-vrille exprimait alors une espèce de joie féroce.

Je ne sais pourquoi j'avais des pressentiments loquedus... que tout ça n'allait pas durer. Dès le lendemain pourtant Renaud m'a rassuré... il se portait garant que sa Géraldine n'irait pas au cri! Bien sûr, il se faisait mousser... valoir son influence... en réalité, sa louchonne était bien coincée dans l'impossibilité de remuer la mouscaille. Jusque-là, je n'avais de la situasse qu'une vue parcellaire... ce que voulait bien m'en dire le vicomte et ce que j'en déduisais. Corinne qui a fini par m'éclairer total ou presque... et ça devenait une tuyaudepoêlerie pharamineuse! Avant-guerre, c'est avec le dab, le comte polichinelle papa de Renaud, que Géraldine avait commencé à cocufier son mari. Celui-ci toujours transparent, un ectoplasme... un courant d'air qui passait de temps à autre... que les gens de l'immeuble remarquaient à peine. Pour tout arranger, il s'était fait faire aux pattes par les Chleus en juin 40 avec quelques centaines de milliers d'autres bandes molletières. Ce coup de filet phénoménal que nos livres d'histoire préfèrent ellipser! En tout cas, cinq piges au sirop de chagrin dans un stalag pour le papa de Corinne. Pendant ce temps, l'épouse déjà infidèle du monsieur, pensez si elle s'était offert quelques longueurs de biroutes! Le polichinelle, elle l'avait largué. Ça devait correspondre à peu près à l'époque où ses érections devinrent pénibles, difficultueuses... où il lui fallait des fantaisies sadomasochistes qu'il ne trouvait que dans les boxons. Pour pallier aux déficiences de cézig, elle avait même fait appel à l'armée allemande. Tant pis pour le cher prisonnier embarbelé dans son stalag!

Elle en était certaine, Corinne, que sa maman avait eu, non pas un, mais plusieurs amants teutons. Les enfants devinent tout, voient tout, savent tout... air connu... cependant vrai! Elle l'avait, une première fois, aperçue vers l'Opéra au bras d'un galonné, couvert de décorations, la casquette haute... la morgue prusso-nazie, les bottes luisantes... et pourquoi pas un monocle pour faire bonne mesure! Heureux que le patriotisme lui taraudait pas les entrailles, à la petite Corinne. N'empêche, elle avait compris d'un seul coup le pourquoi de la *Méthode Assimil* d'allemand sur la table de nuit de maman... le pourquoi de certains coups de fil... etc. Ça me ferait, non pas un Nouveau Roman, je ne vous ferais pas une chose pareille... mais enfin un autre bouquin, une pièce de théâtre ou un scénario gratiné de cinoche qui deviendrait, il est vrai, un film de coups de mitraillette et de karaté, une fois passé à la moulinette de la star.

Ça m'expliquait, tout ça, un peu son comportement à Corinne... ses manières précoces de traiter les jules. On se revoyait, je vous précise, dans un petit hôtel de rendez-vous... Un endroit discret où la taulière, amie d'un voyou de mes relations, ne s'appesantissait pas sur la date de naissance de ma conquête. On se régalait allegretto de toutes les possibilités que nous offrait la nature, comme il est dit dans les meilleurs ouvrages du XVIIIe siècle! De ces heures qu'on voudrait extensibles... les retenir, n'est-ce pas... au moins se les fixer bien en tête pour s'en faire des sucres d'orge de souvenirs à savourer au dernier acte... quand le gérant des pompes funèbres vous zyeute avec concupiscence.

– Et puis après, il y a eu Freddy... lui, elle ne le cachait pas trop.

Un officier amerloque qui avait pris le relais des Chleus entre les cuisses de la parfumeuse. Je vous résume, hélas, le temps me manque pour vous plonger imaginatif dans toutes ces scènes obscènes... ces lubricités sans frontière dont vous feriez de l'onanisme.

– Et Renaud, alors?

Eh bien, Renaud, tout avait commencé parce qu'il tournait autour dc Corinne...

– Il m'a écrit des poèmes pendant très longtemps.

Ça, je me le figurais sans mal. Il avait une sorte de dysenterie poétique, Renaud. Dès qu'il trouvait la moindre source d'inspiration... hop! il y allait... au plus facile! Le style, à ce moment, genre Paul Éluard... je vous en ai cité des exemples.

Fatal, en grandissant, les touche-pipi poétiques, ça ne lui suffisait plus au vicomte... il voulait tout prosaïquement emmener un peu Popol au cirque.

Peu à peu, se dessinait une vérité qui aurait dû m'éclater à la gueule... qu'il en avait croqué sévère pour Corinne et peut-être qu'il en était encore vif amoureux. Elle se marrait, elle... pouffait tout à coup. Nous étions entre les draps après les étourdissements réciproques d'une prise de pied frénétique.

– Qu'est-ce qui te fait marrer comme ça?

Tout simple, l'idée que sa maman s'était dévouée... que pour sauver le pucelage de sa fille vraiment trop mineure... elle avait alors à peine quinze ans... elle avait fait don de sa personne au vicomte. Comme le maréchal Pétain, toutes proportions gardées, à la France.

– Je suis sûre que c'est pour ça...

Elle avait joint cependant l'utile à l'agréable. Renaud,

pour ses miches déjà ramollies, c'était vraiment de la pâmoison garantie pur chibre... un jeune homme qui pouvait être son fils. Elle en était tombée sinoque. Histoire classique... remake de *Chéri*.

J'étais venu... ou plutôt Renaud m'avait attiré dans ce vaudeville et je compliquais tout. Je ne faisais pas partie du clan... un intrus dans ce tuyaudepoêlisme... Corinne était persuadée que le vicomte était toujours amoureux d'elle... qu'avec maman, il jouait un peu le gigolpince... qu'il en souffrait, le pauvre chou!

Pourquoi, alors, avait-il favorisé ma promotion? C'était tout de même lui qui m'avait prévenu que la mignonne voulait pageoter avec moi. J'en finissais plus d'apprendre des choses sur la complexité des rapports homme-femme... sur les sentiments mêlés sexe... un vrai cours de psychologie. Jusque-là, j'avoue, j'étais fruste... je ne voyais guère plus loin que le bout de ma bite en érection.

– Et pourquoi tu m'as choisi, moi?

Je voulais savoir le fin mot. La vanité masculine me poussait, bien sûr, à me dire qu'elle m'avait trouvé le plus séduisant... mes jolies pognes... mon regard brûlant... ma voix câline... qu'elle avait compris que j'étais bien membré... braquemardeur d'élite... surdoué pour les arts de la bagatelle!

– Tu ne me déplaisais pas trop...

Elle me répond gentille... elle s'est appuyé la tête sur son coude, j'ai sa laiterie admirable à portée, n'est-ce pas, de mes mains toujours en veine de palpage...

– Je voulais surtout me débarrasser de Renaud!

Clac! Un coup sec sur ma pointe d'orgueil. En me privilégiant plutôt qu'un autre totalement inconnu, elle coupait court, du moins le croyait-elle, à toutes les velléités du vicomte de se l'enjamber après sa mère... ou en même temps, elle l'en croyait capable cet enfoiré! Leur amitié d'enfance ne l'empêchait pas de le jauger, juger sans excessive bienveillance.

Une autre fois, entre deux reprises de nos matchs érotiques, elle a fini par me raconter qu'avant de devenir l'amant de sa mère, Renaud le poète avait eu une curieuse liaison avec un monsieur.

– Un monsieur?

– Ben oui, un type qui s'appelait Honoré... comme Balzac. C'est pas si courant comme prénom.

Le scoop, alors! Enfin, elle n'en était pas absolument certaine, n'ayant pas tenu le candélabre. L'histoire était des plus troubles. Le M. Honoré en question devait être un presque quinquagénaire. Renaud n'avait pas caché à Corinne que c'était un pédoque. Une rencontre, comme ça, dans les jardins du Palais-Royal. Un homme tout à fait cultivé... amateur d'art, de poésie, qui lui avait fait un gringue effréné.

– Il m'a juré tous les grands dieux que, bien sûr, il ne s'était pas laissé faire... que c'était resté platonique. Mais ça?

L'interrogation exprimait qu'elle émettait sur cette question de la non-sodomisation de Renaud par ce M. Honoré les plus expresses réserves. Elle le croyait capable de bien des choses dans le domaine de la dépravation.

– Dans le fond, c'est le portrait craché de son père... Peut-être pour ça qu'il le déteste!

Ça, ça me déplaisait beaucoup d'apprendre qu'il avait plus ou moins croqué de la brioche infernale, le vicomte! J'étais farci de préjugés à l'endroit et à l'envers, il va sans dire, des homosexuels. J'ai déjà dit ça, mais pour la bonne intelligence de ce récit, il ne me paraît pas inutile de le répéter. Dans le milieu où j'avais vécu jusqu'alors, n'est-ce pas, le péché des péchés... la tare des tares... *d'en être*. On se rassurait verbal dans les usines, les ateliers, que c'était un vice tout à fait bourgeois, que la classe ouvrière trop occupée à défendre son pain plus très blanc depuis la guerre ne mangeait pas de celui-là! Ça participait, à vrai dire, d'une gentille dose de jésuitisme. Dans les tartisses du 13e, vers la place d'Italie, y avait du bleu de chauffe qui venait flirter avec de la gapette tout à fait prolétarienne. Difficile, le soir venu, d'aller lâcher un fil dans une pissotière sans être plus ou moins sollicité, surtout lorsqu'on était jeunot. Du compartiment voisin, une tête se penchait... vous souriait, s'efforçant d'être agréable. Quelques copains de l'imprimerie, des apprentis comme moi, m'avaient avoué s'être fait faire une petite branlette...

jusqu'à des suçoteries furtives. Mon souvenir, à moi, le plus marquant dans ce domaine, ce fut un prêtre, un vieux cureton qui avait relevé sa soutane pour montrer son service trois pièces tout en tirant une langue dégueulasse... obscène, s'agitant gauche-droite... droite-gauche, comme faisaient les putes dans les rues sordides pour attirer le micheton. La surprise du chef, alors!... j'étais resté sans voix, sans même trouver une de ces reparties audiardesques qui vous agrémenteraient cet ouvrage.

Le fait est que ce vicomte était un zèbre vraiment bizarre, marchant à voile et à vapeur, sans doute... un comportement qui m'échappait à l'époque. Je ne mesurais pas bien encore la part de masochisme qui le motivait en me branchant sur Corinne. Ce goût de souffrir... de s'envolupter dans la douleur. Mentale à propos de Corinne, physique lorsqu'il se faisait égoïner le fion par ce M. Honoré, amateur d'art et de belles-lettres.

N'empêche, moi, je me trouvais plutôt mal barré avec cette truffe. Ça paraissait de très mauvais augure qu'il se soit fait encaldosser... un signe de faiblesse qui devait se répercuter sur le reste de sa conduite. Là-dessus, je raisonnais comme les hommes du Milieu pour lesquels pédé reste l'injure suprême, un synonyme de lâche, d'indicateur de police. Maintenant que j'étais en attelage avec Renaud, je pouvais difficile faire machine arrière. J'avais besoin de lui. Possible, bien sûr, d'aller me dégauchir un autre homme de barre à Montmartre... Un Tonio quelconque n'aurait pas demandé mieux que de faire équipe avec moi. Ça présentait d'autres genres de risques... avec les engeances voyoutes, julots et consorts, on se retrouve parfois dans des embrouilles qui se règlent à coups de calibre. Dès qu'ils ont du fric, ils ont aussi une tendance à l'ostentation, à se pavaner dans des véhicules étincelants... en harnais de démonstration, bagouse à l'auriculaire. Les condés, alors, ont vite fait de tendre leurs rets en des endroits les plus inédits.

Ça a été tout de même une période des plus euphoriques. Vite appris qu'avec en poche de jolis talbins grand format, on récolte autour de soi bien des sourires, des gentillesses d'accueil dès que vous graissez les pattes. Ça vous porte, peu à peu, à votre insu, à envisager les choses avec optimisme. On perd l'exacte mesure des hommes et des choses. On se laisse bercer... on vogue d'un restaurant à une boîte. On ne pense plus au fric que pour le griller sans retenue. Demain, on en aura encore et toujours! Ne saurais dire aujourd'hui ce que j'ai pu fiche pendant cette période? Corinne, bien sûr... à jet de foutre presque continu... Corinne avec son corps, ses fous rires... ses râles de plaisir. Nous allions danser... je lui offrais de ces bricoles, fanfreluches qui ornent la vie des femmes. Parfois, elle s'inquiétait de savoir d'où je sortais tout ce pognon. Je lui avais fait admettre de ne pas me poser de questions à ce sujet. Je roulais encore des mécaniques. Je l'ai emmenée aussi en virée dans quelques rades de voyous, ceux où j'avais fréquenté juste avant mon expérience besogneuse du Carillon. On me recevait un peu comme l'enfant prodigue et, comme j'éclairais, que j'offrais le champ, on m'accueillait d'autant mieux. Qu'une seule divinité dans ce petit monde, comme dans l'autre d'ailleurs, Mercure, le dieu des marchands et des voleurs... le fric! Au Bar Nabab, j'ai appris que mon pote Tonio [1], étant sorti de taule, était à la campagne, on ne savait trop où... rapport à son interdiction de séjour. Sans doute était-il à proximité de ses ponettes aux asperges dans une de nos bonnes villes de province. Autrement, je le voyais pas tellement dans une exploitation agricole en train de se coltiner des tombereaux de purin.

La seule ombre maintenant au tableau... les journaux consacraient quelques articles à nos billets verts... une mise en garde aux commerçants. On évoquait à nouveau Dédé-la-Boulange... que les fausses coupures de cinq cents balles qui circulaient provenaient sans doute de planches gravées par des membres de son gang qui

1. Voir *le Café du pauvre*, Éditions de la Table Ronde.

n'avaient pas été alpagués. Le Prince n'était qu'un maillon d'une longue chaîne... qu'on était assez nombreux à écouler la marchandise dans toute la France.

– On devrait s'arrêter...

Je reconnais, c'est Renaud qui m'a dit ça. Il mouillait déjà tout son calfouette, son froc jusqu'aux genoux. Lui, il se voyait pas beau à jouer de la harpe avec les solides barreaux de la Santuche... La répression sur cézig avait un effet dissuasif.

– Il suffit d'être de plus en plus prudent.

Je rétorquais... moi, je voulais presser le citron jusqu'au bout. La rumeur courait aussi que tous les biffetons style dollars émis à la Libération allaient être sous peu retirés de la circulation. Fallait donc en profiter au maximum. Prudent, ça voulait dire qu'on devait se pointer avec le talbin à changer aux heures d'affluence des guichets du PMU... dans les grands magasins... profiter de la foule.

Les alertes sont venues! Là, on aurait dû rengracir. Deux ou trois fois, on m'a demandé... un commerçant à sa caisse, si je n'avais pas un autre billet pour casquer le tube de dentifrice... le livre... le bloc de papier que j'achetais. Bien sûr... j'avais aussi de la bonne monnaie... aimable, je reprenais mon balourd. Et ça y allait du commentaire :

– Faites attention, il est peut-être faux...

Je jouais les indignés... les navrés... Était-ce, Dieu possible, de faire des choses pareilles!

– Regardez... celui-là... je suis sûr que c'est un faux...

Un épicier, rue Lecourbe, le regardait en transparence. A vrai dire, elle n'était pas des plus fameuses, notre fausse mornifle. On se demandait parfois comment nous avions pu l'écouler aussi facile. Y avait du laisser-aller question couleurs, papier et même quelques défauts assez visibles dans le graphisme.

J'avais mon explique toute prête pour justifier ce fafiot nase... qu'on me l'avait refilé au champ de courses à Longchamp, la veille, où j'avais gagné un petit paquet en misant Cotillon dans la troisième.

– Vous devriez aller vous plaindre.

Ce que me conseillait le brave épicemard. Mille mercis... mais oui, monsieur, j'allais de ce pas au commissariat et je m'empressais de prendre la tangente. A vrai dire, ce genre de coup de semonce n'était pas dangereux. Le gros risque, c'était le scandale, les gueulantes. Ou alors, m'avait prévenu le Prince... le piège... une filature des poulagas qui voulaient surtout remonter jusqu'à la source.

On se dit toujours, après les cagades majeures, qu'il s'en est fallu d'un poil... d'un quart... pour s'échapper, passer à travers les mailles. Vrai que ça me prenait, moi aussi, l'envie de rengracir... de faire au moins une petite trêve. C'était d'ailleurs le plein de l'été. Robic venait de gagner le premier Tour de France de la paix revenue. Ce n'était pas encore la ruée vers les plages, les Côtes d'Azur, d'Argent, d'Émeraude... mais ça se tassait dans les trains, ne serait-ce que pour aller à la campagne voir brouter les vaches... se tartiner un peu de beurre frais sur un pain blanc que les plouques faisaient cuire eux-mêmes et refourguaient au poids de l'or.

Me tentait... de me mettre au vert... les doigts de pieds en éventail avec Corinne qui me poserait sa longue chevelure sur le bide à fleur de couilles. Rêverie! Corinne pouvait s'échapper de chez sa maman l'après-midi ou même le soir mais pas question qu'elle se tire en vacances, surtout avec moi. Géraldine veillait aux miches. Renaud échafaudait... qu'il embarquerait la vioque et la fille sur une plage bretonne où les Chleus n'avaient pas trop laissé de mines, de bombes à retardement... et que je pourrais me planquouser dans les environs. Ainsi Corinne pourrait-elle me rejoindre, venir à la régalade sexuelle.

Dans le fond, il y tenait pas du tout, cet enfifré mondain, j'en étais intime convaincu depuis que je connaissais à peu près ses véritables sentiments à mon égard. Il devait souffrir de voir que ça marchait entre Corinne et moi. Il avait cru sans doute que j'allais la brusquer avec mes sales manières, que ça se terminerait rapidos par un échec, une salade quelconque. Corinne, d'ailleurs, a fini par m'avouer qu'elle s'était mis en tête de *m'essayer*... pas le moins décidée à une chose durable. Elle l'avait dit à Renaud... l'envie plutôt de s'amuser de moi... surtout tester son réel pouvoir sur les mecs. Et puis ça avait tourné comme elle ne voulait pas le prévoir. J'avais quand même quelques arguments pour défendre ma position. Et clac! on s'était au finish pris dans le même piège. Doré, certes, mais sans que l'un de nous ait la clef pour en sortir. On s'y délectait, il faut dire... la notion de piège ne nous effleurait pas.

Ça s'est terminé les amours en même temps que le reste... la cueillette aux billets de banque! Tout a tourné brusque... inscrit dans les astres, il faut dire... une scoumoune facile à prévoir.

Un matin pluvieux, on était partis avec le vicomte sans enthousiasme. Une dernière semaine, nous promettions-nous, après on décambuterait de Paris... on s'aérerait les bronches, ne serait-ce que dans la vallée de Chevreuse.

C'était mon tour de faire le duce sur le vélo avec notre réserve de tocs dans les sacoches. Premier objectif... un bureau de tabac rue Beaubourg... dans le secteur où s'élève aujourd'hui le Centre Pompidou... tous ces énormes tuyaux à gaz, cette raffinerie qui ne raffine rien. Je gaffais soigneux à quelque distance. Il était entré là avec un seul biffeton, bien sûr, pour acheter des allumettes, un petit rouleau de pastilles de menthe... c'était parmi nos achats... les ampoules d'essence qu'on vendait alors pour les briquets... les billets de Loterie nationale qui nous avaient permis de gagner en plus quelques petites sommes... des remboursements parfois... la malhonnêteté récompensée!

Ça se prolongeait, son séjour dans le troquet. La pluie en plus... j'avais un imper amerloque et un chapeau mou sur la tronche... le long du trottoir, sur mon vélo, je commençais à vieillir sec. Ça m'a monté... respiré, je ne sais pourquoi, la vape... et tout à coup, ça s'est agité autour du bar-tabac... des gueulantes me sont parvenues. Un loufiat est sorti... s'est mis à courir... m'est presque passé devant tout essoufflé... les cheveux en bataille... A la recherche d'un flic, le joyeux luron. Ils sont toujours là lorsqu'il ne faut pas, ceux-là! Deux hirondelles qui débouchent d'une rue transversale sur leur bicyclette, dépêchées par les saints du Paradis. Le garçon de café les interpelle. Trop loin pour entendre ce qu'il leur dit... mais plus aucun doute... ils appuient aussitôt sur les pédales. Ça se déroule, de mon point de vue, comme un film muet ou plutôt une séquence de télé, le son coupé. Direction le bistrot où ça continue à s'agiter... les gens, ménagères en courses, les badauds commencent à s'agglutiner... voir ce qui se passe. Évident que mon complice a de sérieux problèmes. Je me déplace un peu... me rapproche. Les vaches à roulettes sont maintenant dans le rade. J'aperçois le vicomte, sa silhouette. Un gros homme le cramponne, l'insulte, le secoue. On sent qu'il a essayé de se tirer... je lui avais pourtant recommandé d'affronter les événements... pas perdre son sang-froid surtout. Ce billet unique dans sa fouille, on le lui avait refilé sur un champ de courses... ce qui me paraissait le plus invérifiable. Il a dû s'affoler, le con... vouloir se faire la levure et, par là même, signer ses intentions délictueuses... criminelles même puisqu'il s'agit de contrefaçon de billets de banque. Ça m'apprendra à m'affripouiller avec un cavestron pareil! Ce que je me dis déjà, la rengaine des regrets, mais je ne suis pas au bout de ma complainte.

Ça se gâte vraiment... il sort, entouré des deux bourres, escorté aussi du pépère... sans doute le patron du tabac. Ils remontent la rue... viennent presque à mon niveau sur le trottoir en face. Temps que je m'esbigne et prenne tout de suite les mesures qui s'imposent. S'il ne mollit pas, il devrait s'en tirer... passer en somme pour une victime des vilains faussaires. Il n'a jamais trop voulu envisager toutes les conséquences d'une intervention des lardus. Je me demande s'il n'a pas laissé dans sa chambre sa part des bénefs de nos opérations. Certain qu'on allait perquisitionner chez lui, si les enquêteurs tombent sur le magot, là, il aura peut-être du mal à expliquer comment il a pu s'économiser tout ce fric. D'autant qu'il ne branle rien... qu'il n'a jamais exercé aucune profession... aucun boulot.

Plus qu'à croiser les doigts... je ne veux tout de même

pas aller prévenir son polichinelle de père... ça ne ferait qu'embrouiller la situasse. En ce qui me concerne, presque tout est dans les sacoches du vélo... le reste enfoui sous les livres... les *Cahiers de la Quinzaine* moisis, bectés aux dents de rats dans la cave du Professeur.

Le plus pressé, c'est le Prince... l'imprimerie Garfond... à tombeau ouvert, je fonce vers la rue Saint-André-des-Arts... j'y parviens et la surprise! Tout est en ordre, la porte ouverte... le Prince est là... son fume-cigarette... dans son bureau vitré... ses deux ouvriers Baptiste et Dédé au labeur. Ils impriment quoi à présent? des prospectus pour une galerie d'art... une plaquette de poèmes... *les Rivières du Diable*... compte d'auteur d'un retraité des Contributions directes qui a passé sa vie à déjouer toutes les combines les plus vicelardes des fraudeurs et qui se fait piéger ses éconocroques par goût de la rime sur papier Japon.

Le plus beau, il joue l'étonnement, le Prince... il ne sait pas de quoi je lui parle! Pourtant j'ai baissé le ton, poussé la lourde du bureau.

– Les flics? Mais pourquoi, grands dieux!... Qu'est-ce qu'il a fait ton copain?

Il a son sourire de derrière les yeux... les lèvres! Vraiment, il pousse le numéro au-delà des limites permises. C'est lui-même... chair et os, qui m'a remis le dernier paquet dans un café place Saint-Michel, au coin du quai... il y a de cela quatre jours. On y allait à l'économie de paroles... du rapidos. « Le compte y est »... c'est tout, on se serrait la pogne et barca! Je pige tout de même un peu... il se protège déjà. Pas vu pas pris. Il ne sait rien... si je venais à le balancer, il me ferait passer pour un folingue... que je veux le mouiller, alors qu'on peut perquisitionner, fouiller minutieux toutes ses machines... les moindres recoins de l'atelier... nulle trace de faux billets de cinq cents balles. J'en déduis qu'il a dû depuis quelque temps tout déménager... que les tirages ont lieu dans un autre endroit. Peut-être d'ailleurs n'ont-ils jamais eu lieu ici. Décidément, je perds le nord, le sud... les pédales depuis ce matin. Voici une jeunette qui rapplique... une gamine, l'air tout à fait déluré.

– Marie-Ange... entre, Marie-Ange...

Il me la présente. Je ne vais pas vous la décrire, la détailler, je la vois à peine... qu'elle est, comme les précédentes, presque encore en âge de jouer à la marelle. Il fait la sortie des cours complémentaires à présent, le Prince... dans les lycées, elles sont trop vioques pour son serin.

Plus que dire... devant cette gamine... ce n'est d'ailleurs pas possible. En tout cas, il est prévenu. Je veux bien entrer dans son jeu... nous n'avons de relations que poétiques pour ainsi dire. Je prospecte les auteurs et c'est class! Les faux biffetons, nous ne savons ni l'un ni l'autre de quoi il retourne. J'ajoute, avant de me faire la levure, de sortir du bureau...

– Si tu vois Éric, dis-lui que je pars en vacances... qu'il devrait profiter du beau temps pour aller à la campagne, lui aussi.

... quelque chose dans ce genre... métaphorique, en quelque sorte. Le Prince me répond qu'il ne le voit pas très souvent... enfin, au hasard... au Flore ou à la Rhumerie, il lui fera ma commission.

Voilà, j'ai fait mon devoir, je traverse l'atelier. Baptiste me fait un clin d'œil. Lui aussi, il est innocent, il a jamais massicoté de billets amerloques. C'est pas Dédé non plus qui s'occupait de les vieillir avec du talc, du noir de fumée... des rognures de caoutchouc... de la terre de Sienne... toute une mixture. Ce que je vais apprendre à l'instruction... le séchage... la fabrication du faffe avec une bouillie de papier à cigarettes, de calque. D'autres membres de l'équipe, que je n'avais jamais vus, qui mettaient tout ça au point à Bois-Colombes dans la cave d'un pavillon *Sam suffit*.

Ceci devient une autre histoire. Pas le désir de vous jouer les prolongations, vous augmenter le prix de cet ouvrage, chers lecteurs, en vous racontant tout ça en détail.

Toujours est-il que, là, je mets les garde-boue! Pas revenu encore de ma surprise devant le numéro que venait de me jouer le Prince. Tout de suite, à peine avais-je mis les panards dans sa cage de verre, à voir ma tronche, il avait entravé la poloche en supermarlou... parade immédiate... l'art de battre à Niort... c'est-à-dire nier. En un sens, il venait de me donner une leçon de bonne mauvaise conduite. Pour réussir dans la malhonnêteté, il y faut une adresse fabuleuse... l'astuce, la rouerie, finassage... un sang-froid à toute cuisson. Ça ne demande pas que de l'expérience. Des dons du ciel, comme dans le reste... le commerce, la musique... l'éloquence sacrée.

Mon erreur d'aller faire le serre au Prince en priorité. Dès que le vicomte fut fait aux pattes, j'eusse dû foncer, tel Bartali, vers ma piaule du 13e... j'y avais encore un petit paquet de talbins... des vrais ceux-là qui me servaient pour le tout-venant, les frais de tortore, de rigolade... de régalade! Préférable que je les prenne, fasse une valoche rapide... aller un peu me cloquer au vert. Mon idée était ensuite d'aller récupérer le reste de ma fraîche chez le Professeur. Je connaissais un avocat, un de mes officiers aux commandos... je me proposais d'aller lui rendre visite pour qu'il s'occupe de Renaud.

De bonnes intentions, on voit. Loin d'imaginer que le vicomte me balancerait sans même que les flics lui aient filé seulement une mornifle. Une mise à table dès que dans le quart... l'appétit féroce... plus un poil de sec. Pour dégotter pire salope, il eût fallu chercher longtemps au fond des égouts! Ça lui était pas si duraille de s'arracher, je déduisais. Il suffisait qu'il tienne le coup sur la version du billet encaissé à Longchamp quelques jours auparavant. On lisait même la rubrique des courses dans *France-Soir* spécialement pour se forger, se foutre bien en tronche notre alibi.

Pour s'en sortir, il s'en est sorti, l'enfifré maudit!... d'une façon que j'aurais dû prévoir si je m'étais donné la peine de lire soigneux le petit livre rouge... le Code pénal, l'ouvrage de base de Stendhal qui peut nous apprendre, outre le meilleur style, la prudence, mère du délinquant... la navigation entre les écueils, les récifs des mers malfrates.

Un article aurait dû retenir mon attention... le 138... je ne résiste pas à vous le transcrire. Il dit tout... en une simplicité exemplaire.

> *Les personnes coupables des crimes mentionnés en l'article 132 seront exemptes de peine si, avant la consommation de ces crimes et avant toute poursuite, elles en ont donné connaissance et révélé les auteurs aux autorités constituées, ou si, même après les poursuites commencées, elles ont procuré l'arrestation des autres coupables.*

L'article 132 est celui qui concerne la contrefaçon des monnaies. Au quart, rue Beaubourg, il s'est trouvé un lardu assez psychologue, assez perspicace pour tendre cette perche au cher Renaud de Grosmesnil. Savoir exact le déroulement des choses? En tout cas, une heure plus tard, sortant de ma cagna, ma piaule de la rue des Malmaisons... le carrosse des archers de la République m'attendait. Dix mètres à peine de liberté... crac! l'emballage sans ménagement... l'homme et son vélo, ses sacoches...

Beau jouer les petits surpris... « Mais que se passe-t-il?... je ne comprends pas! » Ça vous répond dans les affabilités maison... « Tu vas comprendre, espèce d'ordure! »... Et une frontière est franchie. Le paysage s'assombrit, tout va devenir maintenant à la grisaille, la tristesse poulardine et pénitentiaire. On bascule... on plonge, comme on dit en notre langue des culs-de-basse-fosse. Ça va se dérouler comme dans une sorte de cauchemar... le Quai des Orfèvres... cadènes... les couloirs aux murs crasseux... cage de garde à vue... les odeurs des nuits malpropres.

Ici commence une autre histoire, une autre paire de menottes! Un bruit de porte qui se ferme derrière mon dos... une clef qui tourne dans la serrure... C'est *la Cerise*... un premier volet, comme on dit dans les bonnes études littéraires. Me vient dans l'opprobre une sorte de fierté à l'envers. Je faraude avec mes poignets entravés d'acier chromé. J'ai mon escorte en képi comme un vrai petit chef d'État... j'irai bientôt m'asseoir aux premières loges du tribunal. Qu'on tende le doigt séculier vers moi, je m'en bats les testicules. Je regarde l'avenir à la sauce scoumoune et j'attrape un petit sourire qui ne me lâchera pas de sitôt.

Je vais être au théâtre... mon rôle à y jouer. Le texte, il me semble que je le sais par cœur depuis un temps immémorial... avant ma naissance peut-être. Il faut se foutre un peu de tout, de la gueule du monde entre autres... s'efforcer! Qui va m'applaudir ou me conspuer à la fin du spectacle? Oh, la salle sera vide! Je saluerai pour la forme un public fantôme.

Ça vous arrive au plein de la gueule, le passé. On s'y attendait plus... quasi ça s'était estompé et puis... on est à Genève pour une télé... une sorte de débat avec quelques autres écrivains. L'animateur, c'est Jacques Boffort... un homme on ne peut plus cordial. Chacun de mes livres, il veut que je vienne à sa radio ou sa télé... il a quelques précisions à me demander tout spécial pour le public de Suisse romande. Depuis *Cinoche,* j'ai quelques clients dans le secteur.

C'est là qu'il m'arrive le vicomte Renaud de Grosmesnil... son image de derrière une caméra, dans les décors, parmi les machinos. Il passe, je reconnais tout de suite sa silhouette... il s'est épaissi, voûté... n'empêche, au bout du monde je le retapisserais, l'ordure! Je n'arrive plus à le quitter des yeux. Près de moi, un philosophe est en train de fourguer sa salade. Lui, il s'enfonce profond dans les idées... la vie l'intéresse médiocre, alors il barbouille des pages et des pages de choses tout à fait incompréhensibles... Ça en jette, paraît-il, aux naves! Rien n'a changé depuis *le Bourgeois gentilhomme.* Déjà, je l'écoutais cézig d'une oreille assez distraite, mais à présent que j'ai aperçu le sycophante... l'enfifré vicomte, je m'accroche à mon siège pour ne pas sortir du champ, aller le rouer de coups... lui serrer la gorge jusqu'à ce qu'il dégueule enfin son âme pourrie... qu'il se vide comme un gros furoncle.

Il s'est retourné et il me borgnotte. Nulle gourance, c'est bien cézig... ses yeux bien bleus... son pif épais. Il prend des allures de polichinelle comme son dab. Merde! C'est du cri! Je peux tout de même pas foutre la barabille dans l'émission de Boffort... lui casser sa baraque... le scandale devant tous les petits Suisses téléspectateurs.

Maintenant, il sait que je l'ai reconnu et il attend, il se demande sans doute si je vais oser venir lui martyriser la tronche. Il a les cheveux longs, décolorés, il me semble... sapé 68, quelque chose dans ces goûts... une sorte de veste comme en avaient les charbonniers de mon enfance... pavane artiste... dans la logique du personnage... sans doute encore des poèmes plein les fouilles. Il rebrousse chemin, il se glisse derrière le cameraman, il s'enfonce dans l'ombre vers la lourde... l'entrouvre... se trisse.

Il m'échappe, l'ignoble! Trente-cinq piges ont passé depuis la dernière fois que je l'avais vu dans le bureau du juge Amandruz. La renversée, alors, totale! Devenu l'enfoirure mondaine, presque plaignant... que j'avais odieusement abusé de sa jolie confiance. Un schéma cousu de fil flic pour ainsi dire. D'une simplicité sans bavures... je lui avais demandé d'aller m'acheter des pierres à briquet, n'est-ce pas, avec un billet de cinq cents, mais le pauvre garçon était bien loin de se douter qu'il s'agissait d'une coupure fausse.

– Sinon, t'aurais appelé les flics!

J'ai coupé son petit dialogue avec le curieux... un de ces diplodocus magistrats comme on n'en voit plus sans doute qu'à l'état de squelette au musée de la Préfecture. Les cheveux, sourcils en brosse... et des touffes de poils qui lui sortent des oreilles, du nez... les lèvres minces, l'œil allumé en code... pénal, il va sans dire.

– Vous parlerez quand on vous le demandera.

Encore à voir... quand ça sera mon tour, moins j'en

dirai, mieux je me porterai. L'autre, il bredouille, il s'emberlificote dans les phrases... il n'a pas encore bien l'habitude de trahir. Il en revenait pas de ce qui lui était arrivé... qu'on l'avait pris, traité comme un malfaiteur. Il parvenait plus à trouver ses mots, surtout que je le quittais pas des yeux. Au finish, à sa surprise, je l'ai même aidé un peu... abondé dans son sens! Oui, oui, il n'y était pour rien, je corroborais sa déposition. De toute façon, pour ma propre défense, je n'avais pas intérêt à le mouiller. J'en rajoutais et je me payais le luxe de me marrer.

– Il n'y a vraiment pas de quoi rire!

Était-il dupe, le juge, de ce cinoche? Ça partait d'où ce scénario destiné à innocenter un jeune homme de bonne famille? Ils s'y étaient tous mis... le dab libidineux, la comtesse en larmes et surtout Géraldine qui m'avait torché un papelard d'affreux voyou. Que tout de suite, elle s'était méfiée de moi... que j'étais capable de rien et de tout... d'entraîner, entre autres méfaits, ce pauvre Renaud sur la mauvaise pente.

Point d'allusion à Corinne, c'eût été, n'est-ce pas, de mauvais goût et en tout cas une erreur qui risquait de provoquer une lessive de linge on ne peut plus douteux. D'une certaine façon maman Géraldine, en me chargeant à mort, pouvait craindre tout de même que je me rebiffe, me mette, moi aussi, à tout raconter à M'sieur Amandruz. L'air de ne pas y toucher, ils se régalent de ragots, les juges... médisances et calomnies en tout genre... ils en tiennent compte à la carte... selon ce qui se doit ou ne se doit pas... n'empêche qu'ils aiment en savoir le plus possible! Ça participe tout ça des démangeaisons de l'âme. Plus ce qui se passe ailleurs est ignominieux, plus ils se trouvent à peu près regardables le matin devant leur miroir.

Oh, ce n'était pas dans mes intentions de rétorquer aux attaques par un déballage... les turpitudes des uns et des unes... la décision depuis que les condés m'avaient conduit en leur tanière du Quai des Orfèvres... bétonner les choses, me recroqueviller pour prendre les coups. Je peux encore quarante piges plus tard me promener le nez propre. Ça me fait une petite fierté rien que pour moi... chose parfaitement inutile... un reste de jeunesse peut-être.

– Vous publiez donc un recueil de nouvelles?

Boffort me sort de ma gamberge, mon film retour-arrière. J'ai eu un mouvement de surprise mal réprimé... ça fait un peu rire les autres plumitifs en représentation autour de la table. Ils se figurent peut-être que j'ai prémédité cette attitude, mon air de penser à tout autre chose. Je me jette à l'eau... je débagoule mes petites phrases... expliquer mon livre, mes intentions. Le sentiment me traverse que je ne suis pas tout à fait à ce que je dis... que je n'ai pas la pêche. Tout ça encore à cause de cet emmanché de vicomte... son apparition maudite dans les coulisses de la télévise. Les michetons pour qu'ils extirpent leurs piécettes de leurs fouilles, je vous ai dit, je crois, il faut qu'ils aient l'impression qu'ils vont s'offrir une pinte de rigolade, que la lecture de mon ouvrage va les faire s'oublier dans leur pantalon dès la deuxième page.

Je m'efforce donc d'allécher les Genevois, les Lausannois! A la décarrade, ce qui ne trompe pas... que les techniciens ne se sont pas arrêtés de casser la croûte, boire, flirter derrière leur machinerie pour m'écouter. A ces détails, je remarque si j'ai réussi ma petite prestation. Cette fois, c'est à mettre au négatif... un voyage pour que fifre.

Je sors du bâtiment de la radio... faut que je fonce à l'aéroport en taxi... tout juste le temps de griffer l'avion qui va me ramener vers les trottoirs de Paris ornés de papiers gras et de fientes de chiens. Je pourrais bien prendre un peu de rallonge, essayer de coincer Renaud... j'ai tellement rêvé de lui planter dans le bide un couteau... de le faire souffrir à petit feu dans mes longues mauvaises soirées à la veillée des cellules. Je me le savourais sanguinolent dans le fond de la tronche... ce que j'aurais aimé lui griller à feu doux, puis soudain plus vif... les panards comme au bon vieux temps des Chauffeurs d'Orgères.

Oh, merde! je ne demande même pas à Boffort... aux gens alentour, s'ils connaissent un type nommé Grosmesnil! S'il circulait comme ça sur le plateau, c'est bien qu'il avait quelque chose à y foutre! Il est pas venu là uniquement pour me titiller visuel. A la porte, ils ne laissent pas entrer n'importe qui.

Le taxi démarre... il est trop tard. Trop tard pour la vengeance, elle n'aurait plus qu'un goût suri de vieille galtouse trop réchauffée. J'ai passé l'âge des règlements de comptes sur les fortifs... d'ailleurs, on a construit le périphérique... y a plus de fortifs! Tout bien réfléchi, il m'a peut-être rendu service en me balançant, ce noblaillon faisandé, cette fine fleur des tasses. Ça s'est déroulé ensuite comme prévu quelque part dans mon horoscope. Tout a été d'abord très mal, très froid... j'ai encore dans la tête le bruit des chaînes des condamnés à mort sur le parquet ciré du grand couloir qui traverse les trois divisions de Fresnes. J'ai enregistré là des souvenirs dans la tronche pour le restant de mes jours. J'ai appris là, derrière ces hauts murs, les vraies bonnes manières.

Qu'il crève donc, le vicomte, de sa belle mort... je l'évacue de ma mémoire par le trou des chiottes!

Il me reste de cette aventure quelques douceurs et gracieusetés avec la belle Corinne. Une fois au trou, elle s'est évaporée elle aussi. Pas plus facile à retenir qu'un parfum. Ça aussi, ça devait être mieux ainsi.

Les autres, ils ont été chacun vers leur destin... le Prince en cavale s'est fait rectifier par je ne sais quel tueur à gages, à Barcelone dit-on. Génibrel a poursuivi ses métamorphoses, entrecoupées de séjours à l'ombre. Il doit être maintenant un peu trop vioque pour encore envelopper les dames riches dans ses mensonges... mais sait-on jamais, les vieux escrocs comme les vieilles tantes ne détellent qu'au dernier soupir.

Et puis clic... boc! j'ai commencé avec lui, je boucle avec lui. Il pictait, il délirait, mais figurez-vous qu'il était honnête. Pas d'un flèche, il m'a arrangé, à ma sortie de taule j'ai récupéré tout mon fric. Ça vaut le coup d'être rapporté dans cette chronique où les ruffians se partagent les chapitres qui mieux mieux. Le Professeur, ce qu'il m'a appris... je ne sais au juste à présent? Peut-être à ne pas me prendre trop au sérieux. C'est une leçon qui vaut son pesant d'amitié.

16 avril 1987.

TABLE

Cet ouvrage a été réalisé sur
Système Cameron
par la SOCIÉTÉ NOUVELLE FIRMIN-DIDOT
Mesnil-sur-l'Estrée
pour le compte des Éditions Grasset
le 7 août 1987

Imprimé en France
Dépôt légal : août 1987
N° d'édition : 7372 – N° d'impression : 7212
ISBN : 2-246-38541-5